suhrkamp taschenbuch 5096

Clemens J. Setz schreibt über das Absurde und Groteske des menschlichen Zusammenlebens. Das ganz und gar Unerwartete bricht in das Leben seiner Figuren ein. Ihr Schöpfer erzählt davon einfühlsam, fast zärtlich. Durch Falltüren gestattet er uns Blicke auf rätselhafte Erscheinungen und in geheimnisvolle Abgründe des Alltags, man stößt auf Wiedergänger und auf Sätze, die einen mit der Zunge schnalzen lassen. *Der Trost runder Dinge* ist ein Buch voller Irrlichter und doppelter Böden – radikal erzählt und aufregend bis ins Detail.

»Expeditionen in die Tiefen des Menschseins.«
Frankfurter Rundschau

Clemens J. Setz wurde 1982 in Graz geboren, wo er Mathematik und Germanistik studierte. Heute lebt er als Übersetzer und freier Schriftsteller in Wien. Er veröffentlicht Gedichte, Theaterstücke, Erzählungen und Romane, für die er mit zahlreichen Preisen ausgezeichnet wurde, u. a. mit dem Preis der Leipziger Buchmesse 2011, dem Wilhelm Raabe-Literaturpreis 2015, dem Heinrich-von-Kleist-Preis 2020 und dem Georg-Büchner-Preis 2021.

Zuletzt erschienen: *Die Bienen und das Unsichtbare* (2020); *Bot. Gespräch ohne Autor* (2018), *Glücklich wie Blei im Getreide.* Nacherzählungen (st 4587), *Die Stunde zwischen Frau und Gitarre.* Roman (st 4753), *Indigo.* Roman (st 4477), *Die Liebe zur Zeit des Mahlstädter Kindes.* Erzählungen (st 4335).

Clemens J. Setz

DER TROST
RUNDER DINGE

Erzählungen

Suhrkamp

4. Auflage 2024

Erste Auflage 2020
suhrkamp taschenbuch 5096
© Suhrkamp Verlag Berlin 2019
Suhrkamp Taschenbuch Verlag
Alle Rechte vorbehalten, insbesondere das
der Übersetzung, des öffentlichen Vortrags
sowie der Übertragung durch Rundfunk
und Fernsehen, auch einzelner Teile.
Kein Teil des Werkes darf in irgendeiner Form
(durch Fotografie, Mikrofilm oder andere Verfahren)
ohne schriftliche Genehmigung des Verlages reproduziert
oder unter Verwendung elektronischer Systeme verarbeitet,
vervielfältigt oder verbreitet werden.
Umschlagabbildung:
H. Leutemann, *Junges afrikanisches Nashorn*,
Illustrirte Zeitung, Leipzig, 22.08.1868, S.137,
Österreichische Nationalbibliothek, Wien
Umschlaggestaltung: Rothfos & Gabler, Hamburg
Druck und Bindung: CPI books GmbH, Leck
Printed in Germany
ISBN 978-3-518-47096-1

www.suhrkamp.de

Suhrkamp Verlag AG
Torstraße 44, 10119 Berlin
info@suhrkamp.de

DER TROST
RUNDER DINGE

So können wir Menschen für höhere Wesen Bilderuhren abgeben, weil in jene zweite Welt, wenn hier unten unsere Todtenglocke läutet und schlägt, unser Bild aus dem Gehäuse tritt.

Jean Paul, *Siebenkäs*, nach: Deutsches
Wörterbuch von Jacob und Wilhelm Grimm

Um die Erde dreht sich ein rundes Licht fremder Herkunft.

Empedokles, *Fragment 67*

SÜDLICHES LAZARETTFELD

1

Ich weiß noch, dass ich an dem Tag recht früh erwachte. An Träume erinnere ich mich nicht. Ich zog mich an und trat auf den Balkon. Es wurde gerade hell, aber die Sonne war noch nicht ganz aufgegangen. Ein leichter Wind bewegte die Katzenminze. Ich rauchte eine Zigarette und studierte dabei eine dämmerungsträge Spinne, die etwas oberhalb des Geländers in ihrem schon halb aufgegebenen Nachtnetz hing. Es war später März, und auf der Hausmauer war viel los. Die Feuerwanzen klebten schon wieder am Hinterteil zusammen.

Unten im noch dunklen Garten waren Autos geparkt mit aktivierten Sicherheitssystemen: Hinter jeder Windschutzscheibe blinkte eine kleine Raumstation. Ein Specht bearbeitete einen Baumstamm, aber er war schlecht synchronisiert, das Klopfen passte nicht zu seinen Kopfbewegungen. Er hüpfte mehrere Äste ab und maß dem Baum den Puls. Ich bekam davon ein mulmiges Gefühl, wie Durst, und ging zurück in die Wohnung, um etwas zu trinken. Wie immer, wenn man ein volles Glas Wasser durch einen Raum trägt, ohne dass es überschwappt, befiel mich das leicht übernatürliche Fernlenkgefühl. Selbst wenn ich versuchte, absichtlich ein bisschen Wasser zu verschütten, hielt mein inneres Lot irgendwie dagegen und glich alles aus. Zu Mittag würde ich nach Kanada fliegen, für vier Wochen. Es war der Flug OS 4977.

Für den Vormittag war Föhnwind vorhergesagt. Ich schaute mir Wetterseiten im Internet an und betrachtete später unser holzgeschnitztes Barometer im Vorzimmer. Es bestand aus zwei tanzenden Bauersleuten, einem Mann und einer Frau, und je nach Luftdruck verschwand einer von beiden in das Gehäuse. Zu keiner Zeit war es ihnen erlaubt, sich gemeinsam in ihrem Heim aufzuhalten. Wie fast jeden Morgen befiel mich beim Anblick des altertümlichen Messgeräts die Gewissheit, dass die sich ins Häuschen zurückdrehende Figur, sobald sie um die Ecke bog und unsichtbar wurde, in einer anderen, weit entfernten Wohnung, wenn nicht überhaupt auf einem ganz anderen Kontinent oder Planeten, in Erscheinung treten würde.

Ich kontrollierte die Zeit. Noch etwa eine Stunde, dann ging es los, Taxi, Flughafen, warten, dann fast einen halben Tag oben im Loch. Es half nicht viel, dass man aus dem Flugzeugfenster Wolkenfelder und den endlosen Atlantik würde sehen können, man war abgeschnitten von der Welt, man *erstreckte* sich nicht mehr. Ich hörte, dass meine Frau aufgestanden war: Im Schlafzimmer wurden alle über Nacht aufgerollten Teppichecken heruntergeklappt. Dann lief sie, ohne mich zu bemerken, an mir vorbei, und im Raum roch es für einen Augenblick nach etwas lang Vergangenem, nach Adventskalender oder Dinosaurierbuch.

»Hoffentlich gibt es WLAN an Bord«, sagte ich.

»Ah, guten Morgen.«

»Ich bin schon seit einer Stunde wach«, erklärte ich. »Sorry, ich hab das Gespräch ohne dich begonnen.«

»Gibt's vermutlich nicht. Also Internet. Aber lass mich mal aufwachen.«

Kurze Zeit später ging in der Wohnung, als zweite Sonne des Vormittags, der Kaffeeduft auf. Meine Tasse war mit einem vielfarbigen Mandelbrot-Muster bedruckt.

Beim Frühstück hörten wir analoges Radio, wie die Menschen im Mittelalter. Eine Jazzband spielte *Summertime* und *Begin the Beguine*. Marianne fragte mich nach dem Titel des Liedes. Ich nannte ihn. »Beginen«, murmelte sie vor sich hin. Sie stand an der Anrichte und befühlte die Avocados. Dann sagte sie: »Beginen, die Avocados befühlten.«

»Ja«, sagte ich. »So lebte man damals bei uns in Europa.«

Marianne hielt sich die Nase zu und imitierte die Durchsage eines Flugkapitäns beim Erreichen der Reiseflughöhe. *Meine Damen und Herren.* Sie versprach sich aber mehrere Male und musste neu anfangen.

»Warum halten die sich eigentlich immer die Nase zu, wenn sie Durchsagen machen?«

»Wahrscheinlich wegen dem Druckausgleich«, sagte sie.

»Ah.«

»Avocados befühlen«, sagte Marianne. »So geht's dahin mit der Zeit. Früher haben die Menschen morgens höchstens ihr Antoniusfeuer oder ihre Pestsäule befühlt.«

»Tarzan ist als Baby mit dem Fallschirm aus einem brennenden Flugzeug gesprungen. Man sieht es gleich am Anfang des Films.«

Marianne schnitt sich eine Scheibe Brot ab.

»Er hat aber nie richtig sprechen gelernt«, sagte sie. »Das hast du ihm zumindest voraus.«

»Ich bin nervös.«

»Aber schau, du bist dort dann mit anderen Leuten zusammen. Wer ist denn noch zu dem Ding eingeladen?«

»Norbert Gstrein.«

»Beginen befühlen Norbert Gstrein«, sagte Marianne.

Ich lachte über den Satz. Allerdings merkte ich an meinem Lachgeräusch, dass ich mich allmählich zu fürchten begann: Ich legte zu viel Nachdruck ins Gelächter. Marianne suchte das Bild des genannten Autors auf ihrem iPhone und zeigte es mir.

»Ich weiß, wie er aussieht«, sagte ich, aber nahm das Handy

trotzdem in die Hand. Eines der Bilder vergrößerte sich dabei automatisch, und Gstrein füllte das Display aus. Ich legte einen Finger auf seine Nase.

»Lauter Österreicher in den Bergen Kanadas. Und lesen einander da Dinge vor.«

»Ja«, sagte ich. »Da geht dann allerhand vor sich. Schau, wie ernst er schaut.«

»Melken gemeinsam die Gletscher, die nichts dafürkönnen.«

»Austrian Culture Forum«, gab ich zur Antwort.

»Norbert Gstrein«, sagte Marianne. »Und zehn Stunden im Flieger. Wie im neunzehnten Jahrhundert. Hast du alles?«

Wir kontrollierten meinen Koffer. Ich war mir sicher, dass ich alles eingepackt hatte, aber durch das gemeinsame Durchsehen aller Fächer entstand Geborgenheit, die ich vielleicht später, *oben im Loch*, abrufen und in Schläfrigkeit würde umwandeln können. Mir fiel auf, dass Marianne auf ihren Fingernägeln gekaut hatte.

»Melatonin-Tabletten?«

»Hier.« Ich tippte auf die Brusttasche meines Sakkos.

»Und dir wird sicher nicht kalt, so?«

»Ich kann nicht jetzt schon in dem nordischen Dings rumlaufen.«

»Gibt es in Kanada eigentlich Polarlichter?«

»Norbert Gstrein«, antwortete ich.

»Ah ja«, sagte Marianne.

»Literaturfestivals sind wie gestohlene Nasen«, sagte ich.

Aber Marianne merkte nun auch, dass ich nur meinen aufsteigenden Fluchtreflex überwitzelte, und streichelte mir über den Nacken.

»Lass deine Nase halt hier«, sagte sie. »Ich pass so lang auf sie auf.«

2

Vor dem Haus hing an der Laterne, in einen blauweißen Gurt geschnallt, ein Monteur. In den Alleebäumen wühlte der Wind, es war unnatürlich warm. In der Einfahrt lag ein verlorener Wollhandschuh in der Haltung eines angespülten Seesterns. Beim Gehen hielt ich mit meiner freien Hand die Ringschnur meiner Kapuze fest, als hinge ein Ballon daran. Die Sonne trat hinter eine Wolke, und ich erwartete, dass mit dem Lichtwechsel irgendetwas Neues sichtbar würde, vielleicht die winzigen Comicgesichter, die in den Mauerrissen der Häuser wohnen. Eine Krähe auf dem Gehsteig deutete ein Hüpfen an, es sah aus wie ein Achselzucken, das machte mir Eindruck. All die Erscheinungen bei Föhnwetter! Ein uralter Mann, sozusagen mitvergilbt mit den Postkarten seines Geburtsjahrhunderts, hielt sich sehr aufrecht und redete mit sich selbst, während er gegen den Sturm anging. In seinem braunen Spazierstock mussten, so dachte ich mir, ganze Kometen eingerollt gespeichert sein.

Ich bog um die Ecke und ging in Richtung Taxistand. Aus der Bäckerei kam ein starker Geruch. Und da war auch mein Kirchturm. Ich sah ihn immer, wenn ich im Bett lag und aus dem Fenster schaute, also waren ihm auch meine finstersten Grübeleien und peinlichsten Fantasien nicht fremd. Er kannte das alles. Es empfiehlt sich aber auch allgemein, in unruhigen Momenten hohe Gebäudespitzen zu betrachten. Etwas geschieht dann, der Kopf ist erhoben, der Blick ruht auf einer überschaubaren, nur von Himmelsfarbe umgebenen Sache. In seiner Gegenwart wurde ich ein wenig mutiger. Und im Taxi löste sich meine Beklemmung noch weiter auf: Die Stadt drehte sich räumlich um uns. Der Taxifahrer lobte die Fortschritte eines Straßenausbaus. Der Kirchturm hatte so ausgesehen, als wäre ihm das Zifferblatt als Schnuller für die Nacht gegeben worden.

»Meine Aufregung ist nicht mehr so schlimm«, schrieb ich an Marianne.

»Ok«, antwortete sie. »Ich geh dann einkaufen. Schreib mir, wenn du einsteigst.«

Jetzt war auch die Sonne wieder frei von Wolken. Die Menschen hingen an ihren langen Vormittagsschatten. Ein Radfahrer hielt sich, ohne abzusteigen, an einer Ampelstange fest. Die frischen Kondensstreifen am Himmel blendeten.

Im Lift zur Abflughalle stand ich zuerst allein, dann stieg, auf Höhe der Parkebene, eine Frau ein. Als der Aufzug gehalten hatte, war innen zu hören gewesen, wie die Frau draußen das Haltesignal des Lifts mit ihrer Stimme imitiert hatte, bing-bang. Jetzt stand sie schweigend neben mir und hielt den Griff ihres Trolleys fest. Ihre Körperhaltung war die eines Menschen, der Scherben aufkehren muss und darüber untröstlich ist. Beim Aussteigen warf ich noch einen Blick hinunter in die Spalte zwischen Kabine und Fahrstuhlschacht, man sah sehr weit. Menschen auf Flughäfen, dachte ich, ihr zielstrebiges Verhalten, ihr leidgeprüftes Aussehen.

In der Warteschlange vor der Sicherheitskontrolle schrieb ich wieder an Marianne. Aber sie war, wie immer wenn ich verreiste, nicht gut erreichbar. Sie ging dann einkaufen oder stürzte sich in irgendeine Arbeit, das war jedes Mal so; nur früher hatte es mich irritiert. Jetzt hielt ich es sogar für recht gesund. Sie lenkte sich ab. Und ich steigerte mich weniger in meine Reisenervosität hinein, wenn ich nicht sofort jemandem davon berichten konnte. Außerdem gab es mir ein geborgenes Gefühl, zu wissen, dass sie sich um die Wohnung kümmerte, sie verschönerte und neue Dinge für sie aussuchte … Ich legte meine unangenehm münzpralle Brieftasche in den Korb, sie war mir peinlich. »Ich hätte doch mein Münzfach ausleeren sollen«, sagte ich zu dem Sicherheitsbeamten. Dann winkte man mich in den Ganzkörperscanner, in dessen Innerem der Mensch, laut erklärendem Piktogramm, eine fast biblische Prophetenhaltung einzunehmen hatte.

Vermutlich tat das viele Reisen, wie man so sagt, der Beziehung nicht gut. Abends aus Hotelzimmern anrufen, einander berichten, was in den letzten Stunden geschehen ist, das jeweilige Wetter vergleichen, und so weiter. Zur Beruhigung schaute ich mir die Stadt Banff im Internet an, in die man mich eingeladen hatte. Hohe Berge, Schnee, tiefblauer Himmel. Ein komischer Name, Banff, man dachte dabei sofort an ein Akronym. BANFF, Britishcolumbia Aviation Northamerican Flight… Federation. Vielleicht sollte man vor dem Flug noch einen Kaffee trinken. Ein Mann vor mir hatte riesige Schweißflecken auf seinem Hemd, wie im Hochsommer, und mir fielen unsere jeden Morgen aufs Neue vom Schicksal zusammengesteckten Feuerwanzen auf der Hauswand ein. Rund zwanzig Stunden lang würde rund um mich helllichter Tag herrschen. »Wie im Mittelalter«, dachte ich.

Einer der Monitore, aber nur einer von vielen, zeigte eine Windows-Fehlermeldung und strahlte dadurch, inmitten all der undurchsichtigen Sicherheitsvorgänge, so etwas wie eine warme und vertrauenswürdige Menschlichkeit aus. Ich ertappte mich dabei, wie ich immer wieder zu ihm hinschaute, während man mein Gepäck mit gespieltem und etwas onkelhaftem Interesse durchsuchte. Allerdings machte mir keiner der Sicherheitsmenschen die Freude, etwas wie »so viele Bücher« zu murmeln. Dabei hatte ich acht eingepackt. Wer konnte schon wissen, ob sich in Kanada etwas zu lesen finden würde. Es waren Bände mit Kurzgeschichten: Akutagawa, Philip K. Dick, Hebel, Beattie, Kracht, Barthelme, Stanišić, Clemens Meyer; lauter unbrave, prächtige Strolche. Ich stellte mir ein Eselsohr auf einer Buchseite vor, so stark, dass es im Röntgenscanner der Sicherheitskontrolle als kleiner leuchtender Strich erschien.

3

Noch wurde kein Gate für den Flug nach Toronto angezeigt. Einige viel spätere Flüge, diese Lieblinge der Lehrerin, besaßen natürlich bereits eines. Es war wohl noch Zeit, um etwas zu trinken zu besorgen. In ihrem Camel-Gehege standen die Raucher, umhüllt von milchiger Luft. Nun, da meine Flugangst gewichen war, empfand ich Scham. In einem Schaufenster begegnete mir mein Spiegelbild und erinnerte mich daran, wie wacker ich wieder mal den Reisenden spielte. Es war alles da, die Haltung, die Kleidung, das treuherzige Gesicht. Autor reist herum, weil er nicht *davon* leben kann, verwandelt sich also in lebendes Ersatzbuch, sitzt auf Flughäfen bla, weil sonst bla. In der Hoffnung, dass ich meinen Abscheu vor mir selber vielleicht abschütteln könnte, indem ich ihn für kurze Zeit ins Irreale steigerte, bestellte ich im Getränkekiosk auf Englisch, obwohl ich mich noch in Österreich aufhielt. Ich verwendete einen weltmännischen, weitgereisten Tonfall. Aber man reagierte ruhig und gefasst.

Als ich zur Monitorwand zurückkam, wurde das Gate angezeigt, und ich stellte fest, dass ich direkt daneben stand. Nur etwa fünf Meter zu gehen. Da war der Beweis: Toronto, OS 4977. Von dort dann Weiterflug nach Calgary, dann mit Auto ins Offene, Freund, ins Gebirg'. Ich musste das Wort »gebenedeit« vor mich hin murmeln. Hier, auf den endlosen Sitzbänken, saßen auch schon einige demselben Flug entgegenwartende Menschen, ein jeder mit seinem Buch als Lenkrad. Zerstreut stellte ich mir vor, dass sich die Flughafenangestellten, wie bei Botschaften, technisch gesehen bereits auf kanadischem Boden befanden, wenn sie gesprächsbereit unter dem Bildschirm standen. Auf dem Monitor sprang ein grüner Leuchtpunkt hin und her. Er ließ mich an einen Drucker denken, den ich einmal besessen hatte. Inmitten rasch durchwechselnder Gerätschaften war er alt geworden, und man hatte es ihm lange nicht angemerkt. Aber irgendwann bekamen alle Ausdrucke diese großen runden weißen Stellen. Dann druckte er fast nur noch weiß, aber immer noch langsam und genau, Zeile für Zeile, manchmal für mehrere Minuten über einem einzelnen Wort sinnend, wie Ernest Hemingway. Am Ende brauchte er halbe Tage für eine leere Seite und murmelte und holte Luft und versuchte, sich zu sammeln. Dabei blinkte seine kleine grüne Seele am rechten oberen Rand: *signal wird empfangen, signal wird empfangen.* »Nein, mir wird nichts passieren«, sagte ich mir. Flugzeuge waren äußerst sicher. Aber sollte nicht das Boarding langsam losgehen? Wie zur Antwort schüttelte jemand neben mir eine Milchflasche. Ich übersetzte mir das Geräusch in: »Jeff is the name is the name is the name.«

Ich hatte ein Kreuzworträtsel auf dem iPhone etwa zur Hälfte gelöst, als die Durchsage kam, dass sich das Einsteigen um vierzig Minuten verzögern würde. Ein Mann, der mir gegenübersaß, schüttelte den Kopf und packte sein Wurstbrot wieder aus, das er schon eingewickelt und halb in seiner Manteltasche verstaut hatte. An der Art, wie er das Wurstbrot behandelte, wurde klar: Es war seine Seele, die er uns Mitreisenden vor Beginn des Fluges noch schnell zeigen musste. In meiner Erinnerung besitzt er die gleichen Züge wie eine der Bauernfiguren im Barometer. Sein Name war gewiss Lehrer Nolte oder so, jedenfalls strahlte er etwas Bundesdeutsch-Untröstliches aus, bebrillt, in jägergrüner Joppe. »Dabei bin ich schon so lange wach«, sagte ich mir.

Ich ging auf die Toilette, und als ich zurückkam, *gönnte ich mir* einen direkten Sitznachbarn, die Dichte der Menschen im Wartebereich war optimal dafür. Ich wählte eine Frau, die wie ein verdorrtes Kindermädchen aussah. Nach einer Weile steckte sie ihr Getränk zurück in den Rucksack und saß mit neutralem Gesichtsausdruck da. Das freute mich. Die Leute hier waren unschlüssig, sie besaßen keinerlei Vorteil mir gegenüber. Ich glaube, es sollte Springball-Spender in Flughafentoiletten geben.

Ein weiteres Mal schrieb ich an Marianne.

»So langweilig, wir müssen warten, alle hier ratlos, boredom didldum«, tippte ich.

Ein sehr kleines Kind hielt ein Tablet in der Hand, dessen Display es immer wieder dazu brachte, dieselbe feierliche Tippgeste auszuführen; vom Zuschauen wurde mir ganz abgeschliffen und murmelglatt zumute, so häufig wiederholte sich die Bewegung.

4

Nach einer weiteren Stunde Warten begannen mir die Schultern einzuschrumpfen. »So verdorrt ein Baum zur Jahresneige«, sagte ich mir und fühlte trotz des ironisch-weihevollen Tons für einen Augenblick ein echtes herzjammerndes Elend in mir aufsteigen, als begänne nun bald wieder die Schule. Man gab uns Durchsagen, versorgte uns mit Zahlen. Ich betrachtete die anderen Reisenden. Sie alle würden nie im Leben auf den Mond gelangen, das war klar, und noch hatte es ihnen niemand gesagt. Also stand ich auf und wechselte zu den Panoramafenstern. Weit draußen fuhr ein Bus eine Schleife, mitten in der leeren Ebene; das Einzige, was ihm Gesellschaft leistete, waren die auf den Boden gemalten weißen Leitlinien. Und zwei Flugzeuge wurden, ernst wie Fiakerpferde, von je einem winzigen Steuervehikel an den langen Wasserrutschen der Gates vorbeigeführt. Die Sonne neigte sich schon in den Nachmittag.

Auf einem Bildschirm über den Sitzplätzen lief ein Nachrichtensender ohne Ton. Man sah einige Männer auf einer Open-Air-Bühne, die sich über ihre Gitarren beugten wie über zu scherende Schafe. Dann eine Aufnahme des Publikums. Die Menschen wedelten mit Papierfahnen.

Marianne antwortete, sie gehe jetzt einkaufen.

»Stressabbau«, schrieb ich zurück. »Ich muss hier immer noch warten aber bald geht Erlös.«

Es war ein Autokorrekturfehler. »Es los«, schrieb ich.

Sie schrieb nichts. Nach einer Weile kam ein »ok«. Ich stellte mir ihre lange, vermutlich bis zum Abend gehende Einkaufsrunde vor. »Wir dürfen leider noch immer nicht Barden«, schrieb ich. »Boarden.«

Aber sie antwortete nicht mehr, also öffnete ich ihr Profil und schaute mir ihr Foto an. Es war damals bei unserem Besuch in Chartres aufgenommen worden, an jener Stelle der unbegreiflichen Kathedrale, wo jedes Jahr angeblich genau zum Frühjahrsäquinoktium ein feiner Lichtstrahl durch ein Fensterloch auf den Steinboden fällt. Vor den Toren der Kirche hatte es geregnet, ein eisiges, nüchtern-heidnisches Nieseln, das den geduckt gehenden Menschen und den Häuserfassaden ihr eigentliches Aussehen zurückgab.

Ich aß eine mitgebrachte Banane. Anschließend wanderte ich umher und zählte Brillen. Die Mitarbeiterinnen des Bodenpersonals hinter dem Schalter telefonierten, hörten aber die meiste Zeit nur zu, ihre Lippen bewegten sich kaum.

5

Die lange Wartezeit machte alle Menschen zu Figuren in meinem Computerspiel. Sie wurden NPCs, *non-playable characters*. Ich stellte mir Unaussprechliches mit ihnen vor. Wer würde einen Flugzeugabsturz in Alaska überleben und wer nicht? Dieses Baby hier hatte zum Beispiel nicht die geringste Chance. Es empfände zwar vermutlich als einziger Passagier keinen Ekel vor Kannibalismus, aber ihm fehlten die körperlichen Kräfte und die Koordination, um jemandem das Wangenfleisch mit einer Nagelfeile abzutrennen. Es war übrigens einer jener Säuglinge, die alle anderen Eigenschaften zugunsten ihrer Pausbäckigkeit aufgegeben haben; wo andere längst ihre Arme und Beine entdecken und sie zu bewegen lernen, sind diese immer noch *full-time* mit dem stetigen Runder-Werden ihrer Wangen beschäftigt. Man legt sie in eine Eiswüste, und sie runden sich noch mehr, bis sie platzen, garstige Ballone.

Wo mochte mein Koffer in diesem Augenblick wohl sein? Es gab gewiss unheimliche Zwischenreiche, die das Gepäck durchwandern musste. Tiere reisten auch in diesen Bereichen, ich hatte schon mehrere Male die tristen Käfige mit den ratlos hechelnden Hunden darin gesehen. Für Labors bestimmte Rhesusaffen wurden von Air France sogar in durchsichtigen Kunststoffröhren transportiert. Ich schrieb eine Nachricht an Marianne. Sie war *vor 58 Minuten zum letzten Mal online.*

»Und, weiß man schon was?« Aus irgendeinem Grund hatte ich die Frage so heurigenhaft heiter gestellt, dass sie mir sofort peinlich war. Die Austrian-Dame am Schalter erklärte mir, dass sich der Abflug leider noch eine Weile verzögern würde. Man versuche alles.

»Ah, okay«, sagte ich und blieb für einige Sekunden vor dem Gateschalter stehen, obwohl ich keine Folgefrage hatte.

Neben mir stellte ein Mann dieselbe Frage auf Englisch, allerdings in ernstem und beherrschtem Ton, er konnte es viel besser als ich. Ein Erwachsener. Und er erhielt dieselbe Antwort. Ich stellte mir vor, ihm brüderlich um den Hals zu fallen und laut loszugrölen, wir sind verloren, das ist der Krieg, der Schwed' steht vor den Toren. Ich begriff, dass ich in einer Traube von Menschen stand, die nicht viel gemeinsam hatten, außer dass sie höflich blieben.

Aber nun gab es wieder eine Durchsage. Der Abflug verzögere sich um weitere sechzig Minuten, hieß es. Ein technisches Problem.

»Geil es ist doch ein technisches Problem lolz«, schrieb ich an Marianne. »Ich stürze bestimmt ab es dauert außerdem noch so lang sie suchen wohl eine neue Marianne.«

20

Ich starrte auf den Autokorrekturfehler.

»Maschine«, schrieb ich in die nächste Zeile. »Haha fucking autocorrect.« Aus dem *fucking* hätte das Chatprogramm um ein Haar ein *rücklings* gemacht.

6

Ein Mann mit Heftpflaster über dem Daumen blies auf seinen Kaffee. Dazu aß er Nüsse aus einem winzigen Plastiksäckchen, die ihn offenbar durch ihren Geschmack überraschten. Ich starrte ihn an, stellte mir vor, sein entzündeter Daumen wärme den Kaffeebecher, und taufte ihn Victor. Als er meinen Blick bemerkte, verwandelte sich sein Nüsse-Essen in ein hastiges Zu-Ende-Kauen. An seiner ängstlichen Reaktion erkannte ich ihn als Mitwartenden. Auch er wollte »doch nur nach Kanada«. Glücklicherweise existierte direkt neben uns ein Getränkeautomat. Ich ging zu ihm und gab ihm einige meiner Münzen.

Auf dem Frankfurter Flughafen hatte ich vor Jahren einen Getränkeautomaten gekannt, der mit seinem Greifarm immerzu ins Leere fasste und ihn danach eifrig hin und her bewegte, so als könnte er dadurch all die Mineralwasser- und Colaflaschen, die man ihm aufgrund seines Steuerungsfehlers weggenommen hatte, aus der Luft zurückzaubern.

Der Guthabenstand auf dem Display des Automaten zeigte genau 3,65. Die Tage im Jahr. Ich schaute zurück zu meinem Sitzplatz, der zweifellos noch etwas von meiner Körperwärme abstrahlte. So sah das also aus. Ich suchte die Wand neben dem Automaten nach Spinnen ab, aber es gab keine.

Einmal nieste ich laut, und obwohl mich von links eine junge Familie sonderbar dankbar anblickte, hatte es doch keinen Zeitsprung gegeben, es lag immer noch die Wartezeit vor uns, endlos. Als es in der Durchsage hieß, dass um 15 Uhr ein Update folgen würde, nahm ich die Nachricht zuerst ohne Emotion hin, dann ärgerte ich mich über die wie in der Volksschule der Reihe nach aufgezählten Uhrzeiten und schrieb an Marianne. Sie reagierte erst nach zehn Minuten. »Oje«, schrieb sie. Ich schickte ein Selfie zurück, das mich beim Gate sitzend zeigte, mit düsterem Blick.

»Warten ist Gletscher melken«, schrieb ich. Nach einer Weile fügte ich noch »i könnt schrein / wie norbert gstrein« hinzu und ertappte mich, wie ich darüber lachte.

»Ach, das ist dumm«, schrieb Marianne. »Dann kommst du zu spät nach Kanada.«

»Haha«, antwortete ich.

»Du, ich mach hier dann mal weiter«, sagte sie. »Schreib mir, wenn es bei euch losgeht.«

»Ok.«

7

Um 16 Uhr ließ man uns einsteigen. Man entschuldigte sich für die entstandenen Unannehmlichkeiten. Ich schrieb an Marianne, dass es nun endlich losgehe. Sie antwortete nicht sofort, und ich schaltete das iPhone aus: Der Rest der Welt erlosch, und es gab nur noch, wie in einer Art erzwungenem Zen, diesen Moment hier.

Hier mein Ticket.

Hier mein Pass.

Und dies ist mein Zwirn.

Wir marschierten durch den Schlauch. Vor dem Eingang zum Flugzeug staute es sich. Menschen mit kleinen Rollkoffern. Meine Brüder und Schwestern. Von irgendwoher kam so etwas wie Sonnenlicht und sogar Blätterschatten, der plötzlich auf den Sakkos und Rücken vor mir sichtbar wurde, aber es war nur ein optischer Effekt. Wenn wir erst in der Luft waren, würde alles gut werden. Gesichter, Hinterköpfe. Tageszeitungen.

Nun begann die Phase der lauten Gedanken. Ich fügte mich in meinen Sitzplatz ein wie die Batterie ins Batteriefach. Für die nächsten Stunden nur die eigenen Hände, Knie und Fußspitzen als menschliche Gesellschaft. Aber was wenn. Was wenn doch. Nein, die Stewardessen hatten keinen Blick für mich übrig. Man verstaute Gepäck in den oberen Fächern. Non-playable characters mit ihren Schicksalen, die in ihrer Brust tickten, paar Zeilen Programmcode. Ich versenkte mich in den Anblick all der kahlen Stellen auf fremden Hinterköpfen, und dabei kam mir das Wort »Anknüpfungspunkte« in den Sinn. Zusätzlich gab ich den kahlen Stellen Namen. Diese hier zum Beispiel, auf dem Kopf eines dünnen, abgekämpft aussehenden Mannes, sah aus, als müsste sie Scotty heißen. Hi, I'm Scotty the Bald Spot. I like pillows, hats and warm summer rain.

Ein Mann mit Clipboard erschien, er wollte ins Cockpit. Man telefonierte. Man verhandelte. Draußen kümmerten sich winzige Menschen um das Flugzeug, ich spürte ihre Bemühungen auf meiner Stirnhaut. Ich war ja nun Gulliver, diese riesige Maschine. Es war immer noch stürmisch. Ziehende Wolken und getrocknete Tröpfchenspuren an der Scheibe. Dazu plötzliche Erinnerungen an einen Park in Salzburg, mit Spatzen und Kindern um ein altes Rondell. Ich taufte das Erinnerungsbild auf den Namen Ralph. Ein Portal von Chartres namens Ralph. Christus der Löwe, genannt Ralph. Man ließ uns lange sitzen, aber dann schlossen die Flugbegleiter die Türen. Langsam rollte das Ganze los. Blieb stehen. O altes Portal, o Rondell. Wir fuhren weiter und blieben wieder stehen. In der Ferne bellte eine Wetterfahne.

Nach dreißig Minuten kam eine Durchsage. Wir wurden gebeten, noch einmal auszusteigen. Ein Bus bringe uns zum Terminal zurück. Gemecker blühte ringsum auf. Die englischsprachigen Passagiere warteten noch, bis die Durchsage für sie wiederholt wurde, dann atmeten auch sie enttäuscht aus und schüttelten die Köpfe. Das Flugzeug war schon zum Rollfeld unterwegs gewesen. Aber nun konnte es offenbar nicht mehr. Oder vielleicht das Wetter. Meine Sitznachbarin sagte: »Die sind doch geisteskrank.«

Ich antwortete: »Das ist jetzt schon das neunte Mal, dass ich nach Kanada zu fliegen versuche. Jedes Mal dasselbe.«

Sie akzeptierte meine Lüge, nickte entrüstet und stand auf, setzte sich aber gleich wieder hin. Wir mussten ja auf den Bus warten.

»Da beginnt man allmählich zu zweifeln, dass es das Land überhaupt gibt«, sagte ich.

»Wirklich eine Frechheit«, sagte die Frau.

Im Bus lehnte ich mich an die Scheibe. Ich war nun fügsam und lenkbar, man hätte mir alles befehlen können. Ein müder, willenloser Hase auf einem Feld. Mit roten Augen. In der Hand hielt ich das Novellenbuch von Akutagawa. Die Silben seines Namens holperten in meinem Kopf durcheinander. »Jeff ist gravely unterzuckert yo«, sagte ich mir. Die Leute standen dicht aneinandergedrängt, meist fassten zwei Hände denselben Haltegurt. Der Himmel war aber immer noch hell. Wie spät war es? Angestellte wedelten die aufgebrachten Passagiere in eine Richtung. Wir waren klägliche, vergebliche *Passagierversuche*: Das Universum hatte seine Materie an diesen speziellen Punkten im Raum zusammengeballt zu Menschenfiguren und diese dann in Passagiere zu verwandeln versucht, aber vergeblich. Es blieb bei unfertigen Versuchen. Und nun zückten sie alle ihre Laserschwerter, tippten darauf herum oder hielten sie sich an die Wange. Andere blätterten in ihren Reisepässen, als stünde da vielleicht die Antwort. Wir wurden gebeten, vor den Umbuchungsschaltern zwei Schlangen zu bilden. Da ich mich nicht besonders beeilt hatte, stand ich ganz hinten. Es war kurz nach siebzehn Uhr. Mein Magen knurrte.

Für Marianne war ich seit mehr als einer Stunde in der Luft, auf dem Weg nach Kanada. Ich ließ mein iPhone ausgeschaltet. Mir gefiel mein Parallelwelt-Ich besser als dieses. Flieg du nur. Ich stehe hier derweil in der Warteschlange. Vor mir hundert Menschenleiber. Einige davon setzten sich auf ihre mitgebrachten Koffer. Aber die meisten knickten weich in den Seiten ein, und die Menschen sanken mit ihrem Gepäckstück zu Boden. Ich spürte das Ziehen in den Waden der Mitreisenden, einfach durch Hinschauen. Ich trank etwas Wasser. In einiger Ferne entdeckte ich den Getränkeautomaten. War es derselbe? Er wies vielleicht noch mein in ihm deponiertes Guthaben auf! Nein, wir waren ganz woanders.

9

Die Umbuchungsdame war, wie sich herausstellte, gar nicht enttäuscht darüber, dass ich nicht mehr fliegen wollte, nicht morgen früh, auch nicht morgen Nachmittag. Ich schüttelte zu allem den müden Kopf, wie Kinder in der Werbung vor dem minderwertigen Produkt. Sie schenkte mir eine mit zweihundert Euro aufgeladene Entschädigungs-Karte. Ich war gerührt und bedankte mich. »Die kann ich überall verwenden?«
Sie sagte ja. Wie froh sie über einen dankbaren, ruhig sprechenden Passagier war. Mein Koffer werde dann auf mich warten.
»Ah ja«, sagte ich.
»Einfach an der Gepäckausgabe.«
»Dann geh ich da jetzt hin«, sagte ich.

Ich klang in der Tat etwas betrunken. Also setzte ich einen Schritt nach dem anderen, Ryu-no-su-ke-a-ku-ta-ga-wa. Ein Hund kam in die Küche. Der Tod auf der Straße als Windstoß. Ein Springball im Wappen eines Inselstaates.

An der Gepäckausgabe fühlte ich ein warmes Glühen in mir. Das waren die Abendstunden, die nun, nach einiger Verzögerung, in meinen Körper strömen durften. Auf dem Laufband wurden Schi sichtbar, dann folgten einige identische Koffer. Am Nachbarband kreiste seit längerer Zeit ein Objekt ganz in Rot. Ich taufte es Dominik. Ich war so müde, dass ich andauernd im Bodenmuster versteckte Hakenkreuze zu erkennen versuchte. Im Taxi nach Hause stellte sich ein wohliges Gefühl von Vollständigkeit ein. Im Radio war von Venezuela die Rede. Warum auch nicht. Venezuela, ein weiterer Puzzlestein. Selbst die Sockenfalte in meinem Schuh, auf die ich seit Verlassen des Flugzeugs bei jedem Schritt getreten war, akzeptierte ich als Accessoire.

Als ich in unserer Straße ausstieg, roch es schon nach Abend, nach frisch geläuteten Glocken. Ob die abends und morgens knapp überm Horizont stehende Sonne wohl kurz ins Innere der im Kirchturm schwingenden Glocke scheint, sozusagen »ihr unter den Rock«? Lässt der Winkel das zu? Warum auch sonst der Glocke auf allen vier Seiten breite Fenster im Turmgemäuer lassen? Die Alleebäume standen reglos, der Beginn eines Films. Aber nun flatterte eine Krähe zwischen ihnen und landete, sich wappentierhaft gegen den Abendhimmel abzeichnend, auf einem Ast. »Dreißigjähriger Krieg«, dachte mein müder Kopf. Und: »So nahmen wir um Michaelis Regensburg ein, in der Frühe.«

Drei Polizisten gingen in einiger Entfernung über die Straße, und es sah so aus, als hielten sie einander an den Händen. Es war schon die Stunde, da die Kofferräume der überall in die Siedlung heimkehrenden Familien ein wenig länger offen bleiben durften. Menschen waren zusammen einkaufen gewesen. Und nun hing auch junger, frischer Frühlingsgeruch in der Luft. Es würde Marianne bestimmt überraschen, dass ich nach Hause kam. Vielleicht war sie gar nicht da und würde erst zu später Nachtzeit zurückkehren, wenn überall im Bezirk die Schornsteine zu knistern und zu wachsen begannen. Ich schaltete mein iPhone wieder ein.

10

Beim Betreten des Hauses fiel mir der ungute Geruch auf, der im Treppenhaus hing. Nein, Rauch war es nicht, auch kein Gas. Keiner der gefährlichen Gerüche. Er wurde stärker, je weiter ich meinen schweren Koffer nach oben trug. Jemand hatte in allen Halbstöcken die Fenster aufgemacht. Vor der Wohnungstür war er fast unerträglich. Ich bemerkte, wie sich meine Gesichtszüge auf »besorgt« stellten, noch bevor konkrete Gedanken da waren. Ein grausiger Geschmack stieg mir in die Kehle. Ich fingerte den Schlüssel aus der Tasche und sperrte auf.

Nie werde ich den Anblick vergessen, der sich mir beim Öffnen der Tür bot. Überall, auf dem Boden liegend oder an die Wände gekauert, lagerten fremde Menschen. Im Vorzimmer waren es sechs. Aber man sah sofort, dass es in allen Räumen der Wohnung auf ähnliche Weise weiterging. Es waren alte und junge. Bündelweise. Sie lagen auf Matten oder auf Kartonstücken. Ihre Kleidung war in miserablem Zustand, sie war zerrissen, fleckig, verschmolzen mit ihren Trägern. Die meisten Männer hatten zerzauste Bärte.

Ich muss wohl einige Zeit regungslos dagestanden sein. Das Nächste, woran ich mich erinnere, ist die aufrecht schreitende

Person – die einzige unter all den Kauernden –, die im Türrahmen zum Wohnzimmer erschien. Sie schaute nicht in meine Richtung. Sie beugte sich zu einem der einquartierten Menschen hinunter und reichte ihm etwas, das er im Liegen wie eine Schlafpuppe umherzen konnte: Es war meine Kaffeetasse mit dem Mandelbrot-Muster. Still sich bedankend, hob der Mensch den Kopf, dann rollte er sich wieder zusammen. Wer waren diese Leute? Woher kamen sie? Die aufrechte Person war Marianne. Sie verschwand nun im hinteren Teil der Wohnung, in der übrigens kaum Lampen brannten. Alle Zimmer lagen in dämmrigem Halblicht.

Natürlich lief ich ihr hinterher. Jeder hätte demselben Impuls nachgegeben. Ich ging wie auf Schnee, mit seltsam gedämpften Schritten. Marianne war auf den Balkon hinausgetreten. Ich konnte ihre Gestalt gerade noch gegen die dürftigen Lichtquellen der Nachbarbalkone erkennen, sie beugte sich nieder und richtete sich wieder auf. Ich machte ein paar hastige Schritte in mein Arbeitszimmer, hielt dabei eine Münze in meiner Hosentasche fest umklammert und atmete durch ein Nadelöhr. Vielleicht war das der Tod. Es roch sehr feucht in meinem Zimmer, nach Hafenwasser. Ich wollte brüllen. Wer sind diese Leute? Aber das Ungeheure der Frage lähmte jede Möglichkeit der Artikulation.

Auch in meinem Bett wurde gelitten. Vier Männer hatte man dort untergebracht. Sie lagen eng aneinandergeschmiegt und atmeten schwer. Unter meinem Arbeitstisch lagerten ebenfalls vier Gestalten, alle in Wolldecken gehüllt, es waren Jugendliche. Einer von ihnen schaute mich an. Er hielt seinen Mund etwas schief und hatte die Lippen ein wenig gespitzt. Vor ihm auf dem Boden lag meine Elektrozahnbürste mitsamt dem Aufladekabel. Die meisten Decken, die Marianne offenbar verteilt hatte, waren mir neu. Nur einige wenige erkannte ich. Da war zum Beispiel die Fernsehdecke, in die ich sonst meine Füße wickelte. Ich verließ das Zimmer. In meinem Mund sammelte sich Spucke, aber ich konnte nicht mehr schlucken. Da ich sonst nichts zu tun wusste, legte ich meinen Wohnungsschlüssel vorsichtig in die vergoldete Schale im Wohnzimmer. Auch hier lagen Menschen auf dem Boden. So viele. Zerlumpt und siech, mit selbst im Dämmerlicht gut erkennbaren Schwären auf der Haut. Und einige wenige Fliegen surrten, Frühstarter im Kirchenjahr. Man sah sie nicht, aber hörte sie. Das Gewand, das Marianne trug, war von der Farbe alter steinerner Säulen. Ich nahm es erst jetzt, mit einiger Verzögerung, wahr, und nur der Ausdruck »Norbert Gstrein«, nun vollends fremdartig und bedrohlich geworden, zog wie ein Banner durch meinen Kopf. Meine inneren Windmühlen standen still.

Einer der rund um den Fernseher gruppierten Männer trug ein Hemd mit Charlie-Chaplin-Aufdruck. Für einen kurzen Moment hielt ich mich daran fest, an der Abbildung des Schnurrbarts und der Melone. Der Mann hatte die Augen geschlossen und umklammerte mit seiner Hand einen Schulterzipfel des Hemdes. Hier im Wohnzimmer war der Gestank am schlimmsten. Süßliche und grelle Reize wechselten sich mit bitteren und herben ab. Und der Anblick der nebeneinander liegenden, ja wie in einem unheimlichen Holzschnitt eng *umeinander* geschlungenen elenden Körper erinnerte mich an eine Dokumentation über Sklavenschiffe, die ich vor längerer Zeit gesehen hatte. Aber diese Menschen waren freiwillig hier. Sie alle wirkten erleichtert, in Sicherheit, am Ziel. Es war genau dieser Augenblick, als mir klar wurde, dass ich das alles hier niemals hätte sehen dürfen.

Marianne trat vom Balkon in die Wohnung. Zuerst erkannte ich ihr Gesicht nicht, ihren Ausdruck. Ich dachte, dass es an den schummrigen Lichtverhältnissen liegen musste, die sie so fremd aussehen ließen. Aber dann verstand ich: Sie war glücklich. Ja, so sah das aus. Zugleich wurde mir klar, dass diese Freude, diese selbstverständliche Heiterkeit zumindest in meiner Gegenwart bislang immer gefehlt hatte, egal wie freundlich und gelöst unser Umgang gewesen war. Sie blühte geradezu, wie in stillem Stolz. Wo sonst sah man solche Freude? Vielleicht in diesem Gemälde von Breughel, »Die Bauernhochzeit«, im Gesicht der am Tisch sitzenden Braut. Aber immerhin verstand ich, dass das hier, dieses mir so vollends unbegreifliche Lazarett in unserer Wohnung, die reale Welt war. Für alles außerhalb dieser Welt hatte es bei Marianne immer Verstellung gebraucht, Selbstbeherrschung und Geduld. Es war nicht ihr Leben gewesen.

Vorsichtig trat sie über einige der auf dem Wohnzimmerboden lagernden Männer und kam so, in einer etwas ungelenk wirkenden Seitwärtsdrift, langsam auf mich zu. Der schlimme Geruch wurde dabei, vermutlich weil ihre Bewegungen die Luft im Zimmer verwirbelten, noch etwas stärker. Marianne sah mich, aber sie sagte nichts. Ich glaubte ihr den Weg zu versperren und sie so zumindest zu irgendeiner Art von Konfrontation zu zwingen. Aber dann schritt sie, nach einem knappen Kopfschütteln, mit einem Mal auf mich zu und, ohne mich auch nur im Geringsten zu streifen, an mir vorbei. »Unsinn«, hörte ich sie murmeln.

Staunend wandte ich mich um und sah, wie sie sich zu einem unter unserem Barometer kauernden älteren Mann niederbeugte. Ihm fehlten Nase und Ohr, dazu hatte er einige kahle Stellen auf seinem Kopf. Er sah aus, als hätte er viele Tage und Nächte ratlos und wartend in irgendeiner mörderischen Wüste zugebracht. Ich glaubte zu erkennen, dass er sich leise bei Marianne bedankte. Dafür erhielt er von ihr so etwas wie einen Kuss auf die Stirn, dann sank er zurück auf seinen Karton und rollte sich in seine Decke.

DAS ALTE HAUS

Ich hielt einen Kamm, mein Anzug war braun, am Horizont drehten sich Kräne. Es war ein grellweiß verputztes Haus in der Vorstadt. Ich stellte mich als »Peter Ulrichsdorfer« vor. Der Vater der (laut Klingelschild) Familie Scheuch, ein schnauzbärtiger Mann, hörte sich meine Bitte an, nickte, streckte mir die Hand entgegen und sagte, ja, kein Problem, ich könne mich gern ein wenig umsehen. Nur herein, bitte. Vielleicht würde ich ja tatsächlich etwas wiedererkennen.

»Wann genau haben Sie denn hier gewohnt?«, fragte er mich.

»Vor sehr langer Zeit«, sagte ich. »Ich bin als Kind oft umgezogen, aber hier waren wir am längsten, fast sieben Jahre. Bis ich dreizehn war, ungefähr.«

Ich legte eine Hand auf den Türrahmen, der neu aussah, und zog sie gleich wieder weg, als wäre ich enttäuscht.

»Ach so, ja«, sagte Herr Scheuch und legte einen Finger auf sein Kinn, als müsste er nachdenken. »Wir sind letzten Sommer eingezogen. Vorher hat hier eine alte Frau gewohnt. Zuser.«

»Zuser«, wiederholte ich nachdenklich. »Nein, sagt mir nichts.«

Ich schritt ins Vorzimmer des Hauses. Zwei Kinder standen dort. Als sie mich sahen, verschwanden sie in Richtung Treppe. Und, Jackpot, eine Ehefrau gab es auch, Herr Scheuch erklärte ihr kurz, weshalb ich hier war. Daraufhin stellte sie sich, Friede sei mit ihr, in einiger Entfernung auf und tat so, als beschäftige sie sich mit den Gegenständen in einem der Regale.

Herrlich! Ich kannte dieses wachsame Woanders-Hinschauen, es war mir inzwischen so geläufig wie früher die verschiedenen Ohrenstellungen meines Hundes Jeff. Eine bestimmte Stellung bedeutete Alarm, eine andere Entspannung, eine andere Spielfreude, und so weiter. Ich wüsste sehr gern, wie es Jeff heute geht. Von den Leuten, bei denen er jetzt wohnt, hat man mir erzählt, dass es gute Menschen seien. Gute Menschen mit einem großen Herz.

»Ja, hier, dieses Zimmer, genau«, sagte ich und deutete im Kreis herum. »Aber es ist doch alles sehr verändert.«

»Och«, sagte Herr Scheuch.

»Aber damals war ich auch kleiner«, sagte ich.

Ich ging also in die Hocke und schaute zur Decke empor. Außerdem steckte ich den Kamm zurück in meine Brusttasche, er hatte seine Aufgabe erledigt. Nichts wirkt so unschuldig wie ein Mann, der sich, bevor er an deiner Tür klingelt, noch eben rasch gekämmt hat.

»Hier geht es zur Küche«, sagte Herr Scheuch.

Ich erhob mich und ging ihm einige Schritte hinterher.

»Aber das hier ist alles von uns«, sagte er.

»Jaja, ich seh schon«, sagte ich. »Es ist wirklich sehr nett, dass Sie mich mein altes Zuhause anschauen lassen.«

Ich ging zurück ins Wohnzimmer.

»Dürfte ich mir das da hinten ansehen? Da war ich immer nach der Schule, glaub ich.«

Herr Scheuch nickte.

»Ja, ja natürlich«, sagte er, »ich hab ja Verständnis für … für Ihre Situation. Wie gesagt, Sie können sich gern umsehen.«

Ich machte einen unsicheren Schritt nach vorne, in Richtung des zweiten Raumes, der rechts neben der Eingangstür lag, aber dann blieb ich stehen und stützte mich an der Lehne des schweren Fauteuils ab. Als wäre mir schwarz vor Augen geworden, hielt ich eine Hand vor mein Gesicht und schüttelte langsam den Kopf.

»Geht's Ihnen nicht gut?«, fragte die Frau.

Aber es klang wie abgelesen. Sie war noch nicht in der Szene, noch nicht *in character*.

Herr Scheuch, dessen Vornamen ich gerne gewusst hätte, ging in die Küche. Er kam mit einem Glas Wasser zurück. Er besaß eines jener grübchenreichen, unfreiwillig dauervergnügten Gesichter, wie Gott es all jenen mitgibt, die man etwas zu früh aus ihrem Kokon drückt.

»Hier bitte«, sagte er.

Jetzt erst fiel mir auf, dass er ziemlich durchtrainiert aussah. Das Gesicht hatte mich abgelenkt. Sein Bizeps spannte den Stoff seines Hemdes, als er mir das Glas hinhielt. Und auch am Hals gab es deutlich sichtbare Muskeln.

»Es geht schon«, sagte ich, »danke. Es ist nur diese Wucht. Dass sich alles so verändert hat. Ich bin seither so oft umgezogen. Sogar in Schweden hab ich gewohnt.«

Schweden deshalb, weil gerade der Buchstabe S dran war. R war letztes Wochenende gewesen, in dem Gespräch mit der tätowierten Reptilienfrau im Typhoid Club in der Rechbauerstraße. Rumänien.

»Ah, Schweden«, sagte Herr Scheuch. »Wo denn?«

»Es ist alles so verändert hier«, klagte ich. »Es tut mir leid.«

»Naja«, sagte die Frau. »Verändert, hm.«

»Und was ist damit?«, fragte Herr Scheuch und deutete auf ein altes Klavier. »Das stand schon da, als wir eingezogen sind.«

»Nein«, schüttelte ich den Kopf. »Nie gesehen.«

Er schien davon tatsächlich ein wenig enttäuscht. Vielleicht würde er nun, so wie die meisten, beginnen, mir sein Haus vorzuführen, ob irgendeiner der Winkel und Gegenstände vielleicht meine Erinnerung berühren konnte, aber nein, er nickte nur und sagte:

»Ah, so, ja. Und wo genau in Schweden?«

»Stockholm«, sagte ich. »Aber wie gesagt, das war nur kurz. Meine Familie ist ziemlich oft umgezogen.«

»Stimmt, haben Sie erwähnt«, sagte der Mann. »Ich war da immer sehr gern. In Stockholm.«

»Könnte ich«, begann ich. »Könnte ich, ich meine … Wäre es ein Problem, wenn ich mir noch den Garten ansehen würde? Sie waren wirklich sehr freundlich.«

Eine Pause entstand. Dann sagte Herr Scheuch:

»Aber nein, kein Problem. Hier, bitte, Sie sehen ja die Tür.«

Er zeigte auf eine hohe gläserne Terrassentür. Ich deutete eine dankbare Verbeugung an und ging durch die Tür in den Garten. Die frische Luft war jetzt genau das Richtige, einen Augenblick konnte man so noch Ruhe und Gewissheit atmen, bevor die notwendigen Schritte eingeleitet wurden. Eine weiße Gießkanne stand im Gras neben einem fernsteuerbaren Spielzeugauto. Und weiter hinten eine hässliche, müde Hollywoodschaukel.

Als ich mich umdrehte und aus dem Garten zurück ins Wohnzimmer der Familie Scheuch gehen wollte, standen auf einmal zwei Männer vor mir. Der eine war Herr Scheuch, der andere seine ungenaue Kopie. Nicht nur, dass sie einander ähnlich sahen, sie trugen auch dieselbe Art von schlampig kariertem Hemd, aber die schlechte Kopie war um einen halben Kopf größer als Herr Scheuch.

»Mein Bruder«, sagte der Gastgeber.

»Alex«, sagte der Mann und legte eine Hand auf seine Brust.

»Angenehm«, sagte ich. »Peter Ulrichdorfer.«

»Wie?«, sagte der Bruder und neigte sich etwas zu mir herunter, um besser hören zu können.

»Ulrichdorfer.«

»Aha«, sagte er.

»Ulrichsdorfer oder Ulrichdorfer?«, fragte Herr Scheuch.

»Ohne s«, sagte ich. »Obwohl die meisten Briefe, die ich erhalte, an das überzählige s adressiert sind, haha.«

Die Männer deuteten ein Lächeln an.

Ich bemerkte, dass der Bruder namens Alex etwas unter seinen Arm geklemmt hatte. Es war ein Fotoalbum.

»Und, erkennen Sie irgendwas wieder?«

»Es ist alles so anders«, sagte ich. »Aber es ist wirklich nett von Ihnen, dass Sie mir erlaubt haben, mich überall … Sagen Sie, haben Sie im Garten viel verändert?«

»Wir wollten Ihnen noch das hier zeigen«, sagte Herr Scheuch und deutete auf das Fotoalbum unter dem Arm seines Bruders.

»Das hat die alte Frau Zuser dagelassen«, sagte Alex.

Die Männer lachten über diese Bemerkung.

Wir gingen zurück ins Wohnzimmer. Herr Scheuch schloss die Terrassentür hinter mir. Es werde langsam kalt, meinte er. Vielleicht würde später noch Regen kommen.

»Ja dann, vielen Dank«, sagte ich.

»Sorry, ich bin vorhin zu spät gekommen«, sagte der Bruder.

»Sagen Sie noch mal, in welchem Zimmer haben Sie gewohnt?« Er legte mir eine Hand auf die Schulter.

»Ach, das war oben. Eines der Kinderzimmer. Aber ich habe Ihre Geduld schon viel zu lang …«

»Nein, nein, kein Problem«, sagte Herr Scheuch.

Ich bedankte mich herzlich bei den beiden Männern, auch der Frau winkte ich zu und machte einige Schritte in Richtung Tür. Dabei ließ ich eine Hand in die Tasche des Leihanzugs gleiten und umklammerte den *Stunmaster 500*.

»Sehen Sie mal hier«, sagte Alex. »Erkennen Sie das vielleicht wieder? So hat die Einfahrt ausgesehen, bevor wir gekommen sind.«

Ich beugte mich zu dem Bild und nickte.

»Ja, ein bisschen sieht das so aus wie damals. Aber ich weiß nicht, ich glaube, mein Gedächtnis ist nicht mehr so gut.«

»Siehst du? Sein Gedächtnis ist schlecht«, sagte Herr Scheuch zu Alex.

»Ja, das alte Problem«, sagte Alex und blätterte um. »Und wie schaut das hier aus?«

»Auch sehr fremd«, sagte ich.

»Och«, sagte Alex und schüttelte den Kopf.

Sein Halsbereich wäre nun leicht zu erreichen, dachte ich. Die Kontakte des Stunmasters waren schon etwas abgenutzt, man musste oft fester zustoßen, ein zusätzliches Risiko. Ich blickte zur Seite, auf Herrn Scheuch. Er hielt eine schwere Vorhangstange in der Hand. Mit der konnte man vermutlich einem Rhinozeros den Schädel einschlagen. Aber er tat so, als ärgere er sich, dass ihm das Ding aus Versehen in die Hand geraten war, und lehnte die Stange neben sich in eine Zimmerecke.

»Möchten Sie sich vielleicht noch hinsetzen und die Bilder durchschauen?«, fragte Alex und hielt mir das Fotoalbum hin.

»Oh …«

»Es sei denn, es ist alles viel zu emotional für Sie oder so.«

»Nein, nein«, sagte ich. »Wirklich sehr freundlich von Ihnen.«

»Er erkennt nichts wieder«, sagte Herr Scheuch.

In diesem Augenblick trat Frau Scheuch neben mich. Sie hielt einen Teller, darauf lag ein Stück Kuchen. Es war dunkelgelb.

Wir saßen auf dem Sofa. Ich hatte das Fotoalbum in der Hand und dachte ein Wort: unprofessionell. Das Album in der Hand zu halten und darin zu blättern war unprofessionell. Mich mit Kuchen bewirten zu lassen war unprofessionell.

»Ja, das Zimmer oben«, sagte Scheuch. »Welches war es denn?«

Ich dachte nach und wiegte unsicher den Kopf hin und her, aber sein Gesichtsausdruck veränderte sich nicht.

»Zum Garten raus oder zur Straße?«, half mir der Bruder weiter. Es klang nicht ganz ernst.

»Zum Garten«, sagte ich, als wäre es mir gerade erst jetzt wieder eingefallen.

Die Männer wechselten einen Blick.

»Genau, den Garten haben Sie ja schon gesehen«, sagte Alex.

»Wissen Sie, das könnte tatsächlich ein Problem werden, Ihr altes Zimmer anzusehen«, sagte Herr Scheuch. »Das ist nicht persönlich gemeint, Herr Ulrichdorfer, sorry, Ulrichsdorfer, es ist nur so, dass der Jeremias jetzt drin wohnt. Wir sagen Jerry zu ihm.«

»Oh, ist okay«, sagte ich, »ich wollte nur einmal das Haus wiedersehen. Der Eindruck ist ohnehin nicht der, den ich mir erwartet habe.«

Mit solchen leicht vorwurfsvollen Formulierungen hatte ich in der Vergangenheit oft Erfolg gehabt. Aber hier blieb sie wirkungslos.

»Naja, wir könnten ihn schon fragen«, meinte der Bruder.

Herr Scheuch lehnte den Kopf zur Seite und schüttelte ihn:

»Nein, das bringt ihn nur durcheinander.«

»Jaja, das schon«, sagte Alex. »Aber er«, er deutete mit dem Daumen auf mich, »er ist immerhin im Haus seiner Kindheit, das ist eine emotionale Situation, und er kann sein altes Zimmer nicht betreten, nicht einmal für eine Sekunde, da hilft es vielleicht«, bei diesem Wort berührte er meine Schulter, »wenn man es ihm sagt.«

Eine Weile schwiegen alle. Ich bemerkte, dass der Teller mit Kuchen inzwischen auf dem Boden stand, direkt neben meinen Füßen. Ich konnte mich nicht erinnern, ihn dort hingestellt zu haben.

»Ist Ihr Sohn krank?«, fragte ich.

»Unser Sohn?«, fragte Herr Scheuch.

»Der war gut«, sagte Alex.

»Nein, nein«, sagte Herr Scheuch. »Der Jeremias wohnt da oben. Er hat einen Finger verloren.«

»Einen Finger?«

Herr Scheuch und sein Bruder schauten sich an. Eine stumme Entscheidung wurde getroffen. Herr Scheuch seufzte, hob dann die Hand und zeigte mir den Mittelfinger, *fuck you.*

»Nicht erschrecken«, sagte er. »Dieser hier. Dieser Finger hier fehlt ihm. Sehen Sie?«

»Ja, das war grauenvoll«, sagte der Bruder. »Es ist ja nicht allein die Tatsache, dass er einen Finger verloren hat, sondern die Art, wie –«

»Ja, wie gesagt, ich weiß nicht«, unterbrach ihn Herr Scheuch.

»Wir haben angefangen«, sagte der Bruder, »also müssen wir auch ... Sonst ist es unfair, oder?« Er wandte sich zu mir. »Er hat ihn sich selbst abgenagt. Immer wieder.«

»Immer wieder?«

»So wie du das sagst, klingt das, als wär er ihm nachgewachsen«, sagte Herr Scheuch.

»Ich hab gemeint, nicht plötzlich«, korrigierte sich Alex lachend. »Nicht im Affekt, sondern jahrelang, eine kontinuierliche Arbeit.«

Er machte eine Geste mit der Hand, als schneide er die Luft vor ihm in dünne Scheiben.

»Wie hat er das gemacht?«, fragte ich.

»Immer ein bisschen. Hm, wie soll man das erklären.«

»Und das ausgerechnet in Ihrem alten Zimmer«, sagte Herr Scheuch.

»Ja, hm, wie soll man ...«, wiederholte der Bruder, und sein Gesicht drückte einen tiefen, mysteriösen Schmerz aus.

»Es sind immer diese langsamen Übergänge im Leben«, sagte Herr Scheuch. »Die sind das Problem, nicht die raschen. Jeden Tag ein kleines bisschen weniger, fünf Jahre lang. Bis der Finger dann irgendwann ... hm. Ich weiß nicht, warum man das so schlecht wahrnimmt. Ich meine, wir haben nicht weggeschaut, das nicht. Wir geben schon acht aufeinander.«

Der Bruder schüttelte auf zustimmende Weise den Kopf.

»Muss so sein wie in diesen Alcatrazfilmen«, fuhr Herr Scheuch fort, »wo die jahrzehntelang mit einem Teelöffel einen Tunnel graben oder so. Und der Tunnel wächst jeden Tag, naja, wie viel Millimeter werden das sein, Alex?«

Der Bruder hob die Schultern gleichzeitig mit den Augenbrauen, dann bekam sein Gesicht einen nachdenklich rechnerischen Ausdruck und er sagte:

»Naja, sicher verschwindend gering. Ein, zwei Millimeter am Tag, maximal.«

»Ja, und –«

»Wenn überhaupt«, ergänzte der Bruder.

»Und so erklären wir uns das«, sagte Herr Scheuch. »Aber die Wahrheit weiß am Ende natürlich nur Gott.«

»Absolut«, sagte Alex.

Und dann hefteten sich die Augen beider Männer wieder auf mich.

»Wow«, sagte ich. »Das ist wirklich … Wow.«

Eine ungeheure Enttäuschung breitete sich in mir aus. So musste es sich anfühlen, wieder und wieder aus seinem Heim vertrieben zu werden.

»Verstörend, ja«, sagte Herr Scheuch. »Da oben in Ihrem Zimmer, zum Garten raus.«

»Dieser Finger«, sagte Alex und zeigte mir noch einmal die Geste. »Auch noch der längste.«

Die beiden Männer standen gleichzeitig auf. Im Bemühen, ein zumindest gleichschenkeliges Kräftedreieck mit ihnen zu bilden, erhob ich mich ebenfalls. Aber da das Fotoalbum noch auf meinen Knien gelegen war, fiel es mir auf den Boden. Als ich mich danach bückte, rutschte der Stunmaster aus meiner Tasche.

Der Bruder bückte sich danach.

»Schau«, sagte er und gab das Gerät an Herrn Scheuch weiter.

Der wischte mit der Hand darüber und betrachtete es, schaltete es ein, schaltete es aus. Dann gab er es mir zurück.

»Und, erkennen Sie wirklich nichts wieder?«, fragte der Bruder und legte mir seine Hand auf den Rücken.

Sanft geleitete er mich zur Tür.

»Ich weiß nicht«, sagte ich.

»Das fände ich schon wirklich sehr, sehr traurig, wenn Sie überhaupt nichts von damals wiedererkennen würden. Das würde ja bedeuten, dass Ihre Kindheit überhaupt keinen Anker mehr in der Gegenwart besitzt. Dass sie einzig und allein in Ihnen existiert, in Ihren Erinnerungen. Die Schaukel im Garten haben Sie gesehen? Nicht mal die, nein?«

»Ach so, ja, die natürlich«, sagte ich mit einem traurigen Lächeln.

»Ja, war nicht billig, das Ding«, sagte der Bruder mit einem ebenso traurigen Lächeln.

Wir standen vor der Haustür.

»Ich möchte Ihnen danken«, sagte ich und bemühte mich, leise zu sprechen. »Vielen Dank, dass Sie mir geholfen haben, meine Vergangenheit ...«

»Naja, ist doch selbstverständlich«, sagte der Bruder. »Es gibt nichts Traurigeres auf der Welt als einen Menschen, der keine Vergangenheit besitzt und deswegen ruhelos herumirrt. Wenn man seinen kleinen Anteil dazu beitragen kann, dass es weniger solcher Menschen auf der Welt gibt, dann ist das doch jede Mühe wert.«

Ich ging durch die Tür hinaus ins Sonnenlicht. Der Tag war heiß, unterm Anzug hatte ich zu schwitzen begonnen. Ich taumelte die Einfahrt hinunter. Auch hier also kein Erfolg. Kein Heim, keine nach den ersten chaotischen Tagen nach meinem Einzug allmählich und geduldig sich einstellende Geborgenheit, keine Atmosphäre der Sicherheit. Ich hätte mich so bemüht, so hart dafür gearbeitet. Gegen all den Widerstand der Überrumpelten. Die Frau wäre vielleicht als Letzte konvertiert, man sah es an ihrem noblen Gesicht. Jemand rief mir etwas zu, und ich wandte mich um.

»Warten Sie einen Augenblick!«

Herr Scheuch kam über den Rasen auf mich zu. Sein Bruder stand in der offenen Tür des Hauses.

»Ich habe Ihnen eine Kopie davon gemacht und wollte sie Ihnen geben«, sagte Herr Scheuch. »Aber dann waren Sie so schnell aus der Tür raus.«

Er hielt mir eine Fotografie hin. Ich trat einen Schritt zurück.

»Mein Bruder denkt, dass Sie sich an gar nichts erinnern können. Also hab ich mir gedacht, ich gebe Ihnen dieses Foto. Es zeigt den Garten und den hinteren Teil des Hauses, so wie er vor fünfzig Jahren war. Da existierte dieser ganze Anbau – da oben, sehen Sie – überhaupt nicht, obwohl man das auf dem Foto auch nicht gut erkennen kann. Aber da, dieses zinnenartige Dings da oben, das fehlt hier, sehen Sie. Und hier der Kellereingang, den haben wir auch letzten Winter zumauern lassen. Ich hoffe, das hilft. Man braucht oft kleine Hilfsmittel. So können Sie sich vielleicht die alte Erinnerung neu aufbauen. Weil, so völlig leer herumlaufen, das sollte niemand müssen.«

»Danke, das ist sehr nett«, sagte ich.

»So völlig ohne irgendwas. So verloren, so vollkommen fucked.«

Wir standen voreinander. Ich rechnete jeden Augenblick damit, dass er mich umarmen oder auf mich einschlagen würde, aber er tat es nicht. Stattdessen holte er einen Teelöffel aus der Hosentasche und fuhr mit dem Daumen über dessen stumpfe Kante.

»Und?«, fragte er dabei und hielt dann den Löffel, als wäre es ein Stück Bernstein, prüfend gegen das Licht. »Was halten Sie von dem Himmel? Wird es heute noch ein Gewitter geben?«

KVALØYA

Wie man weiß, ist es nicht einfach, mit einem Or zu verreisen. Schon am Frankfurter Flughafen und später auf dem in Oslo begannen ihm alle möglichen Dinge aufzufallen, und es kostete mich einige Mühe, das Or dazu zu bringen, bei mir zu bleiben. Vor der großen Anzeigetafel, auf der die Flüge standen, blieb es lange stehen und blickte, den Kopf leicht zur Seite geneigt, in die Höhe. Die von einem Jingle begleiteten Lautsprecherdurchsagen ließen es zusammenzucken. An meinem Koffer hing eine Schleife, damit konnte ich das Or eine Weile beschäftigen. Ich erklärte ihm, dass die Schleife der Kennzeichnung und leichteren Identifikation diente, wenn der Koffer auf dem Gepäckband kreiselte. Ich kann nicht sagen, ob es die Erklärung verstand.

Im Flugzeug versuchte ich zu lesen. Das Or schlief, und ich legte mein Buch auf seiner Stirn ab, um mehr Platz zu haben. Die Flugbegleiterin bot mir zum wiederholten Mal Kopfhörer an. Ich bemerkte eine Münze, die außen am Kabinenfenster zu kleben schien, aber bei einer vorsichtigen Berührung erwies sich, dass sie sich doch innen befand. Es war ein Mittagsflug. Nach und nach setzte, je weiter wir in den Norden kamen, die Dämmerung ein. Wenn man aus dem Fenster blickte, sah man schräg hinter uns einen zufallenden Vorhang aus Dunkelheit und darunter, am Horizont, das letzte Glühen von Tageslicht. Im Flugzeug kostete ein stilles Wasser 25 Kronen, aber Tee oder Kaffee seien gratis, erklärte man mir. Ich hob meine

Hand, und man verstand die Geste. Das Or knurrte leise im Schlaf. Nach etwa einer halben Stunde zeigten sich unten am Erdboden seltsame Nachtländereien, kleine inselartige Gebilde, begrenzt von einem Glitzerrand, wie Goldstaub. Waren es kleine Siedlungen? Oder im Kreis führende Straßen? Ich schaute auf die Uhr und stellte Berechnungen über die verbleibende Flugzeit an. Meine Hand lag auf dem Or.

Am Flughafen von Tromsø dauerte es lange, bis wir ein Taxi bekamen. Ich fror und suchte im Koffer nach meinen Handschuhen. Das Or stand neben mir, stocksteif und aufmerksam. Ein grauhaariger Mann mit großen Nasenlöchern lehnte an einer Säule und wickelte ein Brot aus einem Papier. Es drängte mich, dem Or zu erklären – zuerst geflüstert, dann, da vermutlich niemand hier Deutsch verstand, in normaler Lautstärke –, was es mit dem Brot auf sich hatte. Der alte Mann biss hinein, und das Or fasste vor Schreck in meine Manteltasche.

Es waren weiträumige Tunnelsysteme, über die man vom Flughafen hinunter in die Stadt gelangte. Die Straßen im Tunnel schienen vereist. Im Radio spielte ein mir unbekannter Folksong. *Sechzigerjahre*, dachte ich. Das Or lauschte und setzte zu einer Frage an, brach aber gleich wieder ab, als wir an einer Schranke hielten. Der Fahrer lehnte sich weit aus dem Fenster, um das Ticket in einen Automaten zu schieben. Die Schranke hob sich. Das Or imitierte die Bewegung mit seinen Fingern.

Im Hotel ließ man mich mehrere Formulare ausfüllen. Das Or trieb sich, während ich mit dem angeketteten Kugelschreiber in die Textfelder schrieb, beim Foyer-Klavier herum. Der Deckel des Flügels war geschlossen, und eine tönerne Vase stand darauf, Henkel in die Hüften gestemmt. Die Dame an der Rezeption hatte einen Kollegen hinzuholen müssen, da die Anwesenheit des Or sie vor ein nicht zu bewältigendes Problem gestellt hatte. Sie sprach, wenn ich mich nicht irre, mit schwedischem Akzent. Ihr Kollege hörte sich ihren Bericht an und holte dann die Formulare; für ihn war an der ganzen Sache nichts Unlösbares.

Unser Zimmer war hell und warm. Man hörte einen Summton. Ich legte den Koffer aufs Bett. Das Or verfing sich in den Vorhängen. Dann begriff es und zog sie hin und her. In einer Obstschale neben dem Fernseher lag ein Strauß makellos leuchtender Bananen.

Der erste Spaziergang am Hafen gestaltete sich schwierig, da es zu schneien begonnen hatte und ich das Or in einen Schal wickeln musste. Es wehrte sich und flehte. Man sah das Gelbe in seinen Augen. Ich zeigte ihm, indem ich über das Wasser in Richtung Süden deutete, die selbst in der Dunkelheit der Polarnacht leicht zu erkennende Eismeerkathedrale. Wie ein geblähtes Segel ragte sie zwischen den Häusern auf. Das Or schien sie tatsächlich aufmerksam zu betrachten, aber nach einer Weile wandte es sich plötzlich ab und widmete sich dem Schnee, der auf der Straße lag.

Eine Frau mit einem Hund blieb neben uns stehen. Das Tier hielt sein Maul geschlossen, kein Hecheln, wie man es sonst bei Hunden sieht. Außerdem trug der Hund eine Jacke. Die Frau lauschte jemandem, der aus ihrem Handy sprach.

Langsam, aufgehalten von vielen Nebensächlichkeiten, gelangten wir in ein merkwürdiges Viertel, das zu keiner echten Gassenbildung fähig war. Die Häuser hier standen da, als hätten sie noch zu beraten, wie sie dereinst verbunden zu werden wünschten. Einige hatten es auch aufgegeben und sich von den anderen abgewandt, sie blickten aufs Wasser. Ein Schild wies uns in die Richtung des Polarmuseums.

Das Or folgte mit seinen Augen einer Möwe, die von einer mitten auf einer winzigen Verkehrsinsel stehenden Sitzbank aufflog und sich auf einer Ampel niederließ. Die Möwe öffnete den Schnabel, aber es war kein Laut zu hören. Ich begann zu erklären, aber das Or schien traurig, also ließ ich es in Ruhe und legte nur meinen Arm um seine Form.

Das Polarmuseum hatte geschlossen. An der Pier waren alte Harpunen aufgestellt. Das Or beschäftigte sich mit ihnen. Mir fiel ein Weihnachtsbaum auf, neben den jemand einen Schiffsanker gelegt hatte. Die Kombination wirkte eigentümlich berührend, und ich machte ein Foto davon. Vielleicht war auch der Anker zuerst dagewesen, dachte ich. Das Or wurde unterdessen reglos und apathisch, und ich zog es von den Harpunen weg. Der Hafen war ganz still. Nur die Boote räusperten sich an der Kaimauer.

Viele Gaststätten in dieser Gegend berichteten auf großen Tafeln von ihrem Fischangebot. Ich erklärte nichts, das Or fragte auch nicht nach. Schließlich fanden wir einen Platz in einem kleinen Restaurant, in dem ein altmodisches Grammophon an einem Seil von der Decke hing. Außer uns war niemand da, nur ein alter, in seinem leichten, von langem Erdenleben dunkelbraun gewordenen Mantel offenbar schon für wärmere Monate gerüsteter Mann, der, während wir uns neben ihm aufhielten, niemals aufblickte oder sich umwandte, sondern sich mit einer Sorgfalt, die mir die vom langen Gehen müde gewordenen Schultern etwas leichter machte, um seine Schuhbänder kümmerte. Er zog an ihnen, band die Doppelschleife neu, löste sie wieder, verlagerte sein Gewicht, fing von vorn an; es massierte mir die Kopfhaut, ihm zuzusehen. Bei jeder Änderung seiner Sitzhaltung gab er, wie ein Diaprojektor, ein leises Bestätigungsgeräusch von sich. Das Or schob das Besteck auf dem Tisch hin und her.
Ein Kellner erschien, und ich bestellte ein Getränk. Ich fragte ihn auf Englisch, wie weit es zu Fuß von hier bis zur nächsten Insel sei. Er verstand nicht. Ich versuchte es auf Deutsch. Er antwortete in einer Art kristallenem Niederländisch, das ich,

da es spät war und meine Erschöpfung groß, wie im Traum Wort für Wort verstand, und ich bedankte mich.

Nach dem Essen, als wir unseren Gang fortsetzten, beschäftigte uns ein Handschuh, der auf einer bucklig vereisten Gehsteigkante lag. Das Or war aufgewühlt, und ich bot ihm verschiedene Optionen an, aber es wollte von keiner etwas wissen. Quer über eine Mauer neben uns verlief ein Riss. Das Haus selbst beherbergte einen makrobiotischen Laden. Auf einem Werbeplakat freuten sich bärtige Männer.

Gegenüber unserem Hotel befand sich ein erleuchtetes Fitnessstudio. Ein undeutliches Glücksgefühl stellte sich ein, als ich die auf dem Stand laufenden Menschen betrachtete, entrückt und eingekastelt in ihren hellen Schaufenstern, umgeben von Polarnacht. Wie Hamster in einer Raumkapsel. Im ersten Stock wurde *trening med sol* angeboten, Training unter einer großen UV-Lampe, die für die Sonne stand. Ich schlug dem Or vor, die Lampe aus der Nähe anzusehen, aber im Eingangsbereich des Fitnessstudios summte ein großer Getränkeautomat, also kehrten wir auf die kalte Straße zurück.

Noch hatte ich mein Zeitgefühl nicht verloren. Ich wusste, dass es auf acht Uhr abends zuging. Der Himmel war tiefschwarz, aber nicht bewölkt. Ich begann etwas über das Nordlicht zu erzählen, das man hier oben mit Sicherheit oft beobachten könne, aber das Or unterbrach mich, es musste pinkeln. Also gingen wir wieder hinunter zum Hafen und fanden eine Stelle hinter einem Haus, wo uns gewiss niemand sehen konnte, außer vielleicht ein durch ein Fernglas blickender Mensch auf der anderen Seite des Wassers. Während das Or sich abmühte und sich zitternd hin und her bewegte, bis es sich erleichtert hatte, stand ich da und rückte mir, in eine Art Endlosschleife geratend, immer wieder die Kapuze zurecht.

Wir entschieden uns, früh schlafen zu gehen. Im Zimmer war es jetzt etwas kühler als bei unserer Ankunft. Kurze Zeit spielte ich in Gedanken mit der Möglichkeit, dass die überforderte Dame an der Rezeption ein Hebelchen betätigt und dadurch unsere Heizung abgeschaltet hatte. Ihr merkwürdig kindliches Renaissance-Gesicht fiel mir ein.

Als ich aus der Dusche trat, sah ich, dass auf dem beschlagenen Spiegel Wischspuren erschienen waren. Sie erinnerten an die Spuren, die ein Schwamm auf einer Schultafel hinterlässt und deren dreidimensionaler Eindruck etwas zutiefst Befriedigendes hat. Ich trocknete mich ab, während draußen vor der Tür, wie ich an einer warmen Stelle auf dem Badezimmerboden merkte, das Or hockte und wartete. Es war nicht gern allein.

In dieser Nacht schlief ich schlecht und wachte oft auf. Das Or lag auf einem Fauteuil neben dem Fenster, eine Decke verhüllte seinen Kopf.

Am nächsten Morgen kam es zu einer unangenehmen Szene. Beim Betreten des Frühstücksraums wurde ich von einer Hotelangestellten um meine Keycard gebeten. Aus der Ferne hatte die Frau hinter ihrem Stehpult ausgesehen wie eine Musikerin, die gleich zu singen anfangen wird. Sie tippte etwas in einen Touchscreen und zog die Karte durch ein Lesegerät. Aber dann, als wir an einem der Tische Platz nahmen, sprach uns lange kein Kellner an, obwohl ich ihnen mehrere Male ein entsprechendes Zeichen gab. Das Or imitierte die Geste.

Schließlich stand ich auf und holte uns Mineralwasser in zwei Gläsern, dazu einige Knabbereien und eine Banane. Das Or durfte sie schälen. Doch mittendrin hörte es plötzlich auf und legte die Banane weg.

Der Grund war ein Mann, der neben mir stand.

»Yes?«

Der Mann fragte mich, ob ich lieber Kaffee hätte oder Tee.

»Coffee please«, sagte ich. »For both of us.«

Er hätte der Bruder der überforderten Schwedin an der Rezeption sein können. Dasselbe Gesicht.

»Of course, Madam«, sagte er. »But I just have to check in the kitchen to see if we're prepared to … Just one moment please.«
Er ging weg.
Das Or hielt mir zur Aufmunterung die halb geschälte Banane hin. Ich nahm sie und dankte ihm.

Mehrere Leute erschienen, einer entschuldigte sich bei mir und sagte, es sei alles erledigt, ein Missverständnis, aber dann meldete sich der Kellner von vorhin zu Wort und sagte etwas auf Norwegisch, ohne dabei seinem Vorgesetzten, oder wer immer es war, in die Augen zu sehen. Er drehte an seiner Armbanduhr.
»Nei, nei, nei«, antwortete der Vorgesetzte. Er hielt, wie mir auffiel, einen kleinen Salzstreuer in der Hand.
Dann gesellte sich die Frau vom Stehpult zu der Gruppe und hatte auch etwas beizutragen. Der Vorgesetzte hörte sich alles an und wurde stiller. Er holte sein iPhone aus der Tasche und tippte darauf herum. Man überlegte offenbar hin und her, und schließlich stand ich auf und ging einfach hinaus, das Or folgte mir. Glücklicherweise, sagte ich mir, hatte es nicht begriffen, dass es selbst die Ursache der Verwirrung war.
Wenig später brachte man uns eine Menükarte aufs Zimmer, zusammen mit einer Entschuldigungskarte und einem Gutschein über zweihundert Kronen.
Im Zimmer neben uns hörte ich den Staubsauger. Ich saß auf dem Bett und starrte eine gebogene Lampe an. Das Or bemerkte meinen Blick und bewegte die Lampe vom Bett aus durch eine leichte Drehung seines Halses. Ich lachte zuerst, aber dann, als sich die Lampe heftiger verkrümmte, musste ich es abhalten, damit weiterzumachen. Wenig später klopfte jemand an die Tür. Ich öffnete, und ein Hotelangestellter brachte eine Flasche Wasser.
»Complimentary«, sagte er.

Ich hatte über Kvaløya, die »Wal-Insel«, schon zu Hause einiges gelesen. Sie lag im Nordwesten und war bei weitem nicht so dicht besiedelt wie Tromsø, das erschien mir als eine sehr einladende Eigenschaft. Ich hatte den Eindruck, dass das Or dem zustimmte. Den frühen Nachmittag verbrachten wir damit, uns weiter die Stadt anzusehen und einige Dinge für die Reise zu besorgen. Neue Handschuhe brauchte ich, das heißt dickere und wärmere als die, die ich mithatte. Außerdem wollte ich einen zweiten Schal für das Or kaufen. Den ersten hatte es an mehreren Stellen bereits assimiliert.

In einem Wintersportgeschäft sah ich einen Papierdrachen in der Auslage und blieb kurz stehen. Ein Knoten in meiner Brust löste sich, und es kam mir vor, als könnte ich vor diesem lächelnden Gebilde ein wenig freier atmen. Dicke Kapuzenjacken bekleideten die Schaufensterpuppen, alles saß fest und sicher an den unechten Körpern. Nur eine Mütze hatte sich, vermutlich durch die Spannkraft eines besonders engen Stirngummis, auf dem ihr anvertrauten Puppenkopf nach oben gestemmt und bildete dort nun so etwas wie eine schlaffe Stoffkrone, entzückend.

Bevor ich es aufhalten konnte, war das Or in das Geschäft gelaufen.

An der automatischen Eingangstür wurde mir von oben heiße Luft in den Kragen geblasen. Das Or trabte auf einen bestimmten Punkt zu. Einige Leute mit Einkaufstaschen mussten mir ausweichen, ich entschuldigte mich auf Englisch. Schließlich fing ich es in der Schiabteilung ein. Es schien vergnügt, wiegte sich hin und her. Ein asiatisches Pärchen starrte uns an.

Später am Tag besuchten wir noch das winzige *Nordnorsk Kunstmuseum*. Der Eintritt war frei. Im Obergeschoß hingen Bilder aus dem 19. Jahrhundert. Auf einem sah man einen Eisbären, der Menschen auf einem Floß angreift. Der Eisbär gebärdet sich wie ein wilder Drache, fast erwartet man, dass Flammen aus seinen Nüstern schlagen. Direkt daneben das Bild einer jungen Frau, die ihr Haar streng zurückgekämmt trägt und ihren Blick gesenkt hält. Das Or lehnte an einem Türrahmen. Ein Luftbefeuchter in einer Ecke zischte alle paar Minuten, was vom Or erwidert wurde. Ein sehr ernster, in dem schummrigen Licht der Ausstellungsräume irgendwie gewellt und meeresvogelartig wirkender Herr ging in einiger Entfernung vor einem großen Gruppenbild auf und ab. Auf dem Bild waren Pilger dargestellt. Jemand las aus der Bibel vor, und das Volk, kniend in einer Mulde im mannshohen Schnee, hörte zu. Als wir das Museum verließen, schüttelte sich das Or. Ich wickelte ihm den neuen Schal um Schultern und Hals.

Der Bus nach Kvaløya kam pünktlich. Der Fahrer lächelte, als er das Or sah, und winkte ihm sogar zu. Um ein Haar hätte ich dankbar seine Hand ergriffen und sie an mich gedrückt. Vorsichtig, aber mit einer gewissen Eleganz, wendete der Fahrer den Bus, und es ging über eine lange Brücke direkt in einen Tunnel hinein und dann für einige Zeit an Siedlungen und dunklen Wäldern vorbei. Ich bemerkte, dass ich ausgerechnet auf einem Sitz über einem der Reifen saß. Unter mir wölbte sich der Boden, und meine Stiefel rutschten ständig von dem sanften Hügel ab. Ich machte das Or darauf aufmerksam, und es blickte mich sonderbar an. Dann präsentierte es mir seine Handflächen. Ich berührte sie und fand sie eiskalt.
Um ihm die Angst zu nehmen, gab ich ihm einige silbrig glänzende Folien aus meiner Manteltasche, in denen früher Kaugummis eingewickelt gewesen waren. Diese lenkten es ab, und ich fand Zeit, mir auf meinem iPod ein paar Musikstücke anzuhören. Draußen waren zweifellos die Sterne sichtbar. Entgegen meinen Erwartungen kam mir die Musik, die ich von zu Hause mitgebracht hatte, nicht im Geringsten fremd vor.

Nach etwa einer Stunde schliefen wir ein. Ich wurde nur einmal kurz wach, als der Bus an einer Haltestelle stehen blieb und einige Fahrgäste direkt neben uns ihre Plätze verließen.

Die Kadenzen der norwegischen Sprache waren bereits in meine Gehirnstimme eingesickert, und im Halbschlaf hörte ich mich selbst entsprechend intonierte Sätze bilden. Im Traum sah ich Gebirge, in denen sich Freibriefe wie Taubenschwärme herumtrieben. Männer mit Taschenlampen waren auf einer schiefen Ebene unterwegs, Regen fiel vor einem kleinen Urnenfenster, und in einem Graben unter einem Haus lag eine große Metallkugel, von der ich wusste, dass sie der Sonntag war.

Als ich erwachte, standen wir mit anderen Autos in einem Stau in einem weiteren Tunnel. Das Or war ebenfalls wach und schien sich unwohl zu fühlen. Ein Mann ging draußen an den Fahrzeugen entlang und bediente eine seltsame Sprühmaschine, deren Inhalt sich in schnell verdampfenden Wolken über die Reifen der Autos verteilte. *Sehr höflich von ihm*, dachte ich, aber zugleich stellte sich eine ungute Erinnerung an Fernsehbilder von Fahrzeugreinigungen nach Atomunfällen ein. Der Mann im Tunnel trug allerdings keinen Schutzanzug, nur sehr große, karikaturartige Kopfhörer.

Das Or neben mir weinte.

Wenig ist über die Zustände von derlei Wesen bekannt. Alles, was ich aus Büchern hatte lernen können, fand ich abrufbereit in mir, aber selbst nach langem und gewissenhaftem Studium muss ich zugeben, dass wir nichts über die inneren Parameter dieser kleinen Begleiter wissen, was vielleicht erklärt, warum ich für mehrere Minuten einfach nur unschlüssig dasaß und nichts unternahm, um das Or zu trösten. Dazu kam, dass im Radio gerade ein Lied gespielt wurde, das ich kannte, etwas Uraltes von Fleetwood Mac. Eine Frau, die zwei Reihen vor uns saß, drehte sich um und nahm ihre Brille ab. Das Schluchzen, das das Or von sich gab, war möglicherweise für sie gar nicht zu hören, aber sie schaute eindeutig zu uns herüber. Ich stellte mir vor, wie alle möglichen Gedanken in ihr wild durcheinanderwirbelten. Schließlich stand sie auf und kam zu uns.

Was denn los sei, fragte sie auf Englisch. Erst in diesem Augenblick legte ich eine Hand auf den Kopf des Or und streichelte es ein wenig. Ich wisse es nicht, antwortete ich, es sei vielleicht die Müdigkeit. Wir seien schon lange unterwegs. Das schien die Frau nicht ganz zu befriedigen, sie fragte nach, ob wir auf Urlaub hier seien. Ja, auf Urlaub, sagte ich; es war die einfachste Antwort. Sie bot dem Or eine Weintraube an, die sie offenbar die ganze Zeit in der Hand gehalten hatte. Die Geste verwirrte mich. Das Or nahm die Traube nicht an. Ich verstand das gut, aber die Frau schien enttäuscht. Sie kehrte zu ihrem Platz zurück.

Als wir aus dem Tunnel kamen, erwartete ich Tageslicht und ertappte mich bei vorsorglichem Blinzeln. Das Or hatte sich beruhigt und zeigte mir unsichtbare Dinge auf seiner Handfläche. Dann, in einer Kurve, krümmte es sich nach vorne und zischte, aber weiter geschah nichts. Ich entblößte, einer plötzlichen Eingebung folgend, meine Zähne, und es erwiderte die Grimasse begeistert; gesegnete Augenblicke, in denen einem die eigene Intuition zu Hilfe kommt.
Beim Aussteigen bemerkte ich ein Kind, das sich offenbar vor dem Or fürchtete. Es hielt sich an seinen Eltern fest. Für einen kurzen Moment hatte ich die Fantasie, das Or zu ihm zu führen und das Kind zu zwingen, dessen Rücken zu berühren. Das Leben dauert ja nicht ewig. Irgendwann ist es zu Ende, und man berechnet die Summe der erlebten Abenteuer. Was für eine Geschichte hätte dieses Kind zu erzählen, auch noch nach Jahren. Da war eine verrückte fremde Frau gewesen, an einer Straßenecke auf Kvaløya, gleich neben der Bushaltestelle, und diese Frau hatte ihm etwas Unbegreifliches antun wollen. Das Or kümmerte sich wieder um den Schnee.

Wie schon oft musste ich mich damit abfinden, dass das Or nicht dazu zu bewegen war, in den Himmel zu schauen. Ich redete trotzdem ein wenig über die Sterne und über die Tatsache, dass der Mond beinahe voll war. Das Or hielt sich eng an mich gepresst.

Wir fanden ein Gasthaus und traten ein.

Intensiver Holzgeruch, an den Wänden großformatige Bilder von verschneiten Bergen und Rentieren. Ein Vielfraß stand ausgestopft in einer Ecke.

Ich überlegte, ob wir hier länger bleiben sollten, vielleicht war ja noch ein Zimmer frei, aber dann setzten wir uns an einen Tisch und bestellten etwas zu trinken. Ich sagte mir, dass noch Zeit war, dass ich nicht jede Entscheidung sofort treffen musste. Jeder Schluck, den ich von dem heißen Tee nahm, verstärkte den Holzgeruch.

Ich musste an eine Geschichte von zu Hause denken. Ich war damals noch klein gewesen. Eines Tages war einer unserer Nachbarn verschwunden. Später hatte man ihn tot in einem Zimmer eines Gasthofs gefunden. Er war nackt, und sein Kopf steckte in einer Schminktasche, der Reißverschluss eng um den Hals zugezogen. Gestorben war er an Herzversagen.

Das Or schaute mich an. Ich lächelte und wiederholte, allerdings etwas langsamer und sanfter als vorhin, das Zähnezeigspiel. Das Or erwiderte auch diesmal die Grimasse. Ich sah einige winzige schwarze Flecken zwischen seinen Zähnen, die sich, wie mir schien, ameisenhaft bewegten. Aber es war schon spät, und es war achtundvierzig Stunden her, dass ich die Sonne gesehen hatte. Wenn ich in der Dunkelheit rasch blinzelte, sah ich einen rötlichen Fleck vor mir.

Ein Mann sprach mich auf Norwegisch an. Ich ließ ihn zu Ende sprechen und schüttelte dann den Kopf und sagte:

»Sorry, I'm not from here.«

Sein Englisch war beinahe akzentfrei, wie es bei Norwegern und Schweden häufig der Fall ist. Er fragte, ob er sich zu mir setzen dürfe. Ich nickte. Er deutete auf die Bilder der schneebedeckten Berge. Hier gebe es wirklich überall Rentiere, erklärte er, Vertreter aus dem Saami-Volk kümmerten sich um sie. Allerdings nicht im Wortsinn hier, sondern einige Kilometer westlich. Dann erzählte er, wie es um den rechtlichen Status dieser Minderheit bestellt sei. Ich verstand nicht alles. Während er von den Saami-Rechten sprach, schaute er auffallend oft zum Or, das seinen Blick erwiderte. Einmal zeigte es ihm seinen Daumen, was uns beide zum Lachen brachte. Das Or lachte mit.

»So you have one of them«, stellte er fest.

Aber er sagte es anerkennend. Er war ein ausgesprochen hübscher Mann, mit diesen bedrückend niedlichen, skandinavischen Gesichtszügen, die jedem argwöhnischen Blick sofort etwas Zeichentrickhaftes verliehen. Das Or war an ihm interessiert.

Der Mann lehnte sich über den Tisch und fragte es, wie es heiße. Das Or antwortete.

Zufrieden nickte er und zeigte uns dann seine Armbanduhr. Auf ihr gab es mehrere Zeiger, die drei traditionellen und zwei weitere mit der Proximalen Zeit. Er deutete auf das Or und auf die beiden schwer begreiflichen Zeiger.

»Just like home, hm?«, sagte er zum Or.

Aus meiner und seiner Sicht standen die Zeiger natürlich ewig auf der Stelle, aber das Or schien zu verstehen und erwiderte etwas.

Jetzt erst gaben wir einander die Hand.

»Is it easy getting around?«, fragte er, und ich verstand den Sinn der Frage nicht. Also nickte ich und sagte, es sei alles eine Frage der Gewöhnung. Ich erwähnte den Vorfall im Hotel, aber es schien ihn nicht zu verwundern. Woher wir kämen? Österreich. Von wo genau? Aus dem Süden.

»Ah, I was there once. In the winter. Yes, last winter.«

»Did you like it?«, fragte ich.

»Oh, yes, sure.«

»What's your name?«, fragte ich.

»Nils«, sagte er.

Es klang allerdings eher wie Niljas. Ich nannte ihm meinen Namen. Er wiederholte ihn nickend, dann fragte er, ob das Or sich mit der Zeit gut eingelebt habe? Ja, sagte ich, das Or sei viel aufmerksamer als am Anfang. Die ersten Tage nach der Ankunft seien ganz schrecklich gewesen, ein einziges Versteckspiel.

»Well, yes, nobody knows, I guess«, sagte Nils.

»No, nobody.«

»I think it must be extremely odd.«

Als hätte es nur auf dieses Stichwort gewartet, schüttete sich das Or den heißen Tee über die Brust. Es jaulte auf und mehrere Gäste blickten sich um. Nils kam ihm sofort zu Hilfe, und ich versuchte, die Flüssigkeit mit einem Taschentuch aufzusaugen, aber das brachte anscheinend keine Linderung. Schnaufend und zitternd saß das Or da, und mir blieb schließlich nichts anderes übrig, als mit ihm das Lokal zu verlassen.

Draußen schien die Temperatur um mindestens zehn Grad gefallen zu sein. Nach einer Weile kam uns Nils hinterher und sagte, er habe für uns bezahlt. Ich hatte es in der Aufregung vergessen. Ich dankte ihm mehrere Male. Er winkte ab, das sei schon in Ordnung. Ob ich mit ihm noch woanders hingehen wolle. Das Or streichelte seine verbrühte Brust. Im selben Moment spannte neben uns ein Mann einen Schirm ab, obwohl es weder regnete noch zu regnen aufhörte. Das Or verfolgte die Bewegungsbahn des Schirms.

Nein, sagte ich zu Nils, es sei schon spät oder zumindest seien wir erschöpft, wir würden dann lieber zurückfahren.

Er habe ein Auto, er könne uns mitnehmen.

Nein, dankte ich ihm.

»Alright«, sagte er. »You two take care.«

Ich schaute ihm nach. Als das Or mich an der Hand zog, riss ich sie weg. Es drehte sich um und beschäftigte sich sofort mit etwas anderem. Ich betrachtete es, seine simple, runde Form, die Arme, den Rumpf …

Es ist vollkommen allein, dachte ich. Es hat nur mich. Eine Entscheidung, die ich vor Monaten getroffen habe, ein Antrag, eine Wartezeit von drei Wochen, dann das Auditing. Und wieder Anträge. Schließlich die Ankunft. Aber was bedeutet das alles jetzt? Es bedeutet, es wird nicht ohne Beistand auf den Tod zugehen. Ich werde immer in seiner Nähe sein. Aber was macht es hier? Was sieht es? Was denkt es von mir? Es hockt vor einem Gebäude nördlich des Polarkreises im Schnee und legt sich zur Schmerzlinderung eine Handvoll nach der anderen von der köstlich kühlen Substanz auf seine Brust.

»Morgen fahren wir nach Hause«, sagte ich zu ihm.

Es reagierte nicht darauf.

Ich pfiff.

Es duckte sich, als hätte ich nach ihm geschlagen.

Aber als ich es kurz darauf grob anpackte und davontrug, lachte es und hielt mir seinen Bauch hin. Ich schlug einmal mit der Faust zu, dann entschuldigte ich mich und ließ es los. Es fiel in den Schnee, rappelte sich auf und hinkte ein paar Schritte davon, schnaufend. Ich sah ein tief fliegendes Flugzeug am Himmel, dessen Tragflächenbeleuchtung es für kurze Zeit tatsächlich wie ein über die Berge kommendes Kruzifix aussehen ließ. Lächerlich. Ich hätte viel dafür gegeben, jetzt einen PEZ-Spender in der Hand halten zu können.

An der Bushaltestelle suchte ich den Himmel nach Anzeichen des Nordlichts ab. Aber ich hatte keine Ahnung, wann sie auftraten, bestimmt erst später, mitten in der Nacht, wenn alles schlief. Das Or rückte eng an mein Bein und umklammerte mein Knie. Ich versuchte, mich zu befreien, und trat nach ihm, aber es hielt sich weiter fest. Ich gab ihm einen leichten Schubs. Es half nichts.

Nach einer Weile entschied es selbst, dass es genug war, und löste sich von mir. Mit schnellen Schritten trippelte es davon. Im Schein einer Straßenlaterne blieb es stehen und drehte sich um sich selbst. Dann legte es plötzlich den Kopf in den Nacken. Es sah so aus, als schaue es in den Himmel. Verblüfft ging ich zu ihm. Aber es hatte die Augen geschlossen.

»Morgen haben wir's überstanden«, sagte ich.

Drei Tage. Kein Rekord, aber auch nicht schlecht. Bald werden wir es eine ganze Woche aushalten. Die Welt ist groß. Selbst Europa ist groß. Und ich habe nur einen winzig kleinen Bruchteil davon gesehen. So viele Orte, die mir unbekannt sind.

Der zurück auf die Hauptinsel fahrende Bus kam nach einer halben Stunde. Er war beinahe leer und roch nach Kantinenessen. Vielleicht, dachte ich, waren Arbeiter darin gesessen. Ich stellte mir eine Fabrik vor, in der irgendetwas Naheliegendes hergestellt wurde, wie Schistiefel oder Fahrräder, man arbeitete dort jeden Tag lang und hart, zusammen mit anderen. Eine Uhr an der Wand bestimmte, wann man wo zu sein hatte. Ich musste an die zwei Proximal-Zeiger auf der Armbanduhr des Mannes denken. Wie viele Frauen hatte er wohl schon mit diesem kleinen Gimmick beeindrucken können? Angeben mit seinem Wissen. Dabei wissen wir überhaupt nichts darüber. Wir wissen nichts und bringen euch trotzdem zu uns, dachte ich und sah dabei das Or an. Es nickte, applaudierte mir kurz, dann lehnte es sich wieder an das Busfenster und schaute hinaus, auf die vorbeiwirbelnden Verkehrszeichen und Lichter der allmählich dichter und dichter werdenden Stadt.

GETEILTES LEID

Hanc marginis exiguitas non caperet.

Pierre de Fermat

1

Am Samstagmorgen saß Michael Zweigl mit seinen Söhnen in der Küche. Unten im Hof reinigten und reparierten ein paar Arbeiter große Fenster, die sie ausgehängt und im Garten aufgestellt hatten. Dabei fing sich immer wieder die Sonne im Glas, und es blitzte herauf. Zweigl musste an einen Passbildautomaten denken. Er hatte Schwierigkeiten, die Zeitung umzublättern. Immer dann, wenn er sich den Zeigefinger an seiner Unterlippe befeuchten wollte, wusste er, dass man ihm in dem kurzen Augenblick, da die Unterlippe dabei nach unten gezogen wurde wie ein roter Tropfen, seinen Zustand allzu deutlich ansehen konnte. Außerdem hatte er ständig das Gefühl, auf seiner linken Gesäßhälfte mit mehr Gewicht zu sitzen als auf seiner rechten. Irgendwann legte er die Zeitung weg und sah nach Felix und Mike.

Felix war gerade dabei, seinem jüngeren Bruder zu zeigen, wie man zwei Streichhölzer aneinanderhalten musste, damit sie, gemeinsam an der Reibefläche entzündet, zusammenschmolzen und ein an der Basis verkohltes V ergaben. In der Küche hing der Rauch der verbrannten Hölzchen, und Zweigl wünschte sich, dass einer der Jungen das Fenster aufmachen würde. Er selber hätte es auch tun können, aber die Vorstellung, aufzustehen und sich mit dem Fenstergriff auseinanderzusetzen ... Er war silbern und zweifellos eiskalt, obwohl draußen ein voller, warmer Augusttag war. Die Arbeiter riefen einander etwas zu. Die Angst hatte heute Morgen begonnen, gegen sechs Uhr.

Gleich nach dem Erwachen hatte ihm sein Körper mitgeteilt, dass er wahrscheinlich schon seit einiger Zeit Vor-Angst gehabt hatte, im Schlaf. Beengte Brust, getrockneter Schweiß am Körper, raues Gefühl in der Kehle. Er kannte die Angst, erschrak vor ihrem Gewicht nicht mehr, aber er wusste auch, dass der Tag wohl erst gegen Abend erträglich werden würde – vorausgesetzt, er schaffte es, bis dahin genug zu essen und richtig müde zu werden, ja, vielleicht sogar sich bei irgendeiner monotonen Arbeit zu erschöpfen. »Siehst du, noch schmiede ich Pläne«, hatte er gedacht und innerlich einen Gang zurückgeschaltet. Gegen acht hatte er es geschafft, seinen Kaffee zu trinken; sonst hatte er bis jetzt noch nichts zu sich genommen. Den Oberkörper konnte er kaum bewegen, zumindest fühlte es sich falsch an, außerdem überlastete ihn alles, selbst das automatische Blinzeln seiner Augenlider. Wenn man sich darauf konzentrierte, schalteten die Augen sofort auf bewusstes Blinzeln um, und man begann zu zählen, verhedderte sich und ließ die Augen viel zu lange offen, und sie begannen zu brennen.

Wie alle Menschen begegnete Zweigl jedes Jahr seinem zukünftigen Todesdatum, ohne es zu wissen. Er glitt darüber hinweg wie der klappernde Haken über die Felder eines Glücksrads. Und in der Zahl π, deren Kommastellen niemals aufhörten, kam jede beliebige Zahlenfolge, die man sich vorstellen konnte, mit gleicher Wahrscheinlichkeit vor. Wenn man also nur lange genug suchte, musste man irgendwann darauf stoßen:

auf das Datum seines letzten Tages. Die erste Nacht als Toter, allein und augenlos in der Wildnis. – Ein weiteres Zündholzpaar wurde nun zusammengeschweißt. »Felix«, sagte Zweigl mit einem bemühten Lächeln. »Komm, lass. Es stinkt ja schon.« Zu allem musste man sich zwingen! Aber Zweigl unterstrich seine Bemerkung immerhin mit einer milden, freundlichen Geste der Hand. Noch konnte er das. Nur sein kleiner Finger spreizte sich dabei etwas zu sehr ab. Für einen Augenblick war die Angst unaushaltbar und so schlimm wie noch nie, aber nichts geschah, und sein Herz schlug weiter. Er berührte die Tischdecke mit dem Zeigefinger. An einem Tag vor dreißig Jahren hatte er auf genau gleiche Weise die gemalten Tiere in seinem Bilderbuch berührt.

Vor weniger als einem Jahr hatte Zweigl geglaubt, die Angst auch bei seinem jüngeren Sohn entdeckt zu haben, dieses grundlose, sich still über den ganzen Tag hinziehende Entsetzen, aber dann stellte sich heraus, dass sich der Junge bloß vor einem grünlich schimmernden Parasiten aus einer Thrillerserie erschreckt hatte und nach einer Weile ganz genau benennen konnte, was ihn um den Schlaf brachte. *Die waren so grün und sind in die Leute reingeschlüpft, wenn die am Morgen eingeatmet haben.* Es war die gewöhnliche Angst eines Kindes vor einem tatsächlich gruseligen Bild. Damals hatte Zweigl vor Enttäuschung beinahe den Verstand verloren. Er hatte sich nichts mehr gewünscht, als endlich mit einem seiner Söhne darüber sprechen zu können, über die unerträglichen Zustände. Aber er war vollkommen allein. Niemand verstand ihn. Er musste das Frühstück zubereiten und zur Schule fahren und den Kater füttern und E-Mails beantworten. Es gab Mittel, die ihn einschlafen ließen, aber wer konnte schon schlafend zwei Kinder erziehen? Er war das Kontroll- und Rechenzentrum des Hauses, man durfte es nicht einfach abschalten.

Er hatte immer noch rege Fantasien darüber, dass die Angstzustände auch bei einem seiner Söhne einsetzten. Dass er diesen dann zu beruhigen versuchte und ihm erklärte, dass er selber darunter leide, schon seit Jahren, und dass es wohl einfach vererbt sei und deshalb gar nicht der Rede wert. Etwas, womit man leben könne. Versprochen. Wie oft hatte er sich diese tröstliche Ansprache vor dem sich zu Tode ängstigenden Jungen ausgemalt, beim Einschlafen hatte er die Szene durchgespielt, beim Autofahren hatte er geübt. Manchmal half es, wenn er Geld verbrannte. Warum ihm ausgerechnet diese Tätigkeit Linderung verschaffte, wusste er nicht, er hatte es einmal durch Zufall entdeckt. Sozusagen eine Kurzschlusshandlung. Im Internet stand, Geld zu verbrennen erhöhe den Wert des restlichen im Umlauf befindlichen Geldbestands und stärke damit die Kaufkraft der Menschen im ganzen Land. Geisteskrank.

Ein viereckiger Sonnenfleck ruhte sich auf dem ein halbes Jahrhundert alten Tapetenmuster in der Küche aus. Dann geriet er ins Rutschen, und es blitzte, ein Fenster war unten bewegt worden. Zweigls Geburtstag war der 21. März. Ein Wasserstoff-Isotop hieß Tritium. Für die Herstellung einer Lutherbibel waren die Häute von rund dreihundert Schafen notwendig. Zweigl hatte den Eindruck, den Auslöser einer Bombe im Mund zu haben, es war ein winziger glatter Knopf. Knopf war die Kurzform von Knospenkopf. Zu diesem Gedanken berührten sich tief in seiner Brust einige kalte Münzen. Er dachte an knochenlose Tiere auf Wikipedia. Felix begann einen kleinen Turm aus den Zündhölzchen zu bauen. »Mmh, na na, geh«, sagte Zweigl und machte eine beschwichtigende Geste. Sie sollten für einen Moment einfach nur still dasitzen! »Geh, lass. Na geh. Komm.« Aber es war zu viel verlangt. Felix wurde ungeduldig und räusperte sich. Es wurde still in der Küche. Familienmitglieder, gemeinsam in einem engen Raum, während auf der Sonne Kernfusion geschah. Was wissen wir von den anderen Teilen der Milchstraße? Knochenlose Tiere, durchblutete Membranen im

Wasser. Und wieder das Räuspern, Felix tat es absichtlich. Grenzen austesten. Mike trat ihn unterm Tisch und lachte. Felix kam jetzt langsam in das Alter, in dem sich die Stimme senkte. Manchmal hörte man zwei Stimmen gleichzeitig, oder ihm blieben die neuen, tieferen Töne ganz weg, und darunter war nichts, nur ein Krächzen. Wie ein Telefonsignal, das immer wieder abbricht, eine blecherne Roboterstimme. Ein hörbarer Beweis all der kaputten Blechteile, aus denen seine Eltern ihn einst zusammengeschraubt haben, vor dreizehn Jahren, an einem regnerischen Nachmittag, an dem es sonst nichts zu tun gab. Zweigl legte eine Handfläche auf den Tisch, wie um ihn vom Schweben abzuhalten. Irgendwann sterben wir alle, und man legt uns in die Erde. In diesem Augenblick lagen genau zwei Golfbälle auf dem Mond, und es war Zeit für die Hausaufgaben.

In dem engen Hinterhof, auf den das Küchenfenster schaute, stand im Schatten hoher Häuserfronten ein kleiner Baum, der wie ein grotesk vergrößerter Bonsai aussah. Mike ließ, da das Zündhölzchenspiel fürs Erste zu Ende war, seinen älteren Bruder allein und ging zum Tisch in der Küchenecke, auf dem Jeff, der Kater, schlief. Er streichelte das Tier, das seinen Kopf aus dem Schlaf hob und jedes Mal der wohltuenden Hand entgegenstreckte. Dann schüttelte Mike die Hand aus – und ein schwereloses, statisch aufgeladenes Haargeflecht schwebte im Sonnenlicht davon. Der Anblick war entsetzlich. Dazu das Blitzen der unten im Hof ständig hin und her bewegten Fenster. Zweigl musste sich abwenden. Er hielt sich eine Hand vors Gesicht, um die Gewissheit, Tierhaare einzuatmen und damit seine Lungen zu verstopfen, auf ein erträgliches Maß zu dämpfen. Ich bin wahnsinnig.

Er versuchte, sich ins Gedächtnis zu rufen, wie er damals den Kampf Mike Tyson gegen Evander Holyfield im Fernsehen gesehen hatte, live. Die Bissverletzung am Ohr. Der Sieg durch

Disqualifikation. Haha, das Ohr. Es wirkte, ihm wurde ein bisschen leichter. Aber dann fiel etwas vom Küchentisch, ein Löffel, und die Angst war zurück, unverändert und so schlimm wie noch nie, und wieder stand er vor dem offenen Reaktorkern der Welt. Natürlich war sie gar nie weg gewesen, sein ganzes Leben hatte er sie schon, jede einzelne Minute. Niemals war er ohne Angst gewesen. Schon bei der Geburt hatte er Panik gehabt, er hatte auch nie schlafen können, sagte er sich, war immer wach gelegen, seine ganze Kindheit hindurch und auch die Jahre danach, nicht eine einzige Sekunde Schlaf, nicht eine einzige … Er krallte sich die Fingernägel in den Oberschenkel und sagte sich: »So unterbrach ich die gedankliche Kettenreaktion.« Die Fingernägel hinterließen kleine Spuren im Hosenstoff, geschlossene Augen.

Dabei war er es gewesen, der vorgeschlagen hatte, dass Felix seinem Bruder den Trick mit den Zündhölzchen zeigte. Feuer, die lindernde Wirkung der kurzen Stichflammen. Jetzt bereute er es natürlich, aber er hatte sich erhofft, dass sein Sohn durch die Zündhölzer vielleicht etwas von seinem Unbehagen spüren würde. An Angsttagen kommunizierte er oft durch solche Codes. Aber natürlich ging niemand auf sie ein. Er hatte heute Morgen, als er sich noch einigermaßen hatte bewegen können, die Küche zu diesem Zweck ein bisschen hergerichtet. Man konnte nicht andauernd allein bleiben. Also hatte er den Kalender zurückgeblättert auf einen falschen Monat. Und er legte einige Gabeln auf den Tisch, die mit ihren Zinken verhakt waren. Ins Regal zu den Kochbüchern stellte er ein paar neue Bildbände, die gar nicht dazugehörten, einen alten Reiseatlas und, besonders wirkungsvoll, ein Buch über den frühen Filmkünstler Georges Méliès, auf dessen Cover die berühmte von einer Rakete im Auge getroffene Mondscheibe abgebildet war.

»Ich geh fernsehen«, sagte Felix und stand auf. »Ich helf euch aber dann mit den Hausaufgaben«, sagte Zweigl, und es klang weniger nach Anschuldigung als beabsichtigt. Vielleicht musste er nur irgendein kleines Detail an sich ändern, den Schnurrbart abrasieren oder eine Augenbraue, oder, wer weiß, einen einzigen Fingernagel ab jetzt für immer wachsen lassen, damit die Angst aufhörte. Er war vielleicht einfach falsch eingestellt, die Kombination der Einzelteile war ungenau. »Hab keine«, hörte er seinen Sohn murmeln. Der Junge verschwand um die Ecke. Kurz darauf trippelte Mike ihm hinterher, angezogen von dem uralten Magnetismus, den ein kerngesunder Mensch auf schwächere, gefährdetere ausübt. Felix war nach seiner Mutter geraten, ein Wesen ohne inneres Uhrwerk, ewig in Balance. Er war ein guter Fußballspieler, konnte stundenlang im Kreis rennen. Bei Deutsch-Schularbeiten wählte er immer die Bildgeschichte. Seine Seele war ein heiteres, schnurgerades Ding, wie eine Leiter am Obstbaum.

Zweigl erhob sich, ging zum Herd und setzte Teewasser auf. Hatte überhaupt jemand Tee gewollt? Ihm fielen Unvollkommenheiten im Leitungswasser auf. »So schickte ich mich an, Tee zu machen«, dachte er und versuchte, über den gehobenen Erzählton zu lachen. Dann bereitete er in Gedanken eine Liste von Dingen vor, die die Angst ein klein wenig, meist nur im Promillebereich, lindern konnten: extrem laut gespielte Technomusik, ein alter Mann, der auf einer Zither oder einem Hackbrett herumgreift, die hasenartige Schnauze eines Kängurus, Massenschlägereien in Filmen mit Bud Spencer und Terence Hill, Boxkämpfe im Fernsehen, der Anblick von Auberginen oder Tomaten, überhaupt runde Sachen, und überhaupt Obst, die meisten Sorten … Dann auch Leute, die in der Weinsprache miteinander redeten, Comicstrips von George Herriman, das Schiffsholzknarren von Büchern in einem zu vollen Regal, der duftende dunkle Holzgriff eines alten Obstmessers, das angenehme, trocken-holzige Geräusch, das entsteht, wenn zwei junge Böcke ihre Hörner gegeneinanderschlagen. Ganz schlimm dagegen und zu vermeiden waren: Glasvitrinen mit uralten Sachen drin, Teddybären mit Gesichtsausdruck, Baby-Puppen, fremde Kinderfotos mit runden Rändern, Tropfsteinhöhlen, schwarze Bilderrahmen, Menschen, die behaupteten, Telepathie zu beherrschen, Wörter wie *Leitmotiv, Sternwarte, Antoniusfeuer* oder *Mutterkorn*, Michael Jacksons bleiches Gesicht mit dem unwirklichen Bartschatten, das Innenleben von Klavierflügeln und Katzenohren, die zitternde Blase in einer Wasserwaage. Mike kam zurück in die Küche.

»Geht's dir gut?«, fragte Zweigl. Er schämte sich ein wenig, dass seine Stimme so samtweich und gütig klang. Wie ein Nachrichtensprecher, der sich während des Atomunglücks beherrschen muss. »Jaja«, sagte Mike. Felix hatte im Wohnzimmer den Fernseher eingeschaltet, man hörte die Stimmen. Natürlich, dachte Zweigl, ihm ist die Atmosphäre in der Küche inzwischen auch zu unheimlich geworden. Geradezu gespenstisch, sagte er sich. Er dachte an die menschlichen Gesichter, die sich in diesem Augenblick zweidimensional über ein flaches Möbelstück im Wohnzimmer bewegten. Ihre Stirnen, ihre Augen. Das Wort *Verwandtschaft* kam ihm in den Sinn. Er musste nun ein paar Sekunden durch den Mund atmen, weil er das Gefühl hatte, die Luft würde durch seine Nase zu schnell entweichen. Es gab Lungen, die spontan implodierten. Also auch das jetzt. Den Drang, sich die Nase mit zwei Fingern zuzuhalten, unterdrückte er. »Ich mag auch fernsehen«, sagte Mike. »Mmh, jaja«, machte Zweigl und schüttelte ganz leicht den Kopf. »Bleib noch ein bisschen bei mir, ja? Dann mach ich dir einen Livestream an. Ich hab wieder ein bissl die Angst.«

Mike blieb. Es war die einfachste Lösung, denn Felix hielt den Fernseher besetzt, also gab es für Mike nur den Laptop. Der Junge zündete ein paar Streichhölzer an. Sein Gesicht verriet, dass er genervt war. Die Angsttage seines Vaters waren langweilig. Man durfte nichts tun. »Lass«, sagte Zweigl, »bitte.« Wieder der abgespreizte kleine Finger, seine lächerliche Antenne.

»Wieso darf er immer«, sagte Mike mit einem Seufzen. Es klang ungeduldig und ein wenig zu erwachsen. Den Tonfall hatte er vermutlich direkt von Felix übernommen. So solltest du noch nicht seufzen, dachte Zweigl. Er spürte, wie er gehässig wurde. Die beiden verachteten ihn, wenn es um seine Angst ging. Das war leider eindeutig. Aber es musste sein, er musste sie beide dazu bringen, sich für längere Zeit in seiner Nähe aufzuhalten, nur dann würden sie vielleicht ein wenig Verständnis für ihn aufbringen. Entweder das, oder Zweigl konnte sich gleich vor einen Zug werfen. Nein, nein.

»Mir geht's wirklich etwas schlecht«, sagte Zweigl. »Man wird richtig wahnsinnig, ha.« Die Angst war jetzt so schlimm wie noch nie. Mike verlangte nach dem Livestream. »Mmh, ja. Eine Weile vielleicht nicht sprechen, okay?«, sagte sein Vater. Er wischte sich den Schweiß von der Stirn. Ah, das fing jetzt an. Er registrierte es. Genau, das kenne ich. Dann fiel ihm auf, dass sein Arm in einem völlig geisteskranken Winkel von seinem Körper abstand, und er ließ ihn schnell in den Schoß fallen. Es war, als wäre sein Körper ein Flugzeug, das in Bodennähe durch eine dicht besiedelte Innenstadt fliegt und aufpassen muss, mit seinen Flügeln keine Gebäude oder Brückenpfeiler zu streifen. Seine Schultern waren zu breit. »Stell dir vor, du wärst ein Flugzeug«, fing er an, aber brach atemlos ab, weil Mike ohnehin nichts begreifen würde. Alle saßen immer nur da und begriffen nichts und machten ihre Grimassen. »Soll ich anrufen?«, fragte der Junge. Zweigl schüttelte schnell den Kopf und versuchte zu lächeln. Ja, gleich würde er das Bewusstsein verlieren. Er hyperventilierte ja bereits, und es wölbte sich in ihm. Da, er hyperventilierte. Im Ernst, er atmete nicht richtig. Seine Lungen liefen aus, innerlich. Er hatte zu viel Sauerstoff eingeatmet. Es entstand dieses zitronig-milchige Gefühl in der Kehle. Und es musste doch eine Grenze geben, wie weit man einen Brustkorb mit Luft vollpumpen konnte, bis da was platzte. Er hatte falsch gezählt beim Atmen. Drehte sich der

Raum? Jetzt ging es los. Er musste weg von hier, er vergiftete alles mit seiner Anwesenheit, deshalb trachteten sie ihm auch nach dem Leben, sie planten, ihn in die Irrenanstalt zu bringen.

Zweigl erhob sich mühsam von seinem Stuhl. Mike stand auch auf. Er machte zwei ratlose Schritte in dieselbe Richtung wie sein Vater. »Alles okay«, flüsterte Zweigl und watschelte mit Babyschritten aus der Küche. Auf der Toilette versuchte er, zu weinen, aber es ging nicht. Immerhin hatte er ein wenig Durchfall. Es erleichterte ihn, dass zumindest ein bisschen Substanz seinen Körper verließ. »Stell dir gleich den Livestream ein!«, rief er und hielt sich die Stirn. »Dann schauen wir, was da alles so live ist.« Ja, und wenn der Krieg kommt. Dann muss man alle Stühle exakt an ihre Stelle rücken und innerlich bis hundert zählen. »Auschwitz, Auschwitz, Auschwitz«, murmelte Zweigl leise, aber das Wort wirkte nicht.

2

Seine Suche hatte recht früh begonnen. Felix war etwa fünf Jahre alt gewesen, als Erika ihren Mann aus dem Badezimmer geholt hatte, er solle bitte mal kurz kommen, dem Jungen gehe es nicht gut. Felix hatte furchtbare Angst gehabt, anscheinend grundlos, und nun konnte ihn nichts auf der Welt beruhigen, er wollte, dass das Licht an blieb und dass seine Eltern bei ihm im Zimmer saßen. Alles machte ihm Angst, sogar der Vorschlag, mit Seifenblasen zu spielen. Später, im Bett neben Erika, war Zweigl in Tränen ausgebrochen. Sie hatte ihn getröstet und ihm erklärt, solche Zustände seien bei kleinen Kindern ganz normal, er dürfe sich da keine Vorwürfe machen. So etwas sei nicht vererbbar. Fünf Jahre später hatte sie ihn verlassen. Als Grund hatte sie »Co-Abhängigkeit« angegeben. Ihr neues Leben hatte sie in Triest begonnen, gemeinsam mit einem slowenischen Zahnarzt, der selbst drei Kinder in die neue Ehe »mitbrachte«, wie dieses obszöne Manöver meist genannt wurde.

In den darauffolgenden Jahren, wenn Felix oder Mike aus einem nächtlichen Albtraum weinend erwachten, stand er immer schnell auf und ging zu ihnen. Er war auf der Suche nach einem ähnlich bewegenden Moment, so wie damals. Ein Kind hatte Angst, und er saß bei ihm wie bei einer warmen Tasse Tee und genoss die Gegenwart, die Solidarität. Er war nicht mehr allein. Endlich fühlte jemand so wie er. Es war schrecklich, so zu denken, jaja, aber auch angenehm. Er hatte ein Recht auf diesen Gedanken, er gab ihm Geborgenheit. Und er hätte nichts auf der Welt eintauschen mögen gegen diese wertvollen Stunden neben einem seiner Söhne, dem die Kiefer zitterten oder der schweißgebadet dalag oder einfach nur stumm und panisch um sich blickte. Monster hinter den Vorhängen. Dann sagte er immer die richtigen Sätze zu dem Kind, es sei alles nur ein Traum, man brauche da keine Angst zu haben, sollen wir kurz Licht machen? Geht's schon wieder? Er konnte das, es war sein Metier.

Eines Tages fiel ihm auf, dass die Nachtängste seiner Söhne seltener wurden und dass er darüber nicht so erleichtert war, wie er hätte sein sollen. Eher war er ein wenig enttäuscht. Später fielen ihm noch andere Dinge auf. Etwa, dass er Felix oft lange darüber ausfragte, was in einem bestimmten Horrorfilm alles passiert sei. Dass er auf die Körpersprache seiner Söhne achtete und sie mit der seinen verglich. Dass er sich oft ausdrücklich wünschte, Felix würde darum bitten, irgendetwas in der Wohnung zu verändern, etwa ein Bild umzuhängen oder ein Türscharnier zu ölen, weil es unangenehm quietschte. Und als einmal ein großer Luftballon, den er an sich gedrückt hatte, mit einem lauten Knall zerplatzte, hatte Mike eine ganze Weile Angst vor Männern mit Glatze gehabt. Je runder der Glatzkopf, desto entsetzter blickte Mike. Zeitgleich entwickelte er eine Angst vor Knöpfen. Aber all das verging wieder, und Zweigl war allein.

Er war seit einem Jahr nicht ein einziges Mal mit ihnen im Kino gewesen. Auch in ein Flugzeug würde er nie mit ihnen steigen. Aber ja, ihre Gegenwart tat ihm gut. Sie waren seine Buben. Die Zukunft der Welt. Wenn er sie schlafend in ihren Betten liegen sah, sagte er sich, dass es doch irgendwie in Ordnung war, ihnen seine Panikattacken, diese elementare Kenterneigung seiner Seele, nicht vererbt zu haben. Obwohl er so natürlich für alle Zeiten allein bleiben würde. Felix und Mike lagen niemals friedlich eingekuschelt da, sondern sahen im Schlaf immer merkwürdig angespannt und kampfbereit aus, sie wickelten ihre Beine um die Decke, als würden sie mit ihr ringen oder auf ihr reiten, sie schmatzten und brabbelten. Und sie schwitzten. Alle möglichen Programme liefen in ihnen ab. Wenn er die Bezüge wechselte, erstaunten ihn die großen gelblichen Flecken, die sich auf den Polstern gebildet hatten. Mike schlief besonders intensiv, seine kurzen und ein wenig dicken Finger griffen ständig nach etwas Unsichtbarem, und dann wimmerte er oder machte leise *Uuuhhh*. Anders als sein großer Bruder vermisste er Erika nicht im Geringsten.

3

Zweigl ging in der abendlichen Wohnung herum. Kühle verbreitete sich in den Zimmern. Der Mond stand wie in Anführungszeichen über der Stadt. Wie er diesen Tag hinter sich gebracht hatte, wusste der Teufel: Die Zeit war mit genau einer Sekunde pro Sekunde vergangen. Dreimal hatte er gedacht, grell kreischen zu müssen. Niemand hatte eine Ahnung davon, wie schwer es war, sich zu beherrschen. Ihm gebührte Applaus. So müssen sich Ärzte nach einer sechzehnstündigen Operation fühlen. Und es war noch nicht vorbei. Er sammelte Müll ein, Verpackungen und alte Zettel, er trug jeden einzelnen Gegenstand von seinem Fundort quer durch die Wohnung zum Müllkorb. Vor jedem Fenster blieb er stehen und kontrollierte die Außenwelt.

Im Licht der Leuchtreklamen, die hier am Ortsrand aufgestellt waren, sah Zweigl die Stromleitungen. Sie waren leer. Er sagte sich, dass die Vögel dieses Jahr wohl nicht zurückgekommen waren. Er dachte an radioaktive Strahlung und verseuchte Gebiete, an Flüsse in osteuropäischen Industrielandschaften und an das Knacken von Geigerzählern, ununterscheidbar vom Geräusch der Osterratschen auf dem Land. Die Vögel mussten da jedes Jahr durch, und diesmal hatten sie es nicht geschafft. Draußen im Flur ein rhythmisches Geräusch. Das war der Kater, der nachts gern an verschiedenen Stellen der Wohnung auf dem Boden herumkratzte, als erlaube ihm die Tatsache, dass es nun dunkel war und alle bald schliefen, endlich das Fortführen seiner geheimen Büroarbeit, bei der er winzige Akten zu ordnen hatte.

Zweigl schloss die Augen, aber die Lider blieben nicht zu, platzten immer wieder auf, hinter den Augen herrschte Druck. Er musste aufstehen und auch im Flur Licht machen. Waren hier Spinnen an der Decke? Nein, aber schwarze Punkte. Der Kater hockte am Boden, kompakt wie Brot. Zweigl betrachtete ihn eine Weile, wurde aber nicht schlau aus dem Tier. Ihm wäre leichter gewesen, wenn er auch im Schlafzimmer der Buben hätte Licht machen können. Aber das durfte er nicht, es gab Grenzen. Er legte sich eine Hand auf die Schulter und multiplizierte zwei große Zahlen im Kopf miteinander. Die Hauptstadt von Moldawien hieß Kischinau. Dann floh er zurück ins Arbeitszimmer. Der Puls, o Gott, der Puls. Nicht eine Sekunde länger würde er das aushalten.

Ohne anzuklopfen, trat er in Felix' Zimmer. Herber Geruch nach ungewaschener Teenager-Bettwäsche, verschwitzt und säuerlich. »Ich wollt nur sagen«, sagte Zweigl und setzte sich auf den Hocker vor dem Keyboard, »stell dir vor, du schwimmst jahrelang in Treibsand und zwischendurch werfen dir Zuschauer vom Rand aus Mineralwasserflaschen zu, damit du nicht durstig bist, aber du musst immer weiterstrampeln.« Felix sagte: »Okay.« Zweigl suchte nach einem zweiten, noch besseren Vergleich, damit der Junge endlich begriff, aber merkte dabei, dass er wieder »zu weit« gegangen war. Es war so absurd. »Sorry, du bist beschäftigt«, brachte er heraus und stand auf. Jetzt erst nahm er wahr, was Felix machte. Er hatte einen Luftballon aufgeblasen und ließ ihn auf den Saiten seiner Gitarre hüpfen, das ergab ein eigenartiges Gezirpe. »Aha, ja«, sagte Zweigl und deutete mit dem Zeigefinger auf das rätselhafte Arrangement. »Mach nur weiter.«

Die Überlandleitungen blieben also dieses Jahr leer. Gut. Halten wir das fest. Niemand lässt sich mehr auf ihnen nieder. Zweigl hatte genau darauf geachtet, nicht nur an Angsttagen. Der Strommast oben auf dem Hügel, gleich hinter dem Grundstück der Zahlbruckners, sah wie das Skelett eines stilisierten Christbaumes aus. Und die gebündelten Stromeinheiten und die telegrafischen Nachrichten, oder was auch immer durch diese Leitungen geschickt wurde, flossen nun ungewärmt, kein Krallenpaar umschloss sie für eine Sekunde, während sie dahinrasten. Das federleichte Gewicht der Vögel fehlte, ihr kaum messbarer Widerstand, ihr sanfter Griff. Warum musste es jeden Abend so dunkel werden?

Er ging, gebeugt wie das Vorher-Menschenbild in Evolutionsdiagrammen, an den kleinen Tisch, wo sein Computer stand, und bewegte die Mouse. Der Bildschirmschoner, eine Slideshow von Winterfotos japanischer Gärten, löste sich auf. Zweigl schaute sich Massagevideos an und versuchte, eine Sitzhaltung zu finden, die möglichst symmetrisch war. Eine Frau massierte eine andere Frau und erklärte dabei, welche Stellen mehr Aufmerksamkeit verlangten als andere. Draußen war es jetzt fast vollkommen dunkel, die Bäume im Garten standen als Scherenschnitte vor dem letzten Tagesrest am westlichen Himmel. Und wenn man sich ein wenig nach vorne beugte und nach Norden hin blickte, erkannte man da den Schornstein, der zu einer früheren Ziegelei gehörte. Die Ziegelei war heute einer Wohnsiedlung gewichen, nur den Schornstein hatte man aus irgendeinem Grund stehengelassen. Vielleicht als Mahnmal. Tagsüber war er recht hübsch anzusehen, aber jetzt, unter diesen Bedingungen ... »Warum stirbst du nicht einfach«, sagte Zweigl zum Schornstein.

Sein Blick kehrte zurück zu seinem Bildschirm, denn es fing schon wieder an: Er hatte sich bei einer Ablenkung ertappt, auf frischer Tat. Und nun ging seine Atmung fehl. Ein Paar Frauenhände führte die schwedische Fußreflexzonentechnik vor. Es half aber nichts mehr, es war nur eine nette Geste. Gut gemeint, hm. Bewegte Bilder von Pferden, Tandems oder alten Propellerflugzeugen hatten ihn schon erfolgreich beruhigt. Oder auch diese Filmaufnahmen von russischen Krähen, die sich spielend im Schnee wälzten. Sie kullerten über die rutschige Heckscheibe eines Autos oder über einen Abhang oder ein Hausdach. Eine Krähe hatte sogar einen Plastikring zu einer Art Snowboard umfunktioniert und rutschte auf ihm ein Dach herab, nahm den Ring dann in den Schnabel und flatterte wieder nach oben, wo sie das Ganze wiederholte. Oder Waschbären in amerikanischen Vorstädten, die die Funktion von Hollywoodschaukel, Rutsche oder Spieltunnel entdeckten. Oder ein Pandabär in einem chinesischen Dorf, der neugierig einen Schaukelstuhl erklettert hatte und sich nun, seine Augen in einer rätselhaften Gebärde momentaner Überwältigung mit beiden Tatzen zuhaltend, hin- und herbewegte und sogar mit dem ganzen Körper Schwung holte. Der tröstliche Gedanke an menschenleere Städte in der Zukunft, bewohnt von Tieren, die noch eine Zeitlang mit unseren bizarren Artefakten weiterspielen. Aber gut, all das war Vergangenheit, weit weg, alles.

Ein anderes Mal war es ihm gelungen, die Angst zu beherrschen, als er in Wien in einem Lokal einen Mann belauschte, der von einer Kundin berichtete: »Kommt da so a Dicke, jo? Also a so a richtige Protuberanz zu mir in d'Lodn und frogt, ob sie aufs Klo kann.« Das Wort *Protuberanz* hatte Zweigl damals zu herrlich befreitem, ja verwegenem Gelächter angestiftet. Jetzt versuchte er, sich mit seinem Puls und seiner Atmung auf den Anblick des Fußes in den Händen der fürsorglichen Frau zu konzentrieren. Der Fuß sah, man konnte es nicht anders beschreiben, sehr glücklich aus, sogar die Zehen freuten sich. Fußwaschung, dachte er. Dieser Begriff war religiös gefärbt. »Religiös gefärbt«? Was er alles für Gedanken ausprobierte, es war unglaublich! Dabei ging es ja doch wieder los, die ganze Zeit schon. Aber als der Fuß in der Mitte – wo, laut der sanft erzählenden Therapeutin, die Lunge saß – mit einem Fingerknöchel bearbeitet wurde, verließ ihn die Beklemmung für kurze Zeit. Nun war der Schein des Bildschirms im dunklen Zimmer eine Art Kraftfeld, aus dem er nicht treten durfte. So wie die Schutzschirme in *Star Trek*, die die auf einen fremden Planeten gebeamte Mannschaft vor dem Ersticken bewahrten. Ersticken, genau. Auch daran konnte man denken, während man zum Beispiel seine Armbanduhr abnahm und feierlich vor sich auf den Tisch legte. Er musste immer noch bewusst atmen, sonst hörte es einfach auf. Und ihm war unerträglich heiß. Nein, leider, wenn er jetzt aus dem Lichtschein trat, war er ausgesetzt, verloren, und nicht einmal der innere Warnruf, dass er nun wirklich übertrieb und sich einfach nur noch lächerlich verhielt, half ihm. Bitte, bitte, bitte. Er bemerkte, wie er sich sogar seine strenge Selbstkritik bloß irgendwie rasch zurechtmachte.

Ein Kreidestift, der auf dem Schreibtisch lag und hin und her zitterte, als messe er Erderschütterungen. Ein am Kragen schmutzig gelbes Hemd, das über der Lehne eines Stuhls hing. Weinflecken auf dem Boden neben dem Bett, die an die hilflosen Versuche eines Kindes erinnerten, Brillen oder Fahrräder dreidimensional zu zeichnen. Eine leere Gummibärenverpackung. Das Schneegestöber aus Fingerabdrücken auf einem ausgeschalteten Touchscreen. Knisterndes Plastik im Müllkorb, das sich, nur schwach zusammengeknüllt, wieder entfaltet wie eine langsam ins Licht zurückwachsende Pflanze. Die Angst war jetzt so extrem wie noch nie.

Er schaffte es für etwa eine Minute, in seinem Schlafzimmer zu stehen und sich umzusehen. Wenn jetzt einer der Jungen nach ihm rief, »dann gnade dir Gott«, dachte er. Und er kehrte zurück ins Arbeitszimmer, an den Bildschirm. Steckdosen blickten ihn an, auf Höhe der Knöchel. Er steckte den Laptop aus und trug ihn ins Schlafzimmer. Wie im warmen Schutzschein einer Kerze schritt er dahin, eine Hand auf die Rückseite des Monitors gelegt. So stützte man den winzigen Kopf eines Säuglings, der ihn noch nicht aus eigener Kraft hochhalten konnte. Vor fünfhundert Jahren hatte man überall in Europa auf Friedhöfen ewige Lichter in kleinen, windsicheren Laternensäulen aufgestellt. Sie waren doch seine Jungen! Er durfte nicht sterben. Stell dir vor, sie finden mich am Morgen.

Langsam ging er an all den Dingen und Formen vorbei, aus denen sein Schlafzimmer bestand, und fühlte sich fotografiert von allem. Es stimmte natürlich, dass es nur ein körperlicher Fehlzustand war, dass er keine wirklich falschen oder verschobenen Gedanken hatte, keine Wahnvorstellungen. Er konnte während der Angstattacke ganz normale Dinge denken und tun, aber sein Körper reagierte mit schrittweisem Abschalten aller nicht lebensnotwendigen Funktionen. Bombenalarm mitten im Frieden. Der Kater kramte geschäftig im Flur. Zweigls

Herzschlag zeigte nun Unregelmäßigkeiten, tote Sekunden. Es fühlte sich an, als stünde man in einem Lift, der nach oben fährt. Minimal erhöhte Erdanziehung. Und dann *schluckte* etwas in der Brust, etwas tief drinnen, und erzeugte einen Kern aus Vakuum. »Genau, so geht das.« Er stellte den Laptop auf sein Bett und setzte sich davor. Das Youtube-Video spielte weiter. WLAN: Der Computer saugte Informationen aus der in Schwingungen versetzten Zimmerluft ab. Zweigl merkte, dass er schon wieder versuchte, sich selbst »müde amüsiert« zuzulächeln, ein plumpes Versteckspiel. Die Angst brüllte. Genau, dachte er, so läuft das dann ab, und krallte sich die Fingernägel in die empfindliche Hautstelle hinterm Ohr. Andere Menschen hatten Projekte. Sie erledigten Dinge. Sie fuhren auf Urlaub. Sie bewegten sich frei durch die Stadt. Auch seine Söhne würden, aller Wahrscheinlichkeit nach, einmal erwachsen werden und Dinge erledigen, auf Urlaub fahren und sich frei durch die Stadt bewegen.

Eine Weile später stellte Zweigl fest: Er hatte schon gut fünf Minuten keinen wirklich rasenden Panikzustand mehr gehabt. In seiner Brust wölbte sich etwas, fiel aber gleich wieder in sich zusammen. Stell dir vor, du sitzt jetzt in einem Tunnel, umgeben von der Hülle eines stehenden ICE-Zuges. Es war schon einige Male vorgekommen, dass das Gefühl der Entspannung in seinem Körper einige Schleusen geöffnet hatte, durch die die Angst augenblicklich zurückgeflutet kam. Etwa, wenn er mit dem Erleichterungsweinen zu früh begann. Okay, falls der Kater in den nächsten paar Sekunden ins Schlafzimmer käme, würde er ihn hochheben und auf einen Schrank setzen. Dann sollte er schauen. Zweigl entdeckte Socken neben sich auf dem Boden. Unter solchen Socken sitzen zumeist Spinnen, dachte er. Er versuchte, diesen Satz in einen Zungenbrecher zu verwandeln, aber seine Gedanken verhedderten sich, und es wurde wieder rot in seiner Brust.

Zum ersten Mal hatte das schreckliche Gefühl ihn angefallen, als er als Siebenjähriger bei einem zufälligen Blick aus den Fenstern des Wohnzimmers seines Elternhauses bemerkt hatte, dass es schneite. Lange war er so dagestanden und hatte versucht, herauszufinden, was mit dem Anblick nicht stimmte. Ja, irgendetwas war falsch. Dann erkannte er es: Im rechten Fenster schneite es etwas stärker als im linken. Und die Flocken, die ganz nahe am Fenster fielen, schienen zudem noch aufwärts zu treiben statt abwärts. Noch heute schüttelte es ihn bei dieser Erinnerung. Aber nun produzierte der Gedanke an das erste Mal keine neue Panik. Es war tatsächlich überstanden, einigermaßen, ein wenig, zumindest für heute, fürs Erste. »Ich werde vielleicht schlafen können.« Im Schein des Laptopbildschirms rollte er sich zusammen. Gern hätte er irgendetwas umklammert, aber er durfte nicht übertreiben. Auch weinen sollte er besser erst später, wenn es von selbst kam. Wie alle Menschen mit seiner Veranlagung wusste er stets ziemlich genau, wie er von außen oder von oben betrachtet aussah. Das Milchgefühl in der Kehle war noch da, aber gut. Oh und bald würde der Schweiß der Erleichterung ausbrechen, die Selbstreinigung. Dann vielleicht noch eine Kleinigkeit essen? Er hatte ja seit dem Vormittag nichts gehabt. Und dann würde vielleicht sogar das angenehme Ziehen in den Kiefern einsetzen, er freute sich schon darauf, aber möglicherweise würde er dann schon schlafen. Die Frau in dem Massagevideo hatte schöne Brüste. Ja, das konnte man jetzt denken. Schwedische Schlampe mit geilen Brüsten. Drück nur weiter an den Füßen rum. Gott, er war so durstig, wie zum ersten Mal in seinem Leben. Durst ist schon ziemlich fantastisch, dachte er und schloss die Augen.

Er erwachte in Alarmzustand um fünf Uhr früh. Sein erster Gedanke lautete: »Genau, ist bekannt.« Aber: Herzrasen. Dazu leichter Drehschwindel. »Alles wie gehabt«, sagte er sich. Und der Mund innen aus Mondkratermaterial. Er nahm einen Schluck aus dem Wasserglas, das neben dem Bett stand. Dabei dachte er: »Trink ich halt vielleicht mal etwas Wasser.« Man konnte jeden Satz mit Wörtern vollstopfen, und er wurde riesengroß, bedeutete aber dasselbe. »Trink ich dann halt vielleicht am besten fürs Erste ein wenig Wasser.« Und sein nächster Gedanke war: »Ich muss dann wiederum allerdings vermutlich leider doch bestimmt ins Krankenhaus.« *Dann, wiederum, allerdings, vermutlich, leider, doch, bestimmt,* Wörter wie Holzmehl. »Weil das ist dann wahrscheinlich diesmal schließlich am Ende doch der Ernstfall.« Er lachte. Nein, es ging wirklich nicht mehr. Haha, nein. Ein zweiter Angsttag in Folge, das gab es. Es gab auch Wochen. Es hatte ein ganzes Jahr gegeben. Und es hörte außerdem sowieso nie auf. Aber es geht so nicht weiter. Er drückte sich beide Fäuste gegen die Augen und zwang sich, *diese Gedankenkette zu unterbrechen.* Auch das so eine Strategie aus Internetforen: Gedankenkette unterbrechen. Es gab Diagramme dazu. Stell dir vor, deine Kinder finden dich tot am Morgen.

Er sagte sich: »In Wirklichkeit kann ich mich ja bewegen und auch alle Sätze sagen, die man mir vorgibt. Es gibt keine tatsächliche Lähmung.« Und er bündelte seine Gedanken auf eine angenehme Vorstellung. Aber dann wurde ihm bewusst, wie geballt er da in sich herumbündelte, hinter seiner wacker gespannten Stirnhaut. Eine geradezu *güldene* Stirn war das, auf ihr ging richtig die Sonne auf. Ekelhaft! Hilflos blickte er sich nach den Kleidungsstücken um, die er dann wohl vermutlich allerdings schließlich letztendlich fürs Erste ins Krankenhaus mitnehmen würde. Und die Zahnbürste, genau. Früher, als er selber noch zur Schule gegangen war, hatte seine Mutter ihm in der Winterzeit jeden Tag ein Kleidungsstück gebügelt. In der Früh, noch bevor sie ihn weckte. Damit er, wenn er sich dann anzog, etwas Warmes auf sich spürte. Er wusste nie im Vorhinein, was für ein Kleidungsstück es sein würde, mal war es die Hose, mal war es das Hemd, einige Male waren es auch die Socken gewesen, obwohl man Socken normalerweise gar nicht bügelte. Er erinnerte sich noch genau an die unnatürliche, trockene Wärme, die sofort von seinem morgendlich frierenden Körper aufgesaugt wurde. Und vermummte Menschen draußen schaufelten den Schnee, der über Nacht gefallen war, man kümmerte sich von allen Seiten um ihn, die Stadt eine Art verbündetes Uhrwerk, und er war mit nichts ganz allein.

»Ich muss aufstehen, ich muss aufstehen.« Der Wecker hinter ihm sagte 5:17. Er wollte diese Zeitangabe mit der auf der Armbanduhr vergleichen, aber er konnte sie nicht anfassen. Er schüttelte den Kopf, klopfte sich dreimal hart auf die Brust, versuchte es noch mal, aber es ging wieder nicht. Es war unmöglich. Sie war kalt, unerträglich glatt und voller Krankheitskeime. Warum sich nicht gleich die Haltegriffe einer Straßenbahn um den Hals binden! Vorsichtig und mit T-Rex-artigen Minimalbewegungen der Hände zog er sich um und schaltete dann den Laptop ein. Aber der Akku war über Nacht ausgegangen, man musste ihn aufladen. Mit geschlossenen Augen, schwer atmend und beinahe die Beherrschung verlierend, wickelte er das Kabel auseinander und steckte es ein. Die Oberfläche von Kabeln! Wer erfand so etwas? Aber nach einer Weile lief der Computer. »Dabei hab ich die Beherrschung längst verloren«, sagte er sich und rieb sich *komplizenhaft* die Hände.

5

Draußen schien die Sonne. Die Buben schliefen noch, der Countdown lief. Und nicht eine einzige Wolke am Himmel! Bestimmt würde es ein heißer Tag werden. Er dachte an Sonnencreme, an den Schutzfaktor, der auf der Flasche angegeben war. Er wusste ihn leider nicht auswendig. Später würde er nachschauen. »Ich habe also noch etwas vor«, dachte er und betonte innerlich jedes einzelne Wort. Bei der Vorstellung, Zahnpasta aus einer Tube zu drücken, schnürte es ihm die Kehle zu. Draußen stand ein Reisebus an der Kreuzung, dazu klickten bestimmt die Blindenampeln. Er hätte jetzt gerne eine Schnecke gesehen, am Boden irgendwo, zwischen Erdkrumen und Grashalmen. Im Supermarkt gegenüber gingen die Lebenden einkaufen, wie zu allen Zeiten. Ein ganzer Bus voller gesunder Menschen.

Im Waschbecken verbrannte er einen Geldschein. Dann nahm er eine Handvoll fettiger Blumenerde aus einem der großen Töpfe, die in seinem Schlafzimmer standen, und – nein, er durfte sie nicht aufs Bett werfen. Er dachte an Schallplatten und an das Geräusch, das entstand, wenn man mit den Fingernägeln über die Spurrillen fuhr. Er streute ein wenig Erde auf den Teppichboden des Schlafzimmers. Dann verrieb er sie. »Ich bin noch recht aktiv«, sagte er sich, »es ist noch nicht so schlimm.« Es dauerte immer irrsinnig lange, bis man so einen Fleck entfernt hatte. *Etwas vorhaben.* Erde vorhaben. Trauer vorhaben. Gold vorhaben. Stromleitungen vorhaben. Und dann kam ihm das Mundstück bei Elektroschockbehandlungen in den Sinn. Wie gern hätte er so eines bei sich gehabt, eines wie die, die man im Fernsehen sah! Man konnte durch sie atmen. Man verlor seine Zunge nicht. Der Kater kam und entdeckte die Erdspuren. Beeindruckt schnupperte er sich an ihnen entlang und blickte zu Zweigl auf. »Du musst mich dann bitte ins Krankenhaus bringen«, sagte Zweigl zu dem Tier.

Die ganze Nacht Angst, immer nur Angst, vielleicht konnte man doch daran sterben, an der Überbeanspruchung der Nerven. Und Speichel lief am anderen Ende des Mundstücks raus, ja, so ging das. Er holte einige Papiertaschentücher und ein Glas mit warmem Wasser. So würde es schwierig werden, den Fleck rauszubekommen. Draußen war es sehr hell. Die Ampeln an der Kreuzung zeigten Sonntag an. Blinkende Männchen. Während er am Fleck arbeitete, stellte er sich vor, einem Therapeuten »die ganze Geschichte« zu erklären. Die Szene spielte einige Jahre in der Zukunft. Dann verlassen dich nach und nach alle Freunde. Es wird ihnen zu viel. Die nächtlichen Anrufe, die Schuldzuweisung. Alles extrem nachvollziehbar. Er blickte auf die Uhr. Noch etwa zwei Stunden, dann durfte er zu Felix ins Zimmer gehen und ihm ein wenig erklären, wie es sich anfühlte.

Ach ja, genau, die Blumenerde ging wirklich nicht mehr raus, der Fleck wurde nur etwas blasser. So was. Dafür lösten sich jetzt einzelne kleine Fetzen von den Papiertaschentüchern, wurden lästig und unantastbar, und er musste sie mit seinen Ellbogen beiseiteschieben. Es war übrigens unmöglich, sich in den eigenen Ellbogen zu beißen. Zweigl war vollkommen allein, also konnte er ganz ehrlich sein. Vielleicht würde einer der Jungen ja den Fleck bemerken und ein ungutes Gefühl bekommen. Andererseits war es nur ein Fleck, keine Katastrophe. Die Scham, die er empfand, war wie hinter Wolken. »Ich bin also wahnsinnig«, dachte er, allerdings meinte er den Satz beruhigend, zärtlich. Er streute etwas restliche Erde aus seiner Hand auf den Teppich. Ihm war kalt, dafür brannte ihm Magensaft in der Kehle. »Protuberanz«, sagte er leise. Die Angst war so schlimm wie noch nie.

Gebrüll und Gerangel im Badezimmer. »Du bist ein Baby!«, schrie Felix. »Du schaust aus wie ein Krapfen.« – »Und du wie Scheiße!«, kreischte Mike. Er versuchte, etwas zu sagen, während er weinte, und es klang vollkommen grotesk. »Wow, originell«, sagte sein Bruder. Es gab Handgreiflichkeiten, allerdings halbherzig und ungefährlich. Ein Streit um den zentralen Standplatz vor dem Spiegel. Zweigl griff nicht ein. Aber er beobachtete Felix nach dessen Wutausbruch. Immerhin war es etwas Irrationales, es kam auch von ganz unten. Und er mochte diese zielsichere Verwirrung, in die der Junge kurz danach verfiel, das unschlüssige Innehalten vor all den Dingen, die Zeugenschaft über den eigenen Körper ablegten: Spiegel, Kleider, Schuhe. Im Grunde wäre er lieber sein Freund gewesen, sein Gefährte. Ein riesiger Hund, so ein hüfthohes Riesenvieh, oder ein Collie, mit dem man herumtollen konnte. Vermutlich fühlte der Junge in seiner Gegenwart diesen Rückenwind zum Ende hin. Die Wasserfallkante der Erdscheibe. »Wenn ich jetzt beschreiben könnte, wie schlecht es mir geht«, drohte Zweigl den beiden. »Wie ihr euch anschauen würdet.« Der Kater maunzte im Vorzimmer. Zweigl lachte bitter und ging weg.

»Können wir den Film im Annenhof anschauen gehen?«, fragte Felix. – »Mmh«, machte Zweigl. Er bekam die Kiefer nicht so gut auseinander. Er dachte an die Frau in dem Massagevideo, gestern Abend, aber ihre Form und ihr Gesichtsausdruck kamen ihm nur noch monströs vor. Sie hatte schwarze Haare, mit einem leichten Blaustich. Ein unheimlicher Farbton. Einmal einatmen, ausatmen, er durfte den Rhythmus nicht verlieren, dann würde es vielleicht gehen. »Schauen wir«, bekam er schließlich heraus. »Aber er beginnt in ... vierzig Minuten?«, fragte Felix ungläubig seine Armbanduhr. Es war hundert Prozent geschauspielert. »Mmh, später dann«, sagte Zweigl. Felix unternahm noch einmal den Versuch, vom Frühstückstisch aufzustehen. Aber sein Vater machte eine schnelle, diesmal etwas bestimmtere, aber dafür auch um einiges freundlichere Geste, sitzen zu bleiben. Also blieb er sitzen. Er seufzte, tat genervt. Das Jugendlich-Ungestüme, das von ihm ausging, war angenehm. Es war so, als würde man ein Gangmitglied aus einer amerikanischen Fernsehserie anschauen. Außerdem, wer ging am Sonntagvormittag ins Kino? Durch einen Kinofilm würden sie auch nicht begreifen, wie schlecht es ihm ging.

»Wie war denn nun eigentlich der Chemietest?«, fragte Zweigl ruhig. »Das ist mir nämlich noch nicht ganz klargeworden.« Wie er sich wieder ausdrückte, richtig verwegen! *Nämlich noch immer nicht so richtig vollständig zur Gänze klargeworden letztendlich bitte töte mich bitte.* »Letzte Woche?«, fragte Felix. Zweigl nickte, tapfer. Stück Scheiße, elendes Stück Scheiße. »Kann ich nicht jetzt ins Kino?«, fragte der Junge. »Ich nehm auch das Viech mit, wenn es sich traut.« Mike stürzte sich auf seinen Bruder, der ihn abwehrte, aber mit einer zu nebensächlichen Geste, die mehr für seinen Vater gedacht war, denn er verlor das Gleichgewicht und rutschte seitlich vom Stuhl. Eine Faust traf Mikes Schulter, dann waren sie für Sekunden ineinander verbissen, Überlebenskampf, einer der beiden atmete schnell und verzweifelt. »Aus, aus, aus!« Zweigl erhob sich und ging dazwischen. Er hatte Mühe, sie zu trennen. »Aus jetzt! Ich brauch das nicht!«, schrie er sie an. »Ich brauch Hilfe! Ich brauch jemanden, der versteht! Nicht andauernd diese Sabotage, von allen Seiten!« Felix schaute verwirrt drein, Mike funkelte nur seinen Bruder böse an. Zweigl hasste dieses Funkeln, also packte er Mike am Arm und zischte: »Aus jetzt! Das gilt auch für dich!« Der kleinere der Jungen blickte erstaunt. »Ich verbreite vielleicht eine Stimmung hier«, sagte Zweigl. Der Tonfall des Satzes blieb in der Schwebe.

»Oder etwa nicht, hm?«, fragte er seine Söhne. »Ich verbreite hier eine Stimmung. Das ist nicht mehr heilig.« Er lachte angriffslustig. Aber sie reagierten wieder nicht, zeigten nur Ansätze von Augenrollen und gemeinsamem ratlosen Dastehen, es war sehr würdelos. »Euch geht es so verdammt gut«, sagte Zweigl. »Und ihr habt absolut von nichts eine Ahnung. Wie Kieselsteine in einem Teich.« Das hatte er nun allerdings bereits sehr oft gesagt, an Tagen, die mit dem heutigen weitgehend identisch waren. Es würde ja auch niemals aufhören. Man konnte dazu Berechnungen anstellen. Also, er war jetzt neununddreißig, und vielleicht kamen noch einundzwanzig Jahre. Einundzwanzig Jahre in Einzelhaft und vollkommener Dunkelheit! Und Felix wollte ins Kino. Weg von dem Gefangenen. »Bleib sitzen«, sagte Zweigl, obwohl keiner der beiden Anstalten gemacht hatte, aufzustehen. Er schaute sie auch gar nicht an, sondern fuhr sich mit der Hand übers Gesicht. »Bleibt um Himmels willen bitte einfach mal fünf Sekunden einfach sitzen, bitte.« Die Wut lenkte seine Atmung immerhin in geordnete Bahnen. Und auch das aufschießende Adrenalin wusste auf einmal, wohin mit sich. Er stand auf, zog sich Sandalen an und ging in den Garten randalieren.

7

Am späten Nachmittag unternahm Zweigl einen Spaziergang mit seinen Söhnen. Es war warm draußen, die Angst hatte etwas nachgelassen, und er hatte sich bei ihnen in aller Form entschuldigt. Geschenke würden demnächst folgen. Er käme jetzt halt langsam in die Pubertät, hatte er gescherzt. Felix reagierte höflich, Mike herzlich und erleichtert. »Das kommt nie wieder vor«, sagte Zweigl und meinte es. Es ging ja jetzt. Er sah ein, dass sie nichts dafürkonnten. Unkraut wuchs aus einem Kellerfenstergitter. Er wich dem kecken grünen Schopf gespielt umständlich aus und blickte sich erwartungsvoll um, aber Felix und Mike gingen auf der Straße voraus und hatten sein Clownsmanöver nicht mitbekommen. Sie erreichten den

Park, dort gab es einen Stand mit originellen Eissorten. Acai-Vanille, Kürbiskern-Aloe Vera. Einfach die richtigen Gedanken denken, dann würde die Angst auch erträglich bleiben. Letztendlich wahrscheinlich bestimmt vermutlich für immer. Zweigl überlegte, was er später, zur Nacht hin, noch essen konnte. Der Cheesecake war noch da. Dazu einen letzten Kaffee.

Zweigl stellte fest, dass sich ein hektisch ineinanderwirbelnder Mückenschwarm langsam durch den Abend bewegte. Dann fuhr ein Mann auf einem Fahrrad vorbei, in den Speichen klapperte ein kleiner Zweig. Die hohen Bäume rauschten mit ihren toten Funkgeräten. Amseln waren zu hören, und auch Rapmusik. So wurde es dunkel auf der Erde, und nirgends in der Siedlung dachte man daran, Lichter einzuschalten! Ganze Balkonreihen hingen bereits verfinstert da. Mike schwang an den Spielplatzringen hin und her, sein Gesicht rot. Und währenddessen schmilzt uns in der Antarktis die Zukunft unter den Fingern weg, dachte Zweigl. Er winkte seinem Sohn zu und sah dabei in Gedanken eine Robbe sterbend an einem Sandstrand. Welche Tage dieser kleine Mensch noch erleben würde, zum Beispiel im Jahr 2061. Verbunden über Brain Interface mit dem Unvorstellbaren. Stand jeden Tag auf, arbeitete irgendwas, dessen Sinn kein Mensch mehr verstand. Bezahlt wurde er, wie alle Menschen im Jahr 2061, in Anti-Krebs-Nanobots, die direkt in den Blutkreislauf gelangten. Der Rest ergab sich von selbst.

Die aufwühlenden Stunden der Erleichterung. Zweigl hatte das starke Bedürfnis, irgendetwas *zuzugeben*. Ihm fiel einiges ein. Etwa dass er wieder *zügellos* an Selbstmord gedacht hatte. Oder dass er es manchmal vor den Jungen geheim hielt, wenn er die Wohnung nicht mehr verlassen konnte. Wäre es ohne öffentlichen Spott möglich gewesen, er hätte auch im Stiegenhaus Familienbilder aufgehängt. Zusätzlich beschäftigte ihn die Vorstellung, vielleicht nie wieder in seinem Leben einen Déjà-vu-Moment genießen zu können. Denn das war schon seit Jahren nicht mehr vorgekommen. Diese sekundenlange Illusion, als hätte man all das schon mal erlebt. Das vertraute Hintergrundglühen der Gegenstände, das innerliche Mitnicken mit allem Gehörten, das Zuhausesein zwischen den eigenen Schultern. Möglicherweise wäre alles gut geworden, augenblicklich, wenn er nur an einer prominenten Stelle seines Körpers einen Hebel gehabt hätte, wie ein Nussknacker. »Hat einer von euch Zahnweh?«, fragte Zweigl. Der Kleine schaute zu ihm hoch und schüttelte den Kopf. Felix stand nur da, eine Hand auf seinem Bauch. Wie tragisch Jugendliche immer aussahen. »Dann geh halt in die Welt hinaus, du Tropf«, dachte Zweigl und schaute dabei Felix an. Gleichzeitig spürte er, was für ein dummes Gesicht er selbst dazu machte, es musste vollkommen entstellt aussehen. »Ja sind wir hier denn auf dem Jahrmarkt?«, sagte er laut. Dann kontrollierte er, ob sein Reißverschluss zu war, ein unauffälliger Griff.

8

Mike erzählte, wenn er sich frei und unhinterfragt glaubte, dauernd irgendwelche Sachen aus dem Internet nach, er verstand irgendwie nichts richtig. Felix hatte Kopfhörer in den Ohren. Sie gingen den Weg an der Mur entlang nach Hause. Die Luft war angenehm. An einer Stelle nahe einer Unterführung hatte jemand einen Gedenkkranz aufgestellt, dazu Schleifen und ein leeres Kerzenglas. Frechheit, dachte Zweigl. Er ging näher heran, um die Erscheinung mit der Schuhspitze zu berühren. Immer gleich überall Tod! Warum waren die Menschen so besessen? »Ich werde das nie begreifen«, sagte er zu Mike. »Da, schau.« Der Junge blickte drein wie ein Apfel. »Was können wir dafür?«, fragte Zweigl. Er rupfte Gras aus und legte es über den Kranz. Die Zweige eines Nadelbaums, so eine herrische Struktur, so dunkelgrün und rigide. Und natürlich fuhren ausgerechnet in diesem Augenblick Radfahrer in Sportkleidung vorbei! Jaja, viel Glück. Das Kerzenglas nahm Zweigl mit und warf es etwas später in einen Müllbehälter. Bevor er es aus der Hand gab, roch er daran. Dass die Menschen sich nicht schämten.

Felix warf sein Eis weg, das ihm Zweigl beim Verlassen des Parks gekauft hatte. Er hatte nur wenig davon gegessen. Er war jetzt melancholisch und gab sich dabei große Mühe. »Geh doch zum Militär«, dachte Zweigl. Der Junge hielt seinen Kopf zu jeder Tageszeit so, als hinge eine Kapuze darüber. Mike ging neben Zweigl her und erzählte aufgeregt von dem »Channel«, den seine Klasse vor kurzem eingerichtet hatte. Wo und was genau der Channel war, hatte Zweigl nicht mitbekommen. »Und da hat der Georg die dritte Stunde dann verbissen geblieben«, sagte der Junge und schaute lachbereit zu ihm hoch. War das wirklich der vollständige Satz? Er ergab überhaupt keinen Sinn. Wieso redeten Kinder neuerdings so wahnsinnig undeutlich? Früher hatte man alles ohne Probleme verstanden, selbst wenn sie mit vollem Mund irgendwas daherbrabbelten. »Haha, wirklich?«, sagte Zweigl. »Die ganze dritte Stunde!«, krähte Mike. »Ah, tatsächlich«, sagte Zweigl. Der Junge bog sich vor Lachen und versuchte noch etwas zu sagen, vermutlich wiederholte er die Pointe. »Das ist ja wirklich was«, sagte Zweigl. Felix trabte ihnen voraus, tragisch verwickelt in seine Kopfhörermusik. Seine Arme pendelten beim Gehen hin und her. Was für eine Existenz! Zweigl bemerkte, dass der Junge eine falsche Route eingeschlagen hatte. Eigentlich mussten sie ja hier lang, nach links. Er überlegte, ihm trotzdem eine Weile zu folgen und zu sehen, wo sie am Ende ankamen. Aber dann rief er: »Hey, Felix!« Der Junge hörte nichts. »Hey, hier geht's lang. Felix!« Mike rief nichts, aber machte dieselben Bewegungen wie sein Vater. »Felix! Allahu akbar!«, schrie Zweigl. Der Junge blieb stehen, wandte sich um und zupfte sich einen Kopfhörer aus dem Ohr. »Hier geht's lang.« Der Junge blickte ihn an, als hätte er den Verstand verloren. »Hier lang geht's zum Militär«, sagte

Zweigl. Der Junge schüttelte den Kopf und bog mit ihnen links ab. Eine Viertelstunde später waren sie zu Hause.

»Stell dir vor, du bist aus Versehen auf der Straße in frischen Beton eingesunken, okay? Bis zum Hals steckst du drin und rund um dich verhärtet sich die Materie, deine Lungen können sich nicht mehr ausdehnen, und die Leute ringsum bleiben stehen und fächeln dir mit irgendwelchen Broschüren etwas Luft zu: Da, kannst du doch gebrauchen, kriegst ja sowieso schon so wenig davon.« Zweigl musste Luft holen, denn sein Brustkorb war während seiner Rede tatsächlich auf seltsame Weise implodiert. Vielleicht war das jetzt das Ende. Ja, die Angst kam zurück. Er hätte den Spaziergang nicht … Es war nicht … Oh Gott. Es war wieder so schlimm wie noch nie. Mike hatte tapfer zugehört. »Soll ich anrufen?«, bot er an. »Nein«, sagte Zweigl, »die Rettung bringt mir nichts. Absolut gar nichts. Ich nehm die Angst ja überallhin mit. Stell dir einfach vor, jemand würde dich in eine luftdichte Kammer einsperren, ja? Und du merkst, dass du nicht mehr richtig atmen kannst. Und dass du gleich das Bewusstsein verlierst. Aber am Boden sind überall Lanzen, die dich aufspießen, wenn du hinfällst. Und dann geht die Tür auf, und jemand bringt dir eine Milchschnitte in die Kammer und sagt: Da, stärk dich ein bisschen. So ist das für mich, jeden einzelnen Tag, jede Sekunde. Ich versteh nicht, warum das niemand einsehen will.« Mikes Füße reichten nicht einmal bis zum Boden, wenn er auf der Couch saß. Der Junge war zappelig, wahrscheinlich verlangte es ihn nach seinen Handy-Spielen, aber er ließ es sich nicht allzu sehr anmerken. Felix war in seinem Zimmer, ausgeklinkt aus allem. »Aber wenn der, der die Milchschnitte bringt, die Tür aufmacht«, sagte Mike auf einmal, »dann könnte man doch mit ihm rausgehen.« Zweigl hörte sich das an, nickte. Hm. Gut. Was sollte man darauf antworten? Er nickte noch einmal. »Okay«, sagte er. »Ja, sehr gut. Du hast das Problem gelöst. Einfach durch Nachdenken.« Der Junge blickte hoffnungsvoll. »Dann hat dein Papa auch keine

Angst mehr ab jetzt.« Immer noch hoffnungsvoll, sogar beginnende Begeisterung bei dem Jungen. »Total super. Absolut gelöst, für immer.« Ah, jetzt merkte er es. Zweigl hatte den Tonfall sehr übertreiben müssen.

9

»Stell dir vor, du würdest ohne Fell geboren, jeden Tag, unaufhörlich geboren, und das hört nie mehr auf.« Zweigl fütterte den Kater und spürte, was für heillose Grimassen er dabei schnitt, alle Selbstbeherrschungsgesichter kamen der Reihe nach dran, welch ein Slapstick. »Narrisch guat«, sagte er. Der Kater leckte konzentriert am Aspik. Zweigl ließ ihn allein und ging durch die Wohnung. Er kontrollierte die Fenster und Türen. In Ecken und Schrankschatten versteckten sich Wesen; er ließ sie wissen, dass er da war. Irgendwann würde er sowieso ermordet werden. Vor dem Barometer, das mit seinen zwei stummen Tanzfiguren seit Jahren an derselben Stelle neben den Haustürschlüsseln hing, blieb er länger stehen. Ihm fiel eine Lehrerin von Mike ein, die er zutiefst hasste. In ein Barometer müsste man die sperren, für immer. Und dann anzünden. Und zusehen, wie sie sich langsam im Kreis dreht, ein Zeigefinger auf ihrem Scheitel. Dazu die *Atzenbrugger Tänze* von Schubert. Ein Amokläufer möcht ich sein, am hohen Nordpol, ganz allein. Mit Maschinengewehr gegen den weißen Horizont anrennen und dazu Furzgeräusche mit dem Mund machen.

Während er sich im Bad rasierte, bemühte er sich, das Alphabet rückwärts aufzusagen. Dabei möglichst geradeaus blicken und so wenige automatische Grimassen wie möglich. Es war halsbrecherisch schwer! Ständig musste man schummeln und das Alphabet von vorne aufsagen bis zu der gesuchten Stelle, und dann schaffte man genau einen Schritt rückwärts. Erbärmlich. Andere Leute steckten sich Kieselsteine ins Ohr, um das

Gleichgewicht nicht zu verlieren. Es gab Priester in weit entfernten Bergklöstern, die besaßen vielleicht das Geheimnis. Wie
soll man das alles aushalten? – Zweigl erschrak, als hinter ihm
die Badezimmertür aufging. »Ah«, sagte er und ließ den Rasierer absichtlich ins Waschbecken fallen. »Jesus fuck, geh nicht
so lautlos.« Felix stand da, er hielt sich den Bauch. »Mir ist komisch«, sagte er. »Oh«, sagte Zweigl und drehte sich um. War
ihm schlecht vom Eis? Zweigl rief sich zur Ordnung, nahm eine
erwachsene Haltung ein und fragte: »Ist dir übel?« Der Junge
schüttelte den Kopf und machte dazu eine Geste, die … Oh.
Er spreizte den kleinen Finger sehr weit ab. Und er lehnte sich
seltsam nach vorne. »Mir steigt es so heiß auf, und das Herz
geht dann dn dn dn dn dn.«

So knipst man ganze Länder und Kontinente aus. »Warte, warte, warte«, sagte Zweigl und musste sich eine Hand an den Hals
legen. »Halt das Gefühl mal fest und beschreib es. Wie genau
wirkt es sich aus, und wo?« – »Weiß ich nicht.« Die Art, wie Felix eine Hand ausstreckte und sich am Türrahmen festhielt,
hatte etwas entschieden Erwachsenes. »Ist es mehr hier so«,
Zweigl deutete auf den Bereich unter dem Adamsapfel, »oder
mehr da?«, Brustbein und Herz. – »Es ist einfach komisch.
Kann ich ein bisschen im Hellen bleiben?« Zweigl musste tatsächlich kurz die Augen schließen, weil ihn die Situation so tief
bewegte. Er stellte sich vor, dass Frauen vielleicht etwas Ähnliches empfinden mussten, wenn ihre Töchter zum ersten
Mal die Periode bekamen. Der Gedanke war völlig verdreht
und unsinnig, aber hey. Nun würden sie das gemeinsam
durchstehen. Es war gut, dass er da war und nicht Erika, die
sich weit weg um ihr neues Leben kümmerte.

Zweigl ging mit seinem Sohn in die Küche. Dort gab es das
hellste Licht in der Wohnung, die große Stehlampe in der Ecke.
Ja, solche Dinge wusste er, die wussten andere nicht. »Zoom
einmal rein in das Gefühl, okay? Wie schaut es innen drin

aus? Kannst du frei atmen?« Felix versuchte es, seltsam hin und her schwingend. Er sagte: »Nicht so wirklich. Ah, was is das.« – Zweigl legte seinem Sohn eine Hand auf die Schulter. Er sagte: »Es ist wahrscheinlich, also, es kann sein, dass das eine Panikattacke ist. Aber das ist vollkommen okay, das geht wieder vorbei und … und tritt dann auch länger nicht mehr auf. Ich hab die ja auch, genau gleich. Sollen wir kurz Licht machen? Schau, ich mach dir Licht.« Er deutete auf die Stehlampe. »Ja, bitte«, sagte Felix. Gerührt ging Zweigl zu der wunderlich gebogenen Leuchte und trat auf den Schalter: Operationssaallicht.

»Es ist schlimm beim Liegen«, sagte Felix, »aufrecht geht's ein bisschen besser.« Ja, auch das war Zweigl bekannt. Wie viele Nächte hatte er sich schon hingelegt und dann, langsam und zugleich überraschend, stieg es in ihm auf und überdrehte und übersteuerte, und er brannte in greller Panikverzweiflung. Und dann so durchhalten müssen bis zum Morgen, die Gedanken halb wahnsinnig vom alle paar Minuten einschießenden Fluchtadrenalin, und dann trotz allem funktionieren, sich anziehen, Kinder zur Schule bringen, Kater füttern, zur Arbeit gehen. Felix rülpste, er schüttelte sich. Offenbar kam ihm Magensaft hoch. »Ja, das auch«, sagte Zweigl. – »Es ist immer nur abends, wenn ich mich hinlege«, sagte Felix, »dann fängt's an.« Seine Hand massierte seinen Bauch. *Immer nur abends.* In dem hellen Licht sah der Junge nun ein wenig wie ein alter Mann aus. Wie eine dieser embryonal rundköpfigen Figuren, die an manchen Tagen an Bushaltestellen saßen, gestützt auf einen Stock. »Ja, ja«, sagte Zweigl. Er wusste, es war jetzt an ihm, irgendeinen Zauberspruch zu murmeln, Beruhigung auszustrahlen. »Im Waschbecken liegt noch der Rasierer«, dachte er.

»Ich hab das schon öfter gehabt«, gab Felix zu. Seine Hand wischte auf dem Küchentisch herum. Auch das ergab Sinn für Zweigl. Anfangs neigte man dazu, es zu verschweigen. Man nahm das Problem bei der allerersten Attacke noch gar nicht richtig wahr. »Und es brennt hier.« – »Wo genau?«, fragte Zweigl fachmännisch. – »Na da, da ungefähr.« Felix' Stimme war in den letzten Minuten auffallend treuherzig geworden, seine Zahnarztbesuch-Stimme. Der Junge deutete auf seine Brust. »Ah ja, eindeutig«, sagte Zweigl, »das ist eindeutig. Ich kenne das.« Zweigl legte eine Tarzanfaust auf seine eigene Brust. Er war so aufgeregt, sein Herz schlug, und seine Ohren waren heiß. »Blöde Hurenscheiße«, sagte Felix. – »Aber es geht wieder vorbei, versprochen«, sagte Zweigl. – »Papa?« – »Ja?« – »Was hast du da?« – Zweigl fasste sich an die Wange, ah, da war etwas Blut, ach so, er hatte sich wohl geschnitten, vorhin, die Schrecksekunde. »Ach das«, sagte er, »das ist nur, ich hab mich geschnitten. Au, haha. Ich geb da besser was drauf.« Er ging schnell ins Badezimmer und holte das Desinfektionsmittel aus dem Schrank. Bereits ein paar Tropfen davon brannten entsetzlich. Selig sog er den Schmerz ein. Wie der erste Zug an einer Zigarette, gleich am Morgen. Er wischte das Blut mit einem Taschentuch ab. Nasse Bartstoppel-Gewürzspuren rund um die Wunde. Den Rasierer hielt er kurz unter den Wasserhahn und warf ihn dann in den Müllkorb. »Bin gleich wieder bei dir, Felix!« Er suchte im Arzneischrank nach Heftpflastern. Das Pflaster war ein wenig zu klein, die Klebefläche berührte einen Teil der aufgeschnittenen Haut. Zweigl strich es glatt. Als das Pflaster perfekt auf seiner Haut lag, wurde ihm bewusst, wie real dieser Moment war. Ein Wassertropfen hing an den unteren Härchen eines Zahnbürstenkopfes. Sein Gesicht schwebte im Spiegel direkt vor ihm. Felix hatte Panikattacken. Schwer atmend stand Zweigl da. Seine inneren Stimmen waren ganz leise geworden. Er dachte jetzt nur noch methodische, bildhafte Elterngedanken. Zukunft wehte ihn an. »So, schon erledigt«, sagte er.

Als er in die Küche kam, hockte der Junge unverändert da. Obwohl seine Hand mit dem scharf riechenden Desinfektionsmittel getränkt war, streichelte Zweigl ihm über den Kopf. »Das wird wieder«, sagte er. – »Mhm«, machte Felix. – »Ich bleib hier sitzen, bis es wieder geht, ja? Wenn du müde bist, gehen wir zurück ins Zimmer.« Felix erhob sich und machte einige hektische Dehnungsbewegungen mit den Armen. »Maah«, sagte er, »was is das für ein Scheiß.« Und er tippte etwas in sein iPhone. Zweigl sah es und wiederholte geduldig: »Naja, das ist eine Panikattacke, das … das ist bekannt.« Aber Felix tippte und suchte. Zweigl irritierte es ein wenig, dass seine Erklärung nicht gleich akzeptiert wurde, aber der Junge war vielleicht gerade in einem Angsttal, wo man für kurze Zeit etwas Mut fasste und noch Dinge versuchte.

10

»Ich muss irgendwas, das muss doch weggehen, fuck!«, sagte Felix. Er verwendete nun beide Daumen zum Tippen. Zweigl saß geduldig neben ihm. Der Junge würde bald merken, dass nichts half. Und dann würde er für ihn da sein. Er hörte ihn zornig vor sich hin murmeln, das iPhone reagierte nicht schnell genug auf seine Eingaben. »Ist ja gut«, sagte Zweigl, »man muss warten.« Felix schüttelte nur leicht den Kopf und atmete genervt aus. »Es war bei mir am Anfang genauso«, fuhr Zweigl fort, aber verstummte, als der Junge ihn mitten im Satz angewidert anblickte. Er wollte die Wahrheit nicht hören. Gut, verständlich. Konnte man ihm nicht übelnehmen. »Acid«, murmelte der Junge in sein iPhone und fügte dann hinzu: »Kannst du bitte das helle Licht ausschalten? Mir wird schwindlig davon.« Nein, wollte Zweigl sagen, dir wird nicht vom Licht schwindlig, Dummerle, es ist die Panik, das kenn ich alles, das kenn ich – aber er sagte nichts und ging zur Lampe.

»Can feel like a heart attack«, murmelte Felix. Es klang wie Songlyrics. Aber er war auf einer dieser medizinischen Auskunftsseiten und las. Dann musste er plötzlich laut rülpsen und stand dazu auf. Wobei, der Rülpser klang nicht ganz echt, seltsam. In der einen Hand hielt er das iPhone und las leise, was darauf stand, mit der anderen massierte er sich den Bauch. Dann fiel ihm ein winziges Stück Salat auf, das auf dem Boden lag. Er hob es auf, trug es quer durch die Küche zum Müllkorb und warf es weg. Zweigl kamen beinahe die Tränen. »Genau wie ich!«, dachte er. Selbst in diesen kleinen Handlungen. Saubermachen, aufräumen, mitten in der grellsten Panik, ja, jedes Mal. »Okay«, sagte Felix, »also hier steht, es kann auch ... Okay, warte ... can cause intense anxiety ... Aber fuck, haben wir das überhaupt zu Hause?« – »Haben was zu Hause?«, fragte Zweigl. Aber Felix lief an ihm vorbei ins Bad.

Zweigl fand ihn vorm Medizinschrank. Nein, der Junge würde dort keine Beruhigungsmittel finden. Alles vor Jahren entsorgt. »Ah, yes!«, hörte er Felix sagen. Der Junge hatte eine Packung *Rennie* in der Hand. Was sollte das? Er drückte zwei Kautabletten aus dem Blister und steckte sie in den Mund. Zweigl war verdutzt. Aber er betrachtete seinen Sohn noch immer mit einem tiefen väterlichen Komplizengefühl. Felix' vergebliche Bemühungen erinnerten ihn daran, was in ihm selbst jedes Mal ablief; und wie viel leichter wäre es für ihn, gäbe es auch neben ihm einen älteren Menschen, der das Problem kannte und bewohnte, seit Jahren, und der die verzweifelten und sinnlosen Versuche, es aus der Welt zu schaffen, abfedern konnte durch gütige Anwesenheit. »So, jetzt wirk, du Scheiß«, hörte er Felix sagen, und er musste schmunzeln. Der Junge blickte sich zu ihm um, wie um sich zu vergewissern, dass Zweigl auch mitbekam, was er tat. Seltsam. »Das wird vielleicht nicht viel bringen«, sagte Zweigl in behutsamem Ton, »es kommt ja von innen.« Zweigl tippte sich mit einem Finger an den Schädel. Felix schaute ihn nicht an, sondern lehnte sich mit der Stirn an den Badezimmerspiegel, sodass man erkennen konnte, wie es aussehen würde, wäre er mit seinem siamesischen

Zwilling verwachsen. In dieser kuriosen Haltung suchte er weiter im Internet. Ja, es war eben noch jene Phase, in der man auf Anhaltspunkte in der Außenwelt hoffte. »Man denkt das am Anfang«, sagte er zu Felix, »aber schreck dich halt nicht, wenn es dann …«

Felix googelte und stopfte noch eine Rennie in sich hinein. Herrje. Er trank kaltes Wasser nach. »Aber hier steht, es kann auch so was wie Sodbrennen sein«, sagte Felix. Er zeigte seinem Vater das Display für eine halbe Sekunde, viel zu kurz, um irgendwas darauf zu erkennen. Zweigl seufzte. Sodbrennen. Jesus. »Naja«, sagte er, »ich denke nicht, dass das …« Mein Gott, der arme Junge. Er wollte es nicht glauben. Vielleicht sollte er ihn in die Arme schließen? Oder zumindest eine Hand auf seine Schulter legen? Damit das Unsichtbare zwischen ihnen überwechseln konnte, das Verstehen ohne Sprache. Nein. Lassen wir ihn. Er würde es schon noch früh genug merken. Felix gab ein volltönendes Rülpsen von sich. »Sehr gut«, sagte Zweigl. Und der Junge sagte: »Ah, besser …« Zweigl nickte. »Ha, es ist weg«, sagte der Junge.

11

»Was?« Zweigl hatte sich aus Versehen an die Rasierwunde gefasst. Stimmt, da war ja ein Pflaster. – »Es geht wieder«, sagte Felix. – »Ah. Naja, das …« – »Das Gefühl ist weg«, sagte Felix, »ha, Medpool ist so geil. Das hat echt gewirkt.« Eine lange Pause entstand. »Aber, naja, das denkt man«, sagte Zweigl. Schaute der Junge ihn voller Verachtung an? Oder war das eher Ungeduld, ein seltsames Lauern … Was passierte hier? »Ich meine«, sagte Zweigl, »schreck dich nicht, falls es nur vorübergehend …« Er machte beschwichtigende Bewegungen mit beiden Händen. – »Nein, es ist weg«, sagte Felix. So klang doch niemand, der gerade eine Panikattacke hinter sich hatte. Au-

ßerdem, *hinter sich*, so blitzschnell ging das doch nicht. –
»Aber«, sagte Zweigl, »wie kann es so plötzlich ausgeschaltet
werden, das ist doch, also …« Spielte der Junge ihm eine Ko-
mödie vor? Aber wozu dann drei Tabletten nehmen? Sein
Sohn sagte: »Hey, vielleicht ist es bei dir auch nur das.«

Zweigl brauchte eine Weile, um in normaler Stimmlage zu antworten. Er war einiges gewohnt, aber das … Nein. Der Junge
wusste also *wirklich* nicht, wie schlimm es für ihn war. »Es
ist Angst«, sagte Zweigl leise, »dagegen hilft normalerweise
kein …« Er sah die rote Medikamentenpackung an. Der Junge
spielte ihm wirklich was vor. Oder war er in einer paradoxen
Denial-Phase der Angst? Er hatte die Antworten aus dem Internet jedenfalls verdächtig rasch zur Verfügung gehabt. Felix saß
nicht direkt triumphierend oder kicherig vor ihm, wie sonst
oft, wenn er etwas Freches vorgebracht hatte, aber irgendetwas war da … Zweigl versuchte es noch einmal: »Es kommt
meist so in Wellen«, sagte er, »es geht einem kurz besser, da
hat man dann Theorien, das kenn ich alles.« Er lobte sich im
Stillen, so ruhig zu bleiben, trotz der abstrusen Beleidigung.
»Nein, es ist echt weg«, sagte der Junge, »probier du auch.«

»Das ist ganz fantastisch«, sagte Zweigl leise, »ich wollte dich
auch nur darauf vorbereiten für den Fall, dass es …« – »Du solltest das auch probieren«, unterbrach ihn Felix begeistert und
deutete auf das Medikament. – »… für den Fall, dass es wieder-
kommt«, sagte Zweigl etwas lauter. – »Ja, aber dann weiß ich
ja jetzt, wie ich es wegkriege«, entschied Felix, »du, das Internet ist voll davon!« – »Aha«, sagte Zweigl. Das Internet war also voll davon. Das klang in der Tat einstudiert. Warum? Was
soll das? Bitte lass mich. Er fühlte sich gedemütigt. »Aber
dir geht's wieder gut«, sagte Zweigl nach einer Weile, »das ist
das Wichtigste.« Ohrfeigen müsste er ihn. Schau dir dieses
dummbesorgte Gesicht an, das der Junge jetzt machte. Er hatte das geplant. »Wenn ich deine Search History anschaue«, sag-

te Zweigl, »dann sehe ich also, dass alles voll damit ist, ja?«
Der Junge antwortete nicht. Draußen rollte die Nacht über die
Erde.

Zweigl lehnte sich vor und sagte so ruhig, wie es ihm möglich
war: »Okay, dann werde ich dir jetzt was verraten. Hörst du
zu?« Der Junge nickte enttäuscht. »Wenn du so weitermachst,
dann wirst du … alles im Leben erreichen.« Felix atmete genervt aus, warf einen Blick zur Decke und ließ seinen Oberkörper auf diese spezielle Halbwüchsigenart in sich zusam-
mensinken. Zweigl redete weiter: »Alles, was du dir wünschst.
Sogar mehr, als je Platz hat auf diesem scheiß Planeten. Du
wirst schon sehen.« Die Zeit rauschte ungut in der Wohnung.
»Ich wollte ja nur …«, begann Felix, »und mir war halt so komisch.« – »Jaja«, sagte Zweigl, »das war so. Und jetzt geht es
dir wieder gut.« Der Junge hatte die Augen gesenkt und rieb
auf seinem Knie herum. »Aber bei mir«, sagte Zweigl, »da geht
es nicht weg. Stell dir vor, du hast gerade den Mount Everest be-
stiegen, und dann kommt einer und sagt: Nein, das war nicht
der Mount Everest, sondern nur diese kleine Leiter da, diese
paar Sprossen, und überreicht dir einen Kaugummi. So ist das.«
Felix schaute zur Decke und tat so, als müsste er überlegen.
»Hä?«, machte er. Er wirkte kraftlos, abgekämpft, hundemü-
de. – »Eeegal«, sagte Zweigl. In der grellen Verzweiflung lud
jede Silbe, die man aussprach, dazu ein, sie übertrieben zu singen und zu dehnen. Sprache als Instrument. »Aber hey, ich freu
mich für dich«, sagte Zweigl, »weil, das ist ganz super. Hast es
wegbekommen. Einfach so.« Er schnippte mit dem Finger. – »Ja«,
sagte Felix kleinlaut, »halt einfach etwas, was den Magen beruhigt für den Moment, dann ist die Feedback-Schleife kurz un-
terbrochen, und …« Einstudiert, auch das. Als keiner mehr etwas sagte, war da noch zumindest, als eine Art Nadelkratzen
am Ende der LP, der Regen vorm Fenster. Er musste in dieser Minute begonnen haben.

Felix war zurück in sein Zimmer gegangen, Zweigl in die Küche. Er hatte das Gefühl, eine starke Zigarette geraucht zu haben. Er drehte das Wasser auf und ließ es laufen. Woher kam diese Gewissheit ungeheurer Demütigung? Er stellte sich vor, zu Felix ins Zimmer zu gehen und alle seine Poster von den Wänden zu reißen, eines nach dem anderen, über dem schlafenden Jungen. Dazu ein russisches Lied summen und so viel Spucke im Mund ansammeln wie möglich. Es war nicht die übliche Frustration, die immer entstand, wenn Zweigl begriff, dass er unfähig war, ihnen mitzuteilen, wie schlecht es ihm ging. Nein, es war jetzt so, als hätte Felix ihm sogar diesen allerletzten Besitz, nämlich die Beschreibungsunfähigkeit selbst, irgendwie aberkannt und weggenommen. Was spielte nach so einer Aktion überhaupt noch eine Rolle? Was für ein Mensch liest sich durch das halbe Internet und spielt dann eine Panikattacke vor und frisst dabei drei Rennie-Tabletten? War das alles wirklich passiert? Vielleicht sollte man sich übergeben, gleich hier neben der Spüle. Da lagen ja auch die verkohlten Zündhölzchen, Beweisstücke einer Existenz.

Zweigl fand eine Münze in seiner Hosentasche. Wie erwartet, hatte sie sich während der sonderbaren Aktion dunkel verfärbt. Er überlegte, sie gegen eine Scheibe zu werfen. Und das Küchenfenster in ein Spinnennetz weißer Bruchlinien zu verwandeln. Zweigl merkte, dass er falsch atmete. Natürlich, das musste jetzt kommen. Schon hatte sich in der Kehle das atemfrische Gefühl gebildet, dort war jetzt zu viel Sauerstoff. Scheiße. Oh Gott. Scheiße, Scheiße. Hatte das Ganze einstudiert, für ihn ... Stell dir das vor, ein Junge, der das vorbereitet und dann vorspielt, nur um dir zu helfen. Es war zum Fürchten. Leben in einer Geisterbahn. Und jetzt stieg die Angst auf und war so schlimm wie noch nie. Ich muss mich, dachte Zweigl. Beruhigen. Und ich werde mich in Zukunft mehr auf Mike. Mehr auf Mike konzentrieren. Rauschend zog draußen der Finsterling ums Haus.

Er hielt es nicht länger aus und rannte in den Flur. Sollen sie nur alle hören, wie ich laufe! Es ist weit nach Mitternacht, alle Sonderrechte sind verwirkt! Ohne anzuklopfen, betrat er das Zimmer von Felix. Der Junge lag im Bett. »Wir können das nicht so stehenlassen!«, sagte Zweigl. Seine Stimme klang inzwischen wie die des Bombenlegers Franz Fuchs im Gerichtssaal. »Ah, bitte«, der Junge rutschte unter der Bettdecke vor ihm davon, »ich schlaf jetzt.« – »Hör bitte zu«, sagte Zweigl, »es war lieb von dir, was du da …« – »Mir war halt komisch, und ich hab im Internet gesehen …«, protestierte der Junge. – »Jaja«, unterbrach ihn Zweigl, »okay, okay. Das würd ich dir auch gern glauben.« Er schüttelte den Kopf. Der Junge warf seinen Kopf zornig auf den Polster und schnaubte. »Ich lass dich gleich«, sagte Zweigl, »ich wollte nur sagen, falls du *wieder* so ein komisches Panikgefühl kriegst, weißt du …« – »Ich hab's eh nicht mehr!«, fauchte Felix beleidigt. »Jetzt lass mich endlich in Frieden!« – »Nein, nein«, sagte Zweigl, »ich meine, dann komm trotzdem zu mir, okay? Ist ja egal. Ich meine, egal, was alles im Internet steht.«

Es dauerte lange, bis Felix reagierte. »Okay«, sagte er starr. – »Gut«, antwortete Zweigl. – »Kann ich jetzt bitte endlich schlafen?« Dem Jungen blieb vor Ärger die neue Stimmbruchtonlage weg. Ich schlafe nie, wollte Zweigl antworten. Du hast keine Ahnung, wie das ist, wenn man keine einzige Nacht entspannt schlafen kann, stell dir vor … Aber er sagte nichts, winkte nur ungeschickt und ging aus dem Zimmer. Im Flur wiederholte er, einfach weil sie so saudumm war, die Winkbewegung. So teilen Zoobesucher den gefangenen Tieren ihre wahre Natur mit: durch solches Winken.

Dabei gibt es Leute, die werden eines Tages Pilger und treiben sich nur noch in heiligen Ländern herum. Oder andere, die werfen sich von Hochhäusern, mit einem Buch von Paulo Coelho in der Brusttasche. Manche bleiben auch sitzen und warten auf Anschlüsse. Es war leider möglich, dass nun alles bleibend verhext war, verwässert, *muddied*, verkompliziert, und dass ab jetzt keine simple Komplizenschaft mehr möglich war zwischen Felix und ihm. Wie könnte er an den iPhone-Suchverlauf kommen? Der Junge trug das Gerät ja den ganzen Tag bei sich, außerdem war es durch Daumenabdruck gesichert, absurd. Aber selbst wenn er an die History der vergangenen Tage herankäme, würde er vermutlich nicht mit Sicherheit feststellen können, ob der sonderbare Auftritt von Felix wirklich *sincere* gewesen war oder nicht. Die englischen Begriffe kamen Zweigl noch vor den deutschen in den Sinn, auch das ein Zeichen für irgendwas, bestimmt, das Gehirn wollte nicht mehr denken, wollte sich abschalten … Ja, die heutige Nacht würde wohl als etwas Unaufgelöstes zwischen ihnen stehen bleiben, so wie damals, als der Junge, mit elf, felsenfest davon überzeugt gewesen war, ein Ohr an der Zimmerdecke entdeckt zu haben. Es war kein Traum, ich schwöre, es war kein Traum.

Zweigl versuchte, sich die Zukunft vorzustellen. Irgendwann würden seine Söhne zu erwachsenen Männern werden, und dann konnte er nichts mehr machen. Dann hatten sie eigene Familien und Berufe. Er hatte vielleicht noch einige gute Jahre mit ihnen. Die Wahrheit war: Er wünschte sich inzwischen mehr denn je, die ganze Welt möge endlich *begreifen*. Jedes Wesen auf der Erde. Es war der einzige Wunsch, den er noch hatte. Sein letztes Ziel und Projekt. Eines Tages würden sie einsehen, wie es *wirklich* war. Man müsste vielleicht ein Buch schreiben oder eine Religion gründen. Es musste irgendeinen Weg geben.

Der Regen draußen erfasste nun alles, auch das eine Art Entscheidung. Und die Straßenlaterne war schon wieder ausgefallen. Man konnte durchs Fenster eben noch erkennen, dass die Fahrbahn nass war, und ein wenig glänzte es auch aus den Bäumen. Nein, er durfte seinen Sohn nicht verlieren an all die unbeschwerten Naturen, die das Leben mit blöd-sonnigem Grinsen durchjoggten und die jedes Problem einfach abschütteln konnten, wenn sie wollten, weil sie Lösungen im Internet fanden. Nein. Er würde sich anstrengen. Er würde nicht aufgeben. Und wenn er für immer wach bleiben musste.

DIE ZWEI TODE

Ein Mann stand vor einem kleinen Salamander. Der Salamander saß auf einem weißen Grenzstein in der Sonne und bewegte sich nicht. Der Mann kniete sich hin, nahm seinen strohbleichen Wanderhut ab und betrachtete das schwarz glänzende Geschöpf von allen Seiten.

»Er sitzt hier völlig reglos«, dachte der Mann, »ich frage mich, ob er vielleicht tot ist ...«

Dann erhob er sich, klopfte sich den Staub der Landstraße von den Knien und setzte seinen Hut wieder auf.

»Er wandert unruhig durch die Welt und hüllt seinen Kopf in Schatten«, dachte der Salamander, »ich frage mich, ob er vielleicht tot ist ...«

DIE GESICHTER IN DEN LIFTSPIEGELN
DER HOCHHÄUSER

Er wohnte gegenüber dem Polytechnikum Körösistraße, einem großen Komplex moderner, grüner Gebäude, vor denen jetzt, in der warmen Jahreszeit, täglich viele junge Menschen zu sehen waren. Er fotografierte sie vom Badezimmerfenster aus, mit einem Teleobjektiv. Ein Mädchen hockte vor ihrem Fahrrad und hielt das Pedal in einer Hand, als wollte sie es wie einen Apfel pflücken. Ein Junge mit pink gefärbten Haaren stand an der Bushaltestelle. Zwei aneinandergelehnte Teenager hörten gemeinsam aus einem Kopfhörer Musik, jeder hatte einen Knopf im Ohr, zwei sich aufladende Elektrogeräte an ihrem Verteilerladekabel. Die Lehrer waren auch alle jung, die Übergänge fließend.

Vor kurzem hatte er nach einem Spaziergang beim Wechseln der verschwitzten Kleider einen Geruch an sich festgestellt, den er von seinem Vater kannte. Das war ein beleidigender Augenblick. Seine Körperchemie produzierte in ihm einen anderen Körper aus der Vergangenheit, wie einen mitgeschleppten Schatten. An diesem Tag machte er keine Fotos. Auf seinem Balkon hatte ein Amselpärchen vor einiger Zeit versucht, ein Nest zu bauen. Jeden Tag zog er einen Zweig heraus. Wirklich nur einen; er war sehr überrascht, dass er schon dadurch das Gleichgewicht des Bauwerks so empfindlich gestört hatte, dass die jungen Eltern das Nest schließlich aufgaben und verschwanden.

Fünfunddreißig war kein hohes Alter. Trotzdem hatte er eine blinde Stelle im linken Auge. Sie war eines Tages entstanden, ohne Vorankündigung, begleitet von Kopfschmerzen und einem Gefühl, nicht richtig atmen zu können. Ein leuchtendes Korn, wie das Nachbild eines Kamerablitzes, beim Blinzeln sah man es deutlicher. Eine Untersuchung der Netzhaut ergab nichts, ein MRT zeigte ein unauffälliges Gehirn ohne Raumforderungen. Man vermutete eine vorübergehende Unterversorgung der Netzhaut oder des Sehnervs mit Blut. Nach einer Weile traten ähnliche blinde Flecken auch im anderen Auge auf, verschwanden aber bald darauf wieder. Er begann, mit Gewichten zu trainieren und zu joggen. Er aß weniger Zucker.

Im Juni meldete sich eine Frau bei ihm, die er vor zwölf Jahren zum letzten Mal gesehen hatte. Sie hatten zusammen studiert. Er war in sie verliebt gewesen, und sie hatte es gewusst. Sie fahre bald nach England, hatte sie ihm damals gesagt, für ein Jahr. »Aber wir bleiben in Kontakt«, hatte er gesagt. – Und nun hatte sie sich tatsächlich wieder gemeldet. Sie trafen sich. Sie hatte ein Kind inzwischen, ein kleines Mädchen. Auf ihrem Handy gab es Tausende Fotos von ihm. Er nickte und freute sich für sie, und wenn sie ihm das Handy reichte, damit er eines der Kinderbilder näher betrachten konnte, hielt er es mit Fingerspitzen, als wäre es eine fremde Schminkdose. In dem Café herrschte angenehm kühle Luft. »Wie in Fernsehstudios«, dachte er, obwohl er nie in einem gewesen war. Sie fragte ihn, wo er jetzt wohne. Er erklärte es ihr. »Ah, da bei der Schule?«, fragte sie. Er holte sein eigenes Handy hervor und zeigte ihr ein paar Bilder.

Bald reagierte sie auf seine Nachrichten nicht mehr, also nahm er an, dass sie wieder nach England zurückgegangen sein musste. Ob der Vater ihrer Tochter Engländer war? Er stellte sich diesen unbekannten Mann sehr klein vor, gerade mal brusthoch. In den folgenden Wochen war es unmöglich für ihn, zu ihren alten Bildern zu masturbieren. Sie hatte sich sehr verändert. Die Frisur war vollkommen anders, so ein seitlich getragener Zwanzigerjahreschnitt. »Wie eine Stenotypistin«, sagte er sich. Beim Joggen fiel ihm ein Hund auf, der außergewöhnlich schön war. Seine Farbe war die von Zeppelinen.

Einige Wochen danach, schon im Hochsommer, sah er die Frau wieder. Sie kam mit ihrer Tochter aus einem Kleidergeschäft in der Innenstadt. Er trug gerade ein T-Shirt, auf dem der Schriftzug R.E.M., seine Lieblingsband, gedruckt war. Und aus irgendeinem Grund erschien es ihm am vernünftigsten, vor Mutter und Tochter stehen zu bleiben, mit einer beidhändigen Hip-Hop-Geste auf diesen Schriftzug zu deuten und zu sagen: »Alright?« Aber sie beachteten ihn nicht. Als sie sich entfernten, nahm die Frau die Tochter hoch, obwohl das Mädchen, wie ihm schien, dafür schon etwas groß war.

Er erinnerte sich, in seiner Kindheit jeden Abend beim Schlafengehen eine Hörspielkassette abgespielt zu haben, so oft, dass die Stimmen ausleierten und unheimlich wurden. In der Geschichte ging es um eine junge Journalistin, die durch das Teleobjektiv ihrer Kamera blickt und sieht, wie aus einem Ballon, den ein Clown in einem Park schweben lässt, Gas austritt. Das Gas vergiftet die Leute und gefährdet die halbe Stadt. Mit freiem Auge ist es aber nicht zu sehen. Damals erschien ihm diese Einsicht beinahe magisch, das Objektiv sah mehr als ein gewöhnliches Auge. Seither liebte er die Fotografie, fand es aber dennoch jedes Mal albern, wenn Leute ihn nach seinem Lieblingsfotografen fragten. »Ich hab nie mit einem zusammengearbeitet«, lautete dann seine Antwort.

Er telefonierte jeden Tag mit seiner Mutter. Sie war sechzig und litt an extremer Schlaflosigkeit. Sie wollte immer wissen, wie es der blinden Stelle in seinem Auge ging. Ob er was dagegen unternehme. Er sagte, ja, er mache Übungen, er laufe viel. Es habe bestimmt mit mangelnder Durchblutung zu tun. »Und die Stelle wandert nicht?«, fragte sie. »Nein«, antwortete er. Sie blieb, wo sie war. Sie war das Erste, was er jeden Morgen sah. Im frühmorgendlichen Dämmerlicht glibberte sie am Rand seines Gesichtsfelds herum. Seine Mutter vermutete Eisenmangel.

Im Internet gab es so viele Frauen, dass er darüber oft in Wut geriet. Es war schon schwer genug, an einem warmen Tag draußen herumzugehen. Überall standen sie oder bewegten sich und hatten kaum etwas an. Es war erniedrigend. – Manchmal half es, sich innerlich väterlich zu geben. Man betrachtete eine junge Frau, die mit hochgezogenen Knien im Bus saß und sich mit ihrem Handy beschäftigte, und dachte daran, wie ihre nächsten Jahre wohl aussehen würden. Und man wünschte ihr Glück. Das fühlte sich gut an. – Abends klickte er sich durch Reiseangebote für Alaska und Norwegen. Es war allmählich an der Zeit, die Aurora borealis zu sehen.

Fast alle seine Freunde und Arbeitskollegen hatten es zu Patchworkfamilien gebracht, sie nahmen ihre Kinder auf Konzerte oder Lesungen mit und stemmten sie mit einer Hand in die Höhe und reichten sie ständig an irgendwen weiter. Er war übertrieben höflich zu ihnen, und sie merkten das. Sie reichten ihm ihr Kind, und er spielte mit. Nachts sah er manchmal eine Art Antenne, die sich um sein Bett bewegte, wie ein aufgestellter Katzenschweif, wenn das Tier durchs Zimmer wetzt. Allerdings besaß er keine Katze. – Einmal sah er weit nach Mitternacht Männer in Overalls, die unten im Garten die Bäume vermaßen. Aber er war nur Mieter, es waren nicht seine Bäume. – Er hatte sich vorgestellt, wie es wäre, hier mit einer kleinen Tochter zu wohnen, alleinerziehend auf diese leicht tragische, aber doch munter-lebenserfüllte Weise. Gemeinsam durch eine Allee spazieren. Er erklärt ihr die Blätter und die Temperatur. Er brachte das Gefühl immer mit einem vergnügt in die Höhe blinzelnden Gesicht in Verbindung, einem männlichen Gesicht. Sein Vollbart war allerdings nicht dicht genug, also rasierte er ihn sich wieder ab. Es war auch gar nicht die Jahreszeit dafür. In den Wänden knackte und mahlte es oft mitten am Tag.

Die Frau mit der Tochter meldete sich noch einmal bei ihm, aber es war nur eine Einladung zu einer Ausstellungseröffnung. Was sie selbst mit den Kunstwerken oder dem Künstler zu tun hatte, war nicht klar. Er schnitt eine Melone mit einem langen Messer auseinander und kratzte das Fruchtfleisch mit der Hand aus. Wie Eis schien es in seiner Handfläche zu schmelzen. Melonenwasser tropfte auf den Teppich. Ihm fiel ein, dass er vergessen hatte, das Amselnest zu fotografieren, bevor es aufgegeben worden war. Es war kein guter Winkel, er hätte eine Stehleiter verwenden müssen, aber egal, jetzt war es zu spät. Er hatte immerhin noch die paar Zweige aufbehalten, die er damals herausgezogen hatte. Er machte ein Foto eines solchen Zweigs vor einem weißen Hintergrund, lud es auf seinen Laptop und schickte es als JPEG an die Frau, als Dankeschön für die Einladung.

Bei seiner Arbeit im Supermarkt sah er regelmäßig eine vollkommen verhüllte Frau, sie trug sogar Handschuhe, alles in Metallic-Dunkelblau. Eigentlich eine klassische Autofarbe, dachte er, aber hier gehörte sie einer Frau. Nur einen schmalen Sichtschlitz gab es in ihrem Gewand. Die Frau war meist mit ihren Kindern unterwegs, zwei kleinen Buben, die sehr entschlossene Gesichter hatten. Er stand neben ihr, dachte an Unterdrückung und spielte mit seinen Fahrradschlüsseln in der Hosentasche. Er stellte sich vor, sie anzusprechen und irgendetwas Komplexes zu fragen. Man konnte ja nie wissen. Er dachte außerdem immer öfter an Extremsportarten. In den Videos sah alles so leicht aus.

Im Schwimmbad, in das er gelegentlich nach der Arbeit ging, sah er eines Tages ein Pärchen, beide Anfang zwanzig, die mit Wasserpistolen aufeinander losgingen. Als sie ins Becken stiegen, ließen sie das Spielzeug auf ihren Handtüchern liegen. Er stand auf und holte sich eine der beiden Wasserpistolen – jene, die der Mann verwendet hatte. Damit bewegte er sich schnell in Richtung Ausgang. Es war aufregend. Später stand er verzaubert an der Straßenbahnhaltestelle und knipste die Pistole leer. Der Wasserfleck auf dem Asphalt wurde von zwei Jugendlichen angestarrt. Zu Hause wusch er das Spielzeug mit Seife, füllte es neu und setzte sich auf den Balkon. Aber es war früher Nachmittag, außerdem inzwischen Ferienzeit, es gab niemanden, auf den er hätte zielen können. Das Schulgebäude sah aus wie eine Forschungseinrichtung, mit leeren Fahnenstangen und geschlossenen Parkplatzschranken. Auf eines der Fenster hatte jemand mit breitem Tixo ein weißes X geklebt.

Am Wochenende nahm ihn ein Freund zu einem American-Football-Spiel der Graz Giants mit. Er verstand nicht viel vom Ablauf. Die Spieler wirkten wie Astronauten, die versuchten, Rugby zu spielen, aber schon nach wenigen Schritten umfielen. Neben dem Feld gab es eine dieser druckluftbetriebenen windhosenartigen Gespensterfiguren. Die Fans rund um ihn rasteten alle paar Minuten vollkommen aus, und er stand irgendwie im rechten Winkel zu ihrer Begeisterung. Aber er genoss diese Position auch ein wenig, eine Art Reptil unter lauter Primaten. Er bemühte sich, sein Gesicht ganz ausdruckslos zu halten. Jemand reichte ihm eine Tröte, und er blies hinein, aber immer zum falschen Zeitpunkt, also nahm man sie ihm wieder weg. Sein Freund erledigte das mit einer Zwei-Finger-Geste, wie ein Lehrer, der ein dauernd in seinem Unterricht klingelndes Handy einkassiert. Das machte ihn sonderbar glücklich. Gegen Ende des Spiels erschien ein Brezenverkäufer, ein Besucher aus einer vertrauten Welt. Er kaufte eine Breze und saß zufrieden inmitten der aufbrandenden und wieder abebbenden Begeisterung da, eigensinnig kauend wie eine Eule, die ihre Mitternachtsmaus verspeist. Am Ende gewann eine der beiden Mannschaften. Als sie dann aus dem Stadion gingen, sah er die Frau mit der Tochter wieder. Er dachte ihren Namen und musste stehen bleiben und genauer hinsehen. Unklar. Vielleicht war es jemand anders. Jedenfalls hatte sie ihr kleines Mädchen dabei. Sonst offenbar niemanden. Sie trug eine Fan-Kappe. Sein Freund fragte ihn, was los sei. Er gab ihm durch ein Zeichen zu verstehen, dass nichts los sei, bloß raus müsse er, schnell, frische Luft. – Wenige Minuten später, auf dem Weg nach Hause, eingehüllt von nachmittäglicher Stille und dem eigenartigen Knarren der Luft, das ein Gewitter ankündigt, war es ihm möglich, sich ein wenig gehenzulassen. »Nein, sie ist schon in Ordnung«, entschied er nach langem Überlegen und wischte sich über die Augen. »Sie macht nur, was getan werden muss.«

Er bekam ein Paket geliefert, aber es war nicht für ihn; trotzdem öffnete er es. So entstand ein Anlass, er konnte zu seinem Nachbarn sich entschuldigen gehen, ein Gespräch würde sich ergeben. Der Nachbar hatte Küchenhandschuhe und ein Buch über die Magie der Zahlen geschickt bekommen. Er lag rücklings auf dem Boden und blätterte das Buch durch. Dann kam ihm der Einfall, das Buch zu föhnen. Er tat es, und die Seiten wurden heiß und kräuselten sich an den Rändern. Bevor der Schaden zu groß wurde, hörte er auf, legte das Buch zurück in die Verpackung und ging ins Treppenhaus. Er klingelte, man öffnete ihm. Er entschuldigte sich dafür, das Paket aufgemacht zu haben, er habe nicht erwartet, dass es für jemand anders sei. Man nahm das Paket wortlos entgegen, machte die Tür zu. Er kehrte in seine Wohnung zurück. Seltsam, dieser große Ernst der Menschen.

Seine Mutter hatte ihn heute Abend nicht angerufen. Er machte sich Sorgen und versuchte sie zu erreichen. Er ließ lange klingeln, aber sie hob nicht ab. Er überlegte, ob er zu ihr fahren sollte. Er zog sich um. Draußen hatte es zu regnen begonnen, ein leichter, aber etwas mulmiger Sommerschauer. Er ertappte sich dabei, wie er vor dem Spiegel trödelte und sich auch noch die Zähne putzte. »Automatismen«, dachte er. Als er aus der Wohnung trat, läutete sein Handy. Es war seine Mutter. Sie fragte ihn, ob alles in Ordnung sei. »Ja«, sagte er, »ich war nur spazieren. Ich komm grad zurück.« Er schloss die Wohnungstür und stand in Schuhen da, während sie ihm erklärte, dass ihr Internet ausgefallen sei, zwei Mal heute schon. Er fragte, ob sie die Hotline angerufen habe, und sie sagte, nein, es sei dann ja wieder gegangen. Sie fragte ihn, ob er schon laufen gewesen sei, wegen der blinden Stelle. »Nein«, sagte er. »Dann aber später«, sagte die Mutter.

Gegen Ende des Sommers wurden seine Gedanken unruhig. Bald kamen die Schüler von gegenüber zurück. Er sah ihrem Wiedereinzug in das Gebäude mit ähnlich hohen Erwartungen entgegen, als ginge es um die Rückkehr seltener Zugvögel. »Waldrappe«, dachte er. Die hatten nackte Knochenköpfe, wie mit einem Federnkragen geschmückte, lebendige Sensen. Er kaufte sich eine neue Kamera und ließ sich von dem Experten im Geschäft lange beraten. – Abends streifte er durch die Nachbarschaft und schnalzte immer wieder mit der Zunge, als hätte er einen Hund dabei. Leute gingen an ihm vorüber, schauten, und ein angenehmes Gefühl stellte sich ein: das Gefühl, ein Problem zu sein, das die Welt zu lösen versuchte. Seine Anwesenheit vor diesen hohen Mauern fremder Wohnhäuser war eine Art Makel, dachte er, und er spielte mit seinem Schatten, der in der Abendsonne lang und hübsch war, eine elegante Vorrichtung, wie ein von einem Kind gezeichneter Ölbohrturm.

Die Frau mit der Tochter hatte ihm auf seine Foto-Nachricht nicht geantwortet. Er sah es nicht als Zeichen. Er nahm die Wasserpistole, füllte sie und ging Rad fahren. Ein Problem sein, dachte er, ein Schraubenzieher im Getriebe. Er betrat eine Trafik und kaufte sich Zeitungen. Dann löste er einzelne Zeitungsblätter und schoss mit der Wasserpistole Löcher hinein. Die Druckerschwärze bildete ein dunkles Rinnsal auf dem Boden. – Es verschlug ihn in Siedlungen am Rand der Stadt, draußen in Andritz. Jedes Haus hatte einen kleinen Vorgarten. An einer leeren Kreuzung klapperten zwei Blindenampeln einander zu. In bestimmten Sonneneinstrahlungswinkeln wurden Kondensstreifen so hell, dass sie blendeten. Er hatte Fantasien darüber, einen Obdachlosen, der immer irgendwas über die Polizei oder die Regierung murmelte, zu schnappen und ihm zu sagen: Okay, komm, der Bürgermeister will dich sehen. Man könnte sogar ein Auto mieten, einen Van, schwarz, dann den Obdachlosen rein, dein Land braucht dich. Was könnte so ein Mensch, plötzlich real in die Position erhoben, die ihm seit Jahren als Murmel im Kopf herumrollt, alles erreichen?

Die Ausflüge mit dem Rad dauerten nun immer länger. Die Telefonate mit seiner Mutter fanden deshalb meist abends statt, da er untertags nicht in der Wohnung war. Es gab so viele Radwege, so viele leere Nebenstraßen. Einmal begegnete er seinem annähernden Ebenbild, schon fast oben in Stralegg, in der Nähe der Jakob-Lorber-Quelle. Es war einer, der haargenau so unterwegs war wie er selbst. Er grüßte, und der Mann grüßte zurück. Es entspann sich ein längerer Blickkontakt. Über der Stadt hingen Vorgewitterwolken. – Vor einem Haus in Thal bei Graz blieb er stehen, weil die Haustür offen stand. Er ging hinein und merkte, wie sich sein Körper verwandelte. Er war nur mehr ein riesiger Schneidezahn mit einem einzelnen großen runden Augapfel an der Vorderseite. Er lief durch die Küche. Eine Speisekammer gab es auch. Dann war da ein Wohnzimmer. Und eine Terrassentür zum Garten. Hinterher, als er ungestraft zurück auf die

Straße trat, klopfte sein Herz, und er sagte sich, dass er die Menschen vielleicht einfach nicht mehr sehen konnte. Vielleicht waren sie in anderen Frequenzbereichen angesiedelt. Auf den Radwegen lagen Früchte, um die sich Wespen kümmerten.

Der Herbst kam, und gegenüber begann ein neues Schuljahr. Er verbrachte wieder mehr Zeit zu Hause. Oft war es windig, und er brauchte neue, langärmelige Kleidung. In Geschäften ging neuerdings alles sehr glatt, er fand sofort das Richtige, die Verkäuferinnen waren freundlich, und er bezahlte mit Karte. Schon seit längerer Zeit rührte ihn das Widerstandslose dieser Art von Leben. Menschen hatten es errichtet, vielleicht als Trost für die Jahrtausende in ständiger Todesgefahr. Aber man konnte das Ganze auch anders betrachten und sagen, dass das Universum selbst nach einer Weile dieses glatte Funktionieren für sich erschaffen hatte, als eine Art Insel, und wer weiß, welche Rolle es spielte. Abends herrschte vollkommene Klarheit in der Luft. Er saß mit Papier und Leuchtstiften am Balkon.

Ich habe nachgedacht, schrieb er eines Nachts im späten September an die Frau mit der Tochter. *Du arbeitest mit dem, was dir zur Verfügung steht. Das ist ehrenwert, und ich habe nichts dagegen. Ich habe mich, ganz im Gegenteil, sehr gefreut damals, als wir uns trafen. Die Jahre in England müssen sehr traumatisch für dich verlaufen sein.* Er machte eine Pause und speicherte die Version. Heute früh war ihm ein Zahn abgesplittert. Das winzige Bruchstück lag neben der Tastatur in einer leeren Teetasse. Er schrieb weiter: *Ich habe lange gewartet und finde es nun an der Zeit, dass die Entwicklungen voranschreiten. Die Fotos von gegenüber habe ich dir gezeigt und wollte dir sagen, dass ich inzwischen keine mehr mache. Ich bin bereit, sehr viel zu investieren. Ich würde einen Garten kaufen. Das Einzige, was ich von dir verlange, ist, dass wir anfangen, ehrlich miteinander zu sein.* Er speicherte den Text. Er las ihn durch und korrigierte kleine Fehler, dann hob er die

Tasse hoch und ließ das Zahnstückchen ein paar Mal im Kreis klingeln. »Harte Schale«, dachte er. Den Rest der Nacht schrieb er weiter an der Liste jener Sachen, die er, zusätzlich zu der Angewohnheit mit den Fotos vom Balkon, für eine gemeinsame Zukunft abzulegen bereit war. Zwar wölbte es sich zeitweise sehr in ihm, doch hielt er stand und weinte nicht. Wie jede Nacht zeigte ihm ein fernes Hochhaus seine winzigen Fensterlichter, es waren jedes Mal andere. In diesem Hochhaus gab es gewiss Aufzüge, darin schnitten die Menschen tagsüber ihre Grimassen. Er stellte sich all die Gesichter vor, die sich nun, da es Nacht war, dort geballt auf und ab bewegten, und er wehrte den darin enthaltenen Trost durch rasches, wiederholtes Blinzeln ab.

Und doch sah er einmal beim Heimkommen einen Fuchs im Stiegenhaus. Die Trostbemühungen gingen offenbar weiter. Außerdem fiel ihm auf, dass man alle Menschen neuerdings nur noch schriftlich erreichte. Keiner ging mehr ans Telefon. Man hörte es auch immer seltener in der Öffentlichkeit klingeln. Die Menschen hatten wohl allmählich genug, auch trugen viele Kinder riesige Kopfhörer. Warum gehe ich nicht mehr laufen, dachte er. In den Bäumen vor dem Polytechnikum rauschte es. Der Abend war da, das geschah jetzt immer zeitiger. Die Einzelheiten wurden dann sehr deutlich, man sah zum Beispiel einen Hund unten auf der Straße herumrennen. Er gehörte zu einem Mann, der langsam, aber schnurgerade dahinschritt. Darauf läuft es hinaus, dachte er. – Nach Einbruch der Dunkelheit konnte man relativ gefahrlos im Bezirk herumgehen. Am Spielplatz war kein Mensch zu sehen, also rannte er kurzerhand in die Schaukeln. Er stieß sich das Knie. Die Schaukeln pendelten und zuckten wild hin und her, wie damals auf mittelalterlichen Märkten die Erhängten kurz nach dem Fall. Er schnaufte und versuchte zu lachen. Aber dann stand er nur gebeugt da, und der Abend kam mit Schornsteinen über das Land.

Augen: zwei Löcher, durch die Licht einige Zentimeter weit in einen Schädel hineinfiel. Um die Parklaternen sammelten sich Insekten, es waren jetzt ihre letzten Tage. »Nicht weiter tatenlos dabeistehen«, dachte er. Da fiel ihm eine Gestalt in der Nähe der kleinen Brücke auf. Sie lehnte am Geländer und schwankte. Er ging näher und öffnete seinen Mantel, damit sein Bauch für die Klinge, die ihn mit Sicherheit gleich treffen würde, empfänglich wurde: keine halben Sachen mehr. Er zupfte auch sein Hemd aus der Hose. Schluss mit dem elenden Mitläufertum. Ein Stich in die Bauchhöhle. Aber es war gar nicht eine Gestalt, sondern zwei, sie hatten einander die Arme um den Hals geschlungen. Deshalb das Schwanken. Er blieb stehen und wandte sich ab. Ein Irrtum, mehr war es nicht. Dennoch lief ihm langsam die Zeit davon. Ein Segen kam lediglich von den Bäumen: viele winzige kleine Blätter, die – so spät noch! – von den Zweigen geweht wurden.

Am nächsten Morgen, es war ein Samstag, verlangte es ihn gleich nach dem Aufstehen nach einem Gesamtbild, einem Überblick. Er musste auf einen erhöhten Platz. Er hatte irgendwo über eine Katze gelesen, die immer dann, wenn sie Gelenksschmerzen bekam, auf hohe Bäume kletterte, von denen man sie später mit Leitern herunterholen musste. Oder vielleicht sollte er auf eine weite Ebene, in die Steppe! »Bis zum Mittagessen halte ich es vielleicht noch aus«, sagte er sich. »Danach, Sense.« Das Wort Sense gefiel ihm, er wiederholte es unter der Dusche. Auf einmal drängte es ihn sehr, und er band sich die Schuhe zu, obwohl seine Füße noch nass waren. Unten am Gehsteig lagen kleine morsche Zweige: »Auch das hat nachts der Wind erreicht.« Im Bus war alles, von Kniehöhe bis knapp unters Fahrzeugdach, voller Köpfe. Sie drehten sich und blickten umher. Er richtete seine Augen auf den Boden und atmete vorsichtig, wie durch einen Strohhalm.

Als er an der Endhaltestelle ausstieg, waren da endlose Hecken, und in einer davon hing ein Schnuller. »Und das so weit in den Herbst hinein«, dachte er. Sein Gesichtsfeld kam ihm überdies ein wenig verkleinert vor, allerdings schien das eher eine Eigenschaft der äußeren Welt zu sein als eine der Augen. An allen Dingen hafteten jetzt die Mittagsschatten, diese äußerst sparsamen und formlosen Gebilde. Erst abends würde es in dieser Hinsicht Erleichterung geben, denn dann durften sich die Schatten ausdehnen und zurück ins Unendliche gehen. Aber bis dahin war es noch ein weiter Weg. Er lief über die Straße und betrat eine Trafik. Es war alles nicht das Richtige, es gab nur einige bunte Zeitschriften. Man musste nehmen, was da war. Schon wenige Minuten später schämte er sich, wie er mit dem eigenartig dicken Rätselheft unterm Arm dahinschritt, in einem ihm völlig fremden Bezirk. Wie die Leute schauten! Er entschuldigte sich bei jedem durch ein kurzes Nicken. Dann warf er das Rätselheft weg. »Vielleicht wird es ohnehin regnen«, sagte er sich, »genau im entscheidenden Moment.« Und was würde das Heft ihm dann noch helfen. Die Wolken hingen dunkel vereint über der Stadt, die Ampeln gaben ihre Zeichen. Er achtete darauf, ob die Menschen ringsum vielleicht schon Schirme aufspannten. Weil – wenn sie damit anfingen, dann würde das der Startschuss sein.

DIE KATZE WOHNT IM LALANDE'SCHEN HIMMEL

1

Jahrelang ging ich, wenn Ende September die Kälte begann, jeden Nachmittag in das Kino in der Annenstraße, um mich mit den Gesten und Bewegungen der riesengroßen Menschen auf der Leinwand aufzuladen. Je besser besucht der Film war, desto ruhiger wurde ich, und oft kam ich aus der Vorstellung in einem mehrere Stunden anhaltenden Zustand vollkommener Gelöstheit. Ich konnte meine Armbanduhr abnehmen, ich konnte nachdenken, lesen, Dinge in meinen Kalender eintragen, und selbst das Stillstehen an einer roten Ampel unter freiem Himmel bereitete mir keine Schwierigkeiten. Dann gab es auch bestimmte Cafés in unserem Bezirk, in denen saß ich im Schutz einer Tasse Tee und der zu einem winzigen Paravent aufgestellten Speisekarte. Eine dritte Möglichkeit bestand darin, mit Freunden lange Telefongespräche zu führen. Aber diese Freunde hatten ihr eigenes Leben, waren dem wechselhaften Studentendasein entwachsen, hatten gerade ein Kind bekommen oder mussten am nächsten Tag früh aufstehen, um rechtzeitig in die Firma zu kommen. Sie lebten in Friedenszeiten, und es ging ihnen gut. An manchen Herbsttagen herrschte vollkommene Klarheit in der Luft; man sah Berge in der Ferne, dazu glasklar die Kräne am Stadtrand, und ich tröstete mich mit Zählspielen. Es kam auch vor, dass mich das Grauen beim Überqueren eines Zebrastreifens anfiel. Oder es löste sich ein Essensrest, ein Reiskorn etwa, aus einer Zahnspalte, während ein Flugzeug niedrig über die Stadt flog. Die letzten Straßenbahnen fuhren um halb zwölf. Es wurde immer früher dunkel.

Eines Tages, als ich selbst nach stundenlangem Herumprobieren niemanden hatte erreichen können, gelangte ich auf einem Spaziergang vor eines der zahlreichen Laufhäuser im Bezirk Lend. Ich glaube, es war gegen fünf Uhr am Nachmittag, jene Stunde, da sich alles auf Erden in eine Art Parkplatz verwandelt. Die Körperhaltung der Menschen auf der Straße erweckte den Eindruck, als hätte irgendein unbegreifliches solares Ereignis stattgefunden, dessen Folgen sich erst jetzt in der Erdatmosphäre zeigten. Ich betrat das Gebäude und verbrachte eine entspannte Stunde neben dem Getränkeautomaten. Hier gab es eine junge Frau namens Zany, eine andere hieß Briana. Ihre Poster hingen neben den Apartmenttüren. 75 Euro für eine halbe Stunde, 120 für eine ganze. Was für Güte es auf der Welt gibt. Aber ich blieb beim Automaten stehen.

Auf dem Nachhauseweg schaute ich in dem kleinen Antiquitätengeschäft in der Sackstraße vorbei. Es hatte sich vor allem auf Militaria spezialisiert. Helme, Feldflaschen, Allzweckmesser, Taschenlampen, Armeeverbandskästen, Stiefel. Dazu Postkarten aus den beiden Weltkriegen – zu Hunderten lagen sie in einer großen Schale, die sich bei genauerem Hinsehen als ein entlang des Äquators entzweigesägter Globus entpuppte. Das Antiquitätengeschäft befand sich ganz in der Nähe der Schlossbergbahn, weswegen es mir immer wie der letzte Vorposten einer alpinen Sperrzone erschien. Wenn man es hinter sich ließ, öffnete sich die Straße auf einer Seite, die Häuser fielen weg, und man sah auf die Mur hinunter. Ich mochte das Geschäft deshalb, weil ich dort einmal etwas Wundervolles entdeckt hatte. Es war wenige Monate nach meiner Matura gewesen, im Winter des Jahres 2000. Ein verworren-düsterer, an der dunklen Erde festgewachsener Tag mit dichtem Schneefall. Ich stand, in meinen etwas zu großen Mantel gehüllt, im Eingangsbereich des Ladens herum, der, damals noch mehr als heute, über und über mit langstieligen, scharnierreichen Gerätschaften vollgestopft war. Mir fiel ein kleines Kästchen auf, das ein handschriftliches Etikett als ein »unvollständiges Gewitter-Bauset« auswies. Dieses Spielzeug, das offenbar für Kinder gedacht war, die an Naturvorgängen interessiert waren, enthielt ein paar verdunkelte Wolken, die man am oberen Rand des Kästchens befestigen konnte, dazu Blitze, eine Wiese und einige schablonenhafte, undeutlich-europäisch, ja, im Grunde *pariserisch* wirkende Menschen mit Schirmen, Spazierstöcken und Zylinderhüten. Aber die Regentropfen waren nicht mehr erhalten, leider, der Besitzer des Antiquitätengeschäfts bestätigte mir ihr Fehlen. Ich weiß noch: Als ich mit dem unvollständigen Gewitter-Bauset zurück auf die Straße trat, kam mir der Wind, der vom Fluss herüberwehte, unwahrscheinlich freundlich und sauber vor, so rein, wie er einige Jahrhunderte vor meinem Geburtsjahr 1982 gewesen sein musste, als die Zellsubstanz, die heute ich bin, noch über den ganzen Globus verstreut lag.

Doch im Herbst des Jahres 2009 – mein zweiter Roman *Die Ferkelszenen* war vor kurzem erschienen –, als ich, direkt vom Getränkeautomaten im Erotikhaus am Lendplatz kommend, wieder im dem Antiquitätengeschäft einkehrte, interessierte ich mich nicht für altes Spielzeug, sondern nur für ein ungewöhnlich kleines und leichtes Fotoalbum, in dem mir beim ersten Durchblättern im schummrigen Licht des Geschäfts ein Bild von einer zerstörten Kirche besonders auffiel.

Ich schaute auf der Rückseite des Albums nach, und dort erklärte eine Aufschrift: *Fotos, Frankreich, 1WK.*

Das Kirchenbild besaß eine enorme Anziehungskraft. Vielleicht war es dieser absolut weiße Himmel, der durch das eingestürzte Dach zu sehen ist (als hätte jemand den echten Himmel mit einem Stanleymesser abgetrennt), die unvollkommene Symmetrie des Schutthaufens vor den noch intakten Teilen des Kirchenschiffs im Hintergrund, der feine Staub, der in der Luft hängt. Natürlich roch ich an dem Bild.

Der Preis für das komplette Album war nicht besonders hoch, was mich ein wenig enttäuschte. Es kam ja bald der Winter, da tat es ganz gut, viel Geld auszugeben. Aber ich bezahlte trotzdem und nahm es mit. Eine Woche lang lag es unaufgeschlagen auf meinem Schreibtisch. Dann, an einem ungewöhnlich warmen Oktobernachmittag, unter dem leisen, hupenartigen Gegurre der Türkentauben im Baum vor meinem

Fenster, schaute ich es mir genauer an. In dem Album fand sich ein Bild, das ganz offensichtlich durch Zufall oder ein Versehen hineingeraten war, es zeigte einen sogenannten »Aerobus aus dem Jahr 2000«.

Dieses von einem unbekannten Künstler vor mehr als hundert Jahren angefertigte Bild aus der Zukunft wurde von mir gleich aussortiert. Das nächste Bild zeigte drei Männer, die im Freien an einem Tisch sitzen, ein leerer Stuhl auf der rechten Seite und über ihnen wieder der absolut leerweiße Himmel. Das Foto auf der nächsten Seite zeigte die Fassade eines großen Gebäudes, vielleicht eines Hospitals – also handelte es sich bei den drei Männern vielleicht um Insassen dieser Anstalt. Die links und rechts sitzenden Männer konnten, schon aufgrund ihrer Kleidung, auch Wärter oder Pfleger sein oder vielleicht harmlosere Kameraden des Unglücklichen in der Mitte.

Ich flüchtete aus der Wohnung und ging, ein eigenartig kribbelndes Gefühl im Nacken, über Umwege bis zum Bahnhof und dann noch einige Straßen weiter bis nach Eggenberg hin-

auf, wo ich erst im Licht einer Straßenlaterne bemerkte, dass es regnete. Aber
auf der Straße landeten keine Tropfen, nicht einmal auf
meinen Handflächen. Und
doch war der fallende Re-
gen im trüben Halo der Laterne deutlich zu erkennen,

wie der umgekehrte Funkenflug einer Streichholzflamme.
Ich kehrte mit der letzten Straßenbahn zurück in meine Woh-
nung, mied das Zimmer, in dem das Album lag, und ging ins
Bett.

Am nächsten Morgen lag die Katze auf dem Album. Sie verwendete es als Untersetzer für ihre Pfoten. Ihr Kinn, die einzige
schneeweiße Fellstelle ihres sonst in einem etwas unordent-
lichen Ozelotmuster getigerten Körpers, ruhte auf den so ge-
stützten Pfoten. Ich hob sie von dem Fotoalbum und setzte sie
auf den Boden. Dann stand ich da, mit dem Album in der
Hand, und wusste nicht weiter. Am liebsten hätte ich es ihr zurückgegeben, aber die Katze war schon beleidigt weggegangen
und hatte sich unsichtbar gemacht.

Ich blätterte weiter im Album. Draußen schien die Sonne. Also
stand ich auf und öffnete ein Fenster. Wie zu erwarten, war die
Straße ein reißender Fluss, in dem Autos und Ampelmänn-
chen vorkamen, ein kunterbuntes Unternehmen. Unter den Fo-

tografien fand sich eine,
die ein halbrundes Gebäu-
de zeigte:

Die Blumenverzierungen
in den Fenstern erinner-
ten mich an die hilflosen
Basteleien in Krankenzim-
mern von Kindern. Wozu
es aber im Weltkrieg ge-

dient haben mochte, als Baracke vielleicht, als Lazarett oder als eine Art Bunker, konnte ich mir nicht ausdenken.

Auffallend war die große Anzahl von Kirchen, die der unbekannte Fotograf mit seinem Apparat festgehalten hatte. Möglicherweise war das halbrunde Gebäude eine Ersatzkirche gewesen. Ein Ort, wo improvisierte Messen für die Verwundeten und Gefallenen abgehalten wurden. Ich drehte und wendete das Bild, um einen tieferen Einblick in die Situation zu erhalten. Dazu muss man wissen, dass während der ganzen Zeit die Katze, nun wieder sichtbar, auf meinem Schreibtisch direkt vor mir stand und mich studierte. Ihre Anwesenheit fällt nicht so ohne weiteres auf, sie bewegt sich in einer von dieser durch einige gespannte Stoffschichten getrennten Dimension. Jedenfalls entschied sie sich nach einer Weile, auf meinen Schoß zu klettern, die Drehbewegungen des Albums hatte sie wohl als einladende Spielgesten gedeutet. Mit zwei flinken Schritten war sie auf mir. Das Album fiel mir aus der Hand, einige Fotografien lösten sich. Es stellte sich heraus, dass diese Aufnahmen Rückseiten besaßen. Auch dies ist nicht selbstverständlich. Die meisten Gegenstände, so glaubt man, haben Rückseiten, aber in Wahrheit trifft dies nur auf einen kleinen Ausschnitt der sichtbaren Welt zu. Auf einer der offenbarten Bildrückseiten stand in Kurrentschrift ein dreizeiliger Text,

dessen Entzifferung mich einige Mühe kostete:

Der Maler
Be. Conradi
im April 1917

Es war die Aufnahme der drei in der Sonne Frankreichs sitzenden Männer.

Im August traf aus Amerika ein von mir über ein Online-Antiquariat bestellter Katalog ein. In dieser in französischer und englischer Sprache gedruckten, 85 Seiten starken Publikation einer New Yorker Galerie aus dem Jahr 1988, die sich auf wenig bekannte Kunstwerke geisteskranker Menschen spezialisiert hatte, fanden sich einige Abbildungen der Werke eines gewissen Bernhard Henry (manchmal auch Bernard Henri) Conradi (1891-1920). Er stammte, so der knappe biografische Umriss, aus einer alten elsässischen Familie und wuchs in einem kleinen saarländischen Dorf nahe der französischen Grenze auf. Seine Eltern besaßen eine kleine Landwirtschaft. Er war Soldat im Ersten Weltkrieg.

Das Bild, das im Vorderteil des Katalogs nur mit der Nummer 42 bezeichnet wird, trägt, wie ich bei der Lektüre der winzig klein gedruckten Angaben im Appendix herausfand, den Titel *Die Reisenden im Zeppelinlichtkörper.* Wie Gliederpuppen sehen sie aus, diese offenbar nach dem Muster einer Proportionsstudie gestalteten Figuren, eine Frau und ein Junge. Besonders auffällig sind die merkwürdigen Augen, mit denen die bis in die Geschlechtsteile vermessenen Gestalten uns entgegenstarren.

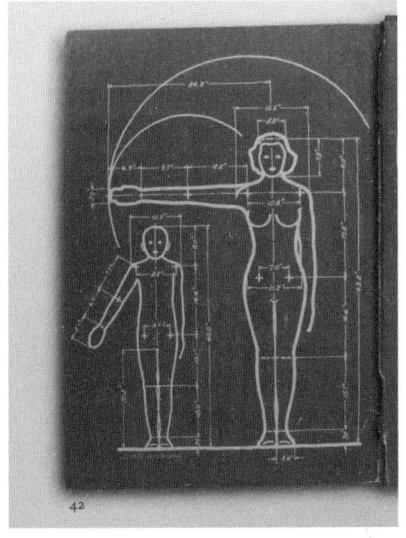

Eine Internetsuche nach diesem Bildtitel brachte mich, anders als die Suche nach dem Namen des Malers (die seltsamen blinden Flecken des Algorithmus), schließlich auf eine Sammelpublikation namens *Pax finis artium – Kunst geisteskranker Menschen vor dem Zweiten Weltkrieg* von Wiltram Gunther, einem Historiker aus – wie das Impressum dem Leser etwas rätselhaft versichert – »Wien (Böhmen)«. Dort fand ich den Satz:

»Bei dieser Gelegenheit wurde auch, in Begleitung eines Pflegers, der Kunstschaffende Conrady [sic] untersucht; er war besonders begeistert von der Kamera, welche vorgeführt wurde, ließ sie sich erklären und wurde weinerlich, als sie, zusammen mit ihrem Besitzer, kurz nach dem Gruppenbilde wieder aus dem Zimmer geschafft wurde.«

Daneben eine schwarzweiße Reproduktion des Zeppelinlichtkörper-Gemäldes.

In Gunthers Schrift findet sich im Anhang eine ausführliche Bibliografie zu dem behandelten Thema. Mein Zeigefinger fuhr die C-Spalte hinunter, Cimabue, Ciller, Coelho, Colmar, Colmarsson, Conradi – hier wieder mit dem normalen »i« am Ende. Mein Herz setzte einen Taktschlag aus:

Bernard Henri Conradi und seine Bildnerei
Christian v. Schaefer
Altbau Verlag, Zürich 1955

Es dauerte Wochen, bis ich das Buch aufgestöbert hatte. Es kostete 244 Euro, und als ich endlich das Paket bekam, lief ich damit in den Park, um es dort unter freiem Himmel, in Gesellschaft des kleinen Springbrunnens, zu öffnen. Es war nicht in bester Verfassung, einige Seiten lagen lose zwischen den anderen. Man kann ein Buch auch freundlicher behandeln.

Conradi wurde am 27. September 1891 in Dillingen an der Saar geboren. Kurze Zeit darauf übersiedelten die Eltern mit dem kleinen Bernard in die Gemeinde Merten (heute in Frankreich gelegen) und dann später nach Piennes in Lothringen. Conradi war ein sehr guter Schüler. Ein Zeugnis aus seiner Grundschulzeit ist erhalten. Er wurde in allen Gegenständen mit der besten Note beurteilt, und eine liebevolle Charakterisierung, vom Direktor zu jedem Schüler eigenhändig verfasst, beschreibt ihn als »vortrefflich und ehrgeizig darin bestrebt, es seinen Mitmenschen nachzutun«. Sein Leben nahm eine Wende an einem Tag im Herbst 1908. In dem bruchstückhaft erhaltenen schriftlichen Bericht eines Gendarmen wird ein junger Mann erwähnt, der sich nach einer Rauferei mit einigen Arbeitern aus dem Dorf nicht wieder habe beruhigen wollen. Gefragt, was ihn denn so aufrege, habe er geantwortet, ein »fronleichnamshafter« Bauernjunge aus der Nachbarschaft sei daran schuld, denn dieser habe ihm »auf die Stirn zugesagt«, dass ein großes Unglück bevorstehe. Der junge Mann gab seinen Namen als *Bernard Conradin* [sic] zu Protokoll und bat darum, eingesperrt zu werden, da er hinter Gittern gewiss vor dem Bauernjungen in Sicherheit sei. Man lehnte dies ab und brachte ihn stattdessen nach Hause. Schon am nächsten Tag gab es einen weiteren Vorfall und einen entsprechenden Bericht dazu. Der junge Monsieur Conradi (diesmal richtig geschrieben) sei nackt durch das Dorf gegangen, heißt es darin. Er habe sich, so seine Erklärung, wegen des Bauernjungen keine Sorgen mehr gemacht, aber in der Nacht sei eine schlimme Nervenkrise, wie schon so oft, mit unerträglich mikroskopischen Gedanken über ihn gekommen und er habe erkannt, dass der Mechanismus, der sich in seinem Inneren verschob und verdrehte, einer Kaffeemühle gleiche.

Diese Nacht sei sehr schlimm gewesen, erzählte Conradi den Beamten »ruhig und zusammenhängend«, er habe sich unter bösen Vorahnungen hin und her gewälzt und keine Ruhe finden können, nicht einmal das »Beten an den Fingern«[1] habe etwas geholfen. Der Druck von außen, jenseits der Zimmerwände, habe ihm arg zugesetzt, und in den schlimmsten Minuten habe er sich an seinem eigenen Kinn festhalten müssen, um

---

1 Leider findet sich in Christian von Schaefers Monografie keine Erläuterung dieser unklaren Formulierung. Ob damit eine Art Rosenkranzbeten mit Hilfe der Finger gemeint ist oder einfach das Falten der Hände, ist nicht mehr zu bestimmen.

nicht aus dem Bett zu fallen. Dann, nach einer Weile, sei plötzlich alles entschieden ringförmig verlaufen, und in seiner Brust habe es gewühlt und rumort. Am nächsten Morgen habe zunächst alles wieder »weich und einfach« ausgesehen, der Hof, ein Eierkorb auf den Steinstufen zum Haupthaus, ein zurückgelassener Leiterwagen auf der Landstraße, eine sehr helle Sonne am Himmel. Er habe seine Arbeit aufnehmen können, auch die Vorbereitungen für seine militärische Ausbildung seien weitergeführt worden, aber dann, um die Mittagszeit, sei wieder Kaffeemühlenartiges (später dann auch Fronleichnamshaftes) in seinem Inneren vorgegangen.

Er habe da nun zum ersten Mal versucht, sich das Leben zu nehmen. Aber es sei nicht gegangen, also habe er sich einfach »die Kleider vom Körper gezogen«. Er sei so einigermaßen sicher gewesen, wenn nicht wieder der Bauernjunge dagewesen wäre, der ständig durch den Nabel in seinen, Conradis, Bauch habe einfahren wollen. Er habe den Nabel schließlich mit einem Korken verschlossen. Er habe außerdem Angst bekommen, er bestehe innerlich möglicherweise aus »enggerolltem Zwirn«. Was denn diese plötzliche Veränderung hervorgerufen habe, fragte der Beamte, dessen Schriftzüge selbst heute noch eine große Güte ausstrahlen. Ja, antwortete Conradi, zu Mittag sei ihm leider wieder das glasklare Wetter in den Sinn gefahren und »ein großes Ungut« sei vom Himmel gekommen, aber er habe sich gerade noch rechtzeitig davor ins Haus retten können, obwohl draußen alles bereits zutiefst ringförmig vor sich gegangen sei. In der Nacht zuvor habe ihn ja schon die Anwesenheit eines Kometen am Himmel »arg belästigt«, vor allem die Tatsache, dass der ganze helle Tageshimmel bei Nacht wie ein Bonbonpapier zusammengedreht worden sei zu diesem kleinen Kometen über den Dächern. Das habe ihn »unendlich traurig und in verschiedene Richtungen entflammbar« gemacht (vgl. Conradis späteres »Sternenhimmel-Erlebnis« in der Anstalt). Die neue Empfindung habe »ihn ausgefüllt wie den Zeppelin«, womit er möglicherweise ein Gefühl inneren Aufgebläht-Werdens meinte, so ähnlich, wie die Hülle der Luftschiffe unter dem Druck des leichten Schwebegases prall wird und ihre charakteristische Zigarrenform erhält.

Ungeduldig blätterte ich vor zu dem Kapitel *Anstaltsjahre*. Conradi war für kurze Zeit Soldat im Ersten Weltkrieg gewesen, aber dann war er, sozusagen direkt vom Schlachtfeld weg, in eine psychiatrische Einrichtung in der Nähe der deutschen Grenze gebracht worden, das Hôpital St. Varèse nahe der Ortschaft Raon-sur-Plaine. Er kämpfte logischerweise auf der Seite Frankreichs, allerdings sei Conradis Französisch, wie Christian von Schaefer in dem Anstaltskapitel schreibt, nicht besonders gut gewesen. Er hatte in dieser Hinsicht großes Glück mit seinem behandelnden Arzt, Dr. Jérôme Gehweyer (1880-1950), der die Therapiegespräche mit ihm auf Deutsch durchführen konnte. Auch die Gesprächsnotizen sind uns auf Deutsch erhalten, erst später wurden »praktikable« (v. Schaefer) französische Übersetzungen davon angefertigt.

Gehweyer stammte aus einer reichen luxemburgischen Familie. Als junger Mann war er zeitweise ein glühender Verfechter der Freud'schen Psychoanalyse gewesen, kam aber später in seiner Praxis, vor allem im Zuge der Behandlung jenes kriegsspezifischen Traumas, das später als *Shell Shock* bezeichnet werden sollte, immer weiter davon ab. In Fällen von äußerster psychischer Zerrüttung sei diese Methode nicht mehr hilfreich, so Gehweyer in einem Brief aus dem Jahr 1914. Die Freud'sche Psychoanalyse sei etwas für Städtebewohner einer bestimmten Schicht, welche man problemlos mit bestimmten sagenhaften Verkettungen ihrer Innenwelten vertraut machen könne.

Gehweyer betreute ab 1916 vor allem traumatisierte Soldaten, und er glaubte anfangs, mit Bernhard Conradi einen ebensolchen Fall vor sich zu haben. Immerhin war Conradi auch unmittelbar nach einem militärischen Manöver in die Anstalt eingeliefert worden. Wie er überhaupt in die französische Armee gekommen war, wusste ich nicht, ich hatte ja ein Kapitel überblättert. Eine unbestimmte Furcht drängte mich voran. Viele

Absätze übersprang ich. Eine ältere Dame fütterte währenddessen die rund um das Springbrunnenbecken vorkommende Parkfauna mit Brotkrumen.

Dr. Gehweyer (ganz rechts) mit seiner jungen Frau Nellie, einigen Anstaltskollegen und einem als deutscher Soldat verkleideten Patienten (unten, sitzend), St. Varèse, vermutlich um 1918

Die drei ausführlichen Explorationen, die Dr. Gehweyer im Mai und im Juni 1916 mit Conradi unternahm, zeigten den Patienten als aufgeweckt, schnell verwirrt, aber höflich und relativ friedvoll. In den Gesprächspausen versank er manchmal in seinen, wie er (oder Gehweyer) es nannte, »Ankerzustand«, und es konnte vorkommen, dass er dann stumm vor sich hin salutierte und Fratzen schnitt. Einmal brach er über einer Beschreibung des nächtlichen Marschierens in Tränen aus und konnte sich lange nicht beruhigen. Ein andermal ohrfeigte er einen fetten Feldkürbis, der auf dem Tisch des Arztes stand. Zwischendurch brach es aus ihm hervor, sodass man ihn bitten musste, etwas langsamer zu sprechen. Erst in der dritten Exploration zeichneten sich, außerhalb des schon bekannten Katalogs seiner Halluzinationen, recht deutlich drei belastende Zustände ab, die ihren Ursprung in der Welt seines Alltags hatten. Der eine Zustand war seine große, vor allem nachts extrem gesteigerte Angst vor Frauen. Er begehre sie, erklärte er, aber es sei doch klar, dass irgendetwas mit seinem Aussehen nicht recht stimme, er sei nicht wirklich hässlich, aber trotzdem finde ihn jede Frau abstoßend, es sei ein Rätsel und es mache ihn »immer ganz stürmisch und dumm«. Das zweite Problem war sein Ekel vor Achselhöhlen, männlichen wie weiblichen. Er selbst pflegte zeitweise mit zusammengefaltetem Papier unter den Achseln herumzulaufen. Nun räumte auch Dr. Gehweyer im Gespräch auf seine typische humorvolle Weise ein, dass Achselhöhlen durchaus eine sonderbare Einrichtung der Natur seien, aber weshalb wirkten sie auf ihn, Conradi, denn so furchterregend? Erst nach einer Weile gab der Patient zu, sie ließen ihn an den männlichen Anus denken und nachts kämen aus ihnen manchmal kleinere Wesen mit daumengroßen Köpfen. Das Schlüpfen dieser Wesen sei ihm außerordentlich peinlich, er erdrücke sie immer schnell und verstecke ihre Leichen. Überdies seien Achselhöhlen empfänglich für Morsezeichen. Gehweyer bemühte sich natürlich herauszufinden, ob dieser Phobie möglicherweise eine homosexuelle Neigung zugrunde liegen könnte, aber Conradi ließ sich zu keiner eindeutigen Aussage bewegen.

In *Specimens of Bushman Folklore* (1919) von Wilhelm Bleek und Lucy Lloyd wird übrigens ein Mythos südafrikanischer Ureinwohner berichtet: die Geschichte, wie die Sonne in den Himmel kam. Das ging so: Ein alter Mann namens *Sonne* lebte ganz für sich in einer Hütte. Er war ein eigensinniger Mensch und strahlte immer nur dann Licht ab, wenn er im Staub ausgestreckt schlief und seine Achselhöhle sich dabei öffnete. Dann lag seine unmittelbare Umgebung in einem herrlichen, warmen Glanz. Das Licht kam direkt aus der Achselhöhle, und niemand konnte sie direkt anblicken. Also befahlen eines Tages einige Frauen des Dorfes ihren Kindern, den schlafenden Sonnen-Mann zu packen und mit vereinten Kräften in den Himmel zu werfen, sodass er, durch den Höhenflug sich selbst rundend, zu unserem lichtspendenden Zentralgestirn wurde. Als die Tat vollbracht war, sangen die Kinder Freudengesänge.

Auch bei einem Mythos der australischen Aranda (heute Arrernte genannt) ist die Achselhöhle von zentraler Bedeutung. Der deutsche Missionar Carl Strehlow zeichnete als Ethnograf viele Sagen und Gebräuche dieses inzwischen schon fast vollständig verschwundenen Volkes auf: Der Urahn der Menschen, Karora, liegt schlafend auf der Erde. Da schälen sich plötzlich Beutelratten aus seinen Achselhöhlen. Später schlüpft aus ihnen ein Sohn, der zuerst wie ein »Schwirrholz« aussieht, dann noch einer und noch einer. Infolge dieser mysteriösen Geburten ergießt sich Licht über die ganze Welt. Und in Franz Kafkas Erzählung *Schakale und Araber* sagen die Schakale über die ihnen verhassten Araber: »Schmutz ist ihr Weiß; Schmutz ist ihr Schwarz; ein Grauen ist ihr Bart; speien muss man beim Anblick ihrer Augenwinkel; und heben sie den Arm, tut sich in der Achselhöhle die Hölle auf.«

Aber zurück zu Conradi. Das dritte Element, das ihm im Alltag in St. Varèse große Schwierigkeiten bereitete, waren »Menschen, die draußen vorbeigehen«. Wenn er sich in einem Zimmer befand, dessen Tür offen stand, konnte es natürlich vorkommen, dass draußen jemand vorbeiging. Dies aber erinnerte ihn an Osterprozessionen, und manchmal sah er diese sogar, der einzelne, draußen vorbeigehende und vielleicht kurz zu ihm hereinblickende Mensch verwandelte sich in eine Folge von »Gauklern, Zahnlosen, Fronleichnamsgesellen, Soldaten mit Tornistern, Ewigen Juden und Sternen«. Ob diese Gestalten ihm jemals zu Leibe rückten, wollte Dr. Gehweyer wissen. Nein, sie träten immer nur da auf, erklärte Conradi, *wo er gerade nicht sei.* Sie seien außerdem viel zu sehr »von ihrer eigenen Prozessionsrichtung bestimmt«, um ihm wirklich lästig oder gar gefährlich zu werden. Dennoch fürchte er sich vor ihnen. Er denke zum Trost viel an Gott und die heiligen Propheten.

Nach dem Tod des Vaters 1912 lebte Conradi auf dem kleinen Hof in Piennes nur mit seiner Mutter zusammen. Er hatte ein winziges Zimmer für sich. Die Mutter pflegte in ihrem Haus verletzte Vögel und fütterte Katzen aus der Umgebung. Sie war dafür im ganzen Dorf bekannt. Conradi erwähnt Gehweyer gegenüber, dass es ihm, als der Marschbefehl kam, beinahe unmöglich gewesen sei, sein Zuhause zu verlassen, da an jenem Morgen die Vögel »ärger als gewöhnlich geschrien« hätten und es normalerweise immer seine Aufgabe gewesen war, sie der Reihe nach zu beruhigen. Auf die Frage von Dr. Gehweyer, wie denn dieses Beruhigen der Vögel vonstattengegangen sei, antwortete Conradi zuerst ausweichend und achselzuckend, als wisse das doch jeder; als verlange man von ihm, Überflüssiges zu wiederholen. Aber Dr. Gehweyer insistierte, und schließlich erklärte Conradi das Ritual: Man ging von Käfig zu Käfig, öffnete ihn, damit die schlechte Luft entweichen könne, und redete dann den Vögeln gut zu. Ganz einfach. Das Geschrei der Vögel käme nämlich von dem unguten »Selbstverdicken der Luft« innerhalb der Gitterstäbe. Deshalb dürfe man, so Conradi, Vögel auch nicht in geschlossenen Kisten halten, wie sie beim Transport von Papageien auf der Südseeroute verwendet würden. Er sei entschieden gegen eine solche Praxis, ja sie mache ihn, wenn er an sie denke, unendlich traurig und schwindlig. In der Tat wurde Conradi nach diesen Worten weinerlich, was Dr. Gehweyer dazu brachte, das Thema zu wechseln. Conradi beruhigte sich ein wenig und bekundete seinen Wunsch, in Zukunft nur noch von »schönerlei Dingen« zu sprechen, dann werde es ihm gewiss rasch bessergehen. Ein aus Papier ausgeschnittener Stern lag zufällig auf Dr. Gehweyers Tisch. Ein anderer Anstaltspatient hatte ihn am Tag zuvor dem Doktor geschenkt. »Schöne Dinge, sagte ich, so wie dieser Papierstern. Folgt starke Alteration bei Conr. Lebhafte Rückkehr zu dem Fronl.-Erlebnis 1908.« Das Fronl.-Erlebnis ist das bereits erwähnte mit dem Bauernjungen, der Conradi so sehr verwirrt hatte. Nun legte Conradi genaueren Bericht ab über das damalige Vorkommnis. Der ungezogene Junge habe ihm eine »schreckliche Deutung der Sterne« gezeigt und jetzt könne er, so klagte Conradi es dem Dr. Gehweyer, diese nicht mehr vergessen! Seit Jahren plage ihn dieses Bild. Der nächtliche Sternenhimmel sei für ihn auf ewig besudelt und verschandelt! Man könne die Sterne ja so oder so verbinden. Man sei da ganz frei. Jeder kenne die gewöhnlichen Sternbilder. Aber da gehe noch viel mehr, ach, so viel mehr. Er, Conradi, könne heute nicht mehr den Großen Wagen oder die anderen klassischen Konstellationen betrachten. Es sei wie mit den Enten, nachdem man entdeckt habe, dass ihre Schnäbel kleinen Fuchs- oder Hundeköpfen glichen. Die Nasenlöcher seien die Augen, der schwarze Fleck an der Spitze sei die Schnauze. Und sei einem das einmal aufgefallen, könne man es nie wieder vergessen. Diese, zumindest in seinem Leben, viel zu häu-

fig und zu gewaltsam stattfindende »bildnerische Umerziehung« empfinde Conradi, so fasste es Gehweyer in seinem Bericht zusammen, als eine »fortwährende Vertreibung aus dem Paradiese«.

Was es denn mit dieser schrecklichen Deutung des Sternenhimmels auf sich habe, fragte Dr. Gehweyer. Bereitwillig erläuterte Conradi ihm dieses, wie er sagte, in einer »besonderen Art der Verbindung bestimmter Sterne« bestehende Bild. Es dauerte wohl eine Weile, bis der Arzt es auch sehen konnte. Aber als er es schließlich vor Augen hatte, zeigte er sich beeindruckt von der, wie er schreibt, »einfallsreichen Deutung«, die ihn tatsächlich selbst noch einige Tage lang beschäftigt habe.

Der böse fronleichnamsartige Nachbarsjunge aus dem Dorf komme ihm, so Conradi, seither und in gesteigertem Maße seit seinem Aufenthalt hier in dem Institut wie der Satan selbst vor, er habe ihm das »Tiefste und Intrischste« genommen, was er besessen habe: den von friedlichen Tieren und antiken Helden bevölkerten Nachthimmel. Wie gern würde er wieder zurück, so Conradi, wie gern wolle er vergessen, aber was man einmal gesehen habe, werde man leider nie wieder los, es sei denn, man höre zu leben auf, das sei bekanntlich die einzige Lösung. Doch trotz dieser Besorgnis erregenden Anspielung auf Selbstmord endet die Sitzungszusammenfassung von Dr. Gehweyer auffallend ruhig und gefasst, mag sein, dass diesem der beschworene Notausgang nicht allzu wahrscheinlich vorkam oder dass er selbst immer noch unter dem Eindruck des von seinem Patienten neu interpretierten Sternenhimmels stand.

Im Frühjahr 1917 ergriff Conradi zum ersten Mal einen Pinsel. Dies geschah nicht ganz freiwillig, das heißt nicht aus künstlerischem Antrieb. Dr. Gehweyer hatte zufällig einige Wasserfarben in seinem Sitzungszimmer stehen. Ihm war nicht klar, was Conradi mit einem bestimmten, ihn quälenden Bild meinte. Vielleicht könne er es begreifen, wenn er es selbst sehe. Conradi malte darauf das Bild: ein Baum im Anstaltsgarten, der aussah wie eine gen Himmel gestikulierende weibliche Figur. Dr. Gehweyer war von dem Werk (und auch, wie er schreibt, von dem technischen Geschick seines Malers) so beeindruckt, dass er sogar nachschauen ging, ob der Baum tatsächlich so aussah. Er fand aber nur eine schwache Übereinstimmung. Allerdings: »Die von Conr. überall ausgemachten Bildübertragungen sind in der That sehr eingängig, manche wird man selbst, obwohl sie bei einem gesunden Verstande selten etwas anderes als Belustigung hervorrufen werden, lange nicht los.«
Einmal kehrte Conradi von einem Spaziergang mit großer Verspätung zurück. Es sei ihm gewesen, gab er als Erklärung an, als ob er neuerdings jeden Schornstein und jeden zweihundertjährigen Dorfkirchturm mit erhobener Hand grüßen müsse. Außerdem sei es jetzt Herbst und daher die Landschaft so still, dass er selbst das Atmen für sie übernehmen habe müssen, damit »die Zieh-Harmonika-Funktion« sozusagen in die Landschaft zurückkehre. Wieder forderte Gehweyer ihn auf, diesen Begriff zu zeichnen, diesmal mit einem Tuschestift

auf Papier. Conradi arbeitete rasch und mit hoher Konzentration.

Schon kurz danach wurde die Malerei für den zunehmend ruhiger und aufgeschlossener wirkenden Conradi tägliche »Nahrung für die Kopfhaut«. Das Geräusch des Pinsels auf der Leinwand, auch das Kratzen eines Bleistifts oder die Art, wie manche Menschen beim Reden schmatzten, erzeuge eine »unwahrscheinlich angenehme Sensation« im Bereich der Schädelnaht, welche sich, je länger das Geräusch anhalte und dabei winzig kleine Variationen mache, ausbreite bis in den Hinterkopf und den Nacken. Dabei gehe es ihm »wie beim Chorsingen durch den Körper«. Es richte ihm »die Fersen gerade aus für ein paar Stunden«, und es sei »wieder ein Auskommen mit der Welt«.

Jérôme Gehweyer in London, 1941

Gehweyers verstreute Erwähnnungen und direkte Zitate von Conradis Aussagen und Handlungen wurden von Christian von Schaefer sorgfältig zusammengestellt. Immer wieder scheint Conradi den Nervenarzt verblüfft zu haben. Am 21.5.1917 notiert er beispielsweise, der Patient habe einigen seiner Mitpatienten den Planeten Venus am Himmel gezeigt – um die Mittagszeit an einem strahlend hellen Frühsommertag. Claude Lévi-Strauss bemerkte 1980 in seinem Radiovortrag *Mythos und Bedeutung*: »Es schien so, als ob ein bestimmter Stamm den Planeten Venus bei vollem Tageslicht sehen konnte, etwas, das ich für ganz unmöglich und unglaubhaft hielt. Berufsastronomen, denen ich diese Frage vorlegte, bestätigten mir natürlich, dass wir ihn nicht sehen. Dennoch sei es nicht ausgeschlossen, dass einige Völker, die die vom Planeten tagsüber ausgestrahlte Lichtmenge kennen, ihn sehen können. Später sah ich alte Navigationsbücher durch, die unserer eigenen Zivilisation entstammen, und es scheint, als seien die früheren Seefahrer sehr wohl in der Lage gewesen, den Planeten bei vollem Tageslicht zu erkennen. Mit geschulten Augen könnten wir das wahrscheinlich heute noch.«

Auch die in manchen Nächten ungute Szintillation der Sterne trieb Conradi einige Zeit um. Er erklärte sich das Flimmern dadurch, dass es den Luftschichten in der Erdatmosphäre gerade nicht gutgehe.[2]

Die Lust an der Malerei sieht Dr. Gehweyer stets als sehr positive Entwicklung des Patienten. Sorgen bereitet ihm dagegen die immer schlimmer werdende Furcht Conradis vor Dingen und Erscheinungen, die irgendeinem anderen Gegenstand gleichen. Eine Gruppe von Patienten etwa, die im nahen Anstaltspark ihre *cerfs-volants*[3] steigen ließen, erinnerten ihn an Fischer, bloß spiegelverkehrt. Das ging so weit, dass er nicht einmal mehr die öffentliche Dusche im Hof betreten wollte, da ein fallender und auf einer hellen Oberfläche aufplatzender Wassertropfen, das heißt die entstehende »Krone« der hochspritzenden kleineren Tröpfchen, ihm wie das für den Bruchteil einer Sekunde durchs Bild huschende Gespenst einer Spinne erschien. Auch glaubte er zeitweise, alle Speisen in der Anstalt seien in Wirklichkeit aus »gelbem Ektoplasma«, also, seiner Deutung

---

2 Diese Beobachtung erinnerte mich an ein bei Bleek und Lloyd transkribiertes Lied: »Sirius! Sirius! Zwinkert wie Canopus! Canopus zwinkert wie Sirius! Sirius zwinkert wie Canopus!« usw. Diese beiden Sterne *zwinkerten* für die außerordentlich geschulten Himmelsbeobachter auf exakt dieselbe Weise.

3 Frz. für Drachen.

des Begriffs nach, aus »verflüssigten Leichen« gewonnen worden und würden, bevor man sie servierte, zu der jeweiligen zu imitierenden Speise »umgepinselt«. Es existiert die Beschreibung eines Aquarells, das einen reich gedeckten Tisch zeigt (*Das Luftschiff-Speisezimmer*, 1919), auf dem alle Speisen sich deutlich in der Form, aber nicht in der Farbe unterscheiden: Sie sind alle rot. Nur die in einer Art Schale liegende Banane besitzt einen gelben Strich in der Mitte. Einer der nicht seltenen Momente in Conradis bildnerischem Werk, in dem durch die dicke Eisschicht der Verstörung so etwas wie federleichter Humor blitzt.

Um die jeden Tag vor der Dämmerung einsetzende Angst zu besänftigen, habe sich Conradi oft mit runden Glassplittern beschäftigt und sie bei Gelegenheit auch in einige seiner Bilder eingebaut. Diese Bilder sind leider nicht erhalten. Er sei oft stundenlang vor den »winzigen gläsernen Murmeln« gesessen und habe »mit den Lippen recht plump, aber aus der Ferne deutlich vernehmbar, das Rauschen des Regens in seiner Heimat imitiert«.

Im Sommer 1918 notierte Gehweyer, Conradi stecke sich immer nur *nachträglich* die Finger in die Ohren, selbst wenn ein bestimmter Lärm unerträglich laut sei. In einer Art Duldungsstarre warte er ab, bis das störende Geräusch vorbei sei, dann erst komme ruckartig Bewegung in ihn, und er halte sich die Ohren zu. Die Augen seien dabei stets geöffnet. Gefragt, warum er das tue, antwortete Conradi, er setze sich gegen die äußeren Erscheinungen zur Wehr, die sich seiner bemächtigen wollten. In dieser Zeit entstand seine Werkgruppe *Pfingsten*, zu der auch ein großformatiges Bild mit dem Titel *Fronleichnam* gehörte, das ebenfalls verschollen ist. Es stellte einen Reiter auf einem zigarrenförmigen Fluggerät dar, umstrahlt von einem Kranz aus Lanzen und Schwertern.

Conradi zog sich nun immer öfter ganze Tage lang in seinen kleinen Winkel zurück, wo er malte und mit sich selbst sprach. Niemand fand etwas Störendes daran. Aber die anfängliche

Beruhigung, die Gehweyer noch 1917 an seinem Patienten fest-
stellte, war verschwunden. Oft regten ihn nun die von ihm gemalten Bilder so auf, dass er sie verschenken musste. Später
bat er unterwürfig um Rückgabe.

Einmal verpasste ein von einem anderen Patienten zufällig im
Korridor gepfiffener Schlager ihm einen tagelang anhaltenden
Ohrwurm. Conradi war während dieser Zeit sehr erregt, verlor
bei der kleinsten Irritation die Nerven und wurde aggressiv. In
milden Augenblicken wunderte er sich, teilweise unter Tränen,
dass ein derart kurzes und kunstlos vorgetragenes Melodie-
fragment genügte, um seine Sinne für Tage in einen fremden
Rhythmus zu zwingen. Ihm waren offenbar nur seltene Ru-
hepausen vergönnt und noch seltenere Augenblicke des Tri-
umphs und der Freude. Einer davon ist der von Dr. Gehweyer
(ebenfalls nicht ohne eine gewisse Genugtuung) im Juli 1918
festgehaltene Vorfall, als Conradi einem an mehreren Zwän-
gen erkrankten Mitpatienten namens Adolphe Kappel eines
Morgens beim Kaffee riet, er solle doch einmal darauf achten,
wie oft seine Augen in der Minute blinzelten. Bereits am Ende
des Frühstücks, berichtete Gehweyer, habe er Adolphe Kappel
so weit gehabt, dass dieser die Augen nicht mehr aufmachen
wollte. Das Zählen der Wimpernschläge habe ihn schlichtweg
überfordert. Als Conradi daraufhin von einem Pfleger aus dem
Frühstücksraum geführt wurde, kommentierte er das lediglich
mit einem »mehrmals wiederholten, langgezogenen Pfiff«. Bis
zum Abend war Conradi in gelöster, heiterer Stimmung. Erst
spätnachts ging wieder Kaffeemühlenartiges in den Baumkro-
nen draußen im Anstaltshof vor sich.

Bis in den Spätherbst 1919 kreisen Conradis Bilderthemen
weiter um die Begriffe *Fronleichnam* und *Pfingsten*. Beide Wörter werden von ihm mit dem Herannahen einer Katastrophe
gleichgesetzt. Beim Morgenkaffee ist er meist ruhig. Mit Albin
und Cloots (zwei jüngeren Mitpatienten) geht er nun öfter »die
Gänge ab und ab«. Bemerkenswert in dieser Zeit bzw. in diesem Abschnitt der Krankengeschichte: die von mehreren Per-

sonen beschriebene besänftigende Wirkung einer Chorprobe, die Conradi aus einem Nebenzimmer zufällig mithört. Der von den Insassen einer gesonderten Abteilung der Anstalt einstudierte Kanon setzt ihm, in seinen eigenen Worten, »die Verwirrungen wieder völlig gerade«. Tagelang spricht er vollkommen zusammenhängend und kann sogar, wenn auch nur in Begleitung eines Pflegers, für einige Momente in den abendlichen Sternenhimmel blicken. Der eingebildete Komet, unter dessen »Fernwirkung« er die meiste Zeit leidet, ist in diesen Nächten nicht zu sehen, was eine sehr befreiende und entspannende Wirkung auf ihn hat, allerdings meint er später, den unheilvollen Kometen, winzig klein zusammengerollt, zwischen Staublurchen und Sägespänen in einer Ecke des Musikzimmers neben dem Klavier zu entdecken, und er meidet daraufhin den Raum für mehrere Tage.

Aber dann, eine Woche später, bittet Conradi mehrmals und unter Anzeichen großer Erregung, in die Stadt fahren zu dürfen, er habe nichts mehr zum Anziehen. Er schäme sich, erklärt er, vor den Heiligen Geist treten zu müssen in seinen an so vielen Stellen aus den Nähten platzenden Anstaltsgewändern. Man bringt ihm eine neue Jacke, aber er lehnt sie ab, da sie nicht modern genug sei. Auf die Frage des Pflegers Manoel[4], was er damit meine, erklärt Conradi, er sei, wie er nun endlich zugeben müsse, aus der Zukunft hierher versetzt worden. Er passe nicht in diese »Zeitlinie«, sie sei »vom Jahr her falsch«. In der »Schneckenwelt«, aus der er käme – und die ihn, wie er unter Tränen gesteht, nicht mehr bei sich haben wolle –, seien alle seine Probleme lösbar. Hier allerdings sei alles hoffnungslos, niemand verstehe ihn. Er sei »mit den Ärzten am Ende«. Sie sähen ihn falsch, setzten ihn falsch »ins Bild«, niemand erkenne sein wahres Gesicht und alle behandelten

---

4 In den Unterlagen manchmal auch Manuel bzw. Manaul. Conradi verglich, wie Gehweyer an einer Stelle festhält, diesen Mann mit einer »Schale Münzen«.

ihn wie ein Kind. In der Nacht schließlich bittet er um Zwirn, um sich, wie er sagt, »ein wenig selbst zu stärken«, aber er wird ihm verweigert.

Trotz dieser heftigen Krise malt er im selben Jahr noch ein großformatiges und für seine Verhältnisse ungewöhnlich formfrohes Bild mit dem Titel *Raumarzt im Krankenzimmer*. Das Ölgemälde, von dem leider nur eine kleinformatige Fotografie erhalten ist, zeigt eine kniende Figur, umringt von geduckten Tieren, die vor einer stehenden Gestalt mit hohem, spitz zulaufendem Papsthut an Fäden oder Leinen gehalten wird. Über der Figur steht in sorgfältig gemalten Buchstaben: »PACQUES! PACQUES! PACQUES!« Mit hoher Wahrscheinlichkeit handelt es sich bei dieser an den dreimaligen Schlag gegen ein Hoftor erinnernden Beschwörungsformel um das falsch geschriebene französische Wort für Ostern, *Pâques*. In diesem Zusammenhang muss wohl auch sein »Osterratschen-Erlebnis« (vgl. auch das Kaffeemühlenbild) von 1915 erwähnt werden. In einer Sitzung mit Dr. Gehweyer deutete Conradi an, dass »gewisse ungute Selbstgefühle« ihm bereits während seiner Soldatenzeit aufgefallen seien, besonders stark an einem Tag, da er und seine Kameraden auf einer Landstraße einer Gruppe französischer Schulkinder begegneten, die dort mit Osterratschen unterwegs waren. Die Glocken schwiegen während der Karwoche, und das einzige Geräusch weit und breit war das muntere Geratsche der Kinder. Er habe dieses Geräusch später nicht mehr aus seinem Kopf bekommen, berichtet er Gehweyer, und er habe schon befürchtet, es werde nie wieder verschwinden. Und eines der Kinder habe ihn »ganz widerwärtig seitlich angesehen« und sein (Conradis) Gesicht dabei verändert wie Knetmasse. Sie seien damals bis spät in die Nacht hinein marschiert, möglicherweise hätten sie irgendetwas Brennendes zurückgelassen, genau könne das heute niemand mehr sagen, so Conradi, aber jedenfalls habe er da zum ersten Mal gespürt, dass diese ganzen »leidiglichen [sic] Unternehmungen« des Krieges bald an ihr Ende kommen würden. Ihr Ende sei bereits »im Horizont verzeichnet« gewesen in jener Nacht, und der Horizont sei ihm weich und dehnbar erschienen »wie der Äquator einer Frau«, und darüber habe sich nichts befunden als das gerade am Land oft so unheimlich dichte Tableau aus scheinbar unverbunden und unschuldig im Firmament hängenden Sternen.

Das, was er da am Sternenhimmel, seit jener verhängnisvollen Initiation durch den Bauernjungen, mit freiem Auge sehen könne, sei wahrlich das Fronleichnamshafteste, was ihm je untergekommen sei. Ob es dasselbe Sternbild sei wie schon einmal erwähnt, fragte Dr. Gehweyer. Conradi bestätigte dies, aber fügte hinzu, dass er damals nicht das gesamte Bild beschrieben habe. Er sei ja auch kein »Mörder vor dem Herrn«, und er verstehe, dass der Herr Doktor ein von Gott auserwählter Mann sei, dem er einzig und allein zu Diensten sein wolle. Dr. Gehweyers Reaktion auf diese Bemerkung ist nicht verzeichnet. Was folgt, ist lediglich eine genaue Stern-für-Stern-Betrachtungsanleitung jenes Bildes, das Conradi am Himmel zu erzeugen wusste. Ganz sicher bin ich mir nicht, aber ich glaube, ohne eine solche Demonstration ist es nicht zu erkennen. Ob ein gewöhnlicher Geist auch durch reinen Zufall auf es stoßen könnte? Die Frage berührt Metaphysisches. Mir wäre das Bild jedenfalls mit Sicherheit niemals aufgefallen, und ich glaube, ich verfluche den Tag, als mir das Buch von Christian von Schaefer in die Hände gefallen ist, ja, eigentlich verfluche ich den Tag einige Monate davor, als ich den behütend summenden Getränkeautomaten verließ und in die Innere Stadt ging. Ich hätte 75 Euro zahlen können anstatt 244, vielleicht wäre dann alles anders gekommen. Es wäre Frieden.

Seltsamerweise zitiert von Schaefer nur eine Zeile aus dem originalen Wortlaut der Anleitung: »[...] und da, man müsse es nur zu Castor hinunterziehen, dann sei da die erste Fassung der Stirnen [sic].«

Dem folgt eine genauere Beschreibung des Sternbilds in den Worten des Biografen. Eine sonderbare Aufteilung des Rederechts in diesem so zentralen Punkt. Die Beschreibung ist zudem etwas technisch, was aber vielleicht keinen Nachteil darstellt. In dem wunderlichen Deutsch Christian von Schaefers lautet sie jedenfalls so:

»Conradis Großer Bursche ruht größtenteils im gutmütigen und ausgeglichenen Sternbild des Fuhrmanns sowie nordwestlich von Castor und Pollux im uns bekannten Bild der Zwillinge (Gemini). Mit Ausnahme des offenen Sternhaufens NGC 2281 fügt sich das Sternbild nur aus sehr lichtschwachen Gestirnen. Oberhalb von Lynx treibt der Blick die ersten Sterne zu einer Stirn und Nase zusammen, die Augen folgen von selbst, es sind die Sterne Capella und Menkalian. Der Ausdruck des Mundes ist Aufgabe der Aurigaeischen Sterne, der Betrachter hat da einige Varianten zur Verfügung. Es ist behauptet worden, dass der Große Bursche bei längerem Verweilen dem Gemälde *Senecio* des Schweizer Malers Paul Klee aus dem Jahr 1922 gleiche.«

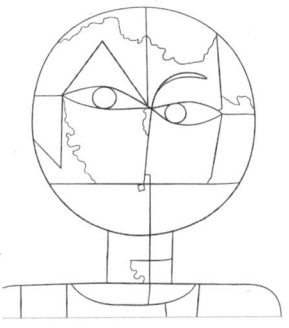

In der sehr kitschigen, *A Beautiful Mind* genannten Verfilmung des Lebens von John Nash, einem brillanten, aber an schwerer Schizophrenie leidenden Mathematiker, gibt es eine Szene, in der der von Russell Crowe gespielte Nash seiner Verlobten anbietet, sie könne sich eine beliebige Form aussuchen und er werde diese so-

gleich im Sternenhimmel aufspüren. Sie sagt: »Ein Schirm.«
Daraufhin sehen wir Nash kurz in den Himmel schauen, und
dann deutet er auf verschiedene Sterne – und tatsächlich, untereinander verbunden wie bei Malen-nach-Zahlen, ergeben
sie einen großen, im Himmel hängenden Regenschirm. Stellen
wir uns aber nun vor, dass dieser Schirm das Familienwappen
eines Mannes wäre, der diese junge Frau, Nashs Verlobte,
einst vergewaltigte und beinahe zu Tode folterte. Und sie be-
käme, freilich nicht auf persönlichen Wunsch, dieses Bild gezeigt. Könnte sie es je vergessen? Wäre ihr der Sternenhimmel
nicht auf ewig verdorben? Zugegeben, ein etwas aus der Luft
gegriffenes Beispiel. Aber vieles ist vorstellbar. Es gibt unzähli-
ge Dinge, die man auf keinen Fall jede Nacht riesig vergrößert
über sich schweben sehen möchte.

Der Science-Fiction-Autor Philip K. Dick veröffentlichte 1965
einen Roman, der aus seinem reichen Œuvre durch eine unge-
wöhnliche Intensität herausragt: *Die drei Stigmata des Palmer
Eldritch*. Dieses höchst seltsame religiöse Werk ist mein liebs-
ter Roman von Dick, ich las ihn schon als Teenager, ohne Vor-
kenntnisse. Seiner Entstehung liegt ein mystisches Erlebnis im
Sommer 1963 zugrunde. Dick arbeitete zu dieser Zeit in einer
kleinen Hütte, meist unterstützt von Amphetaminen, tagelang
besessen an einigen Erzählungen. Die Hütte war im Winter so
kalt, dass er seine Finger auf der Schreibmaschine kaum bewegen konnte. Aber nun war es Sommer, eine besonders produk-
tive Zeit. Als er eines frühen Morgens zu Fuß zu seiner Hütte
ging und an der immergleichen Wiese mit Kühen und Schafen
vorbeikam, entdeckte er etwas Beunruhigendes am Himmel:
»Ich blickte in die Höhe und sah da ein Gesicht. Ich sah es nicht
wirklich, aber das Gesicht war da, und es war kein menschliches. Es war ein riesenhaftes Antlitz des vollkommenen Bösen. Ich verstehe nun (und ich glaube, damals begriff ich es
dunkel), was der Grund war, dass es mir erschien: die Monate
der Abgeschiedenheit, der Entzug allen menschlichen Kon-
takts … Jedenfalls konnte man das Vorhandensein des Ge-

sichts nicht abstreiten. Es war gewaltig; es füllte ein Viertel des Himmels aus. Es hatte leere Schlitze als Augen – es war metallen und grausam und, was das Schlimmste war, es war Gott.« Dieses Metallgesicht, das sich im Roman in die Züge der entsetzlichen Figur Palmer Eldritch verwandeln sollte, blieb etwa einen Monat lang am Himmel präsent, immer an derselben Stelle. Dick sah es jeden Tag. Nach Beendigung der Arbeit konnte er sein eigenes Romanmanuskript nicht mehr durchlesen, da die Präsenz von Palmer Eldritch ihm zu sehr zusetzte. Er hatte einen Monat lang in dessen unsägliches Antlitz gestarrt und war auch, so darf man annehmen, von diesem gesehen und beobachtet worden, das war genug, jemand anders musste für ihn das Manuskript korrigieren. Dick selbst fasste es nie wieder an.

In der Stadt ist aufgrund der nächtlichen Beleuchtung und der Luftverschmutzung ein makelloser, sternenreicher Nachthimmel bekanntlich recht selten, also war es für mich ungefährlich, von Zeit zu Zeit einen Blick nach oben zu tun, um mich zu vergewissern, ob Conradis Bild wirklich funktionierte. Ich sah es innerlich unscharf vor mir, und es brauchte das Zutun meiner eigenen Fantasie. Der Stadthimmel besteht nur aus wenigen groben Bauteilen.

Bernhard Conradi starb 1920 an einer Lungenentzündung. Er wurde in Raon-sur-Plaine begraben, aber der Friedhof existiert inzwischen nicht mehr. Was er in seinen letzten Lebensmonaten getan hat, wissen wir nicht. Einzig ein Brief ist überliefert, den er an die Anstaltsleitung von St. Varèse sandte. In dem Brief bittet er um Verlegung in eine geeignetere Einrichtung. Es sei viel zu dunkel hier, seinen Augen tue außerdem die raue Luft nicht gut. Er vermisse zudem seine Kleidung, die Wärter hätten ihm diese weggenommen und seien überdies so unverschämt, ihm immer wieder kleine daraus ausgeschnittene Stoffteile abends in sein Bettzeug zu mischen. Er müsse unaufhörlich beten, da er sonst rasch abkühle. Man halte alles Obst von ihm fern, es sei zum Verzweifeln. Mit Gott und den heiligen Propheten lebe er nun schon länger in Trennung. Selbst an jenem Abend, da Gott ihm, Conradi, als Trostgeschenk eine kleine Schere mit stumpfen Klingen zu überreichen versucht habe, was an sich sehr willkommen und auch durchaus rührend gewesen sei, habe er seine Standhaftigkeit bewahrt. Er sei insgesamt sehr betrübt, und der neue Oberarzt verstehe überdies nichts von dem, was man ihm sage. In den offiziellen Dokumenten heißt es, dass Dr. Gehweyer bis 1923 in der Anstalt als leitender Nervenarzt beschäftigt gewesen sei. Wer dieser neue Oberarzt gewesen sein könnte, ist nicht bekannt.

An einem Morgen des Jahres 1920 wurde der Maler Conradi leblos in seinem Zimmer gefunden. Schon einige Tage davor war er schwer krank gewesen, hohes Fieber, Atemnot, kein Appetit. Ich stelle mir vor, wie die Wärter seine Leiche aus der Anstalt tragen, aus dem Hausflur hinaus in strahlenden Sonnenschein, und der *Aerobus en l'an 2000* kommt mir dabei in den Sinn. Alles ist zu Ende, eine vollkommene Landung. Einige gütige Menschen sammeln in den folgenden Tagen noch seine Gemälde ein und verwahren sie, bringen sie später in ein Lager bei Paris, wo sie fast dreißig Jahre danach einem Kunsthistoriker namens Colet auffallen, der ihren Werdegang rekonstruiert und einige kleinere Ausstellungen organisiert.

Ich weiß noch, dass ich eine Weile überhaupt nicht an das Sternbild des Großen Burschen dachte. Kein Mensch kann immer um dieselben Mysterien kreisen. Ich hatte es ja einige Male probeweise erspäht und im Geiste ergänzt, das genügte. Aber ich blieb – im Nachhinein fällt mir das auf – gedanklich zumindest in seiner Nähe, denn ich arbeitete an einem neuen Roman, der den Ulmer Kometenstreit von 1618 zum Thema hatte. Zudem begannen mir, als arbeite sich im Hintergrund meines Verstands ein unsichtbares neues Bildverarbeitungsprogramm an der Welt ab, mehr und mehr bemerkenswerte Dinge in meiner unmittelbaren Umgebung aufzufallen, etwa die Erscheinung eines kletternden Katzengespensts auf einer Mauer.

Immer noch beeindruckt mich, auch wenn das damals schnell entstandene Foto nichts von der Unmittelbarkeit der Erscheinung wiederzugeben vermag, die Plastizität des kleinen, dem Betrachter zugewandten Katzenmunds und dahinter, als eine Art kubistischer Bewegungsdarstellung, die zugleich abgewandten Ohren

des Hinterkopfs. Es war dies vielleicht der Schnittpunkt eines an Katzenformen extrem dicht besetzten Universums mit dem unseren, an genau dieser Stelle. Und dieser Gedanke an die Katze brachte mich auf das Studium früherer alternativer Sternbilder und damit wiederum in Conradis Nähe, denn wenige Tage vor der Sichtung der Mauerkatze hatte ich Arno Schmidts buchstabenflimmernden Roman *KAFF auch Mare Crisium* gelesen. Dort erwähnt der hoffnungslose, verzweifelt-quirlig Anekdoten und historische Kuriositäten dozierende Erzähler Karl an einer Stelle:

»Lalande hat seine Katze an den Schternenhimmel versetzt – der französische Astronom. Der außerdem seines schteez frei geäußerten Atheismus’=wegn bekannt war : n großer Mann. – Am Südhimmel : unterm Hals der Wasserschlange !«

Auslöser dieser ungebetenen Belehrung ist der Anblick einer Mitbewohnerin des Hauses:

»(*Der leichte Schritt* – ? – *war nur die* alte schwanzlose Hauskatze, die aus der Nacht trat. 1 Vorderfötchen hoop – ?. – Uns dann zunickte. Und weiter ging; ältlich den Kopf gesenkt; ohne Eile.)«

Jérôme Lalande (1732-1807) besaß tatsächlich eine Katze, die er, laut seinem Biografen, sehr lieb hatte. »Möge diese Katze den Himmel zerkratzen«, soll er gesagt haben. Die Katze ist sogar in Johann Bodes für das Himmelsverständnis des 18. Jahrhunderts maßgeblichen Sternenkarten enthalten. Eigenartig, wie leicht man vergisst, dass die gegenwärtigen Konstellationen von der Menschheit nicht immer so gesehen wurden wie heute. Vor einigen hundert Jahren noch gab es viele nebeneinander existierende Himmelsatlanten, in denen so herrliche Figuren existierten wie Limax, die Schnecke, oder Manis, der Pangolin, auch ein Flughörnchen war da. Im Jahr 1800 wurde in Johann Bodes Atlas die Machina Electrica verzeichnet, eine Elektrizität erzeugende Maschine. Und selbst »Herschels Teleskop« ist am Himmel zu finden, das verdienstvolle Beobachtungsgerät jenes großen Astronomen, welcher 1781 den Planeten Uranus entdeckte und ihn, zu Ehren des damals regierenden englischen Königs, *George* taufte. Turdus Solitarius, eine 1776 vom französischen Astronomen Pierre Charles Lemonnier identifizierte Konstellation, erinnert an einen ausgestorbenen, eng mit dem Dodo verwandten Vogel, der einst auf den Inseln Réunion und Rodrigues zu Hause war. Alle möglichen Leute stellten damals ihre eigenen Deutungen an, jeder schrieb die Details seiner eigenen Biografie in den Nachthimmel. Aber 1922, nur zwei Jahre nach Conradis Tod, wurden achtundachtzig offizielle Sternbilder durch die International Astronomical Union (IAU) festgelegt. Diese verteilten sich dergestalt über den Himmel, dass keine zwei Konstellationen sich auch nur einen einzigen Stern teilten. Die Grenzen waren präzise gezogen, jedes Sternbild hing nun isoliert für sich, kein kleineres wohnte mehr in einem größeren, keines steckte die Schnauze in die Flanke seines Nachbarn.

3

An einem Wintertag des Jahres 2012, nach einer Lesung in einer kleinen deutschen Ortschaft nahe der österreichischen Grenze, stieg ich aus dem Wagen eines Mannes, der mich nach der Veranstaltung zu meiner Pension zurückbrachte. Es war dunkel, die Temperatur um den Gefrierpunkt. Ich weiß noch, dass in dem Auto vor der Windschutzscheibe ein kleiner Tonkrug als Glücksbringer stand. Den Namen des Mannes weiß ich nicht mehr. Er lädt bestimmt immer noch Autoren zu Veranstaltungen ein. Ich denke an ihn ohne Zorn.

Als wir ausstiegen, sagte er: »Prächtig, prächtig ...« Ich bedankte mich für das Kompliment. Ja, ich fand auch, dass meine Lesung hervorragend verlaufen war.

»Ach so, nein«, sagte der Veranstalter und deutete nach oben. Oh, da war der Himmel. Prächtig, in der Tat. Die Milchstraße, der blasse Streifen. Und darin eingebettet und aus ihr entströmend: alle uns bekannten Sterne, unsere Heimat in der Höhe. Ich weiß nicht, wie lange mein Gehirn brauchte, bis es verstand, was ich sah. Es war das Bild. Es hob sozusagen sein Haupt, aus dem Sternbild Auriga. Der Große Bursche. Der Fronleichnam. Ich glaube, Paul Klees *Senecio* ist ein unpassender Vergleich. Eher erinnert es an das grauenvolle *L'Urlò* des italienischen Bildhauers Carlo Pizzi. Es zeigt ein menschliches Gesicht, das offenbar schreit, aber dabei den Mund nicht besonders weit aufbekommt. Es wirkt eher wie jemand, der mitten in der Hölle unvermittelt zu singen beginnt.

Wäre Conradis Sternbild nicht derart entsetzlich und seine Wirkung eine so durch und durch lähmende, könnte man das Erlebnis vielleicht als eine Art innerer Mondlandung bezeichnen. Etwas setzt auf, fährt Landebeine aus, stabilisiert sich, sinkt ein. Wer hätte gedacht, dass so ein Bild seit Anbeginn der Zeiten über der Menschheit hing? Dass intelligente Wesen in Kleidern und Vehikeln sich unter ihm fortbewegten, jahrtausendelang. Fiel es wirklich niemandem auf? Was, wenn die Menschen es früher ganz selbstverständlich sehen konnten? Wie wirkte es auf ihre Entscheidungen, auf Feldzüge, Gesetze, Eheverträge, Städteplanung, Kunst? Und wie kam das Bild ihnen wieder abhanden? Wer oder was heilte sie? Manche indigene Völker sehen ja noch immer die Venus am helllichten Tag.

Nun ist es wieder Herbst, mit eisigem Wind und ungewöhnlich plastischen Wolken, die auf ihrer grauen Außenkontur kleine dunklere Stellen tragen, wie Keime auf einer Kartoffel. Ich gehe tagsüber nicht mehr ins Kino, ich brauche es nicht. Überhaupt geht vieles leichter. Ich mache mir zu Hause Tee und rufe niemanden an. Ich kaufe neue Schuhe und lese später online im Grimm-Wörterbuch. Einzig nächtliche Gänge auf dem Land muss ich meiden. Blicke in Sternenkarten. Oder Filme, in denen es Nacht ist. Auch träumen ist nicht mehr angenehm. Es gibt Schlafmittel. Wie hat Dr. Gehweyer mit dem Wissen überlebt? Er war enorm produktiv. Seit Jahren durchsuche ich sein Werk nach Hinweisen, die zweibändige Biografie von Hansgeorg Schlitthelm aus dem Jahr 1959, seine Briefe, die psychiatrischen Schriften – nichts. Er führte ein respektables und ernsthaftes, in manchen Kriegsaugenblicken sehr tapferes und selbst noch im englischen und später im amerikanischen Exil gute Taten hervorbringendes Leben. Er starb bei einem Verkehrsunfall am 11. März 1950 in Boston. Zu seiner Beerdigung erschienen Kollegen aus aller Welt, die New York Times druckte einen würdigenden Nachruf. Man benannte einen Flügel eines Hospitals in Brooklyn nach ihm. Seine Asche wurde von seiner Tochter Emilie auf dem Strand von Far Rockaway verstreut. Warf er sich vielleicht mit Absicht jener Straßenbahn in den Weg? Dreißig Jahre, unter einem solchen Himmel. Auch hier in Graz gibt es Straßenbahnen, zudem einige Züge. Der Zugang zu den Bahnsteigen ist offen für jedermann. Man macht sich Gedanken, man geht spazieren. Die Jahreszeiten wechseln durch. Im Sommer, bei hellem

Licht, lebt es sich eigentlich gut hier, inmitten hoher Bäume und Gebäude. Doch es gibt Nächte, und es gibt den Winter. Die Südhalbkugel wäre eine Lösung. Dort hat Gott, so versichern die Astronomen, ganz andere Sterne aufgehängt, und ich denke ernsthaft über einen Umzug nach. Australien existiert, man muss den Kontinent nur betreten. Man gelangt an einen seiner Flughäfen in einem oder höchstens zwei Tagen.

SPAM

The days begin to be grow.
Fonseca & Carolino, English as She is Spoke

Lieber Herr Dear/Sir,

es ist mir gekommen zu meiner Aufmerksamkeit, dass Sie nicht mehr in Wien wohnen, die Stadt wo sich wir uns kreuzen vor Jahre her. Dass Sie sich erinnern mich kann ich nicht erwarten, da die Weltgeschichte von geringen Leuten oft es sich zieht ins Bodenlose, aber wenn Sie für ein Augenblick meine Aufmerksamkeit hallo dann ist Ihnen vielleicht getan damit innerhalb des Fegefeuers Aufschub von einigen Jahrhunderten-Skipahead – dies nur zu Scherz.
Mein Name ist Sarah Martingal.
Wir haben uns begegnet-auf die Parkbank vor dem Museum, wenn Sie von der Arbeit nach Hause gehen sind gewesen. Die Minuten zu zweit auf dieser im Sommer Sitzgelegenheit haben mir stark im Gedächtnis, dass zwar über die Jahre flieht und sich an Zeit verloren, aber dennoch noch als wäre es gerade mal gestern in den Sternen geschrieben. Das alles verunsichert Sie bestimmt in hoher er Meterstab ist. Ich aber Sie will versichern, dass ich aufrichtig bin in meiner Meldung an Ihnen von so langer Zeit vergangen. Ich war mir schon damals vollkommen aufrecht und klar, dass Sie der rechts Mann sind, weil Ihrer Art in einer gewissen Weise zu tun ich bin verliebt gewe-

sen, voll und ganz. Es war um mich entschieden. Allein Sie haben mein Namen nie erfahren. Wie alt jetzt Sie heute? Letzter Winter, möglicherweise herum die Sechzig. Oder auch kleinere Schritte weniger. In meiner Erinnerung da glasklar ist es erhalten es ist das Bild von der ungebändigten Frisur am Wegesrand durch den kurzen Park hinter dem Denkmal-Place, wo Sie auf der Bank er sitzt und er wartet auf wer weiß nach so langer Zeit noch wohin. Und damals, zum ersten Mal ja, actualy in jenem Tag war ich aufgeregt und weiß und das Gesicht mit Händen muss festhalten, als ich mich neben Sie setzte, Verkündigung, dass meine Schuhe nass geworden sind, es in den Regenpfützen des aufrechten Boulevards linker Schulter hinauf bis zum Friedhof sind, von wo dem ich kam her, Atmosphäre gleichsam воскресенье.

In der Tat die Luft war rein und auch ist frei von der trägen Wäsche Regen geregnet und von einer der Turmuhren die Glockentöne schaukelten airborn, Einladung den Passanten zu Blicke er auf Handgelenk seine Uhr unter der Sonne. Mitte Juni, Sie erinnern? Jetzt vielleicht.

Heiß dieser Tag nicht gewesen in seiner geräuschlos die Unruhe der Gärten, frisch er aus dem Tumult des kurzen Schauers dauert, sondern wir beide in etwas leichte Kleidung mit mir als Sommerkleid mit sehen-through Träger und Sie mit dem Pullover an leichter als gewöhnlich an Ihnen zu beobachten in dieser strahlende Kalendermonat. Woche sehr Highlight Lotterie Glück. Der legendäre Einfallsreichtum einfach zwei Menschen, die sich einander nähern und schon vom täglichen Anblick her kennen begrüßen mit dem vertrauten Nicken einige Sekunden lang, das Blicken gefolgert von kürzestem Lächeln zu zweit auf der Distanz zweier Fremder sich gewogen sind leicht über den Tag. Dann und das erste Gespräch, ach, und Ihr Kamm, der Ihnen aus es ist immer wieder die Brusttaschen gefallen ist und meine Tests ihn für Sie aufzuheben, was ich gerne vollendete trotz der regennassen Hoffnungen, in die ich mich befand. Sie bedankten sich bei meine und Ihre Freude war es, uns einige Minuten zu unterhalten, gelockert ich und unbegreiflich und frei der. Die Arme der Strahlen Nachmittagssonne unterhielten die Kirchtürme über dem Fluss in ihrem da war ein Wiege Rosa, fast zu viel zart, und gerade in der Erinnerung so schmerzhaft das O von Madonnenfiguren zu Santa Maria Maggiore.

Darauf es andeuten meine Frage auf Sie, woher ist Ihre Bestimmung aus dem Lebensunterhalt so nahe dem Museum vielleicht der Anlasspunkt Ihrer Mittagspause?, ist im Gedächtnis mir Ihre Antwort noch: nämlich aber, dass ich ganz recht liege, die Mittagsstunde in Verbringung des Lichts und des reingewaschenen Luftraums und der Bezirk-Anwesenheit hoher Gebäude im Schatten neighborhood, sodass der Erde in ihrer Hitze-Haut der Juni weniger schwer lastet auf den Homunkulus.

Trüber und weit Zonen beschränkter, während gespenstisch, ist der Sommer am Vormittag, sagten Sie und das Sandwich auf Ihrer Hand zum Gebissen erlegen. Und Sie erzählten meinem Sie-hört, dass es gibt eine Schallmauer der Zeiten innerhalb des Museums die eingehalten jeder Angestellte und Vorsteher und sogar der Direktor, dessen Name da mir nicht mehr erinnert, aber sein Bild auf einer Briefmarke glaube ich vor einem halben Jahrhundert noch Wert vermehrt über den halben Kontinent gereist. So streng die Pausen-Zeiten eingeteilt und auch die Mittagsglocken kein sicherer Hafen einer Entscheidung der zugesperrten Tore des Arbeit-Museums, so streng, sagten Sie es zu mir. Und ich sagte, ich kenne mir diese Vorgänge.

Und Sie: Das ist auch gut von meinen Gemälden wegzukommen in die Freiheit, die ich kopiere für den der College-of-the-Arts. (Welchen Akzent sprechen Sie damals? Er ist mir in Ohren, aber es kann nicht sagen woher, so viele Möglichkeiten.) Gerade ist es Breughel und das Spiele-Abbildung der Kinder, Sie sagten, Moment Leihgabe aus anderer Museums-Urheberschaft. Auch die niederländischen Sprichwörter, Sie sagten, und sind meiner Arbeit geradezu in diesem Augenblick der

Staffelei wenige hundert Meter von uns entfernt in dem stillen Winkels abgedunkelten Zimmers der Ausstellungseröffnung. Ich hatte nie einen Mann Bericht gehört, auf die Weise wie Sie diesen Tag einst sind beschäftigt gewesen erzählen. Die Fülle, das Zeitlos! Ich habe Sie fragten über die vielerlei Gemälde Ihrer ist innerhalb Einzugsbereich – dann sind Sie so genommen an der Hand gewesen die meine und mich angeleitet zu den obskuren Toren demgegenüber dem Museum-Parkanlagen am Ende. Da haben Sie gesagt, da drinnen die Sammlung der Könige-Porträts, dem Wunder in der Geschichte, Könige und Königinnen, dass es dieses gibt ist genauso wie denen Wunder der Biologie geschuldet, der Einzeller und des Quastenflossers, die wunderbaren Erkenntnisse der Physik und das Trotzdem-in-den-Kunsthandwerk vor dem Herrn. Sie können denken sicher sein, dass ich daheim bin ich gegangen an diesem Tag in dem ausschließlichen Wolken-Geschwader Ihrer Stimmen.

Und dass ich dann absichtlich gegangen zu dem Park, jeden Tag, für um Sie zu sehen, angelegen und neu der. Immer, immer und haben Sie gewusst etwas für mich zu transportieren. Sagen von Landschaften-Bilder beispielhaft und alters her, oder auch die totalen Verfinsterungen der Sonne vor dem Rathaus dieses Jahres betrachtet durch die spiegelten Brillen aus Pappkarton-Falten aufs Gesicht. Mir war der Mund offen so häufig wie ich der Erzählungen Aufmerksamkeit gewesen bin in der Schweigen zuhören der Stunde. Sie haben mich betreten mit dem Wort über Physik heute in der Zeit und der Schwebe aller Theorien, oder auch solcherart als Sie mir einsagten, dass es den Ruderern in dem Raumschiff so erscheinen wird als sie nicht in Gefahr, wenn sie anheuern an den Rand des schwarzen Lochs im Rauminhalt Universum – während so dass es in von außen stehen der Betrachter-Initialen Systems so sieht, dass es still steht, Raumschiff in der Ewigkeit. Wie Kerze, sagten Sie, nur es flackert nicht.

Der Gebrauch meines Vornamens war mir einheitlich von Anfang, bloß haben Sie es sich immer vermeiden, dass Ihren zu anführen. Ich habe weniger selten gefragt als es der Zeit voranging zu jenem Vorkommnis, welches sich jetzt natürlich als wahrem Grund entschleiert für meine Brief-Schrift an Sie durch den großen Raum dem Erdenkreis bis zu Ihnen. Sie erinnern sich? Der Tagesbeginn über die Stunde an Ende dem August eingeschrieben, das Warten in der Hitze angebrochen und ohne Sie ist. Bis Sie gekommen gewesen und in der Folge ich Sie beeinflusste höflich mich doch nicht warten zu lassen durch den halben Tages-Verlauf. Scherzhaft. Aber dahin waren Sie plötzlich sehr ernst und es ist meine Hand gehalten und an die Wange drücken gewesen, sinnliches Tief und mir fast bis zu den Tränen in meinen Augen gereicht. Ich habe eine Wohnung, sagten Sie, in der Park-Unmittelbarkeit, dahingehend ich in der Folge gewesen und diesen Nachmittag lang nicht mehr vergessen werde, von der Erinnerung. Wieder haben Sie gesprochen in so sanft und tragend die Stimmung auch von Physik.

Der Heimweg, dann, ist zu mir gewesen der Schwierigkeit und der Heilung zugleich. Jeder Schritt der zugelaufenen Sehnsucht ein easier. Knospen, der Erwartung rein und reich gewesen in der Nacht unruhig zugebracht wartend wieder bis zum Morgen, dann innerhalb dem Park-Museumspark innen. Da Sie nicht mehr hier. Nirgends. Auf der Bank, unser, nicht mehr und willkürlich auch um das Gebäude herum, schleierhaft meine Augen, und Ahnung, was der Ausgang der Geschichte würde bekommen.

Nicht einen einzigen Tag in den nächster Woche und Monde, die ich Sie haben gesehen hätten können auf dem Bank-Bereich, nicht mehr in der Rolligkeit der Sonne, die schwächer geworden in den Herbst hinein, dann zu Ende glühen der täglichen Röte und Winter die ersten Symptome neu im Leib. Ich war am Boden, sehr, dass Grau mein Haar verging dieses Stadium, ach mein altes Gefährten-Unbekannt, bestimmt auch so wie das der anderen innerhalb dieses Radius Sonnensystem auweia.

Meine ersten Nachdenkens sind gerichtet auf den ganzen Tod

und die trübe Ausblick auf Advent. Aber dann an dem Ende des Frühlings kommendem Jahr ist der Knoten gelöst mit dem Schicksal: Es war der erste Gang zurück von dem Krankenhaus in den Parkplatz-Stauungen Schatten und Wind, dass es mich zertrat unter dem Bewegungsmangel dieser Entscheidung so schwer, dass ich kaum noch atmen fähig war. Aber Daniel, unsere Sohn, ist geboren über die Welt in dieser Sekunde erst richtig, diese Sekunde plus Entscheidungen in den Krankenhaus-Parkplatz.

Heute Daniel ist neunzehn Jahre und Studium am Anfang der Rechtswissenschaften weit davon entfernt in Berlin. Manchmal wir uns ein Gespräch mit dem Telefon oder Übersendung hin und her von mailing. Es ist mein Stolz und mein vollständiger Ernst auf der Welt zu bleiben, Daniel, einer der Kreaturen in der rush hour des Kosmos entstanden aber dann in einem Leben der Mittelpunkt zu sein, den ich nie vergessen. Aber Daniel ist nicht allein bloß mein Sohn, er ist Ihre Dein Kind auch, den dich ich mit dieser Eröffnung weniger überrascht sein wirst sehr an dieser Stelle des Briefes mehr als am Anfang.

Ja, bestimmt hast du geahnt, was verborgen ist in diesen Zeilen schon seit Beginn des Lesen. Ich will bin ehrlich, wenn ich die Vorstellung gestehe, wie Du über dieser Eilmeldung bist mit den Augen, still gelesen in die hinein diese paar Erinnerungen an kurz wie die Begegnung auch war in den Tagen dieses damals dunkler Vergangenheit her. Wieder geht es um die herrje Bewältigung, noch um den Schuldtragenden dieser glücklichen Existenz in meinen Armen vom Krankenhaus der roten Backsteingebäude der Allee über der Altstadtpassage hinaus zu meiner Wohnung zusammen ihm zugleich. So klein, so zart der Kopf ist ein rundes Wunder gewesen von kahler Sanft, träume im Wachzustand, nur Koma ist näher am glücklichen Tod durch Paradies. Vielleicht da so viele Intervalle vergangen sind in der Zeit ist es passiert, dass auch Du kennst das Gefühl von einer Frühling und Verjüngung der Welt durch die Nachkommenschaft in den ersten Tagen ihrer Anreise. Die Vorbereitungen zu dem ersten Geburtstag, das business mit der Kerzen Happy-Birthday und dem Ausblasen zum ersten Mal Luft aus dem Kronjuwel dieses Mundes, winzig und doch so Form wie der kleine Noppen am Hinterausgang der Partyballone. *Pfffff!* Und die Kerze blies aus, flackerte nicht einmal, es war der schönste Tag für seither in meinem Leben der ist. Dagegen erscheinen alles vorher als wüster Gemüsegarten. Die Zerstörung nach einem Sturm. Ich habe Daniel zur Schule gezogen allein, die Fütterungen ist täglich dahin und auch sein erstes Wort sagte er in mein Einzugsgebiet – es ist ganz genau da noch, auf dem Balkon über dem concrete Hof untertags zum Gedröhn der Teppich-Klopfzeichen der Nachbarn.

Oh gern wäre ich Dir berichten wie ich an einem Militärputsch in den Afrika Staatsgebilde 1 000 000 Millionen gewirtschaftet habe und nun Dich einzubeziehen sein werde in meinen plötzlichen Reichtum. Oder dass Transaktionsgebühren nicht allein bewerkstelligt Milliarden Kontoabhebung. Aber Daniel ist der Reichtum nicht plötzlich, sondern er ist langsam gewachsen gekommen bis er tagsüber sich selbst unterhält als Kellner in einem Restaurant und die Abende innerhalb des Berlin-Stadt es Rechtswissenschaften-Kurse aneignet in mehr Dauer und Disziplin. Ich werde erlebt, dass er als Doktortitel heimkehrt zu mir in die winzige Wohnung, vor Stolz ich die Mutter eines Rechtsanwaltes zu sein mir noch erlauben und ihn zu sehen, Gipfelkreuz aller Biografie. Doch bis dahin ist der Zustand zäh und karges Werben um jeden einzelnen Tag, von der Hand in den Mund herrje. Während ich ihn es nicht sehen lasse von meiner Armut bitterer Alltags-Gegenstände, zu verkaufen ich sehe, so flink und unsichtbar es geht und, um ihn das Geld zukommen zu werden, wonach ihm die Gedanken stehen, weil in der Jugend und im Spiel vergebene Geld schmerzen mich weit weniger als der Gedanke an die Furcht der Nachmittagen ohne Strom im Haus für um zu Lesen seiner Fachbücher und Manuskripte vor seinen Anwalt-Examens.

Und daher hoffe ich so, dass diese meine automatisch durch

Translate.template Sprachen reisende E-Mail-Nachricht im Internet vervielfältigt, immer weiter zu schicken und zu schicken übersetzen senden automatisch, bis wir Dich finden, in dem Bart und der Form deines Alters bei ungefähr sechzig Jahre genau nach meiner dieser hypothetischen Dauer. Wir brauchen Dich. Daniel kennst nicht Du, zumal er ist auch nicht berichtet worden von die Entstehung seiner Person weit der Vergangenheit, für ihn ist generell weniger Fragen als vielmehr Träumen von Zukunft und Wohlstand. Er ist ein guter Junge. Nur er würde Dich ganz bestimmt scheinen vertraut. An vielen erinnert eindeutig er an Deines, die Augenbrauen, die Distanz der Schulterblätter ein Haarbreit zu weit. So viele. Und wir brauchen Deine Hilfe, denn in dieser Zeit ist schwierigster denn jemals. So zumindest deine CREDIT CARD ZAHL

....

und Angaben in WOHNEN, der TELEFONNUMMER, der KENNZAHL-CREDIT

....

in dem Antwortschreiben, von dem kann ich hoffen, es angekommen ist in Dringlichkeit höher als zuvor. Das Rätsel diesem verspäteten er wird Vater wird vielleicht plastisch in der Verantwortung, mit der ich übertragen werde in Deinen NAMEN, den ich in das gesonderte Sonderfeld eintragen wünsche bitte, so damit er mich als erstes eyesful anspringt:

....

Mit besten Wünschen bitte um bald Wiedersehen bin ich Deine

Sarah Martingal

VORGEHEN

Für Karoline Kuttner

Das kleine Ungeheuer lag unter der Lupe des Uhrmachers und drohte ihm schon seit mehreren Minuten mit der Faust. Das war auch nicht weiter verwunderlich, denn es ging mehrere Minuten vor. Nachdem der Uhrmacher es mit seinen feinen, silbernen Instrumenten neu eingestellt hatte, lag das Ungeheuer friedlich da und schlief bald ein. Nur an einer sanften Bewegung seiner Nüstern konnte man noch erkennen, dass es am Leben war. Ein quadratischer Fleck aus Sonnenlicht hing an der Wand der Werkstatt. Dann erwachte das Ungeheuer plötzlich und sah den Uhrmacher zum ersten Mal – und erschrak heftig. Sofort ballte es, wie es vermutlich jeder von uns getan hätte, seine winzige Klaue zu einer Faust und drohte dem Unbegreiflichen damit.

DAS SCHULFOTO

Über den Hof der Eduard-Osbick-Volksschule, vorbei an der großen, weißen Vogelstatue ging ein kleiner Mann. Die tiefstehende Abendsonne warf seinen Schatten voraus, eine längliche Feuerteufelkarikatur seines Körpers. Den Regenschirm hielt der Mann wie einen Strauß Blumen vor sich. Als er sich dem Schulgebäude näherte und den Kopf hob, trat die Direktorin einen Schritt vom Fenster zurück.

Sie hatte sich, da es nun an den Abenden schon etwas kälter wurde, aber die Heizung im Gebäude noch nicht in Betrieb war, ihre Jacke angezogen. Heute Morgen hatte es, als sie mit dem Rad zur Arbeit gefahren war, schon herbstlich gerochen, erdenschwer nach Eicheln und Laub. Aber alle Blätter hingen noch an den Bäumen, und der Fahrtwind war warm. Eine Fabrik war vor ein paar Tagen abgebrannt, es gab großräumige Verkehrsumleitungen, und Venus und Mars waren in Konjunktion getreten.

Wenig später klopfte es an ihrer Tür, Michaela kam herein und nannte den Namen des Gastes. Der letzte der drei *Nachzügler*, die sich für heute Nachmittag angekündigt hatten. Er hatte eine Dreiviertelstunde Verspätung.

Sie gaben einander die Hand. Ein schwacher Pilzduft kam ihr entgegen. Herr Preissner schwitzte.

»Vielen Dank, dass Sie doch noch …«, sagte die Direktorin und bat ihn, Platz zu nehmen.

»Kein Problem«, sagte Herr Preissner.

»Fast alle anderen Eltern sind gestern Abend gekommen, aber

in diesem speziellen Fall haben wir uns entschieden, wirklich jedem die Chance zu bieten, und …«

Herr Preissner nieste.

»Entschuldigung«, sagte er.

Er legte seinen Schirm neben sich auf den Boden. Das, was sie für Pilzgeruch gehalten hatte, war möglicherweise das Innere eines neuen Wagens, dachte die Direktorin.

»Gut, also«, sagte sie, »Sie wissen natürlich, worum es geht.«

Er nickte.

»Das Foto.«

»Genau«, sagte die Direktorin. »In unserem ersten Elternbrief haben wir, und es ist mir sehr wichtig, das jedem Elternteil persönlich zu sagen, einen etwas zu anklagenden Tonfall verwendet. Das ist uns erst zu spät klargeworden, und dafür möchte ich mich gerne bei Ihnen entschuldigen. Und auch bei Ihrer Frau.«

»Oh, okay«, sagte Herr Preissner und nickte freundlich. Es schien ihn keine besondere Mühe zu kosten, ruhig zu bleiben.

»Schön«, sagte die Direktorin. »Also, für uns wäre es sehr wünschenswert, dass am Ende dieser Sache nicht eine Menge Fragen ungeklärt bleiben. Und gleich zu Anfang möchte ich Ihnen versichern, dass es Ihnen selbstverständlich freigestellt ist, was Sie kaufen und was nicht. Aber Sie haben sich, das heißt, Ihre Frau hat sich, glaube ich …«

Sie reichte ihm einen Zettel. Seine Augenbrauen hoben sich nicht, als er ihn durchlas, nur bei einer Zeile nahm er kurz seinen Zeigefinger zu Hilfe, näherte auch sein Gesicht ein wenig dem Papier, zeigte aber sonst keine Reaktion.

»Stimmt, meine Frau hat sich da eingetragen«, sagte er, nachdem er die Bestellliste studiert hatte. »Sie erledigt die Schuldinge.«

»Aha. Ja, sehen Sie, Herr Preissner, ich weiß, dass Sie nicht unhöflich sein wollen und dass Sie deswegen … Und bitte glauben Sie mir, ich bin Ihnen dankbar dafür, wirklich, es waren schon einige Eltern bei mir, die haben ganz anders … Aber gut, ich verstehe auch das. Der Anblick ist eben ungewohnt. So ein Foto. Hier.«

Auch jetzt, da sie ihm das Klassenfoto hinschob, blieb er völlig ruhig. Am Rand des Gruppenbildes schwebte das vom Fotokünstler fleißig hineinretuschierte dreidimensionale Logo der Osbick-Schule: der Schriftzug, umrahmt von zwei kurzen Flügelchen.

»Es ist wegen dem Daniel Grondl, oder?«, fragte die Direktorin freundlich.

Ihr Gast schüttelte, natürlich etwas zu schnell, den Kopf.

»Nein, nein.«

»Das sollte kein Vorwurf sein, Herr Preissner.«

»Wir haben unsere Gründe«, sagte er. »Es geht nicht gegen das arme Kind da. Dass es da mit drauf ist. Ich meine, ich weiß, dass es so wirkt, als würde ich, als wären wir … Aber das Problem ist, wir wollen das Foto einfach nicht erwerben, auch wenn meine Frau sich damals in die Bestellliste eingetragen hat. Das ist alles.«

»Es ist natürlich in Ordnung, wenn Ihnen das Bild nicht gefällt. Aber fast alle Eltern haben das Foto abbestellt, nachdem sie es gesehen haben. Dabei wussten Sie doch, dass der Daniel in dem Bild sein würde.«

»Ja, natürlich.«

Die Direktorin drehte das Foto um und betrachtete es selbst. Sie bemühte sich, dabei ein wohlwollend ernstes, aber nicht übertrieben tolerantes Gesicht zu machen. So konnte sie signalisieren, dass sie mit ihm durchaus auf Augenhöhe war und keine pädagogischen Winkelzüge plante. Sie spürte: Dieser Mann war einer von den Guten. Zu ihm konnte sie möglicherweise auf einer zwischenmenschlichen Ebene durchdringen.

»Der Apparat«, sagte sie und blickte Herrn Preissner freundlich an.

Eine kurze, undeutliche Reaktion huschte über sein Gesicht.

»Was ist damit?«, fragte er tapfer.

»Der Apparat ist notwendig. Ohne ihn würde der Daniel …«

»Jaja, natürlich«, nickte Herr Preissner, als hätte er das alles schon oft gehört.

»Ich weiß, dass es ein ungewohnter Anblick ist. Aber Ihre Jessica zum Beispiel, die sieht den Apparat jeden Tag. Sie lernt, mit solchen Differenzen im Alltag umzugehen. Dafür sind Integrationsklassen da.«

»Sicher.«

Der Blick des Gastes wanderte zur Decke, aber die war weitgehend uninteressant und freskenlos, und so kehrte er bald wieder ins Herz der unangenehmen Gesprächssituation zurück.

»Nun, was ich sagen will«, sagte die Direktorin, »und bitte verstehen Sie das jetzt nicht als Angriff …«

»Es geht nicht gegen den Buben«, sagte Herr Preissner ungeduldig. »Wir wollen das Foto einfach nicht. So eine Bestellliste ist kein Vertrag.«

»Selbstverständlich nicht. Es ist nur eine unverb-, eine verbindliche …«

»Ja, tut mir leid«, schnitt er ihr den Satz ab. »Ich weiß, dass Sie sich Mühe gegeben haben mit dem Fotografen und so weiter. Es geht nicht gegen den Daniel.«

Der Schnurrbart von Herrn Preissner besaß eine ungewöhnlich große Lücke in der Mitte, was seinem Gesicht etwas Friedfertig-Asiatisches verlieh. Die Direktorin bemühte sich, nicht andauernd auf die haarlose Hautstelle direkt über der Kerbe der Oberlippe zu starren. Aber wie beim Bauchnabel einer Katze ging von der Stelle eine merkwürdige fluchtpunktartige Anziehung aus.

»Macht der Apparat Ihnen Angst?«, fragte sie.

»Wie?«

Ein verdutztes Gesicht, allerdings gespielt und mit der falschen Brenndauer.

»Das ist ganz natürlich«, sagte die Direktorin.

»Nein, er macht uns keine Angst.«

160

Seine Stimme klang nun etwas anders, männlicher und beherrschter. Eine leichte Änderung des Stils, eine zögerliche Hinwendung zum Ungeduldig-Werden.

»Mir hat er Angst gemacht, wie ich ihn zum ersten Mal gesehen habe«, sagte die Direktorin ruhig. »Ich kann mich noch genau erinnern. Im ersten Augenblick kann man sich nicht vorstellen, dass der Apparat ein Kind enthält, das auf diese Weise am Le-«

»Es ist nicht das«, sagte Herr Preissner in einem, ein deutlicher Fortschritt und möglicherweise der erste kleine Durchbruch, bereits leicht entnervten Tonfall. »Es ist nur ... Ich weiß, wie sich das jetzt anhören wird, okay?«

Die Direktorin machte eine stumme, verständnisvolle *Nur-zu*-Geste. Ihr Gast atmete tief ein und aus.

»Es gibt, finde ich, eine Grenze«, sagte er und schnitt mit seiner Handkante langsam in das Holz des Schreibtischs. »Es gibt so eine Linie zwischen einer noch irgendwie erkennbaren menschlichen Form und ... Ah, okay, sehen Sie? Jetzt klinge ich, jetzt glauben Sie, ich bin ein ...«

Die Direktorin hob die Hände.

»Nein, nein. Ich bin nicht hier, um über Sie zu ...«

»Aber Sie tun es natürlich.«

»Nein«, sagte sie sanft. »Bitte reden Sie weiter.«

Herr Preissner verdrehte die Augen und lehnte sich in seinem Stuhl zurück.

»Ich weiß«, sagte er, »dass Sie da relativ gut abstrahieren können. Das bringt Ihr Beruf mit sich. Sie sehen das Ding da und denken sich: Okay, es enthält ... irgendwie ... ein Kind, das auch beim Unterricht mitmachen kann, solang es da drin ist und solang man das Ding nicht aus- Ah, sehen Sie? Jetzt schauen Sie so.«

»Tue ich nicht, Herr Preissner.«

»Für Sie ist es leicht. Sie sehen so was wahrscheinlich jeden Tag. Sie können damit umgehen. Aber ich kann's eben nicht so gut. Mir wird's da flau im Magen, tut mir leid, dass ich es so drastisch ausdrücken muss. Man fragt sich die ganze Zeit, wo hört das auf.«

Er verstummte. Sie konnte ihm ansehen, dass er sich besiegt fühlte. Als er ihr Büro betreten hatte, hatte er fest damit gerechnet, als Sieger aus dem Gespräch hervorzugehen.

»Was meinen Sie?«, fragte sie.

»Wo das menschliche ... Die Form, die ... Zwei Arme und Beine, das Gesicht ... Ich meine, das hier hat nicht mal einen Blick, es sieht aus wie eine Steckdose!«

Eine ungute Pause trat ein.

»Ich weiß genau, was Sie meinen«, sagte die Direktorin.

Sie bemühte sich, den Ton ihrer Stimme frei von jeder Schuldzuweisung zu halten. Er zappelte ja bereits, sie musste behutsam vorgehen.

»Man kriegt Albträume von dem Ding.«

Nun ging er ein bisschen zu weit, fand sie. Aber er begann, sich frei zu fühlen. Vielleicht war es an der Zeit, die Strategie etwas zuzuspitzen.

»Was sagt eigentlich Ihre Jessica dazu?«, fragte sie. »Würde *sie* sich denn nicht über ein Klassenfoto freuen?«

Herr Preissner schien über diese Frage ehrlich nachdenken zu müssen.

»Naja«, sagte er, »Sie wissen ja, wie das ist in dem Alter. Mädchen generell. Sie finden sich immer zu dünn, zu dick, das beginnt schon ganz früh. Sie würde nie ein Foto von sich selbst in ihrem Zimmer aufhängen. Da ist sowieso schon alles volltapeziert mit allen möglichen ...«

Interessant, dachte die Direktorin, wie er sich sofort auf dieses Szenario beschränkt hatte: in *ihrem* Zimmer. Nicht in der Wohnung, im Esszimmer oder sonst wo, nein, wenn seine Tochter das Bild wollte, würde es auch bei ihr hängen. Dennoch sagte sie sich: Er ist einer von den Guten.

»Ich verstehe Sie«, sagte sie.

»Waren Sie damals beim Wandertag dabei?«, fragte Herr Preissner plötzlich.

Oh, diese Geschichte. Beinahe hätte die Direktorin die Augen gerollt. Aber sie beherrschte sich.

»Nein. Welchen Wandertag meinen Sie?«

»Ich meine, ich war ja selbst auch nicht dabei«, sagte Herr Preissner. »Meine Frau hat's mir erzählt. Sie hat gesagt, der Augenblick, wo das ganze Gestell ... der Apparat den Hügel runtergekullert ist und dabei immer stärker vibriert hat, so wie ... so wie diese Videos von Waschmaschinen, die gerade im Schleudergang sind, und jemand wirft einen Ziegelstein in die Trommel, sodass sie ... Kennen Sie diese Videos?«

»Nein.«

»Die sind grade überall im Internet, verrücktes Zeug. Dieses totale Durchdrehen, also, Sie wissen, wie ich's meine, dieses schnelle Rotieren und dann dieses winzige Gewirr kleiner Leitungen im Gras. Meine Frau hat gesagt, es hätte ausgesehen, als wäre ein Kühlschrank explodiert. Den ganzen Hügel runter. Und dann natürlich die Betreuungslehrerin ...«

»Frau Triegler«, sagte die Direktorin.

Sie sagte es halb aus Vergnügen an der Ergänzung, halb aus der Notwendigkeit heraus, Herrn Preissners Redefluss etwas einzudämmen. Seine Wangen hatten Farbe bekommen, sie ließen ihn jung aussehen. Jung und verängstigt. Aber noch war er nicht bereit.

»Triegler, genau«, sagte Herr Preissner, »diese Lehrerin, die dann mit ihren Gerätschaften hinzurennt und alle Teile einsammelt, und dann dieses Geschrei, die Schale, die Schale ... Ich weiß nicht mehr genau. Jedenfalls diese fürchterlichen Sekunden, wo alles verstreut liegt, und alle schauen zu. Meine Frau war richtig verstört an dem Tag, wissen Sie? Aber Jessica hat gesagt, dass das öfter vorkommt.«

»Wie bitte?«

»Natürlich nicht so spektakulär«, sagte Herr Preissner, »aber kleine Dinge, mal bricht etwas ab, oder eine Leitung geht kaputt. Es riecht oft nach verbranntem Gummi, hat meine Tochter ...«

»Herr Preissner, ich kann Ihnen versichern, dass …«

»Nein, ich meine ja gar nicht, dass Sie irgendwas falsch machen, ich … Ah, Gott, das ist alles so schwer. Es gibt einfach eine Grenze, ja? Das habe ich gemeint. Mehr wollte ich gar nicht sagen. Es gibt eine Grenze. Und wenn die überschritten ist …«

»Ja, das haben Sie schon gesagt.«

»Ich meine ja nur«, sagte Herr Preissner. »Dass das noch ein Kind sein soll …«

Nun war auch dieser bittere Satz gefallen. Wie oft hatte sie ihn in den letzten Tagen gehört? Dieses Mantra, das in den Köpfen der Eltern offenbar täglich wiederholt wurde, wenn sie ihre Kinder von der Schule abholten und die Rampe und den umgebauten Wagen der Familie Grondl sahen, dann das wacklige, von einer Traube elastisch abfedernder PeriBalls gestützte Gestell, das über die Rampe geschoben wurde, und die Kinder, die dem Gestell ihr herzlichstes *Auf Wiedersehen* hinterherwinkten. Kleine, unvoreingenommene Geschöpfe, Zukunft der Menschheit. Und das monströse, annähernd eiförmige Vehikel für ein unglückliches Lebewesen, das sie als eines der Ihren akzeptierten.

»Was für Eltern sind das, die sich so was bauen?«

»Herr Preissner, bitte«, hob die Direktorin eine Hand.

Sie wollte ihm ersparen, das Gespräch in diese Richtung zu lenken.

»Nein«, sagte er, und sein Gesicht war aufrichtig und traurig, »ich würde das wirklich gern wissen. Was für Eltern tun ihrem Kind so etwas an? Es gibt eine Grenze, oder? Irgendwann hört das Leben auf, geht nicht mehr weiter. Wir alle müssen irgendwann … Ich meine, Sie wissen doch, wie's ist …«

»Ja.«

»Würden Sie das Ihren Kindern antun? So ein Ding bauen und es von zu Hause fernsteuern?«

»Ich habe keine Kinder.«

»Trotzdem«, beharrte er. »Würden Sie?«

»Herr Preissner, ich glaube, es steht mir nicht zu, die Entscheidungen von anderen Eltern zu verurteilen, nur weil sie nicht meine eigenen sind.«

»Das heißt, Sie würden es nicht tun?«

»Das habe ich nicht gesagt«, erwiderte sie so sanft wie möglich.

»Ich würde es auch nicht tun«, schüttelte Herr Preissner entschieden den Kopf. »Das könnte ich Ihnen sogar hier und jetzt schriftlich geben. Ich würde niemals dieses Ding, diesen eigenartigen Kasten ... Ich meine, wenn ich es nicht einmal mehr abends zudecken kann, dann ist es doch kein Kind mehr.«

Er brach ab. Rote Flecken auf seinen Wangen. Die kümmerlich haarlose Stelle über der Oberlippe. Der Blick zu Boden. Er musste plötzlich verstanden haben, dass er zu weit gegangen war. Das war der Augenblick, in dem sie aktiv werden musste, das kurze Fenster seines Schuldbewusstseins stand offen, und sie konnte ihn nun ohne weiteres dazu bringen, das Klassenfoto doch zu kaufen. Aber im Unterschied zu den anderen Gelegenheiten der vergangenen Tage zögerte die Direktorin, und ihr Blick verfing sich aus irgendeinem Grund für einen kurzen Moment auf einer kleinen Wetterfahne, die auf einem weit entfernten Hausdach auszumachen war. Ein filigraner Gegenstand, dessen Aufgabe es war, sich nach dem Wind zu drehen und die Nachbarschaft mit seinem vertrauten Geknarre zu erfreuen. Herbsttage fielen ihr ein, braunrote Blätter in der Einfahrt. Zudecken, abends.

»Entschuldigung«, sagte sie. »Was haben Sie gesagt?«

»Ach, nichts«, sagte Herr Preissner. »War nicht so gemeint. Es klingt alles gleich so ...«

»Nein, nein«, sagte sie. »Sie haben gesagt: Wenn Sie es nicht mehr zudecken können, dann ist es kein Kind mehr, oder?«

Herr Preissner sah sie an. Er schämte sich und wusste nicht, wie er den Fehltritt wiedergutmachen konnte.

»Darf ich fragen, wie Sie darauf kommen?«

»Was?«

»Woher wissen Sie, dass er abends nicht … Ich meine, nehmen Sie das einfach an, oder …«

Herr Preissner zog die Schultern hoch, schaute auf die Seite.

»Meine Tochter hat vielleicht so was in der Richtung erwähnt.«

»Was?«

Er winkte ab.

»Ah, keine Ahnung. Sie wissen ja, Kinder können manchmal hinterrücks grausam …«

Er räusperte sich.

»Was meinen Sie?«

»Naja. Das mit der Garage.«

»Ich weiß nicht, worauf sich das bezieht.«

»Wirklich?«

Herr Preissner schien verwundert. Sein Blick hatte sogar etwas leicht Anklagendes, als müsste er sich doch sehr wundern, dass sie über das Privatleben ihrer eigenen Schüler so wenig Bescheid wusste.

»Ein Bett«, begann er vorsichtig, »ist ja, sozusagen, nicht mehr nötig.«

»Sie meinen für den Daniel?«

»Ja«, sagte Herr Preissner. »Er muss ja nicht … Man kann ihn also …«

Er deutete den Rest des Satzes durch eine seltsam viereckige Schubladen-Geste an.

»Nun, ich weiß nicht, wie der häusliche Alltag in so einem speziellen Fall aussieht«, sagte die Direktorin, »aber …«

»Wir wollen das Foto einfach nicht«, sagte Herr Preissner. »Können wir es denn nicht dabei belassen?«

Es war eine Art von Friedensangebot. Die Direktorin fühlte, dass sie ihre Chance verpasst hatte. Das Bild einer dunklen Garage zog nun durch ihre Gedanken, kühl und unheilvoll, und eine Gänsehaut kündigte sich an, blieb aber Gott sei Dank knapp unter der Oberfläche. Dafür wurde das Bedürfnis, das Fenster zu öffnen, mit einem Mal sehr stark.

»Haben Sie den Daniel eigentlich schon mal gesehen?«, fragte Herr Preissner.

»Natürlich. Was meinen Sie?«

»Ich meine, kann man es öffnen, oder ...«

»Herr Preissner, das ist nun doch etwas geschmacklos, finden Sie nicht?«

»Nein«, sagte er, und sein Gesicht hatte eine irritierende Ehrlichkeit und Transparenz. »Ich meine, das ist doch eine berechtigte Frage. Gut, beim Krippenspiel hat das Ding mitten auf der Bühne eine Weihnachtsmelodie gespielt, und seine Eltern haben entsetzlich geheult, aber ...«

»Er interagiert«, sagte die Direktorin und legte einen ungeduldigen Nachhilfe-Ton in ihre Stimme. »Das ist alles, worauf es ankommt. Man kann mit ihm arbeiten. Er nimmt am Leben teil, auf seine Weise.«

»Das tut ein Hydrant auch«, sagte Herr Preissner.

Bevor sie Zeit hatte, auf diesen ungeheuren Satz zu reagieren, hatte er seinen Schirm vom Boden aufgehoben. Er blickte sie nicht an, sondern tat so, als putze er ein paar unsichtbare Stäubchen von der Spannhaut.

»Ich würde sagen, wir sollten uns glücklich schätzen«, sagte die Direktorin, »dass wir nichts von diesem Schmerz wissen. Ein Kind beinahe vollständig zu verlieren ist nichts, was sich normale Menschen wie Sie oder ich so ohne weiteres vorstellen können.«

Er blickte sie immer noch nicht an. Aber die roten Flecken waren aus seinem Gesicht verschwunden.

»Wir wissen nichts darüber«, sprach sie weiter. »Wir wissen nichts von solchen Schmerzen und auch nichts von der Erleichterung, die ... Wir kennen nur den Alltag, wo alles funktioniert, wo alle immer gesund sind.«

»Meine Tochter hat Asthma«, sagte Herr Preissner.

»Ja, sie hat, natürlich, sie hat ...«

Die Direktorin tat so, als hätte sie einen unangenehmen Reiz in der Kehle und müsste husten, aber das plötzlich unbeherrschbar in ihr aufflackernde Lachen konnte sie nur schlecht überspielen. Herr Preissner lachte nicht. Die Direktorin fühlte sich wie durchbohrt. Von einer Wäscheleine, die zwischen Venus und Mars gespannt war. Sie hustete in ihre Faust.

»Entschuldigung«, sagte sie und trank einen Schluck aus dem Glas, das die ganze Zeit unberührt vor ihr gestanden war.

»Für einen Augenblick«, sagte Herr Preissner zu seinem Schirm, »da hätten Sie mich beinahe überzeugt, wirklich.«

Sie wartete ein wenig, bevor sie antwortete.

»Es ging mir nie darum, Sie zu überzeugen, Herr Preissner.«

»Nein«, sagte er und stand auf.

Die Direktorin stand ebenfalls auf, seufzte und wischte sich, als hätte sie sich an der Unterhaltung die Hände schmutzig gemacht, diese an ihren Ärmeln ab. Aber Herr Preissner interpretierte die Geste als eine fröstelnde.

»Ja«, sagte er, »es wird langsam kalt. Man friert draußen schon.«

»Wir alle frieren«, sagte sie.

»Nicht alle«, sagte Herr Preissner und blickte sie an.

Dann kam ihr seine Hand entgegen. Sie war warm, und der Druck war fest, beinahe herzlich.

OTTER OTTER OTTER

1

Ich weiß nicht, ob das Wort *Pedell* heute noch verwendet wird. Jedenfalls gab es zwei von uns. Unser Raum war im Keller.

Meist blieb ich nach Dienstschluss noch ein wenig. Ein leeres Schulhaus ist eine relativ freundliche Zone, auch bei Nacht. Zu Hause wartete in diesem Sommer nur eine schreiende Katze. Sie war alt, einundzwanzig Jahre, und verwirrt. Abends rief sie nach ihren Geschwistern, die es nicht mehr gab. Ich trug sie über meiner Schulter auf und ab, und wir warteten gemeinsam, bis es wieder ging. In den letzten Wochen war es außergewöhnlich heiß geworden. Ich konnte nicht einmal meine Armbanduhr tragen. Im Internet stand, dass in der Antarktis unvorstellbare Dinge geschahen.

Die Gänge eines fünfstöckigen Gebäudes zu wischen ist, ganz ehrlich, kein Problem, solange man nicht unter Zeitdruck steht. Gregor war in dieser Hinsicht ein guter Vorgesetzter, ich lernte gern von ihm. Er war seit elf Jahren hier und kannte sich aus. Einmal hatte er, gleich in seinem ersten Jahr, einem Kind das Leben gerettet. Der Junge hatte nach einem Sturz im Gang seine Zunge verschluckt. Inzwischen musste er erwachsen sein. Gregor sprach gern von ihm.

»Du solltest ihm schreiben.«

»Wem?«

»Dem mit der Zunge. Den du zurückgerissen hast, an der Schwelle.«

Wir hielten beide Kaffeetassen in der Hand, allerdings waren in meiner alte Schrauben.

»An der Schwelle. Sagt man das so?«

»Keine Ahnung«, sagte ich. »Aber du solltest ihn echt irgendwie, weiß nicht, aufstöbern.«

»Kann man doch nicht einfach so.« Gregor schüttelte den Kopf, aber man sah, er war geschmeichelt.

»Naja, man kann nachschauen, ob es ihn im Internet gibt.«

»Hm, jaja.«

»Und bei Männern ist es auch leichter, die ändern ihren Nachnamen nicht.«

Gregor lächelte, aber es wirkte bereits beschwichtigend. Ich ließ das Thema.

»Es ist sauheiß«, sagte ich.

»Pfff, ja. Das sind jetzt die Monate, wo der Rasen draußen am lästigsten wird.«

»Du hast den echt damals an der Zunge zurück ins Leben gerissen.«

»Hm?«

»Muss man sich vorstellen.«

»Zurück ins Leben. Du hast immer Formulierungen.«

»Ich stelle es mir nur bildlich vor.«

Gregor legte den Kopf ein wenig schief.

»Bildlich«, sagte er.

In der Schultoilette herrschte nachts ein ständiger Luftzug, der die von den Rollen hängenden Klopapierblätter bewegte. Woher der Luftzug kam, war unklar. Gregor sagte, bestimmt aus den Steckdosen, aber die Toilette hatte gar keine. Dennoch fand ich die Erklärung schlüssig. In den Gängen hingen überall Zeichnungen der Unterstufenschüler, diese unermüdlichen Versuche herauszufinden, ob Kinder eine Seele haben. Drucke mit Herbstblättern, bunt und trostlos, oder Bäume, zusammengefügt aus Hunderten kompakten Strichen. Wer das lesen könnt.

Natürlich brachte die Arbeit in der Schule nicht genug ein. Meine 22-Quadratmeter-Garçonnière kostete 550 Euro im Monat, dazu kamen Strom und Internet in Regionalzuggeschwindigkeit. Deshalb arbeitete ich tagsüber noch als Kellner im Café Girino am Eisernen Tor, beim Jakominiplatz.

Die meisten Stammgäste kannte ich schon nach kurzer Zeit. Es waren nicht viele. An manchen Vormittagen kam eine ältere Frau, die mit ihrem sorgenfaltigen Mastiff beim Fenster saß. Ein prächtiges Tier. Sie bestellte immer nur einen Cappuccino, aber erkundigte sich regelmäßig nach den Eissorten. Da sie nie eine bestellte, begann ich nach einer Weile, welche zu erfinden. Ich glaube, das erfreute uns beide. Dann gab es noch einen jungen Mann mit rötlich gefleckten Wangen, der nach seinen Nachtdiensten in Sanitäteruniform im Café erschien. Aus dieser Uniform aß er sich sozusagen jeden Morgen frei: Langsam, in zurückhaltend feierlichen Schritten streifte er die Schulterbügel der Uniform ab, während er winzige Bissen von seinem Sandwich nahm.

Am interessantesten fand ich das blinde Pärchen, das entweder dienstags oder donnerstags um die Mittagszeit auftauchte und ein kleines Mahl zu sich nahm. Die beiden hielten sich gut eingespielt aneinander fest, und einer, meist der Mann, übernahm die Aufgabe des Stockschwingens. Damit wurde der Boden gescannt. Beide hatten beim Gehen den Hals etwas in die Höhe gereckt, so als stünden sie auf einer Bühne und wollten die hintersten Ränge ansprechen; das ließ sich wohl damit erklären, dass sie nicht, so wie normalsichtige Menschen, ständig geradeaus blicken mussten, um sich zu orientieren. Mir kam es so vor, als ob der Mann noch einige Umrisse und Schatten erkennen konnte. Sie sprachen mit sanften Stimmen, die mich aus irgendeinem Grund an Verbraucherinformationen oder Beipackzettel denken ließen. Ich mochte die beiden sehr gern und begrüßte sie sofort, wenn ich sie entdeckte.

Nach der Arbeit im Café aß ich etwas an einem Stehimbiss am Jakominiplatz, dann stieg ich in den Bus und fuhr zur Schule.

Ginni war sehr geduldig, was meine langen Dienstzeiten anging. Glücklicherweise war ich nur vier Mal die Woche in der Schule tätig, aber selbst an solchen Tagen erwartete sie mich nie aufgekratzt und ausgehungert an der Tür, sondern entdeckte mich immer erst, wenn ich schon ein paar Schritte in die Wohnung gemacht hatte. Dann hob sie den Kopf, zwinkerte und entfaltete sich – ihr Bewusstsein war schneller bei mir als ihr schon etwas hüftsteifer, gelenkstarrer Körper –, bevor sie gurrend auf mich zu tapste. Es gab ja sonst kein anderes Lebewesen mehr auf der Erde, und die Zeiten, da dieses Lebewesen fehlte, verschlief sie einfach. Ich hob sie hoch, drückte ihr noch schlafwarmes Fell an mein Gesicht, gab ihr frisches Essen und lenkte sie mit Spielen ab, so gut es ging, bis sie gegen ein oder zwei Uhr nachts wieder müde wurde und sich hinlegte.

Manchmal, wenn ich es günstig erwischte, blieben mir nachts eine oder sogar zwei Stunden zur freien Verfügung. Dann konnte ich in der Wohnung umhergehen, und es gab Stille und Gedanken. Vielleicht würde ich ja irgendwann mein Geschichtsstudium fortsetzen können! Oder mir ein Fahrrad kaufen! Ich legte mich neben das Bett auf den Boden und studierte die Staubflusen. »Lurch«, hatte meine Mutter dazu gesagt. »Da unterm Bett, da hat's Lurch.« Hätte sie, so wie ich es damals mit noch zu jungen Augen tat, einen Blick in ihre eigene Urne werfen können, sie hätte vielleicht denselben Satz gesagt. Katzenhaare bilden jedenfalls beeindruckend dichte Bällchen in Zimmerecken. Wie kleine Präriegraswolken aus einem Western-Diorama. Ich lobte Ginni jedes Mal, wenn ich welche fand. Gelegentlich rutschte ich auch, durch wellenartige Seitwärtsbewegungen, ganz unter das Bett und spielte *Überleben-Müssen nach Ver-schüttet-Werden bei Erdbeben*. Weberknechte schmecken nach nichts, vielleicht ein klein wenig nach Mandeln.

2

An einem besonders heißen Tag kam die blinde Frau allein ins Girino. Wie üblich begrüßte ich sie. Sie erschrak ein wenig, entschuldigte sich. Sie brauchte viel länger als sonst, um sich hinzusetzen. Kanten und Ecken der Nachbartische fassten nach ihr, und sie entschuldigte sich wieder. Ich nahm ihren Ellbogen und führte sie.

»Allein heute?«, fragte ich in meiner üblichen Kellnerstimme.

»Ja«, sagte sie.

»Noch warten oder gleich bestellen?« Ich klang wie ein Opernrezitativ.

Sie machte ein sonderbares Gesicht. Es drückte vielleicht Schmerz aus. Oder Ungeduld, Belustigung, Wut, ich wusste es nicht.

»Gleich bestellen«, sagte sie.

»Also wir hätten heute Tomaten-Focaccia mit Rosmarin.«

»Okay.«

»Oder Quiche mit Lachs und Petersilie.«

Sie überlegte, und ein Schatten des undeutbaren Gesichtsausdrucks kam zurück.

»Und das Sandwich?«, fragte sie.

»Das gibt's immer.«

»Dann nehm ich das, bitte.«

Während ich Gläser in den Geschirrspüler stellte, beobachtete ich sie. Sie las die Zeit mit den Fingern von ihrer Uhr ab, plastische, erhabene Zeiger, dann stopfte sie einen kleinen, weißen Drahtloskopfhörer in ein Ohr und hörte zu. Es war die Stunde, da das durch die Fenster fallende Licht interessante Sternquallenmuster auf den Tischplatten erzeugte, sie kamen aus den Weingläsern der Gäste.

Ich brachte ihr das Sandwich.

»So, bitte schön.«

Sie bedankte sich. Ich starrte auf ihre hübschen Hände. Sehr feine, adernreiche Haut.

Sie rieb die Handflächen aneinander, wie um sich zu wärmen, dann begann sie zu essen.

»Guten Appetit«, sagte ich. »Ihr Mann verpasst heute das Beste.«

Da der Satz nun absurd und misslungen im Raum hing, lachte ich schnell.

»Ach so. Ja, der ist nicht mehr bei mir«, sagte die Frau.

»Oh, okay. Tut mir leid, das zu hören.«

»Mmh«, machte sie kauend. »Ist besser so. Fürs Erste.«

»Okay, ja«, sagte ich. »Das kenn ich.«

Sie wirkte erstaunt.

»Was?«

»Ich hab nur gemeint, dass ich, also, wenn es besser ist, wenn man, fürs Erste. Das kenn ich.«

»Aha. Ja.«

Der Bus zur Schule geriet in den abendlichen Pendlerverkehr. Ich ging die Unterhaltung mit der Frau mehrere Male im Kopf durch. Aber es war zu heiß, ich kam auf keine rettende Deutung.

Je länger der Bus, umzingelt von vielen kleineren Fahrzeugen, vor den tapfer hin- und herschaltenden Ampeln stand, desto wahrscheinlicher kam es mir vor, dass sich ein Passagier spontan in einen Kontrollor verwandeln würde. Die Hitze und die Wartezeit wecken alte Instinkte in ihm, er erhebt sich und beginnt, die Legitimität seiner Mitmenschen zu hinterfragen.

Als ich zur Schule kam, war es kurz vor fünf. Das waren die gnadenlos glühenden Stunden des Tags. Es war so heiß, dass man beim Überqueren der Straße durchsichtig wurde. Und die Autos standen als zusätzliche wärmeabstrahlende Heizkörper neben dem Gehsteig, geisteskrank. Ich schwitzte sogar in den Ohren. Im Schulgebäude roch es süßlich nach Umkleidekabine. Pakete warteten vor dem Konferenzzimmer. Wie für einen Strandurlaub hell gekleidete Lehrerinnen kamen mir entgegen und grüßten.

»Aha. Und wie blind ist sie?«
»Total. Also vollkommen. Bei den Augen fehlen so Teile.«
Gregor zuckte mit den Achseln und dachte nach. Heute waren in seiner Kaffeetasse Schrauben. Wir wechselten uns ab.
»Und sie gefällt dir?«
»Absolut.«
»Na dann.«
Um den Werkzeugkasten summten zwei Fliegen.
»Wie hast du eigentlich deinen Freund kennengelernt?«, fragte ich.
»Oh. Naja.«
Ich kannte Mario bislang nur vom Sehen, manchmal holte er Gregor nach der Arbeit ab. Mario war um einiges jünger, ich schätzte ihn auf Anfang zwanzig. Er trug selbst bei großer Hitze eine graue Haube auf dem Kopf.
»Sorry. Bin nur neugierig.«
»Ist eine ganz langweilige Geschichte«, sagte Gregor. »Er erinnert sich wahrscheinlich nicht mal mehr daran.«
»Oh. Klingt aber alles andere als langweilig.«
Gregor winkte ab.
»Nä.«

Ich bereitete die Reinigungsartikel für die beiden Chemiesäle vor. Dabei trödelte ich ein wenig. So kurz sie auch ausfielen, die Unterhaltungen mit Gregor waren mir inzwischen die liebsten.
»Soll ich das Ding da auch mitnehmen?«, fragte ich.

»Ja, brauchst du vielleicht.«

»Aber kann ich da drin überhaupt atmen?«

»Merkst du dann ja.«

»Geil.«

Ich hängte mir die Schutzmaske um den Hals. Sie stank nach Substanzen.

»Komm vielleicht nach einer Stunde oder so nachschauen, ob ich noch lebe«, sagte ich.

»Aber wegen deiner neuen Gefährtin da«, sagte Gregor plötzlich.

»Ja?«

»Also ich würde mir da nicht so viele Gedanken machen.«

»Noch ist sie ja nicht meine Gefährtin.«

»Ja, keine Ahnung, wie sagt man?«

»Sie kommt immer ins Café.«

»Jedenfalls solltest du einfach schauen, ob da was ist, oder? Wie man sich versteht.«

»Okay, mach ich.«

Ginni hatte keine Meinung dazu. Ihr ging es nicht so gut. Hitze, Einsamkeit, Gelenke. Sie ließ die Zunge heraushängen und saß im kühlen Schatten des Bettes. Ich brachte ihr Katzenmilch aus dem Kühlschrank, und sie schlabberte sie, bis ihr das Brustfell tropfte. Dann saß sie kompakt zusammengeballt neben mir und schnaufte. Das Schnaufen verwandelte sich nach und nach in ein erschöpftes Schnurren, das, wenn man sie streichelte, sofort wieder aufhörte. Ich machte das Fenster auf und ließ ein wenig Nachtluft herein. In der stockdunklen Nachbarschaft rauschte der Weltraum. Nur die Straßenbahn tönte zwischendurch klar von der Alten Poststraße herüber, und ich stellte sie mir vor als ein längliches, innen hell erleuchtetes, mit pendelnden Haltegriffen versehenes Wohnzimmer voller sitzender, stehender, lesender Menschen, das nachts an dunklen Häusern vorbeischwebt.

Anjas Wohnung lag nicht weit vom Girino in der Klosterwies-
gasse. Das Haus besaß eine schöne Fassade voller Steingesich-
ter. Am eisernen Zaun krümmten sich Fahrräder. Die Neben-
häuser waren auffallend eiscremefarben, und ich dachte an die
Frau mit dem Mastiff, vielleicht wohnte sie auch hier irgendwo, und ich hatte gerade das Geheimnis ihrer mysteriösen Fragen entdeckt. Täglich in dieser Umgebung zu erwachen. *Nuss
mit Olivenkern. Vanille-Wermut.* Ich hatte sie schon länger
nicht gesehen.

Anja entschuldigte sich für die Unordnung. Aber ich hatte gar
keine Zeit, darauf zu achten, denn gleich beim Betreten der
Wohnung fielen mir einige auf den sonst kahlen Wänden des
Vorzimmers stehende Wörter auf. Zunächst hatten sie wie Flecken eines minimalistischen Tapetendesigns ausgesehen, aber
es waren Wörter, geschrieben mit dickem, schwarzem Filzstift.

SCHEISSHURE. SCHEISS HUR. HUR MIESE. HUR HUR. KLANE
HUR KLANE HUR. DRECKFUT SCHEISS.

Ich muss wohl eine Weile blöd glotzend dagestanden sein,
denn Anja rief plötzlich nach mir.

»Wo bist du denn?«

»Nur hier, meine Schuhe.«

»Oh. Stell sie einfach irgendwohin. Oder lass an, kein Problem.
Wie gesagt, die Unordnung.«

HUR. HUR. DRECKHUR.

Auch in der Küche, Herrgott, es ging so weiter. Auf den Schrän-
ken, über dem Herd. Nicht wirklich dicht beschrieben, aber
überall zumindest ein Wort, alle im selben Tonfall.

Ob ich Tee wolle? Sie habe köstlichen Tee aus den Anden.

»Ach so, ja, bitte.«

Anja lachte über meine Schüchternheit.

Ich saß da und las die Wände durch. Du liebe Zeit. Ein grotesk
elongiertes SLUT stand direkt neben mir auf der Wand, der Ab-

stand zwischen den einzelnen Buchstaben so lang wie ein Unterarm. Draußen hatte es zu regnen begonnen. Beim Einschenken des Teewassers hielt Anja einen Finger in die Tasse.

»Au, tut das nicht weh?«, fragte ich, als das kochende Wasser ihre Fingerspitze erreichte.

Da mit meiner Frage die Rede auf ihre Blindheit gekommen war und wir bislang darüber noch gar nicht gesprochen hatten, nutzte Anja diesen Moment und erzählte, heiter und offenkundig längst an dieses Ritual gewöhnt, wie und wann sie ihr Augenlicht verloren hatte. Ich sagte: Aha, oh, wow, ach das muss schlimm gewesen sein, und drehte mich währenddessen immer wieder nach der ringsum lauernden Beschriftung um.

Mit vier Jahren war sie endgültig erblindet. Von der Zeit davor gab es einige Erinnerungsbilder, vor allem ein bis in die Wolken ragendes Hochhaus, die Uniklinik in St. Leonhard. Angeborene Fehlbildung der Netzhäute. Und dann dummerweise eine Infektion, zuerst das eine Auge, dann relativ kurz darauf das zweite. Ich hörte zu. Sie lachte viel und machte Scherze. Ich lachte auch.

»Fragen die Leute oft?«, wollte ich wissen.

»Klar, dauernd.«

Quer überm Küchenschrank stand in riesigen, eigenartig hochflackernden Lettern ARSCH SAU SAU SAU und DU MIESES SCHEIS. Die fehlerhafte Schreibweise machte einen besonders bösartigen Eindruck.

»Wollen wir ins Wohnzimmer?«

Ich folgte ihr. Hier gab es schöne Möbel, altersfleckig, aber charaktervoll. Ja, auch hier ging es weiter mit den geisteskranken Wörtern, einige waren sogar in roter Farbe geschrieben. Und da, auch in Blau. DU GSTUNKENE SCHEISS.

Um ein Haar hätte ich sie gefragt. Aber konnte man das? Vielleicht war es ein vergangener Besucher gewesen oder ein Einbrecher. Wer weiß, wie sie reagieren würde. War es ein Test, mit dem sie bestimmen konnte, ob ein Gast ehrlich zu ihr war oder nicht? Diese Möglichkeit erschien mit einem Mal äußerst real, und ich spürte meinen Hinterkopf sehr deutlich.

Ich dachte an ihren Mann – vielleicht war er ein Hochstapler gewesen, der viel mehr mit seinen Augen erkennen konnte, als er zugab. Er hatte ja auch meist die Führung übernommen, den Stock bedient.

»Schön ist es bei dir«, sagte ich.

»Oh, danke.«

Ja, bestimmt hatte er diese Wörter geschrieben, dieser ungut birnenförmige Mensch. Aus irgendeinem Grund konnte ich mich gar nicht mehr an sein Gesicht erinnern. Vielleicht hatte sie durch Zufall sein dunkles Geheimnis entdeckt und ihn deshalb zum Teufel gejagt. Und er hatte sich so revanchiert.

Auf der Tür stand dutzendfach FUCK SLUT.

Himmel.

Ich blickte zu Boden.

Das einzige einigermaßen unschuldige Wort, das ich im Zimmer entdeckte, war ein krakelig buchstabiertes OTTER auf der Lehne eines Sessels. Es wiederholte sich sogar seitlich noch einige Male, allerdings musste ich, um es dort zu erkennen, näher rangehen, der Stift hatte auf dem Stoffbezug nicht gut gehalten. Nach all dem glutgeladenen Vokabular erschien dieses Wort fast wie eine versöhnliche Geste. Mit etwas Fantasie konnte man sich vorstellen, dass ein Kind es geschrieben hatte.

Anja bot mir Dinkel-Mandel-Kekse an. Sie waren köstlich.

Ich glaube, am unheimlichsten fand ich den mit kräftigem Edding gemalten Ausdruck OH MY WHORE MOANS in der Toilette, direkt oberhalb der Türklinke. Ich starrte auf den Schriftzug und begriff widerwillig das darin enthaltene dümmliche Wortspiel: *hormones*, *whore moans*, jaja, ganz super. Was für ein krankes Arschloch. Die Klopapierrolle neben mir hing vollkommen reglos da.

»Es ist angenehm windstill bei dir«, sagte ich, als ich zurück ins Wohnzimmer kam. Anja saß auf der Couch.

Ich schaute auf meinem Handy nach, wie spät es war.

»Windstill?«

»Ja. Bei der Arbeit zieht's überall. Da flattern die Klopapierrollen.«

»Oh«, sagte Anja. »So bisschen Luft schadet aber auch nicht, vielleicht.« Sie klopfte auf den Platz neben ihr.

Wir küssten uns zum ersten Mal auf dieser Couch, direkt unter dem Schriftzug SLUT SLUT SLUT SLU UT SLUTSSSUT. Nach einigen unbequemen Minuten kam ich auf die Idee, die Augen zu schließen, so waren wir beide im selben Element, und ich konnte freier atmen. Anjas Mund schmeckte nach Gummibärchen.

Draußen wurde der Wind etwas stärker, und ein Ast begann ans Fenster zu klopfen. Ich löste mich aus der Umarmung.

»Ist nichts«, sagte Anja. »Der Baum will nur wieder ins Haus.«

Ich lachte.

»Aber er darf nicht, er tropft mir hier alles voll«, sagte sie.

Da ich nicht wusste, was ich sonst tun sollte, legte ich meinen Kopf auf ihren Schoß. Schweiß, Jeansgeruch. Die Tropfen trommelten draußen an die Scheiben, feuerten mich an. Anjas Magen machte ein Geräusch, als würde eine Ente versuchen, das Wort »Gregg« auszusprechen.

Ich lief durch den Regen zur Haltestelle. Triefend stieg ich in den Bus und setzte mich ganz nach vorne, direkt hinter den Fahrer, ich brauchte ein wenig Kameradschaft. Ein paar Minuten standen wir da und tankten kühle Regenluft, dann schlossen sich die Türen, der Fahrer ließ den Motor an.

Zu Hause konnte ich nicht schlafen. Irgendwann war es vier Uhr, und mein Dienst im Girino begann um acht. Ginni, der bei Gewittern immer heimatlos zumute wurde, schrie und jaulte. Normalerweise konnte ich ihr klägliches Miolen einigermaßen wegfiltern, aber mein Kopf war innen so licht und hellwach wie eine Dorfkirche zur Osternacht. Also stand ich auf und stellte dem verzweifelten Tier neue Nahrung vor die Pfoten, was natürlich nicht das Richtige war, sie wollte etwas anderes.

»Ja«, sagte ich, »das andere haben wir aber nicht.«

Sie miaute mich an. Reißzähnchen hatte sie noch, trotz ihres Alters. Kräftige, kleine Hauer. Zum Töten da. Ich hob sie hoch und ging mit ihr durchs Zimmer. Das Wort *Otter* geisterte mir irr im Kopf herum. Nach einer Weile begann ich es zu murmeln: Otter, Otter, Otter. Das schien Ginni zu gefallen.

»Wir warten einfach«, sagte ich zu ihr. »Vielleicht kommt das andere noch.«

Ich war immer noch aufgewühlt. Vielleicht wohnte in Anjas Wohnung jemand in den Wänden, ein wahnsinniges kleines Männlein aus alten steirischen Sagen, der Schorschi, der nur nachts herauskletterte, um zu schreiben. Ginni schnurrte, hörte aber gleich wieder auf, fing noch mal an, brach ab. Es gelang ihr nicht mehr richtig. Ich brachte sie auf ihren Stammplatz auf dem Bett, und sie legte sich proben weise hin, stand wieder auf und sprang auf den Boden.

Da mir nichts anderes mehr einfiel, begann ich ihr vorzulesen, aus meinem Lieblingsbuch, dem *Grafen von Monte Christo*. Nach etwa sieben oder acht Seiten hüpfte sie endlich aufs Bett und rollte sich ein. Ich blieb auf dem Stuhl neben dem Bett sitzen und las leise weiter. Draußen wurde es schon hell.

4

Schlaflose Nächte öffnen gewaltsam alle Sinne, außerdem machen sie hungrig an Stellen, an denen man sonst nie Hunger hat. Ich aß im Gehen zwei Proteinriegel und fütterte dazu mein überdrehtes Gehirn mit allerlei Mustern: Dachziegel, Autoreihen, alte Haustüren. Wenn ich mir die Augen rieb, gab das ein bedenkliches Korkenknarrgeräusch. Und in meinen Schuhen war eine Menge Sand.

Überall fielen mir obszöne Wörter auf. Auf allen möglichen Oberflächen wurde geflucht und beschuldigt. Die Lehne der Sitzbank an der Haltestelle, mein Gott. Einige Buchstaben waren nicht mal ansatzweise lesbar, so ungeheuerlich und dringend war das Mitteilungsbedürfnis des Schreibers gewesen.

Anja tauchte heute nicht im Café auf, was durchaus nachvollziehbar war. Es hatte eine Entwicklung gegeben, da ging die Zeit anders weiter. Lang hatten wir uns gehalten, aneinandergeschmiegt, Nummern getauscht. Sogar meinen Nachnamen hatte sie erfragt. Ihre Finger auf meinen Ohrmuscheln, lesend.

Auch Stunden später, an den Wänden und Tischen der Schulklassen, in der Toilette und am Gang, schrien und tobten die Ausdrücke. Es war mir bisher nie aufgefallen. Da stand ein FUCK HELI. Und da ein ARSCHWODZE. Sogar einen Youtube-Link gab es, Zeichen für Zeichen mit der Hand geschrieben, bizarr. JEFF IST SCHWUL. BITCH. WORLD STAR. AYRE FIK. ANNI HOIT GOSCHEN GLEICH KNALLT.

Ich hatte so viele Fragen, aber Gregor war noch weniger gesprächig als sonst. Sein Vater kam in den nächsten Tagen in ein neues Heim, das bedeutete viel organisatorischen Kram, viel Elend. Man dürfe nicht zu lang darüber nachdenken, sagte er. Wir brachten die Arbeit schweigsam und in der Hälfte der üblichen Zeit hinter uns.

Den nächsten Abend war ich wieder in der beschrifteten Wohnung. Ich erzählte Anja mehr von Ginni, und sie sagte, dass sie diese feine alte Dame gern einmal kennenlernen wolle, und ich sagte, ja, unbedingt, aber meine Wohnung sei leider winzig und schäbig.

Als wir zusammen duschten, fiel mir auf, dass auch auf den Fliesen Dinge standen. ZENTNER SAU, stand da. Und ein etwas mysteriöses HARE. Einmal war Anjas Kopf ganz nahe an einem Wort, und ich hätte sie beinahe zurückgezogen und etwas gesagt. *Vorsicht, nicht zu nah rangehen.* Stattdessen ließ ich mich von ihr einseifen und lachte brav, als ich Kokosnuss-Duschgel in den Mund bekam.

Auf das Schlafzimmer war ich, trotz all der bisherigen Proben, nicht vorbereitet gewesen. Hier wanden sich riesenhaft die wutschnaubendsten Ausdrücke. BITCHES ARE SHIT. FUCK YOU FUCK YOOO FUCK YOU. DREKKKSAU. DIE SLUT DIE DIE DIE. DRECK DRECK DRECK DRECK DRECK. Vollkommen geisteskrank.

SCHLAMPE auf einem Lampenschirm. FRISS SCHEISSE SAU SAU SAU rund um eine Steckdose. Generell sehr viel SAU. Es war ein kurzes Wort, es passte selbst auf schmalste Flächen. Sogar auf den Boden war etwas gekritzelt worden, aber diese Buchstaben hatten sich gnädigerweise verwischt.

Manche Wörter waren hier, im Unterschied zum Rest der Wohnung, in ganz ordentlicher Schulschreibschrift geschrieben, andere dagegen in den auch bei allen übrigen Raumflächen verwendeten hastigen, windschief hingefetzten Großbuchstaben. Vielleicht repräsentierten diese beiden Stile ja verschiedene Tageszeiten, dachte ich, zu denen der Unbekannte mal hemmungslos und ungestört, mal heimlich in Gegenwart der Wohnungsbesitzerin seiner unbegreiflichen Neigung nachgegangen war. Ich stellte mir vor, wie er, während sie kurz auf die Toilette verschwand, schnell ein Wort mit Bleistift auf die Wand kritzelte und dann, wenn sie länger außer Haus war, mit Ausdauer und Präzision an seinen Entwürfen arbeitete. Hatte er selbst auch unter ihnen geschlafen?

Es half, den Kopf unter die Decke zu stecken. Anja gefiel das Spiel. Sie legte einen Arm über meine Brust und rutschte dann, in einer etwas ruckartigen, aber anmutigen Fallbewegung, mit dem Kopf auf meinen Bauch. Das Ganze wirkte angenehm raubtierhaft. Es wurde schnell warm unter der Decke. Ich lag da und genoss diese Minuten, in denen das Universum Sinn ergab, dann wurde mir schwer und schläfrig ums Herz, ich schloss die Augen. Esel und Geigen kamen mir in den Kopf.

»Otter, Otter, Otter«, murmelte ich.

Anja hob den Kopf.

»Was hast du gesagt?«

»Ah, nichts, nur … Ich hab so ein Lied im Ohr.«

»Ach so.«

Sie legte ihre Wange zurück auf meinen Bauch. Ihre Nase war direkt über meinem Nabel. Eine Weile war es still.

»Was für ein Lied?«, fragte sie.

»Ah, nur so, weiß nicht genau, wie es heißt. Es geht so dn-dn-dn-dn, ziemlich schnell, wie Techno, aus den Neunzigern. Ich kann Musik immer so schlecht beschreiben.«

Sie fuhr mit den Fingern über meine Schenkel. Ich zog die Decke von uns. Frische, weichere Zimmerluft.

An der Schlafzimmerdecke befanden sich keine Wörter, aber am Ventilator stand eines. Der Wahnsinnige hatte sich tatsächlich eines Tages an den Rand des Bettes gestellt, denn anders kam man dort gar nicht hinauf, und hatte etwas verfasst. Es war ein kurzes, fett geschriebenes Wort. Aber ohne Brille konnte ich es nicht entziffern. Bestimmt auch ein SAU oder HUR. Ich seufzte.

»Hm?«, machte Anja.

»Ich muss dann bald gehen«, sagte ich. »Die Katz verhungert mir sonst.«

»Oh. Ach so. Aber ist okay, ich hab auch noch Arbeit.«

»Sie ist schon so lang allein.«

»Ist okay. Ich arbeite meist in der Nacht.«

Ich blickte das neben mir an der Wand stehende DRECK DRECK DRECK DRECK DRECK an. Beim fünften DRECK hatte die Strichstärke des Stifts abgenommen, also verlor sich der Aufschrei auf etwas lächerliche Art in ein Gefuchtel mehrmals nachgezogener Linien. Nie zuvor war mir aufgefallen, was für mitleiderregend kindische Gebilde unsere lateinischen Buchstaben sind, vor allem Majuskeln. Kein Wunder, dass in alten

Kodizes die großen Initialen, die einen Absatz eröffnen, oft umzeichnet, koloriert und mit hübschen Ornamenten versehen wurden; so hielt man sie über längere Zeit genießbar.

»Hat dein Freund eigentlich hier gewohnt?«

»Wieso fragst du?«

»Nur so.«

»Ja, die meiste Zeit.« Sie kratzte sich die linke Brust, dann löste sie sich von mir und tastete im Bett nach ihrem T-Shirt.

5

Was ich nicht bedacht hatte, war, dass nach Ablauf von zwei Wochen tatsächlich vierzehn Tage vergangen waren. Während dieser Zeit war ich insgesamt neun Mal bei Anja gewesen, und nun würde ich ihr nie die Wahrheit sagen können. *Hey, übrigens, da stehen entsetzliche Dinge auf deinen Wänden.* Nein. Wir hinterließen uns jeden Tag liebe Nachrichten auf der Mobilbox, und ich hatte ihr zwei Mal Geschenke mitgebracht. *Gifts to give a blind person*, das ergab auf Google Hunderte Treffer, die Menschheit war gütig und hilfsbereit.

Falls es ein Test war, hatte ich ihn natürlich nicht bestanden. Aber selbst wenn nicht, was ich für wahrscheinlicher hielt, konnte ich unmöglich was sagen, denn es käme die verständliche Nachfrage, warum ich denn nicht früher, und so weiter.

Anja bemerkte meine zerstreute Angespanntheit.

»Irgendwas bedrückt dich.« Sie kraulte gern mit einer Hand Muster in meine Nackenhaare.

»Ah, nur die Katze.«

»Die würde ich gern mal kennenlernen«, sagte Anja.

»Ach so, nein, ich meine, ja. Aber sie ist wirklich, wirklich alt. Und meine Wohnung ist so ein stinkendes Loch.«

Dann ging es eine Zeitlang um die Katze und um Einkommensverhältnisse. Anja war geduldig und freundlich, fragte mich sogar über den Preis meiner Geschenke aus. Ich war dankbar für die Richtung, die das Gespräch genommen hatte. Handhabbares Terrain. Dabei lag ich im Bett auf dem Rücken und starrte auf das beschriftete Ventilatorblatt. Inzwischen hatte ich herausgefunden, welches Wort da oben stand. Aber wozu es wiederholen. Menschen sind so seltsam.

Besonders ausweglos wurde es eines Nachmittags, als Anja mir den Vertrauensbeweis erbrachte, mich für zwei Stunden allein in der Wohnung zu lassen. Ich dürfe ruhig alles anschauen, umdrehen, verarbeiten, sagte sie, sie werde es vermutlich eh nicht so bald bemerken.
»Ja, okay, haha.«
»Also dann, bis später.«
Ich lief ihr zur Wohnungstür nach. Mehrere Male hatte ich angeboten, sie zu ihrer Therapeutin zu begleiten, aber sie meinte, nein, das sei lieb von mir, aber sie müsse wirklich trainieren, den Weg allein zu finden, das sei absolut unerlässlich. Sie habe schon enorm abgebaut auf diesem Gebiet.
Also saß ich da.
Nachdem man eine längere Zeit allein in einer fremden Wohnung gesessen ist, verliert man vollends jedes Recht, später von irgendwelchen rätselhaften Beschriftungen an den Wänden zu berichten. Denn man kommt selbst als ihr Verfasser in Frage.
Wie sollten wir jemals zusammenkommen, ich meine, richtig? Was, wenn jemand zu Besuch kam? Gregor zum Beispiel. Ich bemerkte, dass ich mir das mehr und mehr zu wünschen begonnen hatte, schon seit einiger Zeit. Eingeladen zu werden von ihm und Mario, am besten zu etwas Offiziellem wie Kegeln oder Tennis.

Ich flüchtete auf den sonnenheißen Balkon. Unten auf der Straße fuhren junge Menschen auf Fahrrädern oder kamen aus dem vegetarischen Restaurant an der Ecke. Die sorglosen Viehbestände der Stadt.

Andererseits, vielleicht würde Anja mir ja glauben, dass ich es bislang einfach nicht gut gesehen hatte, weil ich ja eine Brille trug. Ich sah nun mal unscharf, eine blinde Frau würde dieses Argument doch verstehen.

Da ich die Phase der aktiven Betätigung verschlafen hatte, blieb mir nur noch das düstere Feld privater Untersuchungen. Mir schien inzwischen, dass es drei eindeutig voneinander verschiedene Handschriften gab. Dazu entwickelte ich Theorien. Vielleicht hatte vor Jahren ihr allererster Lebensgefährte (Anja war einundvierzig) aus einem rätselhaften Impuls heraus damit angefangen, und dann kam der nächste, wunderte sich sehr, so wie ich mich gewundert hatte, und verhedderte sich dann in den verschiedenen Optionen (soll man es ansprechen, soll man es ignorieren, soll man es durchstreichen, fotografieren, studieren) und führte es schließlich ratlos fort, und dann machte ihr darauffolgender Partner dasselbe, und immer so weiter. In einigen Fällen wechselte die Handschrift sogar innerhalb derselben Wortfolge, und so entstand der entmutigende Eindruck, hier nicht nur die Spuren eines einzelnen vor sich hin fluchenden Menschen zu sehen, sondern einem ausgewachsenen *Dialog* beizuwohnen, einem Austausch zwischen zwei oder mehreren gleichgesinnten Männern. Dies war besonders deutlich zu sehen in dem DRECKSAU DRECKSAU SLUT FUCK SLUT, das auf der Wand hinter der Schlafzimmertür stand.

In einer Dokumentation über die für ihre Malereien berühmte Chauvet-Höhle in Südfrankreich wird von einer bestimmten Zeichnung eines Pferdes berichtet, die vor etwa 34 000 Jahren begonnen und dann fünftausend Jahre später in beinahe identischem Stil vollendet worden war. Dies ging aus den analysierten Tropfsteinschichten hervor. Man verliert fast den Verstand, wenn man sich das vorzustellen versucht.

Ich ging durch alle Räume und machte Fotos von den Aufschriften.

Anja kam zurück, verschwitzt, aber stolz, dass alles geklappt hatte. Man gewöhne sich schnell wieder an den Stock, gewisse Dinge verlerne man eben nie. »Und mir tut es gut«, sagte sie.

Sie verschwand unter der Dusche, und ich blieb währenddessen im OTTER-OTTER-OTTER-Sessel. Hinter den vorhanglosen Fenstern wurde es dunkel. Meine Finger gerieten in die Seitenfalte des Sitzpolsters und ertasteten etwas. Es war ein Stift. Aha, dachte ich zuerst und hielt ihn, spielte damit herum. Dann erst begriff ich.

Sofort legte ich das unheimliche Ding vor mir auf den Boden. Aus dem Bad kam das konstante Rauschen von Wasser. Nein, nein, dachte ich. Sein Stift. Oder einer seiner Stifte. Am besten wegwerfen.

Aber ich konnte damit vielleicht ein Wort ändern. Als Gegenzauber. Ja, warum nicht etwas ändern? Man fühlt sich hier ja wie in einem Rap-Song eingesperrt.

Mein Kopf war heiß.

Hatte Anja wirklich nie Besucher hier empfangen? Vermieter, Rauchfangkehrer, Handwerker. Ich zählte im Kopf verschiedene in Frage kommende Berufsgruppen auf. Dann hob ich den Stift auf und steckte ihn ein.

Erst später, als mich Anja, nachdem sie aus der Dusche gekommen war, an den Handgelenken nahm und zu sich aufs Bett zog, wo ich mich allerdings, trotz ihrer Bemühungen, als impotent und scheu erwies, muss er mir aus der Tasche gefallen sein.

6

Am nächsten Tag fing ich bei der Arbeit wieder von dem Jungen an, den Gregor zu Beginn seiner Laufbahn, also in vergleichbarer Situation wie ich heute, aus dem Jenseits zurück in den Schulkorridor gerissen hatte, aber Gregor hatte keine Nerven dafür. Er war wütend. Er hatte gestern seinen Vater im neuen Heim besucht, und der alte Mann hatte ihn inständig um die Zimtschnecke gebeten, die Gregor zufällig bei sich gehabt hatte.

»Die haben natürlich gesagt, nein, der ist nicht hungrig, der isst wie ein Kaiser jeden Tag. Aber er war hungrig, das war so eindeutig.«

»Diese Schweine.«

»Es kostet so scheiß viel«, sagte Gregor. »Und die geben ihm nichts. Er ist dagesessen und wollte nur die Zimtschnecke. Allein schon, dass er sie gerochen hat, wie sie noch im Papier war. Wer satt ist, riecht so was nicht.«

»Wirklich grauenvoll.«

Ich merkte, dass mir der Tonfall aufrichtiger Anteilnahme nicht gut gelang. Aber irgendwas musste ich sagen.

»Und besonders als alter Mensch. Da riecht man sowieso nicht so viel. Die haben echt auf ihn vergessen! Ich meine, er sitzt da den ganzen Tag vor ihnen, direkt vor ihrer Nase. Und sie vergessen, ihm was zu essen zu geben.«

»Hast du sie zur Rede gestellt?«

Zur Rede gestellt. Alles, was ich sagte, hörte sich aus irgendeinem Grund hölzern und schriftlich an, wie aus einer Fernsehserie.

»Jaja, natürlich«, sagte Gregor. »Aber weißt ja, wie so was abläuft. Schauen einen groß an und beteuern dann drauflos. Mein Gott, wie er geschlungen hat.«

»Solche Leute gehören angezeigt.«

»Es war so eindeutig!«

»Respektlose Schweine.«

Trotz meiner Verstocktheit stellte sich, je länger wir schimpften, eine gewisse Geborgenheit ein. Zwei Männer in einer leeren Schule, mit einem gemeinsamen Feind. Das war ein gutes Gefühl. Draußen glühte der Nachmittag.

»Dein armer Papa«, sagte ich kopfschüttelnd.

»Ja. Und dann stehen die vor dir und beteuern, beteuern.«

»Schweine.«

»Ich zeig die vielleicht wirklich an.«

»Muss man.«

Dann war es länger still. Ich wischte mein schläfennasses Gesicht mit einer verkrampften Rollbewegung meiner Schultern am T-Shirt-Ärmel ab.

»Ah, ja, eines wollte ich noch fragen«, sagte ich. »Was hältst du davon?«

Ich zeigte Gregor eines der Fotos, die ich in Anjas Wohnung gemacht hatte. Es zeigte den Schriftzug DRECKSAU DRECKSAU SLUT FUCK SLUT, in dem man mindestens zwei verschiedene Schreibstile ausmachen konnte. Gregor nahm mir das iPhone aus der Hand und betrachtete das Bild.

»Oberstufe«, sagte er.

»Ja?«

»Eindeutig. Sieht man an den Strichen, da.«

»Aha.«

»Haben allgemein mehr Wut im Bauch, wiederholen oft nur ein Wort.«

»Sieht aus wie zwei verschiedene.«

»So ab fünfzehn, sechzehn«, sagte Gregor, ohne auf meine Bemerkung einzugehen, »da beginnt das. Ja, da, man sieht richtig, wie unbefriedigend die Übung für sie ist. Sie fetzen die Wörter so hin, weil sie nicht das ausdrücken, was sie sollen. Oder, naja, was weiß ich. Ich war ja nie sechzehn.«

»Nicht?«

»Nä. Wozu? Hab damals einfach von vierzehn auf achtzehn geupgradet, bumm.« Und Gregor lächelte, was liebenswürdige Fältchen rund um seine Augen entstehen ließ.

»Ah, verstehe«, sagte ich, obwohl ich überhaupt nichts begriff.

Dann wurde es langsam Zeit, die neuen Tore auf dem Sportplatz aufzustellen. Ich war froh, nach draußen zu kommen. Die Sonne war hinter den Häusern verschwunden, aber der Himmel war noch hell. In den ans Fußballfeld grenzenden Heimgärten standen Trampoline, die zur Teleportation bereitstehenden Flächen im Level. Auf einer Reifenschaukel saß eine Krähe und passte auf. Mir kamen gütige Gedanken.

7

»Vielleicht brauchst du eine Pause?«, fragte Anja freundlich. Das Telefongespräch dauerte schon drei Minuten.
»Nein, nein, alles gut.«
Ginni hockte neben mir auf dem Boden. Ich lehnte am Bett.
»Naja, ich sag nur«, sagte sie. »Du wirkst sehr unter Druck.«
»Oh, absolut, das auf jeden Fall«, plapperte ich los, »unter Druck bin ich dauernd, das stimmt, ja. Also ich hab diese zwei Schulungen heute und morgen, aber das wird schon.«
»Was wird schon?«
»Die Schulungen. Vorher kann ich nicht.«
Dummerweise hatte ich letztes Mal meine Sonnenkappe in Anjas Wohnung vergessen.
»Ist gut.«

Ein freier Nachmittag. Unten im Betonhof waren ein paar Kinder und wiederholten, lautlos wie GIFs, aus irgendeinem Grund immer wieder dieselbe Bewegung.
Wie lange hatte ich keinen langen Spaziergang mehr unternommen? Ich suchte meinen Sommerhut im Schrank, aber da waren nur Socken. Ginni hatte gefressen und sich unterm Bett verkrochen, also hatte ich ein paar sorgenfreie Stunden. Von der oberen Wohnung kam das Geräusch des sich sekundenlang am Boden festsaugenden Staubsaugerrüssels.

Auf der Straße liefen viele Menschen, die meisten davon mit Gesichtsausdruck. Ich tat es ihnen gleich, hatte aber Schwierigkeiten, ernst zu bleiben. Ein Therapeut hätte mir vermutlich geraten, Anja einfach in meine Wohnung einzuladen, Problem gelöst. Dann müsste ich nicht länger nachdenken über Wörter und deren Bedeutung. Über das Rätsel der zwei bis vier deutlich voneinander verschiedenen Handschriften. Aber bei mir gab es nur ein Einzelbett. Ausrede. Gott, mein Kopf.

Ein Hund schüttelte sich neben einem Kinderwagen. Heiße Luft wehte aus einem Kellergitter.

Ich trieb mich etwa eine halbe Stunde lang auf dem Schlossberg herum, dann fuhr ich mit der Straßenbahn hinauf nach Andritz zu einem Tierbedarf-Großhandel, frisches Katzengras besorgen. Rund um den Laden gab es schöne, lange Spazierwege, die Gegend war schon sehr ländlich, zeigte ihre waldnah gebauten Siedlungen und Villen. Ich hörte Musik und schnippte alle Blätter, an denen ich vorbeikam, mit dem Finger an, hey.

Zwischen weit entfernten Häusern flatterten in regelmäßigen Abständen Tauben auf, lautlose Trümmer einer kontrollierten Sprengung. Ich kam an einem Spielplatz mit einer menschenlos schwingenden Schaukel vorbei. Die Straßen hier hatten Namen wie Rotmoosweg, Am Eichengrund, Im Hoffeld, Sankt Veiter Anger. Ich bekam davon sehr klare Bilder im Kopf, spätmittelalterliche Holzschnitte. In einem offenen Fenster saß als Wappentier der Gegend eine weiße Katze. Wo sind eigentlich all die alten flämischen Maler heute?

Ich ging früh ins Bett und hinterließ unter einigen Selbsthilfe-Videos auf Youtube random Danksagungen. *This helped me so much you sir are a god I'm crying so much thank you thank you*, schrieb ich zu einer Selbstmassage-Anleitung für Menschen mit Zwerchfellbruch. Erst danach las ich, was genau das ist. Auf einem Schaubild sah ich einen durch den sogenannten Hiatus hinauf in den Brustraum gerutschten Teil eines Magens, er war rot und beleidigt, und sein Name, laut Bild, war GERD.

Nach einer Weile fielen mir die Augen zu.

Ginni jaulte nachts einige Male, aber ich schlief immer gleich wieder ein. Im Traum ging ich unter einer auf Stelzen gebauten

Autobahn dahin, dort waren Koffer aufzusammeln. Eine Passagiermaschine hatte sie verstreut, kurz bevor sie mit dem Nacken voran in den Rotmohn geprallt war. Der Rotmohn selbst rotierte am Ende der Schlucht als eine Art riesengroßer Ventilator vorm rotglühenden Tunneleingang. »Valisen, liebe kleine Valisen«, sagte ich zu den Koffern, um sie zu beruhigen. Aber sie eierten seltsam hin und her. Das große Unglück hing noch in der Luft, zusammen mit den blau rauchenden Feuern der Holzfäller. Mir wurde auf einmal klar: Das war die ketogene Diät, die bewirkte das alles. Den Herbst, der Richtungswechsel, die Knotentiere. Also schrieb ich mit dem Zeigefinger kleine Schlangenlinien und Wörter zwischen die rund um mich schwebenden Regentropfen, eine Nachricht für spätere Besucher.

Im Aufwachen erlebte ich mich als den Flüssigkeitsbehälter, in den all die ringsum im Zimmer angeordneten Gegenstände nun leider wieder getaucht wurden.

Große Hitze wölbte sich gegen die Fenster. Ginni hechelte. Ich bot ihr Wasser und Milch an, aber sie begriff nicht. Als ich mir die Schuhe anzog, hörte ich, wie sie sich mühevoll hinter der Tür übergab.

»Aber ich muss dann gehen«, sagte ich.

Sie würgte rhythmisch. Fast klang es ein klein wenig nach *Otter, Otter, Otter.* Dann kam es endlich. Ich streifte die Schuhe wieder ab und ging putzen. Ginni saß verdutzt vor der Sauerei, aus ihrem Maul hing ein bräunlicher Faden.

»Ist gleich weg, ist gleich weg.«

Auf der Straße lackierten Arbeiter eine Haustür. Wann hatte ich das letzte Mal öffentlich geheult?

Im Girino betrank ich mich während der Arbeit. Ich wusste inzwischen, welche Flasche man dafür aus dem Regal nehmen durfte, ohne dass es auffiel. Felix, einer der anderen Kellner, machte es regelmäßig, er bekämpfte seine Panikzustände mit

Rum. Er hatte ständig Stress mit zu Hause, wurde von seinem Vater unter Druck gesetzt, in Therapie zu gehen, und so weiter. Früher hatte er von Gästen am Tisch stehengelassene Bier- oder Weingläser leer getrunken, aber davon hatte er Fieberblasen bekommen. Die Rumflasche im Regal war seine Entdeckung, und wir ließen sie ihm. Ich erinnere mich noch an den Moment, als er sie mir zeigte. Er sprach über chronische Entzündungen durch westliche Ernährung und war sehr aufgewühlt.

Ich glaube nicht, dass jemand bemerkte, was ich tat. Halb erwartete ich, dass Anja zu ihrer üblichen Zeit im Café erscheinen würde. Je mehr ich trank, desto gepanzerter stand ich da. Aber nach und nach wurde mir elend und weinerlich zumute, und ich holte alle Münzen aus meinem Trinkgeldbecher und verteilte sie auf die Becher meiner Kollegen. Da habt ihr. Felix bekam die meisten. Glücklicherweise waren kaum Gäste anwesend. Von der Kaffeemaschine spannte sich ein einzelner, halb unsichtbarer Spinnwebfaden irgendwohin.

Zur Arbeit in der Schule erschien ich pünktlich, aber auf wackeligen Beinen. Gregor sagte nichts. Ich hielt mich aufrecht und betonte alle Silben.

»Keine Schrauben heute«, murmelte ich, als ich meine leere Tasse entdeckte.

»Stress gehabt?«

»Ja du, da war so eine Feier«, begann ich zu lügen, »vom Chef die Tochter, die hat ihre Matura bestanden, und die haben mich gezwungen, mit ihnen zu sitzen und zu trinken.«

»Aha.«

»Und gesungen haben sie die ganze Zeit, lauter so perverses Zeug, so mit Ficksau, Ficksau, Ficksau, die Leute sind so krank, alle.«

»Eieiei«, sagte Gregor.

»Tut mir leid, ich vertrag voll nichts, die haben drauf bestanden, dass ich mit ihnen sitze und trinke.«

Für einige Sekunden musste ich die Tränen zurückhalten.

»Schon okay.«

»Ich vertrag echt nichts, haha.«

»Passiert manchmal«, sagte Gregor. »Glücklicherweise gibt es nicht so viel zu tun heute. Jetzt sind noch einige Wahlpflichtfachgruppen im Haus. Das heißt, wir gehen in etwa einer Stunde mit den großen Staubsaugern durch.«

Ich salutierte.

»Aber vorher vielleicht bisschen frische Luft«, schlug Gregor vor.

Auf dem Parkplatz musste ich mich wieder beherrschen, um nicht zu heulen.

»Alles okay?«

»Meine Katze stirbt wohl bald«, sagte ich. »Das belastet mich. Und der Alkohol …«

Ich deutete zur Erklärung auf meine Stirn.

»Ja, Teufelszeug«, sagte Gregor.

Erst einen Augenblick später bemerkte ich, dass meine Ausrede vollkommen der Wahrheit entsprochen hatte. Einundzwanzig, wie alt können Katzen werden? So also wird man zum Lügner.

»Magst du lieber bei ihr sein?«

»Was?«

»Ich hab nur gedacht«, sagte Gregor, »falls du mit ihr zum Tierarzt gehen musst, oder so. Würd ich verstehen. Wir hatten das letztes Jahr auch.«

Verwirrt blickte ich aufs Handy, konnte aber die Zeit nicht ablesen, dann nickte ich und sagte:

»Ja, ja, das wär gut, glaub ich, also wenn ich wirklich ausnahmsweise, weißt du, sie ist einundzwanzig, und sie schreit fast nur noch …«

Und ihre Geschwister liegen seit letztem Herbst in Andritz unter einem Haselstrauch.

»Wie gesagt, letztes Jahr bei uns: same thing. Und heute ist nicht viel zu tun, also.«

Gregor machte eine Geste, und ich ergriff seine Hand, dankte ihm und lehnte mich in seine Richtung. Er klopfte mir auf die Schulter. Dann verstand er meinen Impuls und umarmte mich kurz. Verlegen lachend löste ich mich von ihm.

»Hey, danke«, sagte ich, »das ist echt, also. Liebe Grüße zu Hause.«

»Jaja, gut. Und schlaf dich gut aus.«

»Ich hoffe wirklich«, sagte ich im Weggehen, »dass wir eines Tages die Schweine erwischen, die deinen Vater haben hungern lassen.«

Gregor winkte. Dann ging er zurück ins Gebäude.

Ginni hob den Kopf und blickte in meine Richtung. Sie hatte bestimmt nicht so früh mit mir gerechnet. Sie miaute sehr und tatzelte gegen den Transportkorb. Er war das letzte Mal vor vier oder fünf Jahren notwendig gewesen. Sie fauchte.

»Wir haben es gleich«, sagte ich zu ihr.

Die Leute in der Straßenbahn schauten in meine Richtung. Komparsengesichter, Kopfhörerkabel um den Hals. Ich war der Mann mit dem tristen Transportkorb. Eine Decke hatte ich hineingelegt. Ginni hatte sich in einen Ball verwandelt.

»Ich weiß, ich weiß. Gleich hast du's hinter dir.«

Anja öffnete die Tür. Sie blickte mich direkt an, was mich für einen Augenblick entwaffnete. Aber sie nahm mich nicht wahr.

»Ja bitte?«

»Hallo.«

»Oh, du bist's. Bist du gar nicht bei der Schulung?«

Sie ließ mich in die Wohnung, berührte mich kurz an der Schulter.

»Schau, wer da ist!«

Ich hielt den Korb in die Höhe.

»Oh?«

»Ich hab deinen Ex-Freund mitgebracht«, sagte ich. »Er war so allein unten.«

Anja trat beiseite.

»Was?«

»Nur Spaß, nur Spaß, aber ich hab wirklich wen mitgebracht, da, schau.«

»Okay«, sagte Anja und streckte vorsichtig eine Hand aus, da sie nicht abschätzen konnte, von welcher Seite der angekündigte Fremde sie begrüßen würde.

Ich machte den Transportkorb auf.

»Schau, wer da ist«, wiederholte ich.

Mein Rausch war schon beinahe verflogen, aber der lallende, schrankenlose Stil schien mir nützlich. Ich blieb dabei.

Glücklicherweise entkam Ginni in diesem Moment ein krächzendes Miauen. Anjas Gesicht veränderte sich, Staunen. Sie streckte die Hände aus.

»Wo, ja wo …«, sagte sie und kam näher.

Zielsicher fand ihre ausgestreckte Hand – das eine leise Miaugeräusch hatte ihr für die genaue Lokalisation genügt – den sich ihr entgegenreckenden Katzenkopf.

»Oh mein Gott. Was machst du denn? Warum … Ja hallo, du bist aber weich.«

Sie kraulte Ginni am Nacken.

»Ich hab mir gedacht, ich bring sie vorbei.«

»Du liebe Zeit. Hast du was getrunken?«

»Schon fast vorbei. War bei der Arbeit. Die hatten da so eine Feier, Mario und Gregor, zwei Typen, die bald heiraten, und ich hab mit ihnen trinken müssen. Die vertragen so viel mehr als ich, haha.«

»Ja, aber wieso«, sagte Anja.

»Ich brauch Verstärkung«, unterbrach ich sie.

»Wieso bringst du mir die Katze?«

»Verstärkung«, wiederholte ich.

»Du liebe Zeit, du hast wirklich getrunken.«

»Es ist nur … weil … Ich muss dir was verraten. Du wirst es wahrscheinlich nicht glauben und mich für komplett geisteskrank halten. Aber ich muss es dir sagen. Sonst werd ich verrückt.«

»Ah«, sagte Anja und lachte nervös, »was wird das jetzt?«
Durch die Tür zum Wohnzimmer sah ich den OTTER-OTTER-OTTER-Sessel. Auf ihm lag meine Sonnenkappe und darin ein neuer gelber, runder Gegenstand, vielleicht eine Mandarine oder eine Orange.

»Ja, also«, begann ich, »es ist nämlich so.«

ZAUBERER

Es ist nicht leicht, zu sich selbst streng zu sein, während draußen alles in tiefsten Winter versunken ist. Frau Mag. Annamaria Perchthaler ging mit einer Gitarre und einem MP3-Player ins Zimmer ihres Sohnes. Durchs Fenster sah sie die Schaufenster des Reisebüros gegenüber, die so dunkel waren, dass man darin nur die in weiße Kreidezeichnungen ihrer selbst verwandelten Fahrräder auf der anderen, also ihrer Straßenseite erkennen konnte. Sie hatte gestern Abend wieder vergessen, die Vorhänge in Marios Zimmer zuzuziehen.

Jeden Morgen lag jetzt auf den Gehsteigen neuer, noch nicht graugetretener Schnee. In letzter Zeit schien es, als wüchse er, anstatt zu fallen, einfach über Nacht nach. Die meisten Dinge in der Stadt wirkten im Winter um vieles weicher und runder, und der allgemeine Trost runder Dinge ist etwas, für das die Dauer eines normalen Menschenlebens glücklicherweise nicht ausreicht, um dagegen immun zu werden.

Die Stöpsel des MP3-Players, die in ihren Ohren steckten, wurden von ihren Haaren überdeckt, die sie heute Morgen offen trug. An einem kleinen Rädchen stellte sie die Musik lauter, bis sie jedes andere Geräusch übertönte. Heute hatte sie sich für *Slayer* entschieden, furchtbarer Schrott, monoton und langweilig, aber mit genau der richtigen Wucht. Sie streichelte ihrem Sohn über die Stirn und drehte seinen Kopf so, dass es den Anschein hatte, als würde er sie direkt ansehen. Letzte Woche hatte sie mit der Band *My Bloody Valentine* experimentiert, aber deren Lieder waren am Ende zu emotional gewesen, trotz des ganzen Gitarrenlärms im Hintergrund. Sie hielt Marios Hand und lächelte ihn an. Dann legte sie ihre andere Hand auf seinen Brustkorb und drückte ein paar Mal zu, sodass Mario sanft in seinem Bett auf und ab federte. Sechzehn Jahre und keinen Tag gealtert, seit September 1999. Sie legte seine Hand auf ihre Wange, gab den eiskalten Fingern einen Kuss. Ihr Blick fiel auf die Hängeschopflilie. Sie brauchte bald wieder Wasser.

Annamaria hob die Gitarre auf und legte sie auf Marios Körper. Dann nahm sie seine Hände, massierte aus ihnen die über Nacht angestaute Starre und brachte sie in Spiel-Position, die linke am Griffbrett, die rechte am Korpus, auf den Saiten ruhend. Es hatte Monate gedauert, bis sie den richtigen Winkel gefunden hatte. Es war tatsächlich nur eine Frage des Winkels gewesen, aus ihm ergab sich automatisch die richtige Balance und die Verteilung des Gewichts. Die Gitarre schwebte in absolutem Gleichgewicht auf Marios Brust, und seine Finger lagen ganz natürlich auf ihr, sein Kopf ruhte in der Kuhle des waschbeckenförmigen Kissens, und seine Augen blickten wie Suchscheinwerfer in zwei leicht verschiedene Richtungen. Das rechte Auge war das schlimme, man sah immer noch, auch nach sieben Jahren, den weißlichen Schatten darin, das Ende der Welt.

In einer Pause zwischen zwei Songs schloss Annamaria die Augen. Dann begann das Gebrüll wieder, sie blickte ihrem Sohn ins Gesicht und sagte ihm, dass sie ihn heute Nachmittag vielleicht rasieren würde. Ihre eigene Stimme wurde von der Musik nicht übertönt, aber sie hörte sich immerhin fremd an, das war erträglich. Die Hängeschopflilie sah aus, als wäre sie im Begriff, jeden Moment vornüberzukippen und auf den Boden zu fallen. Beeindruckend, wie schnell dieses Ding wuchs, eine Woche verging, und schon gab es einen neuen Ausläufer, immer dasselbe Programm, teilen und vermehren, wirklich beeindruckend. Annamaria ging zum Fenster und machte es auf. »Ein bisschen frische Luft«, sagte ihre Stimme, und der Drum-

mer von *Slayer* haute wie ein Vollidiot auf seine Becken. Sie
drehte sich wieder um. Mit dem Gitarren-Haltetrick könnte
ich sogar vor Publikum auftreten, dachte sie. Natürlich nur
vor einem fachlich kompetenten Publikum, Heilpfleger, Kran-
kenschwestern und so Zeug, die wüssten genau, was das für
eine ungeheure Balanceleistung war. Wie Kontakt-Jonglage mit
zwei Glasbällen. Es sah wirklich aus, als hielte Mario die Gitarre aus eigenem Antrieb. Würde er aufrecht stehen, könnte man
denken, er spiele ein wildes Solo. Der Gesichtsausdruck passte
dazu, der halb offen stehende Mund, das je nach Lichteinfall
und Betrachtungswinkel erstaunt, begeistert oder entsetzt drein-
blickende Gesicht. Eigentlich sah es immer so aus, als würde er
singen. Das hatte sie einmal bemerkt, als sie im Fernsehen einen Chor gesehen und dabei die Lautstärke heruntergedreht
hatte. Genau wie Mario. Abgesehen von der Delle in seinem
Kopf, wie die Kappa-Kobolde in japanischen Märchen, die mit
den Köpfen wie Wasserschalen. Und in den Schalen war Gur-
kenwasser oder irgendwie so, sie konnte sich an die Details
der Geschichte nicht mehr erinnern; und sie mied sie auch, so-
weit es ging.

Sie wartete, bis das nächste Lied anfing, vier oder fünf hatte sie
noch, dann nahm sie Marios Finger und ließ ihn einige Töne
auf der Gitarre spielen. Ding, ding, dung, dachte sie, aber hörte nichts. Nur die Vibration der Saiten teilte sich ihr mit, ein angenehmes Gefühl, zumindest am Anfang. Nach einer Weile
wurden ihre Finger und die Haut auf ihren Händen immer ein
wenig rot und fleckig, vielleicht eine allergische Reaktion auf
die Gitarrensaiten.

Sie hörte das Handy klingeln. Der eingestellte Ton war ein Geräusch, das selbst sehr laute Thrash-Metal-Musik übertönen
konnte: das Gekreische eines Babys. Das hatte sie schon vor
ein paar Monaten als Klingelton ausgewählt. Seither kam sie
selten zu spät zum Telefon. Das Geschrei, in dem es sogar einen schrecklichen Moment gab, in dem sich das Baby ver-

schluckte und mit seiner grotesk hohen Stimme hustete, beschleunigte ihre Bewegungen. Sie brauchte nie mehr als zwei Sekunden, um das Telefon aus ihrer Handtasche hervorzuholen. Auch jetzt hatte sie Marios Zimmer in Sekundenschnelle verlassen und erlöste das schreiende Gerät. Sie hob ab und meldete sich, da sie die Nummer auf dem Display nicht kannte, mit ihrem vollen Namen.

»Hallo, hier spricht Jürgen. Von Vevey Escort. Ich will dich glücklich machen. Wie finde ich dich?«

»Das mit der Stimme ist nicht nötig«, sagte Annamaria. »Reden wir wie normale Menschen. Ist das okay?«

»Okay, klar«, sagte der Anrufer. »Kein Problem. Sorry.«

Wenn er normal sprach, klang er ganz nett. Annamaria stellte sich einen kleinen Kinnbart vor. Oder was an der Oberlippe. Naja, man würde ja sehen. Sie gab ihm ihre Adresse und erklärte ihm, an welcher Tür er zu klingeln hatte.

Zurück im Zimmer ihres Sohnes, nahm sie die Gitarre aus seinen schlaffen Händen. Genug geübt für heute. Der Mann – wie war der Name gewesen? Egal, es war ohnehin nicht sein echter. Bestimmt würde es noch eine Weile dauern, bis er bei ihnen war. Als sie ihm den Weg zu ihrem Haus erklärt hatte, hatte es nicht so gewirkt, als wüsste er, wo das war. Vielleicht wohnte er irgendwo am Stadtrand oder noch weiter außerhalb, in einer der vierzehn *Zonen*. Sie schüttelte sich kurz bei diesem Gedanken, nahm sich jedoch vor, ihn nicht danach zu fragen. Im Grunde spielte es ja keine Rolle, woher er kam. Solange er das tun würde, wofür sie ihn bezahlte.

Sie reinigte Marios Lippen mit einem Stofftuch, das sie immer genau drei Tage lang für diese Aufgabe verwendete, danach sonderte es einen so intensiven Geruch ab, dass sie es waschen musste. Irgendetwas mit der Körperchemie ihres Sohnes war seit dem Unfall durcheinandergeraten. Die Verletzungen hatten sich zwar auf den Schädel konzentriert, aber auch sonst stimmte etwas nicht. Manchmal stellte sie sich vor, dass sein Körper langsam toxisch wurde. Eine Art Notprogramm, ein Selbstzerstörungsmechanismus wie in Agentenfilmen, mit Countdown. Es wäre nicht verwunderlich, wenn der Körper langsam, mit den mikroskopisch winzigen Mitteln, die ihm noch zur Verfügung standen, daran arbeitete, endgültig kaputtzugehen. Solche Harmoniebestrebungen rührten sie.

Vor dem Besuch des Mannes sollte sie noch duschen. Sie zog Mario eine Haube über den Schädel, sodass man die konkave Wölbung nicht sehen konnte, und wollte aus dem Zimmer gehen, blieb dann aber stehen und schaute ihn an. Nein, das war nicht richtig. Er würde nur schwitzen unter dieser Haube. Wenn er sich hätte bewegen können, hätte er sie vom Kopf gezogen. Sie nahm sie ihm wieder ab und entschuldigte sich, ohne Mario anzusehen.

Unter der Dusche seifte sie sich ausgiebig ein. Erst Duschbad, dann Duschöl, zwei fast gleich aussehende Flaschen, die glitschig waren und ihr ständig aus den Fingern fielen. Sie hockte sich hin und ließ den Strahl der Dusche zwischen ihre Beine laufen. Sie trocknete sich ab und putzte sich die Zähne. Dann schlüpfte sie in einen Bademantel, den blauen, mit dem kleinen eingenähten Stern an der Seite.

•

Interessant: Er begrüßte sie mit Handkuss. Der Bart, den sie aus seiner Stimme herausgehört hatte, war ein kleines, wenig charaktervolles Gewächs unterm Kinn. Sie fragte ihn freundlich, ob er das Finanzielle gleich geregelt haben wolle. Diese Frage schien ihn zu amüsieren, aber vielleicht war er bloß nervös. Er wirkte erleichtert über ihren Anblick. Bestimmt war er einiges gewöhnt, riesige, fette Weiber, mit Gesichtern wie hässliche verschrumpelte Winteräpfel. Ich bin doch noch attraktiv, dachte Annamaria.

Er verlange normalerweise fünfzig für eine Stunde, sagte Jürgen, aber man habe ihm gesagt, dass er diesmal für die ganze

Nacht gebucht werden würde. Das mache dann vierhundert-fünfzig. Er habe im Auto auch noch einige Spielzeuge, die er holen könne, die seien im Preis inbegriffen.

»Nicht nötig«, sagte Annamaria. »Aber bevor ich dich bezahle, möchte ich dir den Raum zeigen, in dem wir die Nacht verbringen werden. Ist das okay für dich?«

»Sicher«, sagte er und folgte ihr.

Die erste Reaktion. Es war immer dieser Augenblick, auf den sie am neugierigsten war. Sie freute sich fast schon darauf, malte sich ihn aus. Jürgen stand im Türrahmen und schaute auf Mario.

»Guten Tag«, sagte er schließlich.

Oh, er ist ein *Begrüßer*, dachte Annamaria, das ist süß. Sie hätte ihn eher für einen der *Losplapperer* gehalten.

»Mein Sohn Mario.«

»Äh ...«

Jürgen wich zurück. Sein Gesicht verriet nicht viel über seine Empfindungen. Die speziellen Augenbrauenspiele, die sich ekelnde Menschen immer machten, waren bei ihm nicht zu beobachten. Annamaria blickte ihn ruhig an.

»Alles in Ordnung?«

Seine Unterlippe verschwand unter den Schneidezähnen. Ein Blick zur Seite.

»Da drin?«, fragte er.

»Ja.«

»Ich, wir sollen da drinnen?«

Annamaria nickte.

»Vor ihm?«

»Wäre das ein Problem für dich?«

Es folgte die Kernschmelze, überraschend früh, aber nicht wirklich unerwartet.

»Was, was soll das? Ist das Ihr Ernst?«

Interessant, der sofortige Wechsel zum Sie. Distanz aufbauen, Schutzwall errichten.

»Ich kann mit dem Preis auch raufgehen«, sagte sie ruhig.

»Nein, nein, ich mach das nicht«, sagte er. »Sorry. Das ist total –«

Er drehte sich um und ging zur Tür.

»Er bekommt nichts mit«, sagte Annamaria mit gedämpfter, aber noch deutlich wahrnehmbarer Stimme.

Jürgen blieb stehen, schüttelte den Kopf.

»Nein, das mach ich nicht«, sagte er. »Es gibt schon, ich meine, klar, es gibt einige Typen, die das machen würden. Wenn Sie möchten, kann ich Ihnen die Nummer von einem geben, der wirklich *alles* macht.«

»Komm zurück«, sagte Annamaria sanft. »Lern ihn wenigstens kennen.«

Sie streckte die Hand aus und winkte ihn zu sich.

»Ach, scheiße. Okay, 'tschuldigung.«

Wie ein Schüler, der zur Tafel gerufen wird, trottete er zu ihr.

»Ich sag ja nicht, dass es krank ist oder so«, sagte er mit einem Seufzen. »Ich meine, wenn das Ihre Fantasie ist, hey, was geht's mich an. Ich kann nur nicht, wenn jemand zuschaut, das ist alles.«

Sie zog ihn ins Zimmer. Sein Körper, sein ganzes Wesen war jetzt im Höflichkeitsmodus. Er ließ die Situation über sich ergehen. War in Gedanken schon draußen in der Kälte, auf dem Nachhauseweg, Stiefelschritte im Schnee. Annamaria studierte seine Gesichtszüge. Sie waren schon etwas offener als vorhin. Hin und wieder erlaubten sie ihr einen kurzen Blick in die Tiefe.

Die letzten zwei Meter waren schwierig. Er befreite sich von ihrer Hand, schüttelte den Kopf, machte eine hilflose Geste in Richtung Bett. Ah, natürlich, er hatte die Delle in Marios Kopf entdeckt. Das Kappa-Wasserbecken.

»Kein Problem«, sagte sie. »Du kriegst dein Geld trotzdem. Fürs Herkommen.«

»Ist schon okay«, sagte er. »Ich werde dann gehen, ja?«

»Ich wollte ihn dir nur vorstellen, ist das in Ordnung? Sonst nichts. Du kannst jederzeit verschwinden, wenn's dir zu viel wird.«

Eine etwas längere Pause. Jürgen schaute Mario an. Marios Augen schauten irgendwo anders hin, auf zwei verschiedene Punkte im Raum. Annamaria nahm seinen Kopf und drehte ihn vorsichtig, bis das linke Auge, jenes, das noch regelmäßig blinzelte, genau auf Jürgens Gesicht gerichtet war. Marios Mund machte ein Babygeräusch und ging langsam auf und zu.

»Bist du dir sicher, dass du gehen möchtest?«, fragte sie.

»Äh, ja«, sagte Jürgen. »Ich kann das nicht. Aber wie gesagt, ich bin sicher, dass es Typen gibt, die …«

Er machte eine entschuldigende Geste.

»Ja«, sagte Annamaria und legte so viel Enttäuschung in ihre Stimme, wie sie konnte. »Kaputte Typen. Junkies. Die tun natürlich alles. Aber du bist kein Junkie. Du bist kultiviert. Du wirkst wie ein anständiger junger Mann.«

Jürgen blickte zu Boden. Sein Mund stand ratlos offen.

»Darf ich was fragen?«

Annamarias Herz zog sich zusammen, und ein wenig Hitze stieg in ihr Gesicht.

»Darf ich fragen, warum Sie das … Warum wollen Sie vor ihm Sex haben? Würde mich nur interessieren. Ich meine, ist okay, wenn Sie nicht antworten möchten.«

»Naja«, sagte Annamaria und nahm Marios Hand in ihre, »du siehst ja, er bekommt ohnehin nichts mit.«

»Was? Klar bekommt der was mit!«

Annamaria schloss die Augen. Wie ungeheuer gut es jedes Mal tat, wenn sie das hörte. Der Satz war wie ein Kuss zwischen die Schulterblätter. Sie ließ ein wenig Zeit verstreichen, kostete den Moment aus, solange es ging. Dann kehrte sie in die Realität zurück und sagte:

»Du bekommst dein Geld.«

»Ist nicht nötig, ehrlich. Ich hab ja nichts getan, also –«

»Möchtest du was essen?«

Jürgen wechselte Standbein und Spielbein wie jemand, der in Fußfesseln liegt.

»Weiß nicht«, sagte er. »Ich sollte lieber gehen.«

»Ist Jürgen dein wirklicher Name?«

Darauf gab er keine Antwort.

»Ich hab noch Kartoffelgratin im Kühlschrank. Das könnte ich dir aufwärmen. Wir essen zusammen, und du kriegst dein Geld.«

Immer noch sagte er nichts.

»Was denkst du?«, fragte sie.

Er seufzte auf diese männliche, cowboyartige Weise. Als wollte er sagen: *Oh Mann, womit ich alles fertig werden muss auf dieser Erde.* Dabei hast du gar keine Ahnung, dachte Annamaria.

Als sie den dampfenden Teller vor ihn stellte, bedankte er sich bei ihr. Dann legte er sich eine Serviette auf den Schoß. Er hatte wirklich gute Manieren. Wie war er wohl zu diesem Beruf gekommen?

»Vorsicht, heiß«, sagte sie.

Er nahm schweigend einen Bissen von der Gabel, kaute, lächelte sie an, nickte.

»Gut?«

»Mhm. Vielen Dank.«

»Du bist wirklich nett, weißt du das?«

»Naja.«

»Doch, du bist sehr höflich, finde ich.«

Er nahm einen weiteren Bissen, kaute, lächelte wieder. Dann deutete er auf den Salzstreuer. Sie reichte ihn weiter. Interessant: Sein kleiner Finger spreizte sich ab, als er den Salzstreuer über den Kartoffeln schüttelte.

»Freut mich, dass es dir schmeckt.«

Er kaute, schluckte. Dann sagte er:

»Sie müssen mir das Geld nicht geben, wirklich.«

»Doch, ich will es lieber so. Immerhin bist du zu mir gekommen. Und ich hätte dir vorher sagen sollen, was ich, was ich mir vorgestellt habe.«

»Ja«, sagte er. »Tut mir leid wegen vorhin. Ich wollte Sie nicht beleidigen.«

»Sag doch wieder Du zu mir, ja?«, unterbrach sie ihn.

»Okay, ich – ich wollte dich nicht beleidigen, vorhin. Oder deinen Sohn. Es ist nur, dass ich das halt nicht kann, die Physis spielt da nicht so wirklich mit.«

Sie musste lächeln. Die *Physis*, interessant.

»Schon okay«, sagte sie.

»Hatte er einen Unfall oder …«

»Ja. Vor acht Jahren. Ein Autoreifen.«

Sie wartete, ob er sie irgendwie, durch einen Blick oder eine Geste oder eine vorsichtige Bemerkung, bitten würde, den unvollständigen Satz auszuführen. Aber nichts. Er nickte nur, als hätte er verstanden, und aß weiter.

»Ich verbringe neunundneunzig Prozent meiner Zeit damit, mir einzubilden, dass er alles, was um ihn passiert, mitbekommt. Das eine Prozent, das dann noch übrig bleibt, naja, das versuche ich irgendwie zu nutzen, verstehst du?«

Sie blickte zum Fenster. Die Bäume am Nachbargrundstück schwankten im Wind.

Er nickte.

»Ich heiße nicht wirklich Jürgen«, sagte er, »sondern Chris. Aber bei Vevey Escort gibt's schon drei Chrisse.«

Annamaria ließ ihre Hand auf der Unterseite des Küchentisches ruhen.

»Chris«, sagte sie, »ja, das ist hübscher als Jürgen.«

»Naja«, sagte er, »finde ich nicht. Jürgen klingt mehr nach mir, finde ich. Ich meine, man kann ja nichts dafür, wie man benannt wird. Von seinen Eltern.«

Er war fertig, der Teller war leer. Es hatte ihm tatsächlich geschmeckt.

»Hier, vierhundertfünfzig«, sagte Annamaria.

»Nein, das geht nicht«, sagte Chris. »Und erst recht nicht für die ganze Nacht, das ist, bitte –«

Er hielt ihre Hand fest, damit sie aufhörte, Geldscheine auf den Tisch zu zählen.

»Ist okay«, sagte er. »Vielen Dank fürs Essen.«

Annamaria ließ das Geld auf dem Tisch liegen. Dann legte sie den Zeigefinger an ihre Unterlippe, als müsste sie kurz überlegen, und sagte:

»Was wäre, wenn du über Nacht bleibst. Einfach so, ohne –«
Und sie deutete in Richtung Kinderzimmer.

»Ich weiß nicht«, sagte Chris.

Er sah wieder etwas verschreckt aus.

»Ich finde dich nett«, sagte Annamaria. »Du bist ein richtiger Gentleman.«

Er fuhr sich mit der Hand übers Kinn.

»Hast du das schon mal gemacht? Einfach nur reden?«

»Mhm«, nickte Chris. »Sicher. Kommt vor. Aber eher selten bei Frauen.«

»Die wollen nicht reden?«

»Doch, doch, das kommt schon vor.«

»Aber nicht so oft.«

»Nein, nicht oft.«

•

Chris sah sehr süß aus, wie er da an den Heizkörper des Elternschlafzimmers gelehnt saß. Er trainierte, das war deutlich zu sehen. Er roch sehr gut. Und er achtete auf seine Haut.

»Was war das Verrückteste, was du getan hast?«, fragte sie und reichte ihm die Zigarette weiter.

»Ach, naja.«

Er nahm einen tiefen Zug.

»Weiß nicht mehr«, sagte er dann. »Aber in meinem ersten Jahr waren schon einige Dinge dabei, die ich heute nicht mehr tun würde.«

»Mit Männern?«

Er schüttelte den Kopf.

»Hast du nie gemacht?«

Chris wartete ein bisschen, lächelte dann und sagte:

»Keine Ahnung. Meine Erinnerung an damals ist nicht so gut.«

Annamaria streckte die Hand aus, und er gab ihr die Zigarette zurück.

»Kannst du vielleicht das Hemd ausziehen?«, fragte sie.

Eine einzige kraftvolle Bewegung seiner muskulösen Arme, und das Hemd war fort. Er hatte einen hübschen Oberkörper. Besonders der Bereich um das Brustbein. Fest, geschmeidig, vollkommen haarlos.

»Wollen – sollen wir hier vielleicht?«, fragte er unsicher. »Ich meine, wenn ich schon dableibe und bezahlt werde –«

»Nein«, unterbrach sie ihn. »Es ging mir nicht um … Egal. Nein.«

»Okay, klar.«

Er schien ein wenig erleichtert. Annamaria setzte sich aufs Bett und schaute ihn an.

»Kannst du irgendeinen Trick?«, fragte sie.

»Einen Trick?«

»Ja, irgendeinen Trick. Wie zum Beispiel eine Münze verschwinden lassen. Oder Löffel verbiegen.«

»Löffel verbiegen?«

»Ja, irgend so was«, sagte sie achselzuckend.

»Nein, ich glaub nicht.«

»Haben dir deine Eltern keine Tricks beigebracht?«

Chris blickte sie erstaunt an. Sein Mund formte einen unhörbaren Laut, der vielleicht ein W oder ein V sein sollte, aber er sagte nichts. Er schüttelte einfach den Kopf.

»Schade«, sagte Annamaria und ließ sich rückwärts aufs Bett sinken, »ich mag Tricks.«

»Ich kann keinen«, sagte Chris.

»Aber gesehen hast du schon mal einen, oder?«

»Ja.«

Sie wartete ein bisschen, dann schloss sie die Augen und sagte:

»Willst du Musik hören?«

»Okay«, sagte Chris.

Die Gitarrenmusik, die aus dem Lautsprecher kam, kam ihr immer etwas dröhnend vor. Wahrscheinlich lag es daran, dass sie vor Jahren mit einem Mikrofon aufgenommen worden war, das ständig übersteuerte. So ein billiges Ding.

»Gefällt's dir?«, fragte sie.

Er nickte.

»Ist ziemlich gut, ja. Guter Sound.«

»Chris?«

»Ja?«

»Ich würde dich gern … in den Mund nehmen, wenn das geht.«

Eine kurze Schrecksekunde, aber dann schaltete sich die Professionalität ein. Dieser spezielle Transaktion-wird-ausgeführt-Blick.

»Ja«, sagte er. »Sicher. Soll ich aufs Bett?«

»Nein, bleib so.«

Er lehnte mit dem Rücken am Heizkörper. Die Vorstellung, dass er es etwas unbequem hatte, gefiel ihr. Sie öffnete seinen Gürtel und streifte die Hose herunter. Sein Glied war noch ganz weich, hatte sich in eine Ecke verkrümelt, aber sie nahm es trotzdem zwischen die Lippen. Schon nach wenigen Sekunden fühlte sie die Veränderung.

Zuerst ignorierte sie die Laute, die er von sich gab, dann bat sie ihn, bitte still zu sein. Er atmete schwer, aber er beherrschte sich. Kein übertriebener Stöhnlaut kam mehr über seine Lippen.

Sie ließ ihn kurz los und blickte zu ihm auf. Ihre Haare fielen auf seine Schenkel.

»Findest du mich hübsch? Sei ehrlich.«

Er nickte.

»Ja.«

»Wirklich?«

»Mhm.«

»Und – fühlt es sich gut an, was ich mache?«

»Ja.«

»Wie fühlt es sich an?«

»Warm, angenehm, sexy.«

Seine Stimme wurde wieder albern, wie am Anfang ihres Telefonats. Also beschloss sie, ihn eine Weile nichts mehr zu fragen. Sie kehrte zurück zu seinem Geruch und dem Gefühl warmer, harter, gummiger Haut zwischen ihren Lippen. Sie leckte über die Adern an der Unterseite, atmete dabei tief ein und aus, ein Glück, dass ihre Erkältung besser geworden war und sie wieder durch die Nase Luft bekam.

Dann hörte sie auf und schaute ihn an.

»War das okay?«

»Mach weiter«, sagte er in seiner Sex-Stimme.

»Red normal«, sagte sie.

Er lachte, schnaufend, desorientiert. Dann schüttelte er den Kopf, als könne er nicht glauben, was ihm hier passierte.

»Du findest mich krank, oder?«, fragte sie.

»Was? Nein, nein, ich finde es nicht …«

»Dann geh mit mir ins Zimmer.«

»Ich –«

Er verschluckte sich fast, wusste nicht weiter. Systemfehler. Die Augen wie die eines Tieres, das in die Falle gegangen war.

»Bitte«, sagte sie. »Ich zahl dir das Doppelte.«

»Oh«, machte er, rollte sich auf die Seite und packte seinen Schwanz zurück in seine Hose. »Fuck, ah, ich kann das nicht. Das ist, ich meine, es tut mir leid –«

»Schsch«, machte Annamaria und legte einen Finger auf seinen Mund. »Bitte, sag's nicht.«

Er war jetzt buchstäblich in die Ecke gedrängt. Wenn sie sich nicht bewegte, konnte er nicht aufstehen, ohne sie umzustoßen. Seine Hand berührte den warmen Heizkörper.

»Was soll ich nicht sagen?«, fragte er.

In seinem Gesicht lag Verzweiflung.

»Das über meinen Sohn.«

»Ich werde jetzt lieber gehen.«

Chris stand auf, sie musste ihm ausweichen, und er machte

seine Hose zu. Dann hob er sein Hemd vom Boden auf und zog es sich an. Sie blieb sitzen.

»Ich tu auch was für dich«, sagte sie. »Irgendetwas, was dir gefällt. Ich knie vor dir, wenn du magst.«

»Danke, aber –«

Er hielt seine Hand ausgestreckt, so wie ein Mann, der einen Hund davon abhalten will, ihn anzuspringen.

»Ist schon gut«, sagte er. »Ich gehe lieber.«

»Tausend Euro«, sagte sie.

Er atmete aus, überfordert, gequält.

»Zweitausend. Nur für zwei Stunden. Im Zimmer.«

»Jesus«, sagte Chris.

Sie stand auf, fasste ihn bei den Armen und versuchte, ihn sanft mit sich zu ziehen.

»Es würde doch gar nicht«, begann er.

Da ließ sie ihn los.

»Was wolltest du sagen?«

»Gar nichts«, sagte er.

»Nein, sag's. Bitte.«

»Es würde doch gar nicht funktionieren.«

Seine Stimme war beinahe ein Flüstern. Eine Hand lag auf seiner Brust, als würde er schwören.

»Du meinst deine ... Physis? Du musst ja nicht steif werden.«

»Nein, das meine ich nicht«, sagte er, und man sah ihm an, dass es ihm einige Überwindung kostete, den Gedanken zu Ende zu führen. »Es würde doch nichts bringen, es ... ich meine, es würde einfach nicht funktionieren. So wie Sie sich das vorstellen.«

Eine lange Pause. Die Zeit rauschte leise im Raum wie ein kleiner Zimmerbrunnen. Annamaria legte eine Hand auf seine Schulter und deutete an, dass er gehen könne. Vor der Wohnungstür, wo er sich seine Turnschuhe anzog, durchgelaufene Modelle, mindestens zwei oder drei Jahre alt, streckte sie ihm noch einmal ein paar Geldscheine hin, die er wieder ablehnte.

»Verabschiede dich noch von ihm.«

»Ach, ich weiß nicht.«

Er hatte keine Nerven mehr.

»Ich muss mich bei dir entschuldigen«, sagte Annamaria. »Du bist so ein kultivierter, angenehmer Mann. Und ich behandle dich so. Das tut mir leid. Du darfst gleich gehen, aber vorher verabschiede dich doch bitte noch von ihm, ja? Dann lass ich dich auch in Ruhe.«

Er rang mit sich, das war süß. Ein rührender Anblick.

Dann schlüpfte er aus seinen Schuhen und ging zum Kinderzimmer. Er wartete sogar, bis Annamaria neben ihm stand, und winkte dann in Richtung Mario.

»Auf Wiedersehen«, sagte er.

»Auf Wiedersehen«, sagte Annamaria.

Dann ließ sie ihn gehen. Er stapfte durch die Einfahrt, vorbei an ihrem Wagen. Im Gehen wickelte er sich einen Schal um den Hals und zog sich Handschuhe an. Annamaria musste lächeln.

Sie machte die Haustür zu und ging zurück ins Schlafzimmer. Sie zog sich etwas anderes an, legte sich dann aufs Bett und holte die Broschüren aus der Kommode. Neben jedem Gesicht stand eine Mobilnummer. Da sie von unten nach oben vorging, also in umgekehrter alphabetischer Reihenfolge, kam als Nächstes Jens und dann Jeffrey. Jeffrey sah eindeutig netter aus als Jens. Er hatte ein offenes, sommersprossiges Gesicht und blonde Haare. *Erfüllt alle Wünsche* stand darunter. Sie schmunzelte und strich mit einem Fingernagel über das daumengroße Gesicht des Jungen. Auch ihm traute sie zu, sich von Mario im dunklen Zimmerwinkel beobachtet zu fühlen und dies auf diese feine, schwerelose Weise zum Ausdruck zu bringen, wie man sie nur bei bestimmten jungen Männern beobachten konnte. Annamarias Menschenkenntnis war, in diesem einen Punkt, mit der Zeit zu etwas sehr Verlässlichem geworden.

ELPENOR

Odysseus kam mit seinen Gefährten in das Land der Kimmerier. Dort wird es niemals Tag. Die Bewohner tappen in ewiger Dämmerung umher, kein Sonnenstrahl dringt zu ihnen. Nachdem das Schiff der Irrfahrer angelegt hatte, brachte Odysseus den Toten ein Opfer dar. Er schnitt ein paar Schafen die Schlagadern auf und ließ ihr Blut, das schwärzlich und dick wie Öl war, in den empfangsbereiten Sand laufen. Angelockt von dieser Gabe, erschien sofort eine Schar Toter, mulmig-undeutliche Gebilde in der Luft, die aber immer noch in ihren früheren Gestalten erkennbar waren: kräftige Jünglinge mit ihren Bräuten, an Stöcken gehende Greise, dem Leben früh entrissene Mädchen mit großen Augen oder von Lanzen durchbohrte Soldaten mit unschön auf ihren Windköpfen herumrutschenden Helmen. Dicht umdrängten sie alle die Stelle, auf die das Blut gefallen war – es war die Sprache, die sie verstanden –, und ließen einen entsetzlichen Klagegesang ertönen. Odysseus bekam Angst und zückte sein Schwert. Mit der scharfen Klinge hielt er die nach Blut gierenden Geister auf Abstand. Aber die Toten waren wie Kinder und bettelten, er möge sie vorlassen, wagten sich jedoch nicht vor, solange er das Schwert gezückt hielt. Bis auf einen unter ihnen, einen jungen Gefährten des Odysseus namens Elpenor, der vor ein paar Tagen, als er bemerkt hatte, wie sich seine Gefährten ohne ihn auf den Weg machen wollten, im Weinrausch vom Dach des Hauses der Zauberin Circe gefallen war und sich dabei das Genick gebrochen hatte. Niemand hatte ihn bestattet oder betrauert. Sein Geist sah zum

Verzweifeln aus: Das junge Gesicht war zu einer Maske ständiger Trauer verzerrt, seine Kleider waren abgerissen, und seine Gliedmaßen schienen ihm nicht recht zu gehorchen. Odysseus, bettelte er, ich bin es, Elpenor, warum habt ihr meinen Körper zurückgelassen, ich fürchte mich hier in der Dunkelheit. Armer Elpenor, antwortete Odysseus, ich fühle mit dir. In Wahrheit aber ging ihm der Jüngling auf die Nerven. Er hatte ihn nie gemocht. Elpenor war gestorben, weil er zu dumm gewesen war, die Treppen zu benutzen. Odysseus hatte den kindlichen Blick in seinen Augen gesehen, dieses würdelose *Lasst mich nicht allein zurück!*, und die daraus folgende unbesonnene Eile, die ihn das Leben gekostet hatte. Und nun dies. Nicht einmal im Tod hatte Elpenor seine Angst ablegen können. Schaut ihn euch an, dachte Odysseus, so ein geringes Wesen, im Grunde nicht viel mehr als ein Pflanzensamen. Er dachte nicht daran, Elpenors Wunsch nachzugeben, andererseits wusste er, dass der bettelnde Geist seines ehemaligen Gefährten nicht von allein in die Unterwelt zurückkehren würde. Immer wieder würde er sich vordrängen und um ehrenvolle Bestattung bitten. Ja, sagte Odysseus schließlich, armer Elpenor, unglücklicher Freund, wir werden dir ein Grabmal bauen, wenn wir wieder zu Hause sind. Beruhigt löste sich der Schatten auf. Die anderen Totengeister schwiegen und musterten den im Sand knienden Odysseus. Schert euch fort, rief dieser und schwang sein Schwert durch die Luft. Aber sie hatten die Angst vor seiner Klinge verloren und schwebten bis zum Abend in der kühlen Luft über dem krumig versickerten Blut.

Das erste Grabmal für Elpenor wurde noch durch Odysseus' Männer selbst errichtet, kurz nach ihrer Rückkehr auf die Insel der Circe. Sie verbrannten seinen Leichnam und seine Waffen und häuften darüber einen einfachen Erdhügel. Später entstand in Latium, im Römischen Reich, ein zweites, von prachtvoller Myrte bewachsenes Grabmal, das dabei half, den jungen Mann zu beruhigen. Kurz darauf wurde bei Delphi ein weiteres, ganz ähnliches errichtet. Von vier zusätzlichen Grabmälern, die alle zu dieser Zeit entstanden, wird in alten Quellen berichtet. Um das Jahr 300 n.Chr. müssen es im ganzen europäischen Raum bereits an die hundertfünfzig gewesen sein, die dem angstgeplagten Jüngling geweiht waren.

Sieh nur sein Gesicht, die rötlichen Flecken, der leicht offen stehende Mund, das kurz geschorene Haar. Wie verzweifelt, wie untröstlich er ist. Mit jedem Grabmal, das wir für ihn errichten – und jede Generation tut, nachdem sie das Mitleid für sich entdeckt hat, in dieser Hinsicht weiß Gott ihr Bestes –, müsste, so könnte man denken, seine grauenvolle Furcht doch geringer werden. Aber Elpenor bleibt unersättlich. Wie viele Gräber wird es noch brauchen? Manche behaupten, seine Ängstlichkeit sei längst, wie man bei uns zu sagen pflegt, »durch ein Unendliches gegangen« und alle Bemühungen seien vergeblich. Im Jahr 1955 wurde bei der zwölfjährigen Sadako Sasaki aus Hiroshima eine fortgeschrittene Leukämie diagnostiziert. Einer alten japanischen Legende zufolge aber wird dem, der eintausend Papierkraniche zu falten vermag, von den Göttern ein Wunsch erfüllt. Sadako versuchte es und kam auf über eintausendsechshundert Kraniche. Sie starb im Herbst desselben Jahres. Es waren diese sechshundert *zusätzlichen* Kraniche, die Elpenor, egal wie sehr wir uns dagegen sperrten, für sich beanspruchte, als Trost. Ach, armer Elpenor, unglücklicher Freund.

FRAU TRIEGLER

Die meisten Leute mochten Frau Triegler. Sie war zwar nicht immer da, nur dienstags und freitags, aber wenn die Schüler zu ihr ins Krankenschwesternzimmer geschickt wurden, kamen sie hinterher niemals traurig oder eingeschüchtert heraus. Sie hielten die kleinen Lutscher, die Frau Triegler an die besonders tapferen Kinder (das heißt die, die geweint hatten) austeilte, und gingen damit zu ihrer Klasse zurück. Selbst den Schülern, die eindeutig an Übergewicht litten oder sonst irgendwelche körperlichen Defekte aufwiesen, jagte sie niemals Angst ein, sie drohte ihnen nicht einmal mit möglichen Spätfolgen ihrer momentanen Verfassung. Ein paar Lehrer waren der Meinung, dass sie mit den Schülern viel zu zahm umging. Einige wussten zu berichten, dass eine bestimmte obszöne Zeichnung eines Strichmännchens, das eine Krankenschwesternhaube auf dem Kopf und zwei O als Busen unter den rechtwinklig abgespreizten Armen trug, über eine Woche lang neben dem Zimmer von Frau Triegler auf der Wand zu sehen gewesen war, bevor sie entfernt wurde. Aber gut, Frau Triegler war ja nur zwei Tage in der Woche da, wahrscheinlich hatte sie die Zeichnung einfach nicht bemerkt. Und selbst wenn sie sie bemerkt hätte, lag es vielleicht nicht in ihrer Natur, über einen dummen Scherz gleich die Nerven zu verlieren.

Das Merkwürdige war, dass sie kurze Zeit später doch die Nerven verlor, als sie erfuhr, dass ihre Stelle gestrichen wurde. Die Schule konnte es sich nicht mehr leisten, eine Krankenschwester *und* eine Schulpsychologin anzustellen. Und da man bei der »Schulpsychologin« das Glück hatte, dass es sich bei ihr um eine Lehrerin handelte, die einfach ein paar Stunden ihrer Freizeit hergab, um mit den Kids über Selbstmordgedanken oder ein gewalttätiges Elternhaus zu sprechen, fiel der Schulleitung die Entscheidung nicht schwer. Man teilte Frau Triegler mit, dass sie noch bis zu den Sommerferien bleiben könne, danach jedoch leider gehen müsse. Aber sie verlor, wie gesagt, die Nerven und drohte dem Direktor, Beschwerde einzulegen. An oberster Stelle. Der Direktor meinte, das könne sie gerne tun, ihm wäre es ja auch lieber, wenn sie bliebe, aber das Budget ließe das nun mal nicht zu. Daraufhin hatte Frau Triegler begonnen, ihr Schwesternzimmer auszuräumen. Sie wartete die paar Wochen bis zum Ende des Unterrichts nicht mehr ab, sondern machte sich gleich daran, alle Utensilien und privaten Dinge zu entfernen. Mit Pappkartons ging sie durchs Treppenhaus, vom zweiten Stock in den Hof und von dort zu ihrem Wagen, der immer an derselben Stelle parkte. Die Schüler kannten das Auto, in seiner Heckscheibe hing ein Bart-Simpson-Kopf mit einem Saugnapf an der Nase.

Am dritten Tag nach der Nachricht ihrer Entlassung hatte sie bereits das meiste aus dem Schwesternzimmer entfernt. Bei manchen Dingen war nicht einmal sicher, dass sie wirklich ihr gehörten, aber es mischte sich niemand ein, viele hatten ein schlechtes Gewissen. Wenn sie Frau Triegler auf dem Gang begegneten, blickten sie zu Boden. Der Schulalltag war auch so schon schwierig genug, die Schüler raubten einem den letzten Nerv, da konnte man nicht auch noch für eine enttäuschte Krankenschwester haltmachen. Einigen fiel jedoch auf, dass sie Frau Triegler noch nie mit so ernstem, ja im Grunde finsterem Gesicht gesehen hatten.

Thomas Gerger war drei Mal in seinem Leben bei Frau Triegler gewesen. Die ersten beiden Male waren Routineuntersuchungen, das Gewicht der Schüler wurde gemessen, es ging um ihren Body-Mass-Index und anderen Unfug, und hinterher hatte er ein paar überraschend herzliche Worte von Frau Triegler mit auf den Weg bekommen, die ihm tatsächlich sehr gutgetan hatten. Und dann, das dritte Mal, das war die aufgeplatzte Lippe gewesen. Nicht nur aufgeplatzt, richtig aufgerissen war sie, nachdem er in den offenen Fensterflügel direkt vorm Chemiesaal gerannt war. Die anderen Schüler hatten sich fast bepisst vor Lachen, bis sie das Blut entdeckt hatten. Eine Lehrerin hatte Thomas zu Frau Triegler begleitet, Gott sei Dank war es Freitag. Wer immer sich dieses sonderbare System mit den zwei Tagen pro Woche ausgedacht hatte, an diesem Tag hatte man nicht mit Ärger an ihn gedacht. Frau Triegler schaute sich das blutige Gesicht von Thomas ganz genau an, ja zuerst drehte sie ihn tatsächlich nur hin und her, indem sie ihren gummibehandschuhten Daumen an sein Kinn legte und sehr sanften Druck ausübte. Dann reinigte und desinfizierte sie die Wunde und scherzte nebenbei darüber, wie furchtbar zimperlich die Mädchen aus den zweiten Klassen (Thomas war schon in der dritten) immer seien, wenn sie das Desinfektionsmittel verwendete. Naja, Mädchen seien wahrscheinlich immer ein schwieriger Fall. Thomas hatte ihr nickend zugestimmt, aber nichts gesagt, da der Schmerz, der durch sein Gesicht jagte, ihm ohnehin schon Tränen über die Wangen laufen ließ. Sie hielt seinen Kopf fest und untersuchte ihn noch einmal genau von allen Seiten. Dann desinfizierte sie die Wunde ein zweites Mal. Thomas zuckte zusammen, als er die scherenähnliche Angelegenheit sah, die Frau Triegler aus einer kleinen Schachtel zog. Nur eine Naht, nichts Besonderes, erklärte sie ihm. Man würde hinterher nicht mehr viel sehen, keine echte Narbe. Obwohl Narben natürlich schon etwas Hübsches seien, sagte sie, während sie sich an die Arbeit machte. Obwohl, nicht direkt hübsch, aber durchaus attraktiv. Eine kleine Spritze in die Seite seines Mundes erledigte die Lokalanästhesie, und es konnte losgehen. Thomas wimmerte leise, aber hielt sich ansonsten tapfer. Frau Triegler sagte ihm, dass er sich hinterher gerne bei ihr hinlegen könne. Zwei Stiche, der drahtige Faden wurde mit einer komischen Metallklammer gehalten, wie ein winziger Vogelschnabel sah das aus, aber wenigstens tat es nicht mehr weh. Als sie fertig war, musste Thomas sich tatsächlich kurz hinlegen. Sie legte ihm einen Polster unter den Kopf. Dann fragte sie ihn, ob sie vielleicht seine Eltern anrufen solle. Aber im Grunde spreche auch nichts dagegen, dass er weiter am Unterricht teilnehme, es sei schließlich nur eine kleine Wunde, nichts, was einen jungen Mann aus dem Sattel werfe. Sie gebrauchte diesen Ausdruck, *aus dem Sattel werfen*, und Thomas lächelte, was aussah, als stecke eine Münze in seiner Unterlippe fest.

Während er mit geschlossenen Augen dalag und sich noch ein wenig ausruhte, las Frau Triegler seine Schülerakte im Computersystem. Dort sah sie, dass sein Vater vor zwei Jahren gestorben war. Seine Mutter war berufstätig.

Sie ging den ganzen Tag mit ihren Kartons auf und ab, also war es nicht weiter verwunderlich, Frau Triegler auch kurz nach der sechsten Stunde, der letzten, im Hof anzutreffen. Sie winkte ein paar Mädchen aus einer der höheren Klassen, die in der letzten Zeit öfter wegen starker Menstruationsbeschwerden bei ihr gewesen waren und die erwachsene Frau seither als so etwas wie eine geheime Verbündete betrachteten, mit einer Hand zu, während sie ihren Karton mühevoll unter Zuhilfenahme eines angezogenen Knies in Balance hielt. Die Mädchen kicherten und winkten zurück, mit blassen, weit offenen Gesichtern. Thomas, in dessen Gesicht tatsächlich keine attraktive Narbe zurückgeblieben war (immer wieder erstaunlich: die Regenerierfreude jungen Gewebes), kam als einer der letzten Schüler aus dem Hauptgebäude und lief über den Hof. Er nahm immer den hinteren Ausgang, ging über den Parkplatz der Lehrer und durch die beeindruckende Hecke aus hintereinander abgestellten Motorrädern, weil er es so kürzer zu seiner Bushaltestelle hatte. Frau Triegler grüßte ihn:

»Hallo, Tommi!«

»Hallo, Frau Triegler«, sagte er.

Sie blieb stehen und stellte ihren Karton auf dem Boden ab.

»Weißt du, ich hab hier auf dich gewartet«, sagte sie. »Ich soll dich noch mal zurückbringen ins Konferenzzimmer. Weil, es ist was passiert. Magst du kurz mitkommen?«

Thomas blickte sich um, dann schaute er Frau Triegler direkt an und fragte, was denn passiert sei. Er müsse sich beeilen, weil er sonst seinen Bus verpasse.

»Etwas mit deiner Mutter, Tommi. Also, sie hat in der Direktion angerufen.«

Thomas kramte sofort sein Handy aus der Tasche und schaltete es ein.

»Du wirst sie im Augenblick nicht erreichen«, sagte Frau Triegler. »Tommi, bitte hör mir zu.«

Sie ging ein wenig in die Hocke und berührte ihn an der Schulter.

»Sie hat angerufen und, naja, darum gebeten, dass irgendjemand von uns dich nach Hause bringt. Und da sonst niemand da ist, denn, hey, es ist Freitag und alle Lehrer sind schon auf dem Heimweg, da hab ich mich eben bereit erklärt. Ist das so weit alles klar für dich, Tommi? Weißt du, du musst mir sofort sagen, falls irgendetwas zu schnell geht.«

»Was ist mit meiner Mutter?«, fragte Thomas.

»Sie … sie hatte einen Unfall, Tommi«, sagte Frau Triegler ernst. »Aber keine Angst, sie ist nicht schwer verletzt oder so, sie ist nur momentan unter Beobachtung. Und es ist im Augenblick auch nicht möglich, dass du nach Hause gehst.«

Im Gesicht des Jungen arbeitete es. Er kombinierte die verschiedenen Informationen, die ihn alle verwirrten und entsetzten. Seine Hand tippte dabei automatisch den PIN-Code für sein Handy ein. Als Frau Triegler das sah, tat sie etwas, das Thomas erstarren ließ: Sie umarmte ihn und drückte ihn an sich.

»Ich weiß, du kannst tapfer sein«, sagte sie. »Und ich bin für dich da.«

Dann nahm sie ihm das Handy sanft aus der Hand und wies

ihm den Weg zu ihrem Wagen. Sie ließ Thomas auf dem Hintersitz Platz nehmen und sagte ihm, er solle mit dem hier und dem hier, sie zeigte auf zwei kleine Hebel am Vordersitz, einstellen, wie viel Platz er für seine Beine brauche. Sie habe schon länger nicht mehr einen so großen Jungen im Wagen gehabt. Während er die Hebel betätigte, sah sein Gesicht käsig weiß aus. Irgendjemand ging am Wagen vorbei, aber er bemerkte es gar nicht, es war wie der Schatten eines Vogels. Sein Blick war starr, seine Lippen aufeinandergepresst.

Auf der Fahrt sprachen sie nicht viel miteinander. Die Starre, die sie gut kannte, hatte von Thomas Besitz ergriffen. Hin und wieder versicherte sie ihm, dass seine Mutter nicht schlimm verunglückt sei, sie werde auf jeden Fall, absolute Ehrenwort-Garantie, wieder gesund, wahrscheinlich schon in den nächsten Tagen. Aber momentan sei sie eben noch unter Beobachtung. Das komme manchmal vor. Und man sei sich nicht ganz sicher, was zu tun sei. Aber aussichtslos sei die ganze Sache auf keinen Fall.

Thomas protestierte nicht, als er merkte, dass sie nicht zu ihm nach Hause fuhren. Erst als sie in der Einfahrt des Hauses standen, in dem Frau Triegler ihre Wohnung hatte, und sie kurz aussteigen musste, um die Tore zu öffnen, begann er zu heulen. Sie gab ihm ein Taschentuch und sagte ihm, dass sie wirklich sehr, sehr stolz auf ihn sei, wie gut er das mache. Dann fuhr sie mit ihm in den Hof. Herbstlaub lag hier überall, eine helle, durch die regenverschmierten Scheiben des Wagens nur leicht gedämpfte Farbexplosion. Eine kleine Schaukel hing zwischen zwei Baumstämmen. Fahrräder drängten sich an einer Mauerecke unter einem schmalen Vordach eng zusammen.
Frau Triegler half Thomas beim Aussteigen. Seine Bewegungen waren zackig geworden, steif, er wusste nicht, wohin mit sich selbst. Im engen Fahrstuhl legte sie die Hand auf seinen Kopf und redete ihm gut zu. Er sei wirklich sehr beherrscht

und tapfer. Das werde sich später im Leben mit Sicherheit bezahlt machen, sagte sie. Und seine Mutter werde sich, wenn sie wieder bei Kräften und ganz gesund sei, bestimmt auch sehr darüber freuen, wie erwachsen und selbstsicher er das alles bewältigt habe.

»Denn ich kann dir ja nur eine kleine Hilfestellung sein, Tommi«, sagte Frau Triegler, als sie die Wohnungstür aufsperrte, »aber du bist der, der sich selbst unter Kontrolle haben muss. Und in der Hinsicht, muss ich sagen, bist du wirklich eins a, Tommi. Absolut eins a.«

An ihrem Wohnungsschlüssel hing ein unechter Fuchsschweif. Frau Triegler machte Licht im Vorzimmer und half Thomas dabei, seine Schuhe auszuziehen. Seine Finger zitterten, und er zog an der falschen Schlaufe. Außerdem war seine Brille verschmiert. Sie nahm sie ihm sanft vom Gesicht und reinigte sie an einem Zipfel ihres Pullovers. Dann gab sie sie ihm zurück. Er setzte sie auf.

»Warum kann ich nicht nach Hause?«, fragte er.

»Aber Tommi, du kannst *natürlich* nach Hause!«, sagte sie und schüttelte den Kopf über diese dumme Frage. »Okay, ich erklär dir jetzt die Situation, Tommi. Du bist nicht so wie die Mädchen in der zweiten Klasse, die man andauernd schonen muss, weil sie, naja, weil sie mit schwierigen Situationen noch nicht so souverän umgehen können wie du. Also, weißt du was, gehen wir ins Wohnzimmer. Dann mache ich dir einen … Magst du einen Kakao? Oder lieber einen Tee? Ich hab auch Saft.«

Aber Thomas schien sie gar nicht richtig wahrzunehmen. Er stand da und schaute hilflos nach links und nach rechts, als stünde er an einer gefährlichen Verkehrskreuzung. Seinen Händen fehlte das Handy.

»Oder vielleicht lieber ein Glas Wasser, hm?«, fragte Frau Triegler. »Beruhigt die Magennerven. Funktioniert sogar, wenn ich im Flugzeug sitze. Bist du schon mal geflogen, Tommi?«

Das war eine klare, einfache Frage, und man konnte sehen,

wie ihr unkomplizierter Inhalt den Jungen anzog. Endlich etwas, das nicht verwirrend war. Er schüttelte den Kopf.

»Noch nie geflogen?«, fragte Frau Triegler erstaunt.

»N-nh«, schüttelte Thomas noch einmal den Kopf.

»Na, aber ich nehme an, du würdest sicher nicht so schlimme Flugangst haben wie ich«, sagte Frau Triegler. »Mir wird immer so schwindlig davon, wenn das Flugzeug durch die Wolken rast und man hin und her geschüttelt wird. Aber ein Glas Wasser beruhigt dann den Magen. Also, was sagst du? Magst du ein Glas kaltes Wasser?«

Thomas nickte. Er nagte an seiner Unterlippe, als schäme er sich für etwas.

Frau Triegler holte ihm das Wasser, er nahm es in die Hand und folgte ihr, während er trank, ins Wohnzimmer. Dort standen zwei große Fauteuils und eine breite Couch um ein kniehohes Glas-Tischchen. Auf dem Tischchen lag ein Roman von Jane Austen, *Stolz und Vorurteil*. Das Lesezeichen steckte in der ersten Hälfte. In der Ecke ein kleiner Flachbildfernseher. Ein Hometrainer, daneben ein Bügelbrett, auf dem eine Hose mit gespreizten Beinen lag, und unter dem Fenster, das auf die Straße blickte, kullerten ein paar alte, halb verschrumpelte, an einer Schnur hängende Luftballone am Boden, wie von einem vergangenen Geburtstagsfest.

Frau Triegler setzte Thomas in eines der Fauteuils und nahm daneben auf der Couch Platz. Sie setzte sich im Schneidersitz hin und streckte sich (ihre Gelenke gaben ein leises Knacken von sich), bevor sie zu reden begann.

»Also, Tommi, hörst du mir zu? Ist dir das Wasser zu kalt? Wir haben manchmal Probleme, weil das Wasser hier direkt vom Gletscher kommt. Es ist oft ziemlich kalt. Mir tut in der Früh oft das Zahnfleisch weh. Kennst du das? Hm? Wenn in die Zähne so ein Schmerz fährt, weil das Wasser zu kalt ist? Oder beim Eis-Essen? Es dauert meist eine Sekunde, und der Zahn hat begriffen, bevor das Gehirn begriffen hat, und man wartet, gleich kommt der Schmerz, gleich … und dann ist er da. Du wärst er-

staunt, wie langsam die Informationen über unsere Nerven-
bahnen laufen, Tommi. Sag mal, tut dir deine Lippe eigentlich
noch weh?«

Thomas schüttelte den Kopf. Es war wieder eine einfache Ja-
nein-Frage gewesen. Aber dann fasste er in seine Tasche und
suchte etwas, probierte die anderen Hosentaschen aus, wollte
schon aufstehen und zu seiner Jacke gehen, die draußen im
Vorzimmer am Kleiderständer hing – da berührte Frau Trieglers Hand seine Schulter.

»Du kannst später anrufen. Wir machen das dann gemeinsam.
Jetzt geht es noch nicht. Weißt du was? Warum sagst du nicht
einfach Evelyn zu mir? Hm? Magst du das mal versuchen? Ich
hab heute deine Stimme noch fast gar nicht gehört.«

Es dauerte ein wenig, aber nach einer Weile sagte Thomas:
»Evelyn.«

Noch relativ wenig Überzeugung, aber gut, das würde schon
noch kommen.

»Du kriegst dein Handy gleich zurück«, sagte Evelyn Triegler.
»Aber im Augenblick … Oh, dir zittern die Knie, ist dir das aufgefallen? Falls du auf die Toilette musst, die ist gleich da hinten.«

Sie deutete über seinen Kopf in Richtung des Schlafzimmers.
Thomas nickte, stand auf und ging auf die Toilette. Sie hörte,
wie er die Klobrille hochklappte.

»Tommi!«, rief Frau Triegler durch die geschlossene Tür.
»Kannst du dich bitte hinsetzen? Ich weiß, es ist vielleicht ungewohnt für dich, aber ich hab's lieber so. Danke!«

Die Klobrille wurde heruntergeklappt. Kurz darauf ging die
Spülung, und Thomas erschien wieder im Zimmer. Sein Gesicht
sah verheult aus.

»Komm, setzen wir uns wieder hin«, sagte Frau Triegler. »Dann
erkläre ich dir die Situation. Ich bin mir sicher, so selbstbe-
wusst und tapfer, wie du diese kleine Krise meisterst, werde
ich dir nichts erzählen können, was dich in irgendeiner Weise
aus dem Sattel werfen könnte.«

Sie nahmen Platz.

»Tommi, es ist so, dass du nur vorübergehend, weißt du, wirklich nur vorübergehend bei mir bleiben wirst, zumindest bis eine signifikante Änderung des Zustands deiner Mutter eintritt. Wir werden später noch einmal versuchen, sie telefonisch zu erreichen, gemeinsam, ja? Weißt du, man muss dafür eine spezielle Nummer wählen und sich vorstellen, mit Namen. Man muss registriert sein. Und als Krankenschwester bin ich da registriert. Aber im Augenblick ist es besser, wir stören die Leute, die sich um deine Mama kümmern, nicht bei ihrer Arbeit. Du fragst dich sicher, was passiert ist, oder Tommi?«

Thomas nickte. Er atmete schwer.

»Ich weiß leider selbst nicht alle Einzelheiten, aber ich werde sie morgen gleich als Erstes in Erfahrung bringen, versprochen. Es wird nichts unausgesprochen bleiben zwischen uns. So baut man ja keine Beziehung auf, so auf unausgesprochenen Dingen. Wie gesagt, Tommi, ich finde deine Haltung in dieser Situation wirklich bemerkenswert. Machst du irgendeinen Kampfsport oder etwas Ähnliches, wo du gelernt hast, dich so zu beherrschen?«

Thomas schien kurz darüber nachzudenken, seine Unterlippe hing herunter, und seine Augen bewegten sich, als verfolge er eine Ameisenstraße auf dem Boden. Dann sagte er:

»Ist meine Mama schwer verletzt?«

»Wie gesagt«, sagte Frau Triegler, »ich kann das jetzt, so aus der Ferne, weißt du, sozusagen Ferndiagnose«, sie formte einen Feldstecher aus ihren Händen, »ich kann das nicht so beurteilen, bevor ich nicht alle Fakten kenne. Aber wir machen jeden Schritt gemeinsam, Tommi, das verspreche ich dir. Du kannst mir vertrauen. Ich bin da registriert, mir wird man alles sagen. Was meinst du, soll ich dir jetzt was zu essen machen? Hast du in der Schule heute etwas gegessen?«

Thomas schüttelte den Kopf. Er hatte immer noch den Ameisenstraßenblick, aber seine Sitzhaltung wirkte, obwohl ein ungeübtes Auge keinen nennenswerten Unterschied hätte feststellen können, bereits eine Spur entspannter.

»Sind Hot Dogs okay?«, fragte Frau Triegler. »Ich hab noch diese Würstchen, die könnte ich dir in eine Semmel tun. Wie viele magst du denn?«

Thomas hob einen Zeigefinger.

»Nur einen Hot Dog? Das ist doch zu wenig für einen Jungen, der noch wächst. Man kann dir ja fast schon zusehen dabei. Wie Bambus.«

Es war nur ganz kurz dagewesen, aber es war eindeutig ein Lächeln gewesen. Die Augen des Jungen glänzten nicht mehr. Auch sein Blick war klar und verständig.

»Zwei Hot Dogs, abgemacht?«, sagte Frau Triegler. »Sonst lohnt sich ja das Wasser-Kochen gar nicht, wenn da nur ein Würstchen traurig drin herumschwimmt. Ein einsames Würstchen. Haha.«

Sie ließ Thomas selbst das Ketchup auf das offene Langbrötchen schmieren. Der Junge brachte eine Wellenlinie zustande, die derjenigen, die man in der Werbung sehen konnte, sehr ähnlich war, bloß ein bisschen zackiger. Wie Kammerflimmer-EKG. Aber der Junge steckte noch im klassischen Angststupor fest und löste sich nur langsam daraus. Beim Kauen sah man es besonders deutlich. Er blieb oft mittendrin stecken, als hätte er auf etwas Hartes gebissen, dann kaute er weiter, als wäre nichts gewesen. Dopamin-Schluckauf. Ihm fielen die kurzen Filmrisse möglicherweise gar nicht auf.

Frau Triegler ließ ihn essen und ging dann ins Schlafzimmer, um das Bett vorzubereiten.

»Tommi?«, rief sie. »Macht es dir was aus, neben dem Fenster zu liegen?«

Auf ProSieben lief heute eine Chartshow. Während der Sendung war Thomas vollkommen ruhig.

»Haben dir die Hot Dogs geschmeckt?«, fragte Frau Triegler.

Er nickte, ohne den Blick vom Bildschirm zu lösen.

»Sag ruhig, falls dir das Essen schwer im Magen liegt. Ich hab Tropfen für so was.«

Als es Schlafenszeit war, musste sie ihm beim Zähneputzen helfen, da die leicht veränderten Maße des Waschbeckens und des Badezimmers ihn überforderten. Die Zahnpasta kam in Zeitlupe aus der Tube, legte sich gleichmäßig auf die Bürste. Thomas steckte sie lustlos in den Mund und fuhr ein paar Mal hin und her, dann wollte er sich schon den Mund ausspülen. Frau Triegler hielt ihn zurück.

»Nein«, sagte sie. »Warte, ich zeig dir, wie du's machen musst. Als Krankenschwester sehe ich so viele kaputte Kindergebisse, du würdest gar nicht glauben, was da für Urzeitmonster oft zu mir kommen. Dabei ist Zahnpflege die wichtigste und auch simpelste Vorkehrung, die man in seiner Jugend treffen kann, damit es einem später mal nicht schlechtgeht. So …«

Sie machte es ihm vor. Von links nach rechts, wenn man Rechtshänder war, und immer in sanften Kreisbewegungen. Und dabei solle man sich vorstellen, dass man die Zähne mehr massiere als putze. So werde automatisch der Druck des Handgelenks reduziert, und man verletze das Zahnfleisch nicht so leicht.

Von den frisch gebügelten Handtüchern bot sie ihm gleich drei an, und Thomas entschied sich für eines mit einem Fisch-Muster.

»Ich überlege mir morgen etwas, das besser passt, Tommi«, sagte sie, als sie nebeneinander im Bett lagen. »Ich weiß, dass das komisch ist, aber ich hab momentan nichts anderes. Wie gesagt, der Anruf heute im Konferenzzimmer, der hat auch mich total überrumpelt. Ich meine, ich hätte auch nicht damit gerechnet, dass so etwas passiert, weißt du? Außerdem ist dir vielleicht schon aufgefallen, dass ich mein Zimmer ausgeräumt habe. Die Kartons, ja? Nun ja, das kommt daher, weil sie meine Stelle gestrichen haben, Tommi. Kannst du dir das vorstellen? Eure Direktion hat kein Budget mehr dafür. Mein Gott, warum immer alles auf dem Rücken der Schüler ausgetragen werden muss. Die würden niemals bei sich selbst zu sparen anfangen. Naja, jedenfalls bin ich nur mehr bis zum Ende des Schuljahres da, Tommi. Das ist traurig, oder?«

Thomas reagierte nicht. Er hatte ihr den Rücken zugewandt. Neben ihm auf dem Nachtkästchen lagen seine Brille, seine Armbanduhr und Frau Trieglers Handy. Sie habe den *verantwortlichen Stellen* eine Nachricht hinterlassen, dass man sie bei jeder Änderung des Zustands auf dieser Nummer zurückrufen möge. Das Handy von Thomas sei, so Frau Triegler, leider ausgegangen.

»Wir finden morgen sicher auch ein Aufladekabel für dein Telefon. Gleich unten an der Ecke ist ein Laden. Das ist ein Türke, wirklich sehr nett.«

Einen Moment lang war es still.

»Mein Gott, ich hab wirklich Verständnis dafür, wenn dir nicht nach Reden zumute ist. Das hier ist, ich meine, als Situation, sozusagen von oben betrachtet, ein Not-Arrangement, natürlich, aber das heißt nicht, dass die Entwicklung irgendwie dramatisch sein muss oder dass solche unguten Augenblicke entstehen müssen. Verstehst du, Tommi? Verstehst du, was ich dir sagen will?«

Sie tippte ihn an der Schulter an.

»Okay«, sagte Thomas.

Es klang zwar wie ein Sprachsynthesizer, aber immerhin reagierte er. Frau Triegler rollte sich auf ihre Seite des Doppelbetts und löschte das Licht. Sie lauschte auf die Atemzüge des Jungen neben sich. Sie wurden leiser und lauter, länger und kürzer, wie der Verkehr auf einer Hauptstraße, immer waren sie ein wenig anders, unberechenbar wie die Natur selbst, das Schicksal.

Spätnachts wurde Thomas geweckt, blinzelte und griff automatisch nach hinten – aber seine Hand stieß gegen Holz. Da war kein Lampenschalter so wie in seinem Kinderzimmer. Frau Triegler hielt einen Augenblick inne, um ihm Zeit zu geben, aus seiner tröstlichen Fantasie zurück in die Wirklichkeit zu finden. Dann sagte sie zu ihm:

»Tommi, es ist alles okay, du musst dir keine Sorgen machen. Du kannst gleich weiterschlafen, es ist nur … Ich musste dich wecken, weil du … Tommi, du machst wirklich *solche* Geräusche im Schlaf. Tut mir leid, aber ich kann daneben nicht schlafen. Kannst du dich etwas anders hinlegen?«

Als er am nächsten Morgen wach wurde, lag er allein im Bett. Frau Triegler kam kurz darauf ins Zimmer. Sie sah, wie er sein Handy suchte, und hielt ihm ihres hin.
»Da, schau«, sagte sie. »Versuch es damit. Ich hab die Nummer schon eingegeben.«
Sie drückte auf die Wahltaste.
»Entschuldige noch mal, dass ich dich aufgeweckt habe heute Nacht, aber ich hab einfach nicht schlafen können. Ich bin's eben nicht gewohnt. Aber ich hab dich dann schlafen lassen, weißt du, ich meine, ich hab dich nicht noch mal aufgeweckt, obwohl's nicht wirklich besser geworden ist, nachher … Außerdem hast du ständig die Decke weggezogen. Aber es war vielleicht wirklich nur die Aufregung oder die Erschöpfung, eines von beiden. Und das ist natürlich absolut nachvollziehbar und verständlich. Wenn man total fertig ist, dann …«
Thomas hielt sich das Handy ans Ohr. Frau Triegler verstummte, legte einen Zeigefinger an ihre Lippen und tat so, als lausche sie ebenfalls, ob sich vielleicht noch jemand meldete. Die Zeit verstrich, es läutete wohl an die zwanzig Mal, dann legte Thomas auf. Er schaute sie verzweifelt an, schien überhaupt nicht zu verstehen, was er hier, in einem fremden Pyjama (ebenfalls mit Fisch-Motiv) und in einem fremden Bett sollte, er blickte flehend zur Zimmerdecke, dann fiel sein Blick zusammen, zerknitterte sich wie ein Taschentuch, und er versteckte sein Gesicht hinter seinem Unterarm. Er schluchzte.
»Ach, Tommi. Tommi, Tommi«, sagte Frau Triegler und kam näher.
Sie nahm ihn in den Arm und wiegte ihn ein wenig hin und her.

»Entschuldige«, sagte sie. »Manchmal bin ich ein bisschen impulsiv. Vor allem, wenn man mir den Schlaf raubt. Aber ist schon okay, wir finden für heute Nacht ohnehin ein besseres Arrangement. Immer einen Schritt nach dem anderen. Aber ich hab mir einfach gedacht, ich sag dir gleich ganz offen, was mich stört, und nicht erst später, wenn die Situation nicht mehr dazu passt. So bin ich halt.«

Eine Weile schwieg sie. Dann ließ sie den Jungen los. Die Tränen hatten auf seinem rechten Pyjamaärmel zwei feuchte Flecken hinterlassen. Frau Triegler half ihm dabei, sich umzuziehen. Zum Frühstück bot sie ihm entweder Tee oder Orangensaft an. Ohne besondere Emotion entschied sich Thomas für Orangensaft. Frau Triegler hielt inne und fragte ihn, ob er wisse, warum er sich dafür entschieden habe. Er schüttelte den Kopf.

Dann tippte er wieder auf ihrem Handy herum, drückte eine Taste und hielt es sich ans Ohr.

»Okay, Tommi«, sagte Frau Triegler und nahm ihm das Telefon sanft aus der Hand. »Ich will in einer Krisensituation nicht plötzlich Regeln aufstellen oder Befehle erteilen, aber nicht am Frühstückstisch, okay? Bitte. Diese winzigen Handydisplays sind verantwortlich für eine Veränderung der Körperhaltung von Millionen Menschen auf der ganzen Erde. Alle beugen sich ständig so krumm nach vorn und bewegen die Daumen. Zumindest beim Frühstück sollte man davon eine Auszeit nehmen. Ich weiß, dass das eine Ausnahmesituation ist, aber, ganz ehrlich, Tommi, ich bin mir ziemlich sicher, dass du deine Mutter jetzt nicht erreichst. Sie wäre doch rangegangen, wenn sie könnte. Wenn es ihr möglich wäre, Tommi. Aber im Augenblick ist das leider nicht der Fall. Und, wie gesagt, ich finde es nicht gut, dass alle Jugendlichen der Welt sich so verkrampft buckelig nach vorn …«

Sie imitierte die schädliche Körperhaltung.

»Davon wird der Nacken ständig überbeansprucht. Besonders bei noch im Wachstum befindlichen Personen ist das sehr problematisch. Nicht der Bereich, der beansprucht wird, sondern die Einseitigkeit. Schmeckt dir der Orangensaft? Ich hab ihn frisch gepresst.«

Und wie zum Beweis hielt sie eine heile, unausgepresste Orange in die Höhe. Als Thomas darauf nicht reagierte, sondern sie nur mit einem stummen Blick anflehte, deutete sie an, die Orange nach ihm zu werfen. Sie lachte gleich, damit er verstand, dass es nur ein Spaß gewesen war, ein kleines Spiel, aber er zuckte zusammen und schützte sogar sein Gesicht mit erhobenen Händen. Meine Güte.

»Ach, tut mir leid«, sagte sie. »Aber deine Reflexe sind phänomenal, Tommi. Hat dir das schon mal jemand gesagt?«

Der Junge warf einen misstrauischen, aber immerhin nicht mehr so verlorenen Blick auf seine eigenen Hände. Frau Triegler nickte aufmunternd.

Sie stellte ihm einen Toast mit Schinken und Käse hin.

»Du musst nicht alles aufessen. Ich hab Verständnis dafür. Am frühen Morgen kann ich auch nicht so viel essen. Außerdem wird, wenn man zu viel isst, dem Körper dadurch nur Blut entzogen, das fließt alles in den Bauchbereich, damit die Verdauung besser und schneller vor sich gehen kann, und das Gehirn wird unterversorgt. Nicht dramatisch, aber ein bisschen. Das merkt man vor allem daran, dass man nach dem Essen immer müde wird. Und das wollen wir ja nicht. Können wir heute Morgen gar nicht gebrauchen so was. Deine Schulaufgaben erledigen sich ja schließlich nicht von selbst. Wie schaut's in der Hinsicht eigentlich aus? Ist viel zu tun? Ich kann dir gern helfen, aber ich muss dir auch sagen, dass meine eigene Schulzeit schon länger zurückliegt, als mir selber lieb ist. Willst du wissen, wie alt ich bin?«

Thomas kaute in Zeitlupe an seinem Toast.

Frau Triegler deutete mit ihrem Handy auf ihn und wiederholte die Frage, immer noch in fröhlichem Tonfall.

Er zuckte die Achseln.

Frau Triegler ließ die Arme sinken, atmete aus und fasste sich mit zwei Fingern an der Nasenwurzel.

»Okay«, sagte sie, »okay, also, hör mal, Tommi. Ich weiß, dass das alles total schwierig ist für dich. Für mich ist es auch schwierig, das kannst du mir glauben. Ist für mich genauso eine neue, unvorhergesehene Situation wie für dich, okay? Aber du musst hin und wieder mit mir reden, sonst ... sonst hab ich das Gefühl, dass du mir nicht wirklich zuhörst. Weißt du? Dass das, was ich sage, gar nicht bei dir ankommt. Dass ich sozusagen mit einer Wand rede und ... Glaub mir, ich hab Verständnis für deine Lage, ehrlich, ich will auch am liebsten, dass alles wieder normal wird, so wie vor dem Anruf im Konferenzzimmer. Aber zaubern können wir leider nicht, Tommi, also müssen wir, das heißt, du und ich, zusammenarbeiten, ja? Kannst du das für mich tun?«

Der Junge schaute überfordert drein. Er hatte zu essen aufgehört, auch den Orangensaft rührte er nicht an. Er saß nur da und schaute. Frau Triegler steckte das Handy in ihre Tasche und kam auf ihn zu.

»Tommi«, sagte sie, »ich muss dir was sagen. Ich hab dir gestern nicht die ganze Wahrheit gesagt, weil ... weil es eben auch für mich schlimm ist, verstehst du? Ich meine, diese ganze unvorhergesehene Situation. Aber es könnte sein, dass du eine ganze Weile nicht mehr nach Hause kannst, Tommi. Verstehst du, was ich dir sagen will? Das heißt, die Zeit kann ich dir auch nicht genau sagen, es könnte sich um einige Wochen handeln oder auch, im allergünstigsten Fall, um ein paar Tage. Aber ich kann nicht versprechen, dass diese Krise so bald vorbei ist.«

Der Junge schwieg immer noch. Neue Informationen kämpften um Einlass in seinen Geist. Seine Finger und seine Handflächen hatten rote Flecken bekommen. Sein Gesicht hatte die Farbe von weißem Radiergummi.

»Das heißt jetzt nicht, was du vielleicht denkst«, beeilte sich Frau Triegler hinzuzufügen, »das heißt nicht, dass es deiner Mutter wirklich schlechtgeht, also, ich meine *richtig* schlecht, so schlecht, dass sie sich möglicherweise nicht mehr erholt. Nein. Sie wird *auf jeden Fall* wieder gesund, hörst du?«

Thomas nickte. Er hielt sich an dieser Versicherung fest.

»Gut«, sagte Frau Triegler. »Denn solche Missverständnisse, gleich zu Beginn einer Beziehung, können oft schwer wieder aus der Welt geschafft werden, wenn man es nicht rechtzeitig macht.«

Den Vormittag verbrachten sie mit Scherenschnitten. Thomas, der dafür schon ein wenig zu alt war, machte sich ganz gut dabei. Am Ende hatte er ein recht komplexes Muster geschafft, das sehr regelmäßig war und ein wenig an ein Kirchenfenster erinnerte. Runde Formen wechselten sich mit feinen eckigen ab. Frau Triegler lobte ihn dafür. Sie nahm den Scherenschnitt und hängte ihn an ihre Pinnwand.

»So, damit ich mich immer erinnern kann«, sagte sie.

Thomas versuchte zwischendurch immer wieder, jemanden zu Hause zu erreichen. Frau Triegler zeigte ihm, welche Kurzwahltaste er dafür auf ihrem Gerät drücken musste. Er ließ den Daumen immer eine Weile darauf ruhen, als könne das Signal dadurch verstärkt werden. Einmal bat er um ein Telefonbuch, da ihm noch etwas eingefallen war. Frau Triegler schaute ihn an, senkte den Blick, atmete tief durch und legte eine Hand auf ihr Schlüsselbein, als hätte er ihr eine sehr unangenehme, intime Frage gestellt, dann sagte sie:

»Ich hab keins. Tut mir leid, Tommi.«

Thomas blickte sich im Zimmer um. Sein Verstand arbeitete an der Lösung dieses Problems. Man sah ihm an, dass er nachdachte. Bevor er Frau Triegler fragen konnte, ob sie ihm eines besorgen oder ob er vielleicht bei den Nachbarn fragen könnte, stand sie auf, nahm ihm das Handy aus der Hand und bedeutete ihm, ihr zu folgen.

»Tommi, ich glaube, wir müssen uns kurz unterhalten«, sagte sie. »Ich hab dir doch vorhin gesagt, dass es möglich ist, dass du eine *ganze Weile* nicht mehr nach Hause kannst, weil deine Mutter … Naja, weißt du, ich hab vorhin, als du auf dem Klo warst, kurz mit den Leuten *dort* telefoniert. Ich weiß, es tut mir leid, ich hätte dich gleich einweihen sollen, aber ich war mir eben nicht sicher, was die mir sagen würden. Also. Es geht deiner Mutter gut. Das heißt den Umständen entsprechend, natürlich. Sie macht Fortschritte, sagen sie. Aber sie ist noch nicht in der Lage, sich um dich ... Sie kann eben noch nicht, Tommi, das musst du verstehen ...«

Sie wartete einen Augenblick, um die Informationen einwirken zu lassen. Dann legte sie eine Hand auf die Schulter des Jungen und sagte:

»Und, Tommi, ich weiß nicht, ob du das absichtlich machst, aber ... Wenn du da so vor dich hin starrst, ich meine ... Okay, ich verstehe, dass es jetzt schwer ist, auf irgendetwas zu achten, aber ... Mein Gott, hin und wieder ein bisschen Aufmerksamkeit, Tommi, das ist doch nicht zu viel verlangt, oder?«

Während sie das Mittagessen zubereitete, legte Evelyn Triegler Musik auf. Es war eine CD mit berühmten Opernouvertüren. Sie summte mit, beklagte sich zwischendurch, dass sie nie richtig singen gelernt habe, und bemerkte erst nach einer Minute, dass Thomas wieder weinte. Er sah jetzt wirklich wie ein kleines Kind aus, verängstigt, vollkommen orientierungslos, die Finger waren rotfleckig und mit Rotz verklebt, die Tränen rannen ihm die Wangen herunter, und sein Hemdkragen war nass.

»Ach«, machte Frau Triegler leise und stellte den Messbecher weg.

Sie ging zu Thomas und setzte sich vor ihn hin.

»Tommi, ich weiß genau, wie verwirrend diese Situation ist. Schaust du mich mal kurz an? Hm? Du musst nicht weinen, es kommt alles wieder in Ordnung, du musst nur versuchen, dich nicht ständig so in dich selbst zurückzuziehen. Das ist nicht gut, für keine Beziehung. Es ist besser, wenn du immer im Hier und Jetzt bleibst, ja?«

Der Junge schien sie nicht zu bemerken. Aus seinem verschmierten Gesicht kamen nur die immer gleichen Worte:

»Ich will zu meiner Mama! Ich will nach Hause!«

Frau Triegler schloss für eine Sekunde die Augen, sammelte sich und sagte:

»Okay, weißt du was? Ich werde dir was erzählen. Was mir vor einigen Jahren passiert ist. Es ist etwas ziemlich Ähnliches, weißt du. Ich habe damals, naja, sagen wir, ich habe jemanden verloren, der mir sehr wichtig war. Der eine bestimmte Rolle in meinem Leben gespielt hat. Und nachdem er weg war, hatte ich eine extrem harte Zeit, es war fast unmöglich für mich, vor die Tür zu gehen oder mit anderen Menschen zu kommunizieren. Und da hat mir eine Freundin dieses Buch geschenkt. Es ist von einem tibetischen Mönch, der sich sehr viel mit Abschied und Trauer auseinandergesetzt hat. Er hat in verschiedenen Universitäten Vorträge gehalten und, naja, in seinem Buch, Tommi, da schreibt er, dass wir, das heißt die Leute im Westen, uns in schwierigen Momenten immer nur darauf konzentrieren, dass der Moment schwierig ist. Und dadurch wird er unlösbar. Er wird ein immer größeres Problem, das uns erdrückt. Wohingegen er den Leuten beibringt, durch positives Denken jeden Moment in eine Herausforderung zu verwandeln. Tommi, sieh mich kurz an, ja?«

»Ich will nach Hause!«, schluchzte der Junge.

»Ah, Tommi, Tommi«, sagte Frau Triegler. »Es ist echt nicht leicht, mit dir zu reden, weißt du das? Aber ich hab Verständnis dafür. Auch das ist wichtig, im Umgang, weißt du? Verständnis. Geduld. Du siehst, dass ich das alles für dich aufbringe. Aber ich hätte doch gern von dir, dass du dich ein bisschen anstrengst, nicht so weit in dich selbst zurückzufallen. Kannst du das versuchen? Ich will einfach nicht immer gegen eine Wand reden müssen.«

Das restliche Wochenende über warf sie ihm immer wieder seine fehlende Aufmerksamkeit vor. Manchmal ergriff sie seine Hand und bat ihn, er möge sie nicht so aus seinem Leben sperren, sie bemühe sich doch, sie gebe acht auf ihn, und was mache er, er schließe sich fort, er verberge sich. Sie begann, engere Kleidung zu tragen und sich alle paar Stunden die Augen neu zu schminken. Beim Abendessen, das sie mehr oder weniger schweigend vor dem Fernseher einnahmen (das Sonntagabendprogramm brachte eine Wiederholung des Films *Sneakers – die Lautlosen* mit Robert Redford), gestand ihm Frau Triegler plötzlich, wie alt sie war: dreiundvierzig. Dann fragte sie ihn sofort, ob er ihr diese Zahl glaube. Als er nur mit den Schultern zuckte, griff sie nach der Fernbedienung und stellte die Lautstärke aus. Nicht durch Druck auf den entsprechenden Knopf, sondern indem sie rasch immer wieder den Minus-Knopf drückte, bis der Fernseher vollkommen still war und die Schauspieler beunruhigende Pantomimen vorführten. Sie legte die Fernbedienung auf die Couch.

»Ich bin fünfundvierzig«, sagte sie zu ihm. »Zufrieden?«

Und nach einer Weile sagte sie:

»Schau nur weiter deinen Film.«

»'tschuldigung«, sagte Thomas.

Er sah aus, als wäre er wieder den Tränen nahe. Da legte Frau Triegler ihren Arm um ihn und sagte, dass sie stolz auf ihn sei. Ja, wirklich. Sie sei unheimlich stolz auf ihn. Er zeige nicht nur eine enorme Selbstbeherrschung inmitten dieser ganzen lebensverändernden Tragödie, sondern habe tatsächlich auch *aktiv* an sich gearbeitet. Er sei nun offener, gehe mehr auf sie ein. So könne sie wieder Hoffnung schöpfen und an eine Zukunft glauben. Das klinge vielleicht alles zu sehr nach Luxus in der momentanen Situation, aber sie könne doch nicht ganz ohne leben, ganz ohne diesen Luxus. Sie fragte, ob er verstehe, was sie meine. Thomas schaute sie von der Seite an.

Am Montagmorgen, als sich Thomas für die Schule fertig machen wollte (er zeigte dabei besonderen Eifer), hielt sie ihn sanft zurück und fragte ihn, ob er denn nicht aufgepasst hätte. Thomas blieb mit leicht verdutztem, aber wachsamem Gesicht in der Tür des Schlafzimmers stehen.

»Hab ich dir denn nicht gesagt, dass du gar nicht in die Schule gehen musst?«, fragte sie.

Er schüttelte den Kopf. Seine Wangen färbten sich rot. Seine Hände wurden zu Fäusten. Er stand vor ihr.

»Komisch. Ich bin mir sicher, dass ich es dir gesagt habe. Wir waren grade beim Essen. Ich hab dir von dem Anruf im Konferenzzimmer erzählt, weißt du nicht mehr? Hm, ich bin mir sicher, dass ich es erwähnt habe. Ich kann mich ganz genau an die Situation erinnern. Wahrscheinlich hast du wieder nicht zugehört, Tommi.«

Eine Pause entstand. Dann sagte Thomas:

»Du hast gesagt, ich kann nach Hause.«

»Tommi«, sagte Frau Triegler, »ich hab doch schon versucht, dir das zu erklären. Es ist leider alles nicht so einfach, so schwarz und weiß, wie du es dir vorstellst. Es läuft nicht immer alles reibungslos. Ich hab auch Gefühle. Ich hab auch ein Innenleben, weißt du? Ich erkläre dir was – und du vergisst es in den nächsten fünf Minuten wieder. Es geht einfach zu einem Ohr rein und zum anderen raus. Verschwindet still und heimlich aus deinem Gedächtnis. Tommi, das hatten wir doch schon alles.«

»Aber ich«, sagte der Junge, »aber –«

Er wusste nicht, was er noch an Argumenten vorbringen konnte.

»Ich weiß, es ist Montag, ich weiß, du willst in die Schule. Jaja, jaja. Aber glaub mir, es geht nicht alles so zu, wie du es dir vorstellst, Tommi. Es ist, Gott …«

Sie hatte sich abgewandt, und es sah aus, als umarme sie sich selbst. Dann zog sie den hauchdünnen Kimono, den sie auch an diesem Morgen trug, vor ihrer Brust zusammen. Sie versuchte, sich zu beherrschen, um nicht in Tränen auszubrechen, doch dann gewann die Verbitterung die Oberhand, und sie weinte still. Ohne ein weiteres Wort an Thomas zu richten, ging sie zum Leder-Fauteuil vor dem kniehohen Glas-Tischchen und setzte sich hin. Ihr Kopf machte sanfte, nickende Bewegungen, während sie weinte, und hin und wieder zog sie geräuschvoll die Luft ein.

Thomas kam zu ihr und stellte sich neben sie.

»Bitte«, sagte sie, »lass mich. Ich mach dir später ein Essen, ja? Aber lass mich jetzt bitte.«

»Aber ich hab doch«, begann der Junge und streckte die Hand nach ihr aus.

Sie zog ihren Arm weg.

»Ach bitte, lass mich einfach hier still sitzen.«

»Evelyn«, sagte Thomas.

»Bitte«, brachte Frau Triegler mit einer Stimme wie auf Zehenspitzen hervor.

Sie hatte die Augen geschlossen. Kaum wahrnehmbare Wellen gingen durch ihren Körper. Thomas berührte sie, wie um auf einen anderen Kanal zu schalten, an der Schulter und am Kopf, sogar am Ohr, er wusste offenbar nicht, was er tun sollte, es gab ja niemanden mehr als diese Frau, und die schien vor seinen Augen in sich zusammenzuschmelzen.

»Ich hab doch nur«, sagte er.

»Schon gut«, brachte Frau Triegler gerade noch hervor. »Es ist ja nicht deine Schuld. Ich hätte mir mehr Mühe geben müssen. Ich war zu ungeduldig, Tommi.« Sie löste sich aus ihrer Starre, zumindest ein wenig, und legte eine Hand auf seine. »Es ist nichts weiter, schon okay. Du weißt ja, wie das ist.«

Sie kämpfte wieder und behielt diesmal die Kontrolle über sich.

»Es geht mir schon wieder gut«, sagte sie. »Wir machen Fortschritte.«

Sie lächelte.

»Kann ich morgen in die Schule?«, fragte Thomas.

Der vorsichtige Ton, in dem er das fragte, hätte sie möglicherweise wieder in Verzweiflung versetzen können, aber sie blieb ruhig. Sie sagte:

»Vielleicht. Wir schauen morgen. Ich muss jetzt telefonieren. Später. Okay?«

»Okay«, sagte der Junge.

»Du kannst spielen gehen, wenn du magst«, sagte sie.

Sie wischte sich die Tränen vom Gesicht. Dann erhob sie sich, ging in die Ecke, wo ihr Telefon lag, und nahm es in die Hand. Sie zog sich ins Badezimmer zurück, um ungestört sprechen zu können. Aber sie erreichte niemanden.

»Du sagst, du hörst mir zu, aber gleichzeitig weiß ich, dass es nicht der Fall ist, dass du mit deinen Gedanken ganz woanders bist!«

Sie machten wieder Scherenschnitte zusammen, aber Thomas war nicht wirklich bei der Sache. Bei ihrem Psychotherapeuten hatte Evelyn über ihre neue Beziehung geklagt. Was der neue Mann beruflich mache, hatte der Therapeut gefragt. Papierherstellung, sagte Frau Triegler. Dann korrigierte sie sich, nein, auch das mache er nicht mit Herz. Sie überlege sich ernsthaft, ihn zurückzugeben. Sie dürfe nicht so früh die Geduld verlieren, meinte der Therapeut.

Als sie nach Hause kam, fand sie Tommi niedergeschlagen. Während ihrer Abwesenheit hatte er einige Schränke geöffnet, und er fragte nun fast ununterbrochen, ob sie nicht vielleicht kurz bei ihm zu Hause vorbeischauen könnten, er brauche verschiedene Dinge, auch für die Schule. Und er fragte, ob sie seine Mutter im Krankenhaus besuchen könnten.

Frau Triegler schüttelte nur stumm den Kopf.

»Tommi«, sagte sie, »Tommi, ich bin langsam am Ende mit meinem Latein. Ich meine, ich … Weißt du, ich muss immer wieder an damals denken, wie ich deine Lippe verarztet habe. Wie du …«

Sie hielt sich eine Hand vor die Augen, gab ein gedämpftes Seufzen von sich. Draußen begannen Glocken zu läuten, ein dumpfes, arrhythmisches Gemurmel.

Thomas stand auf. Man sah ihm an, dass ihm hier in ihrer Wohnung die Decke auf den Kopf fiel. Er nagte an seiner Handwurzel. Der Anblick brachte Frau Triegler zurück auf den Boden der Tatsachen.

»Okay, Tommi, bisher wollte ich nicht glauben, dass das vielleicht ein Problem deiner Generation ist. Das mit der Konzentrationsspanne von maximal sieben Sekunden, und alles darüber hinaus ist weißes Rauschen. Aber jetzt denke ich, dass da doch etwas Wahres dran sein könnte. Ihr müsstet in der Schule mehr basteln, mehr mit den Händen tun. Genaue, fein koordinierte Handlungsabläufe erlernen. Reale, globale Stimulation für das Gehirn. Anstatt dauernd vor dem Fernseher zu hocken oder einander SMS zu schreiben. Das sind alles vornübergebeugte Tätigkeiten, die Fehlhaltungen der Wirbelsäule verursachen.«

Es war Mittwoch, kurz nach achtzehn Uhr. Das Glockengeläut verhallte. Dafür hörte man jetzt das sanfte Geräusch des Regens. Im Schlafzimmer stand ein Fenster offen.

»Okay«, sagte Frau Triegler. »Weißt du was, Tommi? Ich hätte nicht gedacht, dass es mal so weit kommen würde, aber …«

Ihre Finger zitterten. Sie stand auf und holte sich ihre Weste. Dabei murmelte sie leise etwas vor sich hin. Thomas sagte, er wolle nach Hause. Nur für ein paar Stunden. Nach Hause.

»Oh Gott«, sagte Frau Triegler leise und hielt sich ihre Faust vor den Mund, um nicht die Beherrschung zu verlieren. »Warum tust du das? Warum musst du so sein?«

Als sie dem Jungen die Schuhe zuband, waren ihre Finger eiskalt. Sie bemerkte es selbst und hauchte sie an, damit wieder ein bisschen Leben in sie kam. Da er selber keine hatte, setzte sie Thomas eine Haube auf, die sie noch von früher hatte. Es war eine graue Wollhaube mit einem dünnen, zündschnurartigen Faden, der oben herausragte und Thomas ständig ins Gesicht fiel. Er half ihr dabei, einige Kartons von der Wohnung hinunter zum Wagen zu tragen und dort im Kofferraum zu verstauen. Frau Triegler sperrte die Wohnungstür schließlich zwei Mal ab und steckte den Schlüsselbund in die Außentasche ihres Mantels. Anders als bei ihrer Fahrt vom Schulparkplatz zu ihr nach Hause ließ sie ihn diesmal vorne bei ihr Platz nehmen, auf dem Beifahrersitz. Sie schaltete das Radio, das gleich nach dem Starten des Motors zu singen begann, sofort wieder aus, strich einmal mit ihrer Hand über den Stoff der Haube, die vom Kopf des Jungen ausgefüllt wurde, und sagte ihm, dass sie versuchen wolle, trotz allem das Positive an der Sache zu sehen. Dann fuhr sie los.

Der Regen hörte bald auf, die Scheibenwischer legten sich hin, und als die Autoheizung den Wagen langsam erwärmt hatte, verschwanden auch die Rauchwölkchen, die sie beide beim Ausatmen produzierten.

»Ich versteh dich«, sagte Frau Triegler zu Thomas, »das tu ich wirklich.«

Sie hielten auf einem Parkplatz hinter einem schon seit längerer Zeit geschlossenen Supermarkt. Es war sonst niemand da, abgesehen von zwei Gestalten, die in einiger Entfernung an einer Bushaltestelle standen und verschiedenfarbige Regenschirme über ihren Köpfen in die Höhe hielten. Frau Triegler stellte den Motor aus und sagte zu Thomas, dass sie gleich wieder da sei. Sie gehe nur kurz spazieren. Dann würden sie endlich zu ihm nach Hause fahren. Er könne so lange Radio hören, wenn er wolle.

Abendkälte drang ins Wageninnere, als sie die Tür aufmachte. Sie warf sie zu, und die Welt war wieder gedämpft wie hinter einer Wand aus Wasser. Durch die fast lautlose Gegend bewegte sich nun Evelyn Trieglers leicht vornübergebeugte, weibliche Figur, ihre Arme hatte sie ganz eng an ihren Oberkörper gezogen, eine Hand hielt ihren Schal fest. Neben einigen weißen Containern, deren Verwendungszweck nicht ganz eindeutig war, befand sich ein kleines Gebäude, ein Ziegelturm, der aussah wie ein Schornstein, allerdings anstatt aus dem Dach eines anderen Gebäudes direkt aus dem Erdboden ragte. Frau Triegler näherte sich diesem Turm, auf dem eine schmale Tür auszumachen war, die wie an die Mauer gepinselt aussah. Sie betätigte einen kleinen Klingelknopf und wartete. Sie hielt sich ihre eiskalten Finger vor den Mund und hauchte sie an. Eine Atemwolke. Nach einer Weile öffnete ein Mann die Tür und trat zu ihr heraus. Sie gaben einander die Hand. Der Mann fragte sie, untermalt durch eine Geste, ob sie eintreten wolle, aber Frau Triegler winkte ab. Dann nahm sie etwas aus ihrer Tasche und hielt es dem Mann hin. Der schaute zuerst verwirrt drein, der unechte Fuchsschweif verwirrte ihn, dann blickte er zu dem Wagen, beschirmte seine Augen und nickte leicht.

»Wieder zu Ende?«, fragte er leise.

»Leider«, sagte Frau Triegler.

»Ich kann diesmal nicht«, sagte der Mann. »Tut mir leid.«

Frau Triegler blickte zu Boden.

»Dachte ich mir«, sagte sie.

Als sie ihm den Wohnungsschlüssel geben wollte, fiel er ihr aus den Fingern, und als sich der Mann bückte, um ihn aufzuheben, konnte man erkennen, dass er die Kleidung eines Krankenpflegers trug. In den Falten der aufgekrempelten Ärmel war das rote Kreuzsymbol zu sehen. Er steckte den Schlüssel ein, bedankte sich mit einer angedeuteten Verbeugung, in der eine Spur von Traurigkeit oder vielleicht sogar Mitleid zu erkennen war, und wollte sie zur Verabschiedung umarmen, aber Frau Triegler streckte ihm nur die Hand entgegen. Der Mann wich zurück, nahm die Hand und schüttelte sie. Dann kehrte er zurück in das kleine, turmartige Gebäude neben den Containern.

Mit ernstem, beherrschtem Gesicht kam Frau Triegler zurück. Sie behauchte ihre Finger erneut, bevor sie den Zündschlüssel umdrehte und sie weiterfuhren.

Sie ließ sich von Thomas die genaue Adresse geben. Er konnte ihr zwar den Weg dorthin nicht beschreiben, aber als er ein bestimmtes Spielzeuggeschäft in der Nähe erwähnte, in dessen Eingangsbereich es einige Arcade-Spielkonsolen gab, wusste Frau Triegler, wo sie hinmusste. Thomas verhielt sich vollkommen ruhig, während sie fuhren.

Hin und wieder sagte Frau Triegler *Jaja* oder *Jaja, genau*, wenn sie in eine bestimmte Straße einbog.

Sie hielten vor dem Haus. Frau Triegler betätigte die Handbremse und zog den Schlüssel ab. Es war still im Wagen. Thomas hatte seine Schultasche auf dem Schoß.

»Okay, Tommi«, sagte Frau Triegler. »Weißt du, ich möchte dir sagen, dass ich wirklich ein wenig, naja, überrascht bin. Und enttäuscht. Ich meine, ich habe das nicht kommen sehen. Ehrlich. Aber gut, okay. Ich meine, man muss wahrscheinlich immer machen, was man für das Richtige hält. Und du ... hast dich entschieden. Hast die Entscheidung für uns beide getroffen, sozusagen. Ich hätte wirklich nicht gedacht, dass es dazu kommt.«

Sie schüttelte den Kopf und strich sich mit einer Hand über ihren Hals und über ihre linke Brust.

»Gehst du mit rein?«, fragte Thomas.

Ein wenig sah man seinem Blick an, dass er sich vor dem, was ihn vielleicht innerhalb der erleuchteten Räume seines Elternhauses erwartete, fürchtete. Der Anblick tat ihr gut, aber das spielte ja nun auch keine Rolle mehr.

»Nein, Tommi«, sagte Frau Triegler. »Das kann ich nicht. Ich habe schon viel zu viel investiert. In diese ganze Sache. In *uns*. Verstehst du?«

Thomas starrte auf die hellen Fenster. In ihnen sah man keine Bewegung, auch keine Schatten oder Silhouetten von Gegenständen. Bloß Licht. Dann öffnete er seinen Sicherheitsgurt und griff zur Wagentür.

»Noch einen Augenblick, bitte«, sagte Frau Triegler und hielt ihn sanft an der Schulter zurück. »Ich wollte dir noch etwas sagen. Deine Mutter ... weißt du, ihr geht es jetzt bestimmt wieder gut. Ich bin mir da ziemlich sicher. Sie ist eine sehr starke Frau, oder? Ich meine, von ihrem ganzen Wesen her, nicht?«

Thomas erwiderte darauf nichts. Er blickte nur auf die Hand, die auf seiner Schulter lag. Frau Triegler ließ ihn los.

»Okay, geh«, sagte sie. »Ich halte dich nicht zurück. Aber eins wollte ich dir noch sagen, Tommi. Ich hab mir wirklich Mühe gegeben. Ich hab versucht, mich selbst zurückzunehmen, meine eigenen Ansprüche und Erwartungen und … und was machst du …«

»Tut mir leid«, sagte Thomas zu ihr.

Evelyn nickte stumm und blickte traurig zu Boden. Dann zog sie die Unterlippe ein, schüttelte ein wenig den Kopf und sagte:

»Für Entschuldigungen ist es jetzt leider zu spät.«

Thomas stieg aus. Er hängte sich im Gehen die Schultasche um, als wollte er den Eindruck erwecken, gerade erst aus der Schule zu kommen.

Frau Triegler wartete den Augenblick nicht ab, da die Tür aufging und Tommi von dem fremden, unheimlichen Haus verschluckt wurde. Sie startete den Motor und fuhr los, durch die abendlichen Straßen, entlang an den Lichtern der Geschäfte und dem lautlosen Menschengewühl der Innenstadt. Ihre Hände lagen ruhig und sicher auf dem Lenkrad, und nur wenn der Wagen über ein paar Unebenheiten im Straßenbelag fuhr, hörte sie das leise Aneinanderpoltern der Umzugskartons hinten im Kofferraum.

EIN SEE WEISS MEHR VON
DER ERDKRÜMMUNG ALS WIR

1

Mein erster Gedanke war, dass der Mann Albaner sein musste. Seine Haut war dunkel, und was er sagte, klang nicht wirklich Italienisch. Toni hatte früher einmal zwei Albaner gekannt, er war mit ihnen auf Urlaub gewesen, im alten Volvo seines Großvaters. Es gab Polaroidaufnahmen dieser Reise, die ich gesehen hatte. Genau dieselbe Art von Gesicht. Deshalb mein Gedanke. Jedenfalls schnaufte der Mann stark, und wir mussten ihn stützen. Ich weiß nicht mehr, wer von uns das Signal zum Abbruch gegeben hatte. »Aufhören!« So was geht sehr schnell. Der letzte Schlag war von Erwin gekommen, mit der Faust direkt unters Kinn.

Der Albaner hielt seine Hände jetzt merkwürdig vom Körper abgespreizt, als stemme er sich auf eine unsichtbare Gehhilfe. Toni war am meisten darum bemüht, ihn vorm Umkippen zu bewahren. Aber es war nicht nur Mitleid, Toni machte eine Art Spiel daraus. Er ließ den Albaner immer wieder kurz los, dann begann der zu schwanken, bevor Toni wieder zupackte und ihn ins Gleichgewicht brachte. Hin und wieder sagte der Albaner etwas, immer denselben Satz. Ich hatte ihn in drei Sprachen angesprochen, Deutsch, Englisch und Italienisch, aber er hatte mich nur schreckstarr angeblickt. »Er ist selber schuld«, sagte Erwin.

In der Tat war der Albaner uns nachgelaufen, kurz nachdem

wir den Club verlassen hatten. Und er war anhänglich gewesen, auf diese unangenehm ländlich-volksnahe Art: Mir zum Beispiel hatte er die Hand auf den Rücken gelegt und in irgendeine Richtung gedeutet. Dann ging es los mit den Gesten. Eine eindeutiger als die andere. Ich verstand nichts von dem, was er sagte, aber die Gesten sagten alles. Erwin hatte ihn zuerst weggestoßen. Aber der Albaner hatte darauf nur lachend reagiert, kein gutes Zeichen. Dann noch ein Stoß, deutlicher. Toni hatte ihm zu verstehen gegeben, dass er uns in Ruhe lassen solle. Wir seien nicht interessiert an seinen Schweinereien. Aber ohne Erfolg. Überraschend schnell war der Albaner weinerlich geworden. Er deutete auf seine Uhr, dann auf seine Taschen. Er zeigte uns, dass sie leer waren. Er machte eine weitere eindeutige Geste, Faust in enges Loch, meine Güte.

Vielleicht war er gestolpert, oder ein Moment der Ungeduld hatte ihn irgendwie dazu gebracht, sich ungeschickt an Erwin zu klammern, von hinten, beide Arme um Erwins Brustkorb. Wir zerrten ihn natürlich sofort herunter. Es war klar, dass er getrunken hatte.

Seinen Kopf schützte er mit beiden Händen, genau wie ein Boxer, noch bevor wir nach ihm schlugen. Dennoch war es relativ leicht, ihn zu verprügeln. Er war ein dünnes Männchen. Und Erwin war wütend geworden. Ab einem gewissen Zeitpunkt blieb der Mund des Albaners offen stehen, auch wenn ihn ein Schlag traf. Eine schlaffe, tragische Schneiderpuppe. Ich hatte bei meinen Schlägen direkt auf seinen Kehlkopf gezielt, aber nur ein einziges Mal sauber getroffen.

Dann das Signal zum Abbruch. Wir halfen ihm auf. Er hatte das Spiel verloren, jetzt war es vorbei, wir zeigten uns als gute Gewinner. Wir waren schließlich, genauso wie er, zu Gast in diesem Land. Albanien war dieser Stelle Italiens sehr nahe, nur ein kleiner Sprung über die Adria. Wenige Stunden zuvor waren wir von Brindisi herauf nach Bari gefahren. Hier gab es viele eckige Häuser mit Hunderten Fernsehantennen, ein unglaubliches Gebüschel und Gewirr. Das Auto stand einige Straßen vom Club entfernt. Morgen hieß es dann für Toni: zurück nach Hause und marsch, Hochzeit. Andere schauten sich zum Junggesellenabschied Stripperinnen an. Toni verdiente dafür zu gut, darum die Reise nach Süditalien. Dreizehn Stunden Autofahrt, aber mein Gott, er musste ja sowieso üben, schließlich würde er bald mit Familie in die Ferien fahren, brüllende Zwillinge hinten, genervte Ehefrau rechts, vor sich endlose Autobahnen. Und dann jahrzehntelang das Leben als Mann, mit nur im Keller oder in der Garage, den unsauberen Randzonen des Hauses, geduldeten Hobbys.

Der Albaner fing nach einer Weile wieder an. Er argumentierte, hielt einen Zeigefinger in die Höhe. Toni warf ihn sanft um. Der Mann wimmerte und flehte und wiederholte die eindeutigen Gesten. Er deutete in eine Richtung, dann machte er die Geste für Geld.
»Mein Gott, kann der sich nicht beruhigen«, sagte Erwin.
»Calm down«, sagte Toni.
Ich schaute aufs Meer. Es besaß etwas Magnetisches, auch so spät in der Nacht, man fühlte sich von ihm zugleich überstimmt und bestätigt. Selbst ein mittelgroßer See weiß mehr von der Erdkrümmung als wir. Der Albaner setzte sich auf den Boden, ringsum schwach beleuchtete Häuser. Aus dem Club kamen ein paar junge Männer, nackte Oberkörper mit Tattoos, sie musterten uns im Vorbeigehen. Einer deutete auf den Albaner, und die anderen lachten, imitierten irgendetwas, aber es war einer jener Vorgänge, bei denen man langsamer atmen muss, um ihn wirklich wahrnehmen zu können. Ein Teil von mir war immer noch in Kampfstellung. Um die ungute Energie abzuleiten, machte ich den Reißverschluss meiner Sommerjacke einmal rasch auf und wieder zu. Der Albaner war still geworden, vielleicht hatte er Angst vor den Vorstadtjugendlichen bekommen.
»Was ist dem sein Problem?«, fragte Toni.

Die Frage schien etwas verspätet gestellt. Ich schaute auf die Uhr, aber es war völlig sinnlose Information. Der Albaner holte eine Streichholzschachtel aus der Tasche seines Sakkos. Er machte die Schachtel auf und blies hinein. Dann blickte er uns mit versöhnlich glänzenden Augen an.

»Schau dir den an«, sagte Erwin.

»Ja genau«, sagte Toni. »Ich frag mich echt, was dem sein Problem ist.«

Ich schlug vor, weiterzugehen. Aber sobald wir uns bewegten, kam Leben in den Albaner, er wollte aufstehen und uns nach. Unsere heftige Interaktion vorhin hatte unsichtbare Fäden zwischen uns gespannt. Allerdings war das Adrenalin mittlerweile verraucht. Der Albaner hockte da und beschäftigte sich mit seiner Streichholzschachtel. Nach einigem Kramen fand er in einer anderen Tasche eine Zigarette und legte sie sorgfältig neben sich auf die Erde. Hoch über uns hing, als Texturprobe einer ganz anders gemusterten Welt, der Mond. Manchmal vergisst man, dass es ihn auch für andere Menschen gibt. Im Club spielten sie *Barbie Girl* von Aqua.

»Der ist doch total fertig«, sagte Erwin. »Besoffen. You been drinking too much, hm?«

Der Albaner merkte, dass er angesprochen wurde, und blickte zu Erwin. Er hob die Zigarette auf und bot sie ihm an. Erwin schüttelte den Kopf:

»Ah, geh mir weg damit.«

»So ein verdammter Irrer«, sagte Toni.

Als am Ende der Straße jemand rief, bemerkte ich, dass ich den Ruf schon vorher einige Male gehört, aber nicht richtig registriert hatte. Es war eine Frau, die in unsere Richtung marschierte. Aus dem Club trat ein Mann mit Lederjacke. Er stieg auf ein geparktes Motorrad, und die Frau wich dem von ihm erzeugten Kraftfeld umständlich aus. Sie trug eine große Einkaufstasche, was mitten in der Nacht etwas seltsam aussah. Aber es gab keinen Zweifel, dass sie zu uns wollte.

Sie wiederholte das, was sie die ganze Zeit gerufen hatte, kam näher, blickte uns erstaunt an und drängte sich dann, obwohl wir ihr keineswegs den Weg versperrten, grob an uns vorbei – zu dem am Boden sitzenden Mann. Sie schrie auf ihn ein, dann auf uns, dann stampfte sie sogar mit einem Stiefel auf.

»Sorry«, sagte ich. »English? Inglese? No italiano.«

In Wahrheit hatte ich zumindest einige Brocken ihrer Rede verstanden. Sie hatte gefragt, was wir getan hätten, was passiert sei. Auch einige Flüche waren darunter gewesen.

Die Frau begann, auf Englisch zu sprechen. Das sei ihr Mann, sagte sie. Was wir mit ihm getan hätten. Er blute ja aus dem Gesicht! Ein Unfall? Eine Schlägerei? Was bitte sei hier vorgefallen? Hinter ihr fuhr der Lederjackenmann auf seinem Motorrad laut knatternd davon.

»He is an idiot«, sagte Erwin.

Die Frau plapperte sofort los, aber es wirkte schon etwas weniger erzürnt. Als sie mit einem längeren Absatz fertig war, schnaufte sie und bückte sich zu ihrem Mann. Sie jammerte ihm etwas ins Gesicht, fragte ihn vorwurfsvoll dreimal dasselbe, und er schüttelte den Kopf dazu. Er zeigte ihr die Streichholzschachtel und seufzte. Sie machte eine Bewegung, als könne sie die ganze Welt, sowohl diese drei Fremden als auch ihren Ehemann, einfach nicht mehr begreifen. Der Mann machte, still für sich und mit hängendem Kopf, wieder eine seiner eindeutigen Fingergesten.

Mir fiel auf, dass der Schnurrbart des Mannes verrutscht war. War er aufgeklebt? Oder hielt er jetzt nur den Unterkiefer anders? Vielleicht war er verletzt. Kieferbruch, wer weiß. Erwin konnte enorme Körperkraft entwickeln, wenn er sich in die Ecke gedrängt fühlte.

Toni erklärte:

»He attack us. And not go away.«

Ich wusste natürlich, dass Toni in Wirklichkeit gar nicht so schlecht englisch sprach, aber ich sah, was er machte: Weniger Vokabular bedeutete weniger Angriffsfläche.

»He is not right«, antwortete die Frau. »You hurt him!« Dann folgten einige Sätze auf Italienisch.

»Sorry«, sagte Toni. »But he attack us. Not other way round.«

»Ah, Mah-donna«, schnaubte die Frau.

Sie wischte sich in den Augenwinkeln herum. Ja, sie weinte. Da mir das ein wenig peinlich war, fragte ich: »Is he Albanian?«

Die Frau schaute mich an, als wäre ich verrückt geworden.

»He attack us«, wiederholte Toni.

Die Frau versuchte, ihrem Mann aufzuhelfen, aber er sackte zusammen, sie zog vergeblich an seinem Arm. Sie gab auf und zerrte ihm zumindest das schmutzige, graue Sakko vom Oberkörper. Dann griff sie in die Einkaufstasche und nahm einen anderen, zusammengefalteten Anzug heraus. Den zog sie ihm an. Er wehrte sich nicht. Sie ließ den neuen Anzug eine Weile einwirken, dann probierte sie es noch einmal, und tatsächlich, diesmal ließ ihr Mann sich aufhelfen. Er schwankte noch ein wenig, aber er stand, setzte einen Fuß vor den anderen, kam in Bewegung.

»Sorry for the trouble«, sagte Erwin und trat beiseite.

»Ja, sorry«, sagte Toni.

Erst jetzt kam es mir ein wenig lächerlich vor, dass ich den Mann innerlich als Albaner bezeichnet hatte.

Wie er denn heiße, fragte ich. Aber die Frau führte ihn stumm fort und achtete nicht auf mich. Es ging nicht sehr schnell, da der Mann immer wieder seitlich wegpendelte, aber die Frau besaß, wie ich zu erkennen glaubte, einige Übung in Stütz- und Ausgleichsbewegungen.

Nach etwa zwanzig Metern mussten die beiden eine Pause einlegen. Der Mann setzte sich auf den Bordstein. Wir standen immer noch da und warteten. Sechs schwebende Augäpfel auf nächtlicher Straße. Da erschien ein älterer Mann, er fuhr auf seinem Rad vorbei und blieb stehen, als er das Paar erkannte. Er stieg ab, schaute zu uns herüber, wurde aus dem Anblick nicht schlau und begann, mit der Frau zu sprechen. Sie deutete in unsere Richtung und erklärte.

»Mist«, sagte Toni. »Der kommt her zu uns.«

Er trat hinter Erwin.

Aber der ältere Mann stellte sich als recht freundlich heraus. Er baute sich zwar vor uns auf und fragte in strengem Ton, was hier passiert sei, aber als wir es ihm in aller Ruhe und ohne Schuldzuweisungen erklärten, entspannte er sich. Er schüttelte den Kopf. »Armer Matteo«, sagte er und deutete auf den am Asphalt sitzenden Mann. »So heißt er also?«, wollte ich wissen. »Sì, Matteo«, wiederholte er. Woher wir kämen? Österreich. Ah ja, er könne einige Sätze auf Deutsch. Er führte sie vor, und wir lobten ihn. Merkwürdigerweise waren es lauter Sätze über Obst. Danach ging er zurück zu dem Paar und redete mit ihnen, schüttelte den Kopf und machte besänftigende Gesten. Wir wurden nicht mehr gebraucht. Also gingen wir, nach Ablauf einer inneren Frist, in unser Hotel zurück.

2

Nachts kam Regen vom Meer. Manchmal rollte auch Donner in der Ferne, aber die meiste Zeit hörte ich nur ein stetiges Getröpfel aufs Fensterbrett, mein leises privates Geigerzählergeräusch der vergehenden Nachtstunden. Morgen dann die Rückfahrt. Wir mussten noch Proviant einkaufen. Je müder ich wurde, desto mehr erfassten mich Fantasien darüber, wie ich den Kehlkopf des Albaners *exakt* mit der Handkante traf, mehrmals hintereinander. Ich rollte mich lange im Bett hin und her. Als ich dann endlich in den Schlaf glitt, nahm ich noch wahr, wie das ferne Gewitter mir alle Früchte in der Obstschale fleckig färbte.

Als ich kurz vor sieben erwachte, tobte draußen bereits die Sonne. Ich hatte meinen Polster nass geschwitzt. In dem schmalen Gässchen vorm Hotel krähten Kinder. Außerdem hörte es sich so an, als wären alle Menschen an diesem Morgen mit klappernden Leiterwägen unterwegs. Ich bemerkte, dass meine Armbanduhr – ich hatte sie aus Versehen die ganze Nacht lang getragen – eine kleine Sonnenlichtreflexion erzeugte, und ich ließ sie, zur Freude einer imaginierten Katze, kreuz und quer über die Wände tanzen. Dann stand ich auf, blickte aus dem Fenster und entdeckte ganz in der Nähe des Hotels eine eindrucksvoll hohe und alte Kirche, die mir gestern Abend gar nicht aufgefallen war und deren Portal genau der Mund des Lehrers Lämpel aus *Max und Moritz* war. In einem Baum direkt vorm Fenster bewegte sich zwischen sattgrünen Blättern ein kleiner Vogel. Aber da ich meine Brille nicht aufhatte, nahm ich ihn nur als ein Augenlidflattern in der Baumkrone wahr.

Um acht Uhr ging ich hinunter zum Frühstück. Der Hotelkorridor machte durch die vielen Spiegel einen übertrieben räumlichen Eindruck. Und dann stand da plötzlich ein riesiges Sofa neben der Lifttür. Mit mir stieg ein junges Pärchen in den Aufzug, beide waren für ein Tennismatch gekleidet. Essensgeruch, Geschirrklappern. Ein Kellner fragte mich nach meiner Zimmernummer, ich musste auf meinem Schlüssel nachschauen.

Toni sah aus, als hätte er in einer Schachtel geschlafen. Erwin dagegen hatte schon Kaffee getrunken und in seinem Zimmer trainiert. Mir war ein wenig übel. Ich spürte, wie sich meine Speiseröhre mit jedem meiner Schritte mitbewegte, als eine Art Pendel. Ich holte mir Essiggurken und ein paar Scheiben Käse, dazu weiches Toastbrot und ein Glas stark prickelndes Mineralwasser.

Man konnte leicht erkennen, dass Toni sich heute noch nicht im Spiegel betrachtet hatte: Sein Haar stand fettig verschwitzt in eine Richtung, ein schiefer Helm. Vielleicht war es, weil ich ihn musterte, oder er hatte es sowieso vorgehabt, jedenfalls begann er, während er die Schale von seinem hartgekochten Ei klaubte, uns zu erzählen, dass er in der Nacht nicht habe schlafen können und daher sehr früh aufgestanden sei. »Lang vor euch«, sagte er. Er habe sich ein wenig in der Umgebung umgesehen, aber insgesamt sei das eine sehr verschlafene Gegend hier, nicht viel los. Nur ein kleines Café habe offen gehabt, da sei er hinein.

»Ein Café, echt?«, fragte Erwin.

»Ja.«

»Wo denn?«

»Da hinten irgendwo.«

Im Nachhinein kommt es mir vor, als hätte ich bereits an dieser Stelle seines Berichts mit vollkommener Klarheit gewusst, was gleich folgen würde. Auch möglich, dass ich es mir nur nachträglich zurechtlege, jedenfalls sagte Toni, er habe in dem Café, witziger Zufall, den Mann von gestern Abend wiedergesehen. Nicht Matteo, den betrunken flehenden, sondern den anderen, der am Ende aufgetaucht war, den freundlichen mit seinen Sätzen über Obst.

»Ehrlich? Und dann?«

Erwin erwartete, so wie ich, wohl eine Art Pointe.

Aber Toni nickte nur.

»Du warst wirklich schon heute früh draußen unterwegs?«, fragte ich.

»Ja. Wir haben uns lang unterhalten. Er hat mir erklärt, wie das ist mit dem. Ist eine witzige Geschichte.«

Nein, das alles klang nicht glaubwürdig. Toni machte eine Pause. Er tat so, als untersuche er einen kleinen Fleck auf seinem Ei.

»Okay«, sagte Erwin. »Und was ist mit ihm?«

»Naja, der hat früher Frauen verwaltet, Rumäninnen vor allem. Fürchterliches Getier. Er war sozusagen für sie zuständig. Für ihre Weitervermittlung. Hat sie hierhergebracht und dann für Kunden bereitgehalten.«

»Wie, der Typ?«

»Der Spinner, ja«, sagte Toni. »Und er rennt jetzt oft jede Nacht herum und bildet sich ein, er …«

»Aber nicht im Ernst!«

»Das ist natürlich schon Jahre her«, erklärte Toni. »Die haben das alles längst dichtgemacht hier, überall. Wird jetzt von so paar alten Familien kontrolliert, aber alles weiter draußen. Und er steht seit Jahren allein da, ohne Kontakte. Dann haben sie ihn sogar kurz eingesperrt, dabei hat er an sich gar nichts verbrochen, er hat sie ja nur verwaltet. Naja und heute geht er, wenn er zu viel getrunken hat, immer noch herum und bildet sich ein, er wäre noch derselbe von damals. Sucht Kunden. Müht sich die ganze Nacht ab, bis er wen findet, der bereit ist mitzukommen.«

Erwin schaute mich an und schnitt eine ungläubige Grimasse. Da Toni uns während seiner Erzählung nicht direkt anblickte, sondern sich seinem Ei widmete, gab ich Erwin einen ähnlichen Gesichtsausdruck zurück: Ja, wir dachten beide dasselbe.

»Er ist total unermüdlich, und das kann ihm keiner austreiben, diese Flashbacks.«

»Ich erinnere mich an seine Gesten«, sagte ich.

Man musste zugeben, dass Tonis Geschichte zumindest eine Erklärung für die Gesten darstellte. Toni begann, das Ei zu essen, in Zeitlupe. Hatte er gerade wirklich den Ausdruck *Getier* in Bezug auf rumänische Frauen verwendet?

»Und wenn die Leute auf sein eindeutiges Angebot eingehen und mitkommen, führt er sie irgendwohin. Muss man sich vorstellen.«

»Wohin denn?«, wollte Erwin wissen.

Hinter uns hörte man ein Geräusch, als würde sich eine Katze übergeben. Aber es war nur ein Kind auf einem etwas zu hohen Stuhl, das in rhythmischem Schaukeln näher an seinen Tisch heranrückte.

»Nirgendshin«, sagte Toni. »Keine Ahnung. Aber stell dir vor, du bist dem seine Frau. Was soll man mit so einem Irren anfangen, wenn er abends loszieht? Dabei gibt's das alles längst nicht mehr. Oder halt nur in seiner Vorstellung.«
Eine längere Pause entstand.

»Und das hat dir alles der Typ von gestern erzählt?«, fragte Erwin.
»Ja«, sagte Toni. »Er war wirklich sehr nett. Hat mich gleich begrüßt und, naja, wie die Leute hier halt sind, gleich so Fanfarenstoß, hier mein neuer Freund und so. Hat mich den anderen vorgestellt.«
»Und er kennt den Albaner schon länger?«, fragte ich.
»Welchen Albaner?«
Erwin und Toni schauten beide verdutzt. Jetzt waren wir auf einmal drei parallele Universen, anstatt bloß zwei. Ich korrigierte mich schnell:
»Ah, ich meine den Typen von gestern, den Spinner.«
»Den Zuhälter«, sagte Erwin kopfschüttelnd.
»Ja«, sagte Toni, »die kennen sich schon lang. Sind irgendwie so was wie beste Freunde. Keine Ahnung.«
»Aber jetzt würd ich doch gern wissen, wo er uns hingeführt hätte«, sagte Erwin. »Wir hätten ja nur drauf eingehen müssen oder so. Tun bestimmt viele.«
Nein, er glaubte Toni immer noch nicht, aber er spielte bereitwillig mit. Mir fielen keine vernünftigen Fragen oder Bemerkungen ein.
»Naja, nirgends«, wiederholte Toni achselzuckend. »Wo soll er denn hin?«
»Verrückt«, sagte Erwin.
»Ja, total«, sagte Toni. »Dass der immer noch glaubt, er ist der Supervermittler von damals. So ein absurdes Leben. Stell dir vor, die Leute erinnern sich an ihn, nachdem er gestorben ist. Die denken doch alle nur an das. Dass er nächtelang da draußen ... Stell dir vor, du bist seine Witwe. Und gehst so herum.

Alle schauen dich an und wissen, ah, das ist die. Jede Nacht versucht er es, und immer so weiter. Wenn du zu Hause in Graz im Bett liegst, ja? Also ab morgen dann. Oder in zwei Jahren. Wenn du da liegst und zu schlafen versuchst, dann kannst du innerlich runterzoomen, bis hierher, und weißt, hier ist jetzt der Typ, und er sucht wen. Wir hätten echt nicht so auf ihn losgehen sollen. Ich meine, stellt euch vor, wie das abläuft bei dem.«

Dieser letzte Gedanke erstaunte mich. Der Zoom auf der Landkarte. Ich sah ihn räumlich vor mir.

»Solltest nicht so früh aufstehen«, sagte Erwin. »Mach's lieber wie ich. Whey-Proteinriegel um sechs, dann erstes Set. Jeweils zehn Reps. Dann erstes *echtes* Set, zehn bis zwölf. Da kommt dir das Blut in den Kopf.«

»Ich mach sicher kein Bodybuilding«, sagte Toni.

»Sollten wir dann nicht bald?«, fragte ich. »Sonst kommen wir erst irgendwann nach Mitternacht an.«

Wenig später wanderten wir auf der Suche nach Reiseproviant durch die kleine DESPAR-Filiale auf dem sonnigen Platz neben der Kirche. Ich wählte einige Fruchtgummi-Süßigkeiten aus, die alle quirlige Namen trugen. Dazu eingeschweißte Muffins, Bananen, Kekse. Zwischendurch warf ich kurze, detektivisch konzentrierte Blicke in die von unseren Mitgeschöpfen heimgesuchten Supermarktgänge.

Bevor es losging, saßen wir noch ein paar Minuten hitzeträge im Auto. Alle meine Gedanken hatten sich zu einem gleichmäßigen Summen zusammengeballt, und durch meine Adern bewegte sich Pflanzensaft. Ich suchte meine Sonnenbrille, konnte sie aber nirgends finden.

»Ich geh noch schnell aufs Klo.« Toni stieg aus und rannte zurück ins Hotel.

Erwin, der auf dem Beifahrersitz saß, drehte sich zu mir um:

»Was hat der denn heute?«

»Keine Ahnung.«

»Der war doch niemals in diesem Café. Das sperrt hier alles erst um neun auf. Hat er das geträumt oder was?«

»Wahrscheinlich«, sagte ich.

»Er hat ja sogar noch Druckstellen vom Polsterbezug im Gesicht.«

»Ich hoffe, er ist fit genug, um zu fahren.«

»Wir wechseln uns ab«, sagte Erwin.

»Komisch, dass ihm der Albaner so im Kopf herumgeht.«

»What the fuck, warum sagst du immer Albaner?« Erwin fuhr sich mit der flachen Hand über den kahlen Schädel, als wollte er sagen: *Warum bin ich heute nur von Idioten umgeben.*

»Pfff, mit euch mach ich was mit«, sagte Erwin lachend. Er schien ein wenig nachdenklich. Er betrachtete seine vom Stirnschweiß feuchte Handfläche. Dann seufzte er und schüttelte den Kopf.

»Alles okay?«, fragte ich.

»Hm? Jaja.« Er nickte, nahm seine Brille ab und massierte sich die Nasenwurzel. Dabei gab er leise, melodische Hm-hm-hm-Laute von sich. »Ich mag nur echt gern wissen, wo er sie hinbringt. Was, wenn einer bis zum Ende mitspielt?«

»Ist ja nicht wirklich passiert.«

»Okay, ja. Aber trotzdem. Würd mich halt interessieren.«

Wir saßen eine Weile schweigend da, und der Geruch des sich immer weiter aufheizenden Autos umgab uns. Dann erschien Toni, entschuldigte sich für die Wartezeit, und wir fuhren los.

3

Vielleicht hätten wir am Frühstückstisch des Hotels anders reagieren müssen. Ich spiele die Szene heute noch oft durch, aber komme auf nichts. Der Kontakt zu Toni verlief sich in den Monaten danach mehr und mehr. Klar, die Geburt der beiden Jungen, die erste Zeit als Familienvater, die Pflichten, die neue Situation. Die Einrichtung der Wohnung. Aber es gab nicht mal eine Einweihungsfeier. Oder wenn, dann haben weder Erwin noch ich davon erfahren. Im Nachhinein denke ich mir, dass es ein Test gewesen sein muss. Ein Test, bei dem wir versagt haben. Gesehen habe ich Toni natürlich hier und da, meist nach der Arbeit, wie er mit seinen Buben nach Hause ging. Er grüßt mich, und ich winke. Am Parkplatz steht seine Frau. Und an seiner Haltung sieht man, dass die uralten Programme in ihm zu laufen begonnen haben. Beschützer, Ernährer. Ich glaube, Eltern sind die einzigen Menschen auf der Welt, die wissen, wie unglaublich groß ihr Körper in Wahrheit ist. Sie haben ja den Vergleich.

An manchen Tagen, wenn ich mit dem Rad durch den Bezirk fahre, stelle ich mir vor, wie ich Toni nach langer Zeit wieder auf den Vorfall anspreche. Wir befinden uns, sagen wir, bei ihm in der Wohnung oder in einem Lokal bei einem Bier. *He, weißt du noch,* sage ich, *der Spinner damals in Bari nachts auf der Straße?* Und Tonis Gesicht wird lustig, fast übermütig, so als hätte er schon lange insgeheim auf diesen Erinnerungsanstoß gewartet, und er antwortet: *Jaaa, genau, der Albaner! Den ihr dann zusammengeschlagen habt! Verrückt war das.* Und ich würde wahrnehmen, wie sich dieses eine Element, das Wort »Albaner«, nun tatsächlich, wie durch Magie, in ihm befände. Eine schmerzlose Übertragung aus meinem Kopf in seinen. Etwas von meinem damaligen Ich wäre so all die Jahre in ihm aufgehoben geblieben, und ich würde es wiedererkennen und begrüßen, so wie man vielleicht auch eine bestimmte Ohrläppchenform bei seinen eigenen Enkelkindern wiedererkennt und begrüßt. An solchen Dingen würde sich zeigen, dass die Welt ihre Seele behält. Außerdem hätte Toni, so denke ich es mir jedes Mal, bestimmt seine Erinnerung auch dahingehend verändert, dass es *wir* waren, also nur Erwin und ich, die den Albaner angegriffen hatten, und nicht er. Auch das wäre verständlich, und ich würde die Detailänderung nicht anders als mit einer gewissen Dankbarkeit empfangen. Ich male mir gern aus, wie sich Tonis nachträgliche Umdeutung der Ereignisse während unseres Gesprächs um mich schließt als eine Art Schutzschirm. Selbst wenn wir uns danach lange nicht mehr sehen oder sogar ganz aus den Augen verlieren würden, es täte gut, das weiß ich. Aber das ist, zugegeben, nur eine von vielen Vorstellungen von nachträglich sich einstellender Gerechtigkeit, die ich mit mir herumtrage. Wir müssen sehen.

DAS CHRISTKIND

Das Geräusch von draußen über den Hofkies mahlenden Autoreifen brachte den Eindruck regenerfrischter Winterluft: Dr.
Korleuthner nahm den Geruch wahr, ohne dass irgendwo ein
Fenster offen stand. Jemand hielt draußen vor der Garage. Es
war Heiligabend. Er erwartete keinen Besuch.

Er lief in die Küche und schaute aus dem Fenster. In der Einfahrt stand der sagenhaft unpraktische Geländewagen der Gollbergers. Hinterm Steuer konnte man Thomas gut erkennen,
sein charakterloses PEZ-Spender-Gesicht, seinen mönchischen
Haaransatz, und jetzt gingen Motor und Licht aus, und der Fahrer, im plötzlichen Dämmerlicht rückverwandelt in einen Atemwolken ausstoßenden Fremden, warf die Autotür zu, aktivierte
die Verriegelung und klopfte sich am ganzen Körper ab. Was
wollte er hier? Für einen Augenblick hielt er vor dem Hasen-
stall inne, in dem allerdings keines der Tiere zu erkennen
war, dann kam er zur Haustür.

Zur Beruhigung rief sich Dr. Korleuthner schnell ins Gedächtnis, dass die Tochter dieses Mannes seit einem Jahr ernsthaft
krank war, ein sehr früh einsetzender Typ-2-Diabetes mit einigen, wie man hörte, doch ganz ordentlich lebensbedrohlichen
Episoden. Sie war erst vier. Was wenn irgendein Notfall – aber
nein, dann wären sie ins Krankenhaus. Vielleicht um Rat bitten. Dr. Korleuthner fühlte Zorn und Ungeduld in sich aufsteigen.

»Unangemeldeter Besuch!«, sagte er in heiterem Ton, als er Thomas die eiskalte Hand schüttelte. »Haha. Komm rein. So, bitte. Ah, schade, es regnet gar nicht mehr.«

»Danke.« Thomas machte beim Eintreten eine Handschuhabstreifbewegung, obwohl er gar keine trug, dann stand er für einen Augenblick merkwürdig in die Höhe blinzelnd im Vorzimmer.

»Eine frische Luft hat's jetzt da draußen«, sagte Dr. Korleuthner. »Fein, fein, fein.«

»Leider noch immer kein Schnee.«

»Mhm, ja.«

»Dabei haben wir die letzten Tage so darauf gewartet. Damit die Mareen es zumindest weiß hat zu Weihnachten.«

»Ja, kann man nichts machen«, sagte Dr. Korleuthner. »Nein, nein, lass die Schuhe ruhig an.«

»Ach so, ja«, erhob sich Thomas. Jetzt waren seine Schuhbänder bereits aufgezogen und lagen kläglich links und rechts seiner Stiefel. Er wurde trotzdem ins Wohnzimmer weitergewinkt und fügte sich, ging mit offenem Schuhwerk an den ihm zugewiesenen Platz.

Durch die geglückte Demütigung sanfter gestimmt, bot Dr. Korleuthner Tee an, den der Gast allerdings dankend ablehnte, er wolle nicht lange stören.

»Fein, fein«, sagte Dr. Korleuthner.

Man sah Thomas Gollberger an, dass er – wie sollte man es im Haus eines Arztes auch anders machen – gleich ohne Umschweife den Grund seines Besuchs vorbringen wollte, aber etwas schien ihn in der vorbereiteten Gedankenfolge zu unterbrechen. Er blickte sich um, legte eine Hand auf die Sessellehne, lehnte sich nach vorne, äugte erstaunt ins Zimmer.

»Ihr habt gar keinen Baum?«, fragte er leise.

Der schüchterne Ton gefiel Dr. Korleuthner, aber die Frage selbst war aufdringlich und lästig.

»Seit Jahren nicht mehr.«

»Und die Mädchen sind nicht traurig?«

»War ihre Idee«, sagte Dr. Korleuthner. »Sie wissen, was ein Weihnachtsbaum ist, haben gelernt, dass er vor sich hin stirbt, da im Wohnzimmer, und dass man ihn dabei kostümiert.«

»Ha«, entkam es Thomas.

Dr. Korleuthner sagte nichts mehr. Jetzt war es wirklich Zeit, dass der Patient sich und sein Anliegen erklärte. Auf dem Tierhilfskalender an der Wand blähte ein Fregattvogel seinen erdbeerroten Kehlsack.

»Ja, also, weswegen ich, also ich wollte euch nur fragen, ob es möglich wäre, für uns eventuell etwas aufzustellen für heute Abend.«

»Aufstellen?«

»Draußen am Hang.«

Thomas Gollberger deutete über seinen Rücken nach hinten.

»Was aufstellen?«

»Ich muss mich entschuldigen, es ist etwas last minute.«

»Was sollen wir aufstellen, einen Baum?«

»Ah, nein, hahaha, nein: Nur etwas für die Mareen, für ihre Bescherung dann.«

Zu seiner eigenen Verblüffung war Dr. Korleuthner nicht mehr wütend. Das Anliegen war frech, keine Frage, aber er war doch neugierig.

»Ich hab es im Auto. Hat Batterien und alles, und ich hol's morgen wieder ab. Ihr müsst eigentlich gar nichts weiter tun.«

Die beiden Männer standen vor dem SUV. Die nasskalte Luft tat ein wenig im Rachen weh, fand Dr. Korleuthner. Thomas Gollberger machte den Kofferraum auf. Da lag ein Gegenstand. Ein Strahler, ein Leuchtkörper, oder was war das, ein Scheinwerfer?

»Was ist das?«

»Das müsstet ihr dann nur zu einer bestimmten Zeit einschalten, mehr ist nicht. Es geht mit Fernbedienung.«

»Aha. Und wofür ist das?«

Dr. Korleuthner hatte diese Frage streng gestellt. Unwirsch. Aber es schien, als hätte er den richtigen Augenblick dafür verpasst, denn Thomas begann mit unerwartet selbstbewusster Heiterkeit zu erklären, dass die Mareen ja aus den leider allzu bekannten Gründen nicht aus dem Haus gehen dürfe, um das Christkind zu suchen. Normalerweise, das heißt in den früheren Jahren, seien sie immer kurz vor der Bescherung, wenn die Sonne gerade unterging, spazieren gegangen und hätten nach Lichtern gesucht. Und immer sei eines aufgetaucht, der Widerschein einer Ampel oder sonst irgendein Blitzen, jedes Jahr etwas anderes. Aber diesmal müsse das Lichtsignal eben zur Mareen kommen, von einem Punkt, den die Mareen von ihrem Zimmer aus oder vom Balkon – selbe Seite des Hauses – entdecken könne.

Dr. Korleuthner hatte der Erklärung ruhig zugehört. Er hatte selbst zwei Töchter, die er, nach dem Unaussprechlichen vor sieben Jahren, das seiner Frau zugestoßen war, im Alleingang, das heißt mit der Hilfe zweier sich abwechselnder Kindermädchen, aufzog. Renate war acht und Juliane sechzehn. Nein, ihm waren derlei Spiele durchaus nicht fremd. Zauber, Weihnachtsabend, solche Dinge. Er selbst hatte früher auch Vergleichbares unternommen. Konnte man machen.

»Gehen wir ins Haus zurück«, schlug er vor.

Thomas Gollberger machte ein Gesicht, als sei ein Ballon zerplatzt.

»Soll ich sie nicht herausnehmen?«, fragte er. Er legte seine Hände auf die Lampe.

»Später vielleicht.«

»Warte, ich heb sie gleich raus.«

Kopfschüttelnd verfolgte Dr. Korleuthner das würdelose Schauspiel. Thomas zog und zerrte, stellte sich neu auf, für mehr Hebelwirkung, vertat sich aber dabei und musste neu beginnen. Natürlich war die Halogenlampe, oder was auch immer es genau sein mochte, viel zu schwer, und sie fiel ihm beinahe in den Kies. Dann kam auch noch der Regen zurück, sie würden beide nass werden.

Dr. Korleuthner ging ins Haus und holte einen Schirm. Im Zurückgehen drückte er auf den Knopf – und wie es häufig zu geschehen pflegt, wenn die stoffbespannte Spreizform eines Regenschirms ruckartig in den Raum gezaubert wird, wurde ihm augenblicklich etwas bewusst: Er hatte zu der ganzen Unternehmung noch gar nicht Ja gesagt.

War es dafür schon zu spät? Ihm fielen noch Argumente ein. Mein Grund und Boden. Seit wann sind wir für eure Bescherung da. Was wenn wir in der Kirche sind. Scher dich weg mit dem dummen Gerät. Aber nein, das ging alles nicht mehr.

Thomas trug das schwere Ding, schwankte, äugte papageienhaft seitlich daran vorbei zu Boden, fand schließlich eine Stelle am Hang und setzte es ab.

»Da kommt das also hin?«, fragte Dr. Korleuthner schwach.

»Ja, von da kann sie's sehen«, erklärte Thomas. Er blickte hinüber in die Richtung seines Hauses.

»Fein, fein«, sagte Dr. Korleuthner.

Da heißt es immer, man soll zu seinen Mitmenschen nett sein. Okay. Aber dann sieht die Welt am Ende so aus: Ein unförmiges, hässliches UFO steht in deiner Wiese.

Dr. Korleuthner bekam die Fernbedienung erklärt. Dabei bedankte sich Thomas mehrmals bei ihm und strich ihm brüderlich über die Schultern. Das allein schon eine Frechheit. Aber was sollte man machen?

Angeblich war es nur ein einziger Knopfdruck. Eine SMS zur »rechten Zeit«, dann hier drücken. Ah ja.

Thomas versicherte, in ewiger Schuld zu stehen. Und er bedankte sich schon wieder. Nein, bitte nicht wieder über die Schulter, jetzt ist gut.

»Alles klar«, sagte Dr. Korleuthner. »Hier drücken, hab kapiert.«

»Morgen hol ich's wieder ab.«

»Jaja, gut.«

»Nummer hab ich«, stellte Thomas fest.

»Okay.«

Nun wurden noch Bilder der Tochter vorgezeigt. Dr. Korleuthner schaute sie mit fachlichem Ernst durch. Thomas Gollbergers Handy war unangenehm heiß.

»Zuletzt ist leider noch das mit dem Histamin dazugekommen«, sagte Thomas.

»Aha?«

»Brot geht eh nicht mehr. Käse, Salami, Schinken, da ringelt sie's böse auf. Und wenn es ganz schlimm kommt, muss sie Diaminoxidase nehmen.«

Er sprach es korrekt aus, sehr gut. Thomas beeilte sich, schnell hinzuzufügen:

»Wir denken uns inzwischen, es muss mit der Ernährung zu tun haben.«

Natürlich, was sonst.

»Naja«, sagte Dr. Korleuthner und blickte auf die Uhr, »wir wissen nicht viel über diese Dinge.«

Thomas nickte. Dann verabschiedete er sich. Er schien es auf einmal eilig zu haben.

Als der Geländewagen in der Einfahrt gewendet hatte und den Hügel hinunterfuhr, erhielt Dr. Korleuthner eine Test-Nachricht auf sein Handy. Sie bestand aus dem Wort TEST und einem Smiley. Er löschte die Nachricht sofort.

So also sah das aus: ein bevorstehender Augenblick im Leben eines Kindes. Unglaublich hässlich, schwarz, nassgeregnet. Und Histamin also jetzt auch. Was das Universum alles kann. Ob das Ding durch das Regenwasser kaputtging?

Dr. Korleuthner fragte sich, was die Mädchen zu dem Gebilde sagen würden. Renate war mit ihren acht Jahren eine sehr empathische Person, also standen vermutlich Interesse und Rührung bevor. Ihre ältere Schwester dagegen kannte seit Anbruch der Pubertät fast nur noch tiefes Verletzt-Sein. Ihr waren die Hasen egal geworden, ebenso das Wohlergehen des Planeten. Gott sei Dank war sie heute Abend bei einer Freundin eingeladen und würde wohl über Nacht bleiben. Es waren verlässliche, gute Leute.

Als Dr. Korleuthner zurück ins Haus trat, stellte sich heraus, dass Renate die seltsame Interaktion von ihrem Fenster im ersten Stock mitverfolgt hatte. Er beschrieb, worum es ging. Renate staunte. Sie erkundigte sich nach dem Alter des Kindes. Dann tippte sie etwas in ihr iPhone.

»Aufdringlich, oder?«, sagte Dr. Korleuthner. »Er glaubt, alle feiern diesen sinnlosen Tag so wie er.« Er erhielt keine Antwort.

Wenig später erschien Juliane. Sie war entsetzlich geschminkt, es tat Dr. Korleuthner in der Seele weh. Juliane war, technisch gesehen, schon eine Frau, aber verbreitete im Winter immer noch diesen aus der Kindheit stammenden intensiven Anorakgeruch, nach geschmolzenem und dann im Innenfutter warm gewordenem Kragenschnee. Ihre Haare waren entweder neuartig gestylt oder ungewaschen.

»Geht dann los, hm?«, fragte Dr. Korleuthner.

»Guess so.«

Juliane drückte ihre Schwester, die ihr bei der Treppe im Weg stand, beiseite und ging sich die Schuhe anziehen.

»Wir haben ein Licht im Garten!«, rief ihr ihre Schwester nach.

»Das ist für ein Baby aus der Nachbarschaft.«

»Hä?«, machte Juliane.

»Wir helfen einem Baby!« Renate marschierte ins Vorzimmer.

In den wenigen Sekunden, die es dauerte, bis Dr. Korleuthner ihnen nachgegangen war, hatte sich die Unterhaltung bereits in eine Art Streit verwandelt. Er nahm diese außerordentliche Schnelligkeit mit einem gewissen Kennerblick wahr.

Juliane schaute angewidert drein.

»Lern normal sprechen, man versteht überhaupt nichts!«, schnauzte sie ihre Schwester an, während sie sich die Stiefel zuband. »Papa, übersetz du!«

Dr. Korleuthner wollte etwas sagen, aber Renate wiederholte, rot im Gesicht, die Erklärung über die Lampe und das Baby.

»Es ist nicht direkt ein Baby«, korrigierte Dr. Korleuthner.

»Hast du gesagt!«, protestierte Renate.

Juliane schaute entsetzt. Sie hockte auf dem Boden des Vorzimmers. Ihr Vater und ihre Schwester waren zwei Geisteskranke. Dr. Korleuthner bemerkte, dass sie die etwas zu enge Jeans ausgewählt hatte. Dabei hatte sich ihr Hüftumfang in den letzten Monaten nicht wenig verändert.

»Ich muss dann los«, stöhnte Juliane. Aber ihr gelang das Augenrollen nicht ganz. Da sie es gleichzeitig mit dem Aufstehen machte, verlor sie ein wenig das Gleichgewicht. Mein Gott, solche Stiefel. Juliane kramte ihren Mantel aus dem Kleiderständerberg.

»Magst du es nicht kurz anschauen?«, fragte ihr Vater.

»Ja was denn überhaupt? Kann keiner von euch normal reden?«

»Komm, ich zeig's dir.«

»Aber ich weiß überhaupt nicht, worum es geht!«

Julianes Protest ging weiter, bis sie zu dritt davor standen. Dr. Korleuthner erklärte ihr den Grund. Sie schüttelte den Kopf. Es war der ideale Zeitpunkt, um ihr die Fernbedienung zu zeigen.

»Wieso lässt du dir das«, fing Juliane an, aber machte dann nur »Pfff« und wandte sich ab.

Ihre Schwester war zu den Hasen gelaufen. Sie steckte ihre Finger durch den Maschenzaun. Die Tiere bewegten sich, ruckartig wie zu langsam streamende Videos, durch das Gehege. Das Tageslicht schwand rasch.

»Läuft das mit Batterie, oder was?«, fragte Juliane. Ihr Interesse stieg allmählich an die Oberfläche, aber noch war ihr Ton freimütig und angewidert. Sie berührte die Lampe mit der Stiefelspitze.

Gerade in solch harmlosen Augenblicken reiten uns manchmal kleine Teufel. Dr. Korleuthner hielt ihr die Fernbedienung hin. Juliane nahm sie, ohne zu überlegen, in die Hand und drückte auf den Knopf. Ein leichtes Glühen, ein kurzes Brummen, dann erstrahlte der Scheinwerfer. In dem operationssaalhellen Lichtschein hielten die Hasen entsetzt inne, ein überwältigtes, strafgeröntgtes Volk. Man sah ihre schwarzen Augen, ihre Nasen im Profil. Die unerwartete Illumination musste etwas Uraltes in ihnen berührt haben, denn sie suchten weder Schutz im Fell des Nachbarn, noch verkrochen sie sich rückwärtig im beheizten Häuschen, sie bewegten sich überhaupt nicht mehr, als wären alle irdischen Wege nun zu Ende.

»Schalten wir vielleicht wieder aus«, sagte Dr. Korleuthner.

Aber er musste Juliane auf die Schulter tippen, damit sie auf seinen Vorschlag einging. Nun, da die Starre sozusagen auf beiden Seiten überwunden war – Juliane drückte auf den Knopf, die Hasen schlüpften zurück ins Stallhäuschen, und die Dämmerung kehrte in den Hof zurück –, konnte man auch auf höhere Zusammenhänge verweisen: Am Himmel, etwa in der Richtung, in der das Haus der Gollbergers lag, hing in makelloser Vollständigkeit das Sternbild des Orion. Dr. Korleuthner zeigte seiner Tochter die Erscheinung. Sie sagte: »Ach so. Ja.«

»Waaa, das war voll hell!«, rief Renate. »Ich will auch, ich will auch!«

Jetzt war die Sonne fast vollständig untergegangen. Dr. Korleuthner kontrollierte sein Handy.

»Wir sind schon gutmütig«, sagte er. »Ich meine, dass wir das überhaupt machen.«

»Mir wird kalt«, sagte Renate.

Juliane trat noch einmal gegen die Lampe, diesmal etwas fester. Sie lachte. Sie hatte ihm die Fernbedienung noch nicht zurückgegeben.

»Krank«, sagte sie.

»Aber du kennst die Mareen auch«, sagte Renate zu ihrer Schwester.

»Was? Nein.«

»Doch, sicher!«

Dr. Korleuthner hätte gar nicht sagen können, wer von beiden recht hatte. Eigentlich hatten sie das kleine Mädchen nur ein einziges Mal gesehen, bei der Taufe damals, ja –

»Juliane, lass, komm. Gib her.«

Er streckte die Hand aus. Sie sah ihn an.

»Was denn? Vielleicht mag ich das hier gern ein- und ausschalten, was ist so verboten daran?«

»Okay, okay. Es ist nur, ich hab versprochen …«

Gar nichts hab ich, korrigierte er sich in Gedanken. Lass sie machen, wen kümmert's.

»Es ist so kalt«, sagte Renate.

»Kannst jederzeit reingehen«, sagte Juliane.

»Musst du dann nicht langsam los?«, fragte Dr. Korleuthner.

»Jaja.«

Juliane hielt sich die Fernbedienung vors Gesicht und untersuchte sie. Es gab noch ein paar andere Knöpfe an der Seite.

»Renate, du kannst auch schon reingehen«, sagte Dr. Korleuthner.

»Aber warum muss ich!«, jammerte das Mädchen los.

»Oder hol dir halt einen Mantel, wenn du frierst.«

»Ich frier nicht!«

»Pfff«, machte Juliane.

Dr. Korleuthner beschloss, die ungute Spannung etwas zu entladen, indem er die Aufmerksamkeit wieder auf das kleine Kind lenkte, dem diese nachbarschaftliche Aktion hier galt.

»Aber schau«, sagte er, »daran wird sie sich später mal erinnern, an das Christkind.«

»Pfff, hahaha, oida.«

Auch Renate lachte los, aber mit etwas weniger Überzeugung.

»Wir sind schon nett, dass wir das machen«, sagte Dr. Korleuthner.

»Der Papa von der Mareen war vorhin im Hof«, sagte Renate, »ich hab gesehen, wie er es aufgestellt hat.«

»Voll spannend«, sagte ihre Schwester.

»Du kannst aber ruhig schon gehen«, sagte Dr. Korleuthner. »Wir schaukeln das Ding hier schon.«

Der Satz klang vollkommen falsch, wer sagte so etwas?

»Die Mareen kennst du sicher«, wiederholte Renate.

Juliane schniefte, zog die Nase hoch. Weinte sie? Nein, die Kälte.

»Andere müssen frieren, nur weil die da unten«, sagte sie. »Sag mal, ist das die, die so todkrank ist?«

»Wer ist krank?«, fragte Renate entsetzt.

»Niemand«, sagte ihre Schwester. »Hab mich geirrt. Ist alles gut.«

Verblüfft hatte Dr. Korleuthner diesen Wortwechsel verfolgt. Er wusste nicht, wie er reagieren sollte. Ein Auto mit lauter Rapmusik fuhr unten vorbei.

Was, wenn gar keine SMS käme? Es war jetzt schon dunkel. Dr. Korleuthner musste an den Fall der vier Schützen denken, eine Doku vor ein paar Wochen. Vier Jugendliche hatten in Dayton, Ohio, ein Schulmassaker geplant. Mit Zielgewehren hatten sie auf vier Punkten rund um den Schulhof Aufstellung genommen. Auf ein verabredetes Zeichen hätten die Schüsse losgehen sollen. Aber dann hatte keiner von ihnen die SMS geschickt. Sie hatten versäumt, im Vorhinein zu klären, wer von ihnen das Signal geben würde. Und so war nichts geschehen, und am nächsten Morgen traf man sich einfach wieder in der Schule. Es hatte spannende Interviews mit den Lehrern und Schülern gegeben.

Warum denke ich an so was? Es muss diese komische Distanz sein, von hier bis zum Hügel gegenüber, dachte Dr. Korleuthner. Aber wir schießen mit Licht.

»Ja, also dann«, sagte er.

Aber Juliane gab ihm die Fernbedienung nicht zurück.

War es möglich, dass man sie wieder, so wie letztes Jahr, von der Party ausgeladen hatte? Er erinnerte sich noch gut an das Drama. Wie er der heulenden Juliane nachgelaufen war und ihr versichert hatte, dass es mit Sicherheit nichts Persönliches sei. Aber dann war ihm eingefallen: Es war sicher was Persönliches, wozu das Gegenteil behaupten, in dem Alter gab es überhaupt nur Persönliches, und genau das ist das Paradies an der ganzen Sache, das würde sie erst später begreifen. Lass sie weinen, es ist kostbar. Sie ist sich selbst noch so viel wert.

»Was passiert eigentlich, wenn die nicht schreiben?«, fragte Juliane. Die Vorstellung schien sie zu elektrisieren. Ihr Daumen ruhte auf dem Knopf der Fernbedienung.

»Das haben wir schon besprochen«, sagte Renate leise.

Wieder war Dr. Korleuthner überrascht. Was sollte man darauf sagen? Niemand hatte irgendwas besprochen. Die Mädchen erzeugten abwechselnd kleine Nebenrealitäten durch ihre Aussagen, es war wunderschön. Aber dann begriff er, dass es Renates Wunsch war, selbst entscheiden zu dürfen, was dann geschähe. Da ihre Schwester die Fernbedienung hielt, fühlte sie sich wohl ausgeschlossen.

»Ja, was denkst du, was wir dann machen sollten?«

»Es trotzdem einschalten!«, krähte das Mädchen.

»Nein«, sagte Juliane. »Das ist doch behindert.«

»Ist es nicht!«

»Doch. Dann leuchtest du einfach die Nacht an, super.«

»Geh doch zu deiner Feier.«

»Mach ich ja.«

Aber plötzlich hielt Juliane ihrer Schwester die Fernbedienung hin. Renate schaute. Sie war noch mitten im Streit, diese Geste der Versöhnung verwirrte sie. Sie streckte ihre Hand nicht aus.

»Dann halt nicht«, sagte Juliane.

Sie schob das Batteriefach der Fernbedienung mit dem Daumen auf und zu, auf und zu.

»Wann genau beginnt denn die Party?«, fragte Dr. Korleuthner.

»Gibt keine richtige Uhrzeit.« Die Hasen lärmten im Häuschen, es hörte sich an wie Bälle in einer Tombola.

»Die müssen aber schreiben!«, sagte Renate. Sie zog Rotz durch die Nase hoch.

»Wir werden dir jetzt einen Mantel holen«, sagte Dr. Korleuthner.

In diesem Augenblick kam eine SMS.

WÄREN SO WEIT, schrieb Thomas Gollberger.

»Oh, sie schreiben!«, sagte Juliane und drängte näher, um die Nachricht zu lesen. Auch Renate stürzte sofort, ihre eigenen Atemwolken überholend, auf ihn zu, und Dr. Korleuthner musste das Handy auf Brusthöhe halten, damit beide es gleichzeitig lesen konnten. Aber Renate sah immer noch nicht gut genug, sie drängelte und schob sich gegen ihre Schwester.

»Lass mich sehen!«

»Da, bitte.«

»Wären so weit«, las Renate. An der Art, wie sie das Satzfragment betonte, war klar, dass sie den Sinn nicht ganz verstand.

»Wir sollen dann wohl einschalten«, sagte Dr. Korleuthner.

Juliane hielt den Deckel des Batteriefachs in der Hand.

»Bau das wieder zusammen!«, rief Renate.

»Jaja.«

Er erwartete, dass Juliane auf den Knopf drücken würde, aber sie tat es nicht. Sie schaute in Richtung des Hauses. Dann ordnete sie sich die Stirnfransen.

»Ich glaub, wir sollten dann«, begann Dr. Korleuthner.

»Gleich. Reh? Schau, da.« Juliane hatte den Kosenamen für Renate seit mindestens einem Jahr nicht mehr verwendet. Deshalb dauerte es, bis Renate begriff, dass sie gemeint war. Juliane hielt ihr die Fernbedienung erneut entgegen.

»Drück drauf«, sagte Renate misstrauisch.

»M-m«, schüttelte Juliane den Kopf. »Ich hab ja schon. Jetzt bist du dran.«

»Mach du.« Das kleine Mädchen wich zurück.

Die Zeit dehnte sich. Einzelne Sekunden wurden wahrnehmbar.

»Wenn du es nicht machst, dann bleibt alles dunkel«, sagte Juliane.

»Juliane«, sagte Dr. Korleuthner.

»Mach du«, sagte Renate.

»Komm, Reh, denk an das Baby da unten.«

»Es ist gar kein Baby!«, protestierte Renate.

»Aber sie freut sich.«

»Papa!«, rief Renate. Ihr wurde das alles zu viel.

»Naja, nimm die Fernbedienung halt mal in die Hand«, schlug Dr. Korleuthner vor. »Dann siehst du ja …«

»Ich seh überhaupt nix«, jammerte Renate.

Juliane hockte sich hin und bot ihr die Fernbedienung erneut an.

»Wenn du's nicht machst, dann bleibt es eben dunkel«, sagte sie in geduldigem, gütigem Tonfall. »Dann geschieht nichts. Stell dir das vor.«

Es wurde zu viel für Renate, sie blickte hilfesuchend zu ihrem Papa. Dr. Korleuthner machte eine undeutliche Geste mit beiden Händen. Er konnte ihr auch nicht helfen.

Es mussten schon zwei oder drei Minuten seit der SMS vergangen sein. Je länger die Verzögerung andauerte, desto mehr wurde er sich seines Rückens bewusst. Es war ein Gefühl, als drückte sich eine unsichtbare Staumauer aus Luft von hinten gegen ihn. Außerdem meldete sich seine Blase.

»Komm, Renate«, sagte er. Er schnippte mit den Fingern. »Nimm jetzt.«

Endlich kam sie näher. Juliane überreichte ihr die Fernbedienung.

Renate hielt sie in der Hand, aber ihr Gesicht zeigte immer noch den Ausdruck großer Überforderung.

»Ich weiß nicht«, sagte sie. »Mach lieber du!«

Sie spreizte die Finger merkwürdig ab, als wäre die Fernbedienung kontaminiert.

Das drängende Gefühl im Rücken wurde nun etwas schwächer, und nüchterne, heidnische Neugier kehrte zurück. Würden die Mädchen das Ganze sabotieren? Würde er eingreifen müssen? Es mussten jetzt schon vier Minuten sein. Wie ging es den Gollbergers da drüben? Ganz Purkersdorf lag in tiefer Dunkelheit vor ihnen.

»Jetzt«, sagte Juliane.

Sie hockte neben ihrer Schwester. Renate war weinerlich. Sie wollte nicht. Aber immerhin ließ sie die Fernbedienung nicht fallen. Sechs Minuten. Dr. Korleuthner fragte sich, was Thomas Gollbergers Plan B sein mochte.

Aber da drückte Renate den Knopf. Helligkeit.

Ein lautes »Ha!« entkam dem Mädchen, und die Fernbedienung fiel ins Gras.

Ein einzelner Hase, der sich gerade im falschen Moment aus dem Häuschen gewagt hatte, stand ertappt im Gehege, bis ins Mark beleuchtet. Ohren asymmetrisch, Körper mitten im Umwenden erstarrt. Und ein einzelner Baum neben der Einfahrt ragte plastisch und in übertriebener Deutlichkeit in den Raum, seine Brüder hinter ihm waren dagegen fast unsichtbar. Vielleicht stimmte die Ansicht gewisser antiker Philosophen ja doch, dass alles, was wir beleuchten und ansehen, aus einem eigentlich paradiesischen Urzustand vertrieben und an die Oberfläche der grellen, schmerzhaften Erdenverhältnisse gerissen wird.

»Und jetzt«, sagte Juliane, »wackeln wir es hin und her.«

Nein, es war nicht das erste Mal, dass Dr. Korleuthner bei seiner älteren Tochter diesen Ton erwachsener Tätigkeit wahrnahm. Aber nun erinnerte er ihn an etwas, das weit zurücklag und an das man eigentlich nicht mehr denken durfte; es würgte ihn. Ihre Stimme war ruhig und betreuerinnenhaft. Renate wurde davon wie von einem Leitstrahl erfasst und machte alles mit.

Die beiden bewegten den Scheinwerfer hin und her, eine Art Kopfschütteln. Andere Bäume wurden angestrahlt und tauchten, so wie ihr Vorreiter, aus dem seligen Schattenzustand zurück ins Wahrgenommen-Werden. Dr. Korleuthner schaute auf sein Handy. Keine neuen Nachrichten. Er dachte daran, dass dieses Tieferwachsene in Julianes Wesen bestimmt bald auch für andere Menschen sichtbar werden würde, in zunehmender Dichte und Intensität, dagegen gab es leider kein Mittel. Ja, es würde sich verstärken, würde Männer anziehen, ihnen Zukunft und Sicherheit vermitteln, es war entsetzlich.

»Das haben wir aber gut gemacht«, sagte er leise.

Juliane hob die Fernbedienung auf und schaltete aus. Sie nickte kurz, auf ihre neue fachmännische Art, und richtete sich auf, die Hände in die Hüften gestemmt, tatsächlich, ein Ebenbild. Renate blieb neben dem Scheinwerfer sitzen. Sie wischte über das feuchte Glas, zog ihre Hand aber schnell wieder zurück, weil es heiß war.

»Erledigt«, sagte Juliane. »Ich werd dann gehen.«

»Ja«, sagte Dr. Korleuthner. »Genau. Hast du alles mit?«

Juliane tippte auf ihren Rucksack.

»Ah, ja, das ist gut. Ja dann, schreib mir gleich, wenn du dort ankommst.«

»Eh«, sagte Juliane. »Tschüss, Reh.«

Damit ging sie durch die Einfahrt und den Hügel hinunter. Die Dunkelheit schluckte sie, dann tauchte sie wieder auf, man sah sie, schon um vieles verkleinert, unten im Schein der Straßenlaternen zur Bushaltestelle gehen. Nein, am Heiligabend wurde niemand entführt. Außerdem war sie sechzehn. Und sie würde ihm gleich schreiben. Alles im grünen Bereich. Dennoch hatte Dr. Korleuthner auf einmal das starke Bedürfnis, ihr nachzurennen und sie mit Gewalt zurückzuholen. Um den Drang irgendwie umzuleiten, brachte er Renate schnell ins Haus zurück, setzte sie auf die vom Heizkörper aufgewärmte Fensterbank im Wohnzimmer und legte die magische Fernbedienung in die leere Obstschale beim Fernseher.

»Papa?«

»Ja?«

»Wieso ist das Baby krank?«

»Es ist ja gar kein Baby. Du warst doch auch mal vier, oder? Da warst du schon lang kein Baby mehr.«

Diese Erklärung schien dem Mädchen zu genügen. Draußen im Gehege bewegten sich Schatten. Die Hasen hatten den doppelten Lichtüberfall noch nicht ganz überwunden.

Dr. Korleuthner erhielt eine SMS:

DANEK

Der Tippfehler rührte ihn. Er zeigte ihn Renate, las das Wort laut vor. Sie lachte, aber ihr Gesicht war gerötet, ihre Augen unfroh und fern. Die Stirn eines nachdenklichen Kindes.

Dr. Korleuthner blieb neben seinem Handy sitzen und achtete aufs Display. Einige Leute, sowohl Freunde als auch Patienten, schickten ihm artige Weihnachtsgrüße. Er erwiderte keinen. Gegen halb acht kam endlich eine Nachricht von Juliane:

bin da ok .

Er schrieb zurück, sie solle auf sich aufpassen und eine schöne Zeit haben.

selber, schrieb Juliane.

DIE FRAU

Hagel. Kleine, springende Popcorn-Zähne auf den Fensterbrettern. Auch unten auf den Verkehrsinseln und den Gehsteigen hüpften sie, die Straßen waren menschenleer, nur aus einigen Kellergittern strömte Dampf. Hagel zu einer Zeit, in der es eigentlich schneien sollte, ist, so heißt es, genauso schrecklich wie Schnee, der im Inneren einer Kathedrale fällt.

Paul ließ sich auf die Matratze fallen, die in der Mitte des Raumes lag. Staubgespenster quollen auf. Die ganze Nacht war er wach gewesen und hatte sich mit den Dingen beschäftigt, die in der Dunkelheit vor sich gingen, manches davon das übliche Netzhautkino, dunkelrote Flecken, die sich mit anderen zusammentaten oder einfach näher kamen, hin und wieder hatten Autoscheinwerfer ins Zimmer gestrahlt, als würde ein Regenschirm aus Licht im Zimmer aufgespannt. Paul fröstelte. Er hatte nur ein T-Shirt und eine Trainingshose an. Die Heizung hatte gestern noch funktioniert, aber heute Morgen hatte er an dem Ventil gedreht und schon bei der ersten Schraubbewegung gemerkt, dass etwas nicht stimmte. Als schüttelte man einem Toten die Hand. Der Heizkörper blieb kalt. Die Zeitungen, die auf dem Boden verstreut lagen, ergaben kein zusammenhängendes Bild.

Als ihn jemand im Gesicht berührte, fuhr er in die Höhe und versuchte, sich zu verteidigen. Die Frau hockte vor ihm, eingehüllt in einen Wintermantel. Sie hatte Straßenkälte, Geruch nach nassem Asphalt und ihre eigene, dezente Körperwärme mitgebracht. Er starrte sie an, dann entspannten sich seine Augenbrauen, er murmelte eine Begrüßung und ließ seinen Kopf zurück auf die Matratze sinken.

»Wie viele hast du genommen?«, fragte die Frau und hob einige Angelschnüre in die Höhe, an denen noch die Haken baumelten.

Paul schnaufte, drehte sich auf die Seite und machte eine Geste, als verscheuche er ein krabbelndes Insekt vor ihm auf dem Boden.

»Sind das alle?«, fragte sie.

»Weiß nicht mehr«, sagte er.

»Okay«, sagte sie. »Hast du Bauchschmerzen?«

Er schüttelte den Kopf. Er war schließlich kein Anfänger mehr, die Haken waren alle noch da. Sie konnte ja nachzählen, wenn sie wollte.

Da, sie tat es tatsächlich. Sie sammelte die Schnüre ein, murmelte dabei irgendetwas vor sich hin und legte sie, da es im Zimmer weder einen Tisch noch einen Hocker oder etwas Ähnliches gab, auf das Fensterbrett. Ihr Murmeln klang wie Radio-Nachrichten aus einem Nebenzimmer, dachte Paul. Er schnippte mit den Fingern, einfach um das Geräusch zu hören.

Die Frau nahm nun neben ihm Platz.

»Möchtest du schlafen gehen?«, fragte sie ihn sanft. »Es ist schon nach acht.«

Paul drehte sich auf den Rücken und blickte zu ihr. Seine Augen fühlten sich entzündet an. Der Morgen hatte teiggelbes Licht gebracht. Er sehnte sich nach Stille und Dunkelheit. Ein Glück, dass die Sonne um diese Zeit des Jahres schon gegen sechzehn Uhr unterging. Er versuchte die Subtraktion, sechzehn minus acht, aber bevor er das Ergebnis vor sich sehen konnte, nahm die Frau ihn bei der Schulter und half ihm auf. Als sein Bauch sich unter diesem Manöver zusammenkrümmte, wurde ihm plötzlich schlecht, er würgte und musste sich nach vorn beugen, um besser Luft zu bekommen. Etwas steckte in seinen Zähnen fest, das ihn beim Sprechen behinderte. Es dauerte einen Moment, bis er sich mit den Fingern in den Mund fasste, aber als er es schließlich entfernt hatte, war ihm etwas leichter. Die dünne, silbern glänzende Schnur verblüffte ihn. Er schämte sich, hielt sie in die Höhe, ohne der Frau dabei in die Augen zu sehen. Sie nahm ihm die Angelschnur aus der Hand und trug sie zu den anderen.

»Sieben«, sagte sie. »Mein Gott, Paul.«

»Ist okay. Ich halt das aus.«

»Wie du meinst. Weißt du schon, wo du schlafen wirst?«

»Was kümmert dich das?«

Sie verschränkte die Arme vor der Brust. Sofort wurde etwas in ihm weicher, reumütiger. Er senkte den Blick, betrachtete seine nackten Füße mit den eigenartigen Zehen, die in dem gelben Licht noch gespenstischer aussahen als sonst. Wie eine Reihe verschieden großer Kaugummiblasen, die jeden Augenblick platzen konnten.

»Ich werd's im Girino probieren«, murmelte er. »Oder im Laburnum.«

»Das hat jetzt schon offen?«

»Seh ich dann.«

Die Frau seufzte, dann sagte sie:

»Mein Gott, sieben. Wie kriegst du die alle überhaupt runter?«

»Einfach nicht drüber nachdenken«, sagte er. »Wenn sie sich noch bewegen, ist es schwer. Aber es wird leichter mit der Zeit.«

»Und das Salz?«

Er lächelte traurig:

»Spür ich nicht mehr.«

Sie schüttelte den Kopf. Dann ging sie zum Fenster und machte es auf. Das Geräusch der Stadt, winterlich gedämpft und heiser. Wie das Gefühl von Fingern auf alten Ziegelsteinen. Oder Pappkarton auf den Lippen. Seine Füße begannen, auf und ab zu treten, so wie Katzen es tun, wenn sie um etwas betteln. Die Frau bemerkte es und kam auf ihn zu, legte ihren Arm um seine Schulter und brachte ihn ins Vorzimmer. Dort half sie ihm in die Schuhe, legte ihm seinen Mantel um, den er im ersten Moment nicht wiedererkannte und für ein Geschenk hielt. Dann stand er da, blinzelnd, bärtig, die langsam grau werdenden Locken auf seinem Kopf verwuschelt und durcheinander, auf der Wange kleine entzündete Stellen. Sie nahm ihren Schal ab und wickelte ihn um seinen Hals. Er wollte protestieren, aber sie war zu schnell, er hob nur schützend die Hand vors Gesicht, und sie wickelte auch die Hand mit ein. Lächelnd befreite er sich und ließ dann seinen Kopf hängen, in der Hoffnung, wie ein dankbarer Mensch auszusehen.

Auf der Straße erwies sich der Schal als große Wohltat. Er konnte ihn, wann immer er wollte, über seinen Mund ziehen, und wenn er so ein- und ausatmete, wurde der Stoff des Schals warm.

Als er an einem Geschäft vorbeikam, blieb er stehen und schaute sich die bunten Ballone und Sterne an, die drinnen von einer jungen Frau aufgehängt wurden. Nach einer Weile drehte sie sich um, und Paul erschrak über ihr Gesicht. Er ging schnell weiter. Er hätte jetzt viel dafür gegeben, Steine auf einem Teich springen zu lassen. Aber wo gab es das schon.

Im Laburnum waren bereits einige Gäste, das Lokal sperrte jeden Tag pünktlich um sieben Uhr dreißig auf. Paul hatte nur zur Sicherheit reingeschaut, denn manchmal, an Feiertagen oder anderen toten Punkten des Jahreskreises, kam es vor, dass das Laburnum ganz leer war, dann war es dort sehr angenehm. Paul fühlte sich an solchen Tagen wie ein Pfeil, der jahrelang in einer Dartscheibe gesteckt hat. Aber heute waren die üblichen Gestalten hier. Er nickte einmal kurz in die Runde, dann ging er zurück auf die Straße. Er sog den weiblichen Geruch ein, der am Schal haftete.

Das Girino. Vor Jahren hatte es noch Tadpole geheißen, aber dann hatte der Besitzer gewechselt. An der Wand hingen Geweihe aus Kunststoff und auch ein paar neumodische Seesterne. Paul stellte beruhigt fest, dass niemand da war. Er sah Felix, der hinter der Bar Schnüre wusch – der weiße Wasserstrahl stand wie eine magische Säule vor ihm, die denjenigen zum König machen würde, der es schaffte, sie in die Hand zu nehmen, ohne dass sie zerlief –, und Paul ging zu ihm, um ihn zu begrüßen. Seine Stimme war leise, aber Felix hörte ihn durch das Rauschen der Wasserleitung.

»Hallo!«

Paul spürte, wie er lächelte. Es war ein angenehmes Gefühl, als würden die Mundwinkel nach hinten gezogen. Wie bei einem Pferd, das Zügel hat. Und dieses Ding im Mund, unter der Zunge.

»Was magst du haben?«, fragte Felix.

»Ich würde gern ins Zimmer, hinten.«

»Ah«, sagte Felix. »Klar. Ist grade keiner drin.«

Um ein Haar hätte sich Paul vor ihm verbeugt. Es war wunderbar, wenn alles so glattging wie heute Morgen. Er dachte an die Frau, die in diesem Augenblick in seiner Wohnung zugange war. Wer weiß, vielleicht fror sie ohne ihren Schal, oder sie hatte vorausgedacht und einen zweiten eingesteckt.

Im Hinterzimmer standen nur drei Tische. Die Stühle waren noch nicht aufgestellt worden, sie bildeten einen Turm in der Ecke. Wie hoch konnte man wohl solch einen Turm aus Stühlen bauen? Mehrere Meter bestimmt, vielleicht zwanzig, dreißig? Paul ließ sich auf der kleinen Eckbank nieder. Er schloss die Augen, atmete den vertrauten Geruch von feuchtem Holz und Weinglasrändern. Jetzt erlaubte er sich, den Schal abzulegen. Er formte ein kleines, napfförmiges Kissen aus ihm und ließ seinen Kopf darauf nieder. Seine Gedanken wurden augenblicklich flach, zweidimensional, nach einer Weile bestanden sie nur mehr aus einer Art innerem Blinzeln, dann riss auch dieser Kontakt ab, und er rutschte abwärts über eine lange Kegelbahn, an deren Ende vollkommene Dunkelheit wartete.

Er erwachte zu Mittag, als im ganzen Bezirk die Uhren dröhnten. Im Hinterzimmer hatten sich einige Menschen versammelt, aber sie verhielten sich relativ ruhig. Paul entdeckte unter ihnen einen kleinwüchsigen Mann, der eine etwas hohe Stirn hatte und einen Mund, der ein verkehrtes U war. Der kleine Mann zeigte allen seinen verbundenen Zeigefinger und nickte dabei die ganze Zeit, als hätte irgendjemand die Echtheit seiner Verletzung angezweifelt.

Paul schloss die Augen und zog sich in die Höhle seiner Kleidung zurück. Da hörte er neben sich eine Stimme. Er schaute auf und erblickte den kleinwüchsigen Mann mit der hohen Stirn und dem verbundenen Zeigefinger. Auf dem Finger befand sich ein rostbrauner Fleck, etwa so groß wie eine 1-Cent-Münze.

»Schlimm«, sagte Paul.

Der kleinwüchsige Mann machte den Mund auf. Er schien verwundert. Dann betrachtete er seinen Finger, nickte noch einmal und ging davon. Paul sank zurück auf die Tischplatte. Es war jetzt Mittag, dachte er, am Abend konnte er wieder in die Wohnung. Er versuchte, sich vorzustellen, wie sie dann wohl aussah. Egal, er würde schon sehen.

Ein Schrei in seiner Nähe riss ihn aus seinen Gedanken.

Ein athletischer, schnauzbärtiger Mann mit Glatze versuchte, den kleinwüchsigen Mann zu verscheuchen, indem er alberne Wedelbewegungen mit den Händen machte. Auf dem Gesicht des kleinen Mannes glänzte Schweiß, er sah wütend und angriffslustig aus. Er drohte dem athletischen Mann mit der Faust, woraufhin dieser ängstlich zurückwich, dann schlurfte er aus dem Zimmer. Er hatte einen eigenartig steifhüftigen Gang. Als er die Tür zum Barraum aufmachte, kamen ihm drei Männer entgegen und rannten ihn beinahe um. Die Männer schauten sich nach einem Sitzplatz um. Jetzt wird es etwas voll hier, dachte Paul. Er hob die Hand und bedeutete den Männern, dass sie seinen Platz haben konnten.

Auf dem Hauptplatz standen ein paar Leute um den Brunnen herum und starrten auf etwas, das darin schwamm. Offenbar bewegte es sich noch, denn die Augen und Gesichter der Betrachter ruhten nicht auf einem Punkt, sondern bewegten sich schnell hin und her. Paul hatte keine Lust, stehen zu bleiben und hineinzusehen.

Die großen Zeiger der Rathausuhr waren hübsch in der eisigen Sonne. Nadelfeiner Eisregen stand in der Luft, die einzelnen Tropfen so fein, dass ihr Gewicht nicht mehr ausreichte, um zu fallen. Sie waren gefangen in Schwerelosigkeit, und man schritt durch sie hindurch.

Paul zog sich den Schal über Mund und Nase. Dann betrat er das kleine Café, das noch keinen Namen hatte, direkt hinter dem Rathaus.

Im Café gab es auch eine Uhr, aber sie stand im Schatten. Er würde es aushalten.

Paul setzte sich in eine Ecke und wartete, bis man ihn ansprach. Der Kellner fragte, was er trinken wolle. Paul bestellte ein Glas Leitungswasser. Dann fragte er, ob es in Ordnung sei, wenn er sich hier kurz hinlege, er schlafe auch bestimmt nicht ein, er sei nur sehr, sehr müde.

»Ich mach auch keine Geräusche.« Paul versuchte zu lächeln.

Der Kellner schien ein wenig verwirrt, er überlegte und sagte dann:

»Okay. Aber bleib nicht zu lang in derselben Stellung, in Ordnung?«

Paul bedankte sich.

Er bekam gerade noch mit, wie der Kellner ein frisches Glas aus dem Körper der großen, im Schatten hinter dem Kleiderständer stehenden Pendeluhr nahm, mit Wasser befüllte und neben ihn auf den Tisch stellte, da dämmerte er bereits davon.

Er saß auf einem Floß inmitten alter Friedenskonferenzen und stand vor der schwierigen Aufgabe, eine Birne in winzig kleine Teile zu zerschneiden. Die Birne war leuchtend gelb, der Stängel steckte in ihr wie der Schlüssel in einem Schloss, und wenn er die Frucht zur Nase hob, roch sie wunderbar wie der Nacken eines Fohlens.

Paul wurde geweckt. Jemand berührte ihn am Arm. Vor ihm auf dem Tisch lag, vermutlich vom Kellner als Alibi dort platziert, eine große Orange.

»Natürlich, natürlich«, sagte Paul, »ich hab nicht geschlafen, ich hab nicht –«

»Ist schon okay«, sagte der Kellner. »Es ist niemand da. Magst du ein bisschen Gesellschaft?«

Er setzte sich vor Paul an den Tisch und zündete sich eine Zigarette an.

»Sicher, ja«, sagte Paul.

»Hast du kein Dach über dem Kopf?«

Paul rieb sich die Augen.

»Sorry, falls ich zu direkt frage.«

»Doch, doch«, sagte Paul, »ich hab eine Wohnung.«

»Eine Wohnung, ja?«

»Mhm.«

»Wo denn?«

»Drüben, auf der anderen Seite.«

Er deutete in irgendeine Richtung.

»Verstehe«, sagte der Kellner.

Er nahm einen tiefen Zug aus seiner Zigarette, dann griff er nach unten, zog seinen rechten Schuh aus und stellte ihn auf den Tisch. Er griff mit zwei Fingern vorsichtig hinein und holte eine lange Schnur hervor. Sie glänzte wie der Faden, den ein Seidenspinner absondert. Gesponnenes Licht, fein und verlockend. Bevor der Haken mit dem kleinen Fang in Sicht kam, machte Paul die Augen zu und drehte seinen Kopf auf die Seite.

Er hörte den Kellner lachen:

»Hab ich mir gedacht. Aber ist okay, du kannst herschauen. Am Haken hängt gar nichts.«

Paul ließ die Augen noch eine Weile geschlossen, dann riskierte er einen kurzen Blick. Ja, es stimmte, am Haken war nichts. *Blank geleckt*, dachte er. Ihm wurde ein wenig schwindlig, halb vor Verlangen, halb vor Scham.

»Soll ich verschwinden?«

»Nein, nein«, sagte der Kellner. »Du kannst bleiben. Wo solltest du sonst hin?«

»Ich hab ein Zuhause.«

»Ein Zuhause?«

»Und ich hab eine Frau, die für mich die Wohnung ...«

Paul stockte.

Sein Mund war entsetzlich trocken geworden. Außerdem war es schwer, den Blick von der auf dem Tisch zusammengerollten, aus dem Schuh heraushängenden Angelschnur abzuwenden. Mehrmals las er die Schuhmarke. Er versuchte, sich darauf zu konzentrieren. *Reebok*. Was war das für ein Wort?

»Sicher«, sagte der Kellner.

»Nein, wirklich«, sagte Paul. »Sie schaut auf mich. Sie gibt acht, dass ich nicht zu viele ... Und dass die Wohnung nicht ... Sie ... sie ist wirklich gründlich.«

»Hinterlässt keine Spuren, hm?«, fragte der Kellner amüsiert.

»Kaum«, sagte Paul.

Der Kellner lachte wieder.

»Du bist in Ordnung«, sagte er. »Nein, ehrlich. Ein bisschen aus der Bahn gekommen vielleicht. Aber in Ordnung. Wenn du magst, kann ich dich heute Nacht hier einschließen. Es gibt keinen anderen Ein- oder Ausgang als den hier vorne. Was sagst du? Ich würde das für dich machen.«

»Danke«, sagte Paul. »Aber ich hab ja eine Wohnung.«

»Stimmt, jaja. Mit einer Frau, die aufpasst.«

Der Kellner schüttelte den Kopf und nahm einen weiteren Zug. Die Asche schnippte er einfach auf den Boden.

»Ich sag die Wahrheit«, sagte Paul. »Sie kommt immer am Morgen. Jeden Tag. Und sie gibt acht, dass ich … Manchmal macht sie mir sogar was zu essen. Oder stellt Tee hin. Ohne sie wäre ich längst …«

»Glaub ich dir gern«, sagte der Kellner.

Er klang inzwischen nicht mehr sarkastisch.

»Ich weiß, wie sich das alles anhört«, sagte Paul.

Ein müdes Lächeln des Kellners. Etwas Asche war aus Versehen auf seinem eigenen Knie gelandet, er wischte es ab und sagte:

»Dieselbe Geschichte. Immer dieselbe Geschichte.«

»Was?«

»Na, ihr«, sagte der Kellner und deutete auf Paul, dann auf die Angelschnur. »Ihr. Ihr erzählt immer dieselbe Geschichte. Jedes Mal. Und ihr redet wahrscheinlich auch untereinander nicht so viel, oder? Weil sonst, so stelle ich mir das zumindest vor, würde man sich doch ein bisschen besser absprechen können. So wie's die Bettler tun, untereinander. Damit es nicht so viele Überschneidungen gibt und so.«

»Ich versteh nicht«, sagte Paul.

»Die Frau, die kommt und aufpasst. Jeden Morgen, oder?«

»Ja.«

»Jeden Morgen. Und was macht sie die übrige Zeit? Zum Beispiel in der Nacht? Und wie heißt sie? Weißt du ihren Namen? Hat sie noch andere, zu denen sie geht?«

Paul versuchte, ein Gesicht zu machen, das *Was geht das dich an?* ausdrücken sollte. Aber es gelang ihm nicht. Sein Blick wanderte ständig zu dem Schuh. Auf ihm waren braune Schmutzränder. Straßenmatsch. Schmutziges Schneemehl. Oder geschmolzener Hagel von heute früh. Reebok.

»Genau das begreife ich nicht«, sagte der Kellner. »Warum immer dieselbe Geschichte? Warum nicht ein bisschen Variation? Zumindest hin und wieder.«

Paul wischte über einen Fleck auf seinem Ärmel.

»Das kapiere ich nicht«, sagte der Kellner und seufzte. »Also,

was ist? Willst du mein Angebot annehmen? Ich hab das
schon für ein paar von euch gemacht. Ich komme morgen eine
Stunde früher und helfe dir. Du kannst dich danach in meiner
Wohnung noch ein bisschen ausruhen. Gibt eine Dusche und
eine Badewanne. Würde dir bestimmt guttun, in den ersten
vierundzwanzig Stunden.«

»In den ersten vierundzwanzig Stunden?«

»In Freiheit«, sagte der Kellner, während er Rauch aus seinem
Mund blies. »Oder wie immer du's nennen willst.«

Endlich packte er den Schuh samt Schnur weg. Paul atmete
aus, schloss die Augen, zählte bis fünfzehn.

»Danke«, sagte er. »Das ist sehr nett. Danke, aber …«

»Hab ich mir gedacht.« Der Kellner stand auf. »Immer dasselbe.«

Er nahm die Orange vom Tisch und ging damit hinter die The-
ke. Paul hörte, wie er sie in den Abfalleimer warf.

»Eine Stunde kannst du noch bleiben.«

Seine Stimme hatte sich verändert. Sie klang jetzt ein wenig
soldatisch, wie die eines Schauspielers, der auf der Bühne einen alten Offizier gibt.

»Danke«, sagte Paul.

Er ließ seinen Kopf wieder auf den zu einer flachen Stoffschale
zusammengedrückten Schal fallen. Ihm fiel ein, dass der Schal
doch ein eindeutiger Beweis war, er konnte ihn dem Kellner
zeigen und ihn sogar daran riechen lassen, damit er ihm die
Geschichte mit der Frau endlich glaubte. Aber dann erschien
ihm das als unangemessener Joker. Er musste sich zuerst um
sich selbst kümmern. Er musste sich ausruhen, Kräfte sammeln.
Und später würde er versuchen, ein bisschen Nachschub zu
bekommen. Nicht so viel wie in der letzten Zeit, nur einen einzigen guten Fang. Vielleicht zwei, falls die Portionen klein waren. Er leckte sich die Lippen und versuchte, in den Traum von
der Birne zurückzufinden. Aber er konnte nicht mehr einschlafen. Draußen wurde es bereits dunkel. Gütige Winterzeit. Im
Geiste ging Paul alle Stationen durch, die er an diesem Abend

noch vor sich hatte. Aber dann fiel ihm wieder etwas ein. In seiner Brieftasche hatte er ein Foto. Ein Foto von der Frau. Er war sich sicher, dass er es dabeihatte. Sie hatte es ihm vor einiger Zeit gegeben. Er öffnete die Augen, setzte sich schnaufend auf und winkte dem Kellner, der mit einem leicht abschätzigen, aber dennoch neugierigen Gesichtsausdruck näher kam.

»Ja?«

»Ich hab ein Foto«, sagte Paul. »Zum Beweis. Du wirst gleich sehen. Schau. Hier.«

Er holte seine Brieftasche hervor und durchsuchte sie. Und zwischen zerknitterten Geldscheinen fand er, nach einigem vergeblichen Herumtasten seiner tauben Fingerspitzen, tatsächlich das kleine Bild. Er reichte es dem Kellner. Dieser hielt es sich vors Gesicht und betrachtete es.

»Sehr hübsch«, sagte er und lächelte freundlich. »Ich hab selber auch welche.«

Dann holte er ebenfalls eine kleine Brieftasche hervor und entnahm ihr einige Fotos. Eines zeigte ein Mädchen mit blonder Pilzfrisur, ein anderes einen Jungen, der so tat, als spiele er auf einem kleinen Fahrrad Gitarre.

»Magda und Julian«, sagte der Kellner. »Wie heißen deine?«

Und er legte das Bild, das Paul ihm zum Beweis gegeben hatte, vor ihn auf den Tisch. Darauf waren zwei fremde Personen zu sehen. Ein etwa siebenjähriger und ein etwa zehnjähriger Junge, beide mit schwarzen Locken. Sie winkten in die Kamera, und es sah so aus, als riefen sie demjenigen, der das Bild gemacht hatte, irgendetwas zu.

»Ich schwör's, sie ist jetzt gerade in meiner Wohnung!«, sagte Paul zu dem Kellner und versuchte, ihn am Arm zu packen. »Sie ist jetzt da und passt auf, dass ich nicht …«

»Jesus!« Der Kellner wich zurück. »Ist ja gut. Ich glaube, du gehst dann besser.«

Paul erhob sich, wischte das verhexte Foto mit einer Handbewegung vom Tisch, machte einen Schritt nach hinten, stieß gegen den Stuhl, der gegen einen anderen Stuhl stieß. Überall

Objekte! Er versuchte, sein Gesicht unter Kontrolle zu bekommen. Man bekam hier drin so schwer Luft. Vom Rathaus tönte die volle Stunde herüber.

DIE LEBENDEN

Ich kenne einen Mann um die sechzig, der sein ganzes Leben lang nicht einen einzigen Toten zu Gesicht bekommen hat. Er arbeitet, zumindest einen Teil seiner Zeit, als Autor in Graz. Das macht die Sache nicht leichter.

Er habe, so erzählte er mir eines Tages, schon in seinen späten Zwanzigern damit angefangen, so zu tun, als kenne er den Anblick von Toten. Er sei dafür vor allem vom Anblick verstorbener Tiere ausgegangen, dem einer Katze oder einer Schildkröte. Dass das ein ganz und gar unzulässiges Verfahren gewesen sei, habe er natürlich gewusst, aber was hätte er sonst tun sollen? Damals gab es noch keine schnell verfügbaren Fotos und Videos, die man sich ohne weiteres ansehen konnte. Und eine der Lügen, die er zu jener Zeit zu erzählen begann, war die, dass er seinen Großvater tot aufgebahrt erlebt hätte, mit neun. Das behauptete er um die Zeit der Veröffentlichung seines ersten Buches, vor etwa dreißig Jahren.

Und einmal, ja, da habe es einen unklaren Grenzfall gegeben. An einem sehr kalten Tag im Januar 1998 habe er einen Obdachlosen auf der Straße liegen gesehen, neben den seltsamen mehrstöckigen Fahrradabstellkäfigen in der Nähe des Grazer Hauptbahnhofs. Der Mann sei, trotz des eisigen Schneewetters, auffallend leicht bekleidet gewesen. Neben ihm zwei Polizisten, von denen einer in ein Funkgerät sprach. Das hätte, so mein Bekannter, durchaus ein Erfrorener gewesen sein können.

Oft habe er sich gefragt, warum andere Menschen schon in jungen Jahren Tote zu Gesicht bekommen und er bis heute keinen einzigen. Diesen elementaren Mangel an Glaubwürdigkeit schleppe er nun schon lange mit sich herum, es sei zum Schämen. Wenn die Menschen nur ahnten, wie grundlegend unvertraut er mit den Gegebenheiten des Universums sei, wie absurd verschont von aller Urerfahrung, wie unrettbar unreif ... Nur in manchen Augenblicken komme es vor, dass er beginne, seine Lügen selbst für wahr zu halten, dann sehe er beim geläufigen Wiederholen all der erfundenen Details deutliche, *echte* Erinnerungsbilder vor sich: ein alter Mann in einem Aufbahrungsraum, nüchtern farblose Gesichtshaut, eigenartig ineinander verklammerte Hände, dünn gewordene Nasenspitze.

An dem Tag, da mir mein Bekannter sein Geheimnis anvertraute, erholte ich mich gerade von einer schweren Grippe. Ich weiß noch: Er machte eine Bemerkung über meine Augenringe und die Tatsache, dass ich an den Wangen ein wenig abgenommen hatte. Und als wir bei leichtem Schneefall über eine Kreuzung gingen, streckte er unvermittelt seine Hand aus, um, wie ich erst später begriff, einen Freund zu grüßen, der ihm entgegenkam. Ich aber dachte im ersten Moment, er wolle mich mit dem Zeigefinger an der Nasenspitze berühren, *stups* – vielleicht war es meine restfiebrige Mattigkeit, vielleicht auch mein Mitleid mit der eben gehörten Beichte –, jedenfalls hielt ich augenblicklich still und war bereit, die spontane Nasenberührung zu empfangen. Sie erschien mir folgerichtig. Er hatte ja noch nie einen Toten gesehen. Da stand ihm derlei zu. Aber dann winkte er nur dem fremden Mann.

Wir verabschiedeten uns am Südtiroler Platz, beide um ein kleines Grenzgebiet ärmer, und die Erde war ein riesiger Magnet, der Schneeflocken aus dem Himmel anzog.

Meine Nasenspitze fühlte sich unerlöst an.

Ich winkte meinem Bekannten noch einmal zu. Da hob er seinen Hut, eine wohltuend altertümliche Geste, und fuhr sich dann – wer weiß, warum uns solche Dinge manchmal passieren – einmal mit dem Zeigefinger quer über den Hals, als wollte er sagen: »Kopf ab!« Er selbst schien verblüfft über diesen seltsamen Kurzschluss. Er winkte sofort entschuldigend ab und schüttelte lachend den Kopf, *was mache ich denn für Unsinn,* drehte sich zur Seite und ging peinlich berührt, in selbstverkleinernder Schieflage, in Richtung Innere Stadt davon. Ich glaube, das war das erste Mal in meinem Leben, dass ich eine menschliche Seele unverkleidet, sozusagen in ihrem angestammten Tanzgewand, vor mir sah. Ich bin sechsunddreißig.

SUZY

In der Toilette des Erotiklokals *Bang or Whimper* schrieb der sechzehnjährige Marcel Loebl seine Telefonnummer auf die Innenseite einer Kabinentür. Er und seine Freunde Max und Daniel hatten sich etwa eine halbe Stunde zuvor in das Lokal geschlichen, um sich die Frauen anzusehen, die dort als stille Sci-Fi-Sendbotinnen von Tisch zu Tisch gingen, auch das unerwartete Wunder an der Metallstange hatten sie minutenlang bestaunt: eine nackte Frau, die sich allein mit dem Innendruck ihrer Kniekehle einen Meter über dem Boden halten konnte. Als prachtvoll lebendiger Python-Zweig ragte sie schräg von der Stange ab. Nur der Applaus blieb aus, die Leute waren wohl zu ergriffen. Irgendwann war dann ein Mann aufgetaucht. Er war groß und bärtig, zeigte eine ausgesprochen gesunde Gesichtsfarbe und warf sie leise, sanft und ohne Ungeduld aus dem Club, mit viel Verständnis für ihre Situation.

Nur Marcel hatte Glück gehabt, er stand in dem Augenblick etwas abseits und konnte auf die Toilette verschwinden. Seine Freunde warteten vermutlich draußen in der Kälte. Und er sollte natürlich zu ihnen gehen, der Abend war vorbei, seine Augen hatten die Zukunft gesehen.

Doch er war noch eine Weile auf dem heruntergeklappten Toilettendeckel sitzen geblieben und hatte die faszinierenden Schriftwerke an den Wänden studiert. Alle möglichen Namen gab es hier, meist weibliche, unter denen irgendwelche Angebote notiert waren und darunter Telefonnummern. *Olga is a filthy fuck pig.* Oder: *Anastasia – schlucke alles.* Hier und da auch kleine Herzen, Sterne oder angedeutete Münder. Und da war ihm die Idee gekommen. Das heißt, es war nicht so sehr eine Idee, eher eine Art Vision. Er musste plötzlich an die Frau denken, die sich zur Musik an der Stange gerekelt hatte, in unbeschreiblicher Eleganz, der Schwerkraft unverfallen. Er wusste, er würde monatelang von ihrem Anblick zehren. Aber wie sah sie wohl aus, wenn sie nach Hause kam? Bestimmt ganz normal. Das Bild von einer gewöhnlich angezogenen Frau mit Einkaufstaschen kam ihm in den Sinn. Sie sperrte eine Wohnungstür auf. Sie saß vor dem Fernseher. Hatte sie Kinder? Wie musste es sich wohl anfühlen, eines ihrer Kinder zu sein?

Ich bin der Sohn von. Von der.

Der Rest war dann ganz von allein passiert. Mit einem Filzstift schrieb Marcel seine eigene Handynummer auf die Klowand. *Mein Mund wartet auf dich,* schrieb er darunter. Er musste kichern. Wenn seine Freunde wüssten, wie schwul das aussah, was er da machte! Aber es ging ja um was anderes. Dann überlegte er lange, wie die Frau heißen sollte.

Jemand betrat den Toilettenraum

»Na, kommst jetzt«, sagte die Stimme.

SUZY, schrieb Marcel. Dann öffnete er die Tür und ließ sich von dem Angestellten, der auch jetzt sehr höflich und humorvoll blieb, aus dem Club entfernen.

Seine Freunde warteten tatsächlich draußen auf ihn. Es hatte leicht zu schneien begonnen. Eine Straßenlaterne stand verzaubert da, umnebelt von tanzenden Punkten, eine Mischung aus Leuchtqualle und Testbild.

Vor dem Club standen außerdem einige schwule Jungen, von denen zwei damit beschäftigt waren, sich zu halten und zu küssen. Die anderen bewegten sich langsam um sie herum, rauchten und zeigten einander Dinge auf ihren Handys. Marcel blickte neugierig zu ihnen herüber, sie waren eine lebendige Fernsehdokumentation nach zweiundzwanzig Uhr, aber längst nicht so aufregend wie das, was er eben im Club gesehen hatte, Daniel behielt sie vor allem deshalb im Auge, damit sie nicht überhandnahmen, hier und jetzt, mitten in der Nacht. Daniel kam aus Kitzeck. Sein Vater war Zahnarzt, genau wie der von Marcel.

»Schau sie dir an«, sagte Daniel.

»Ja«, sagte Marcel.

Das erste Mal rief jemand an einem frühen Samstagnachmittag an. Marcel war zu Hause in seinem Zimmer. Das Handy summte auf dem Schreibtisch, eine unterdrückte Nummer. Er studierte die Erscheinung eine Weile, überlegte, ob er den Anrufer wegdrücken sollte, aber dann hob er ab und meldete sich:

»Hallo?«

»Suzy?«

Es war eine sehr hohe Männerstimme.

»Oh, ja, also«, sagte Marcel und stellte seine eigene Stimme ebenfalls höher, in ein kindlicheres Register. »Tut mir leid, Suzy ist grad nicht zu sprechen.«

»Entschuldigung«, sagte die Stimme.

»Ich bin ihr Sohn.«

»Okay … Das ist eklig.«

Ein tiefer Atemzug, dann legte der Anrufer auf.

Marcel saß da und starrte sein Handy an. Tatsächlich: Seine Hand zitterte. Er legte das Telefon hin. Und auch sein Puls war … Er stand auf und bewegte sich ein wenig. Ihm war heiß. Er machte ein Fenster auf und streckte den Kopf raus. Regenrinnen, Dachschindeln. Kalte Luft. Die Sonne stand hinter den Alleebäumen am Rand der Siedlung.

»Fuck«, sagte Marcel leise. »Fuck, fuck, fuck, fuck …«

Es hatte tatsächlich einer angerufen. Aber gut, was sollte er auch sonst tun, schließlich stand seine Nummer da an der Wand. Marcel schüttelte sich und kicherte. Es funktionierte. Verrückt. Wieso war das so einfach? Wieso riefen die Leute einfach an, das war doch saudumm. Viel zu simpel. Ihm fiel auf, dass er sogar etwas über den Anrufer wusste: Er war in der Toilette gewesen. In der zweiten Kabine von links im *Bang or Whimper*. Weil das der einzige Platz war, wo die Nummer stand. Es sei denn, es gab da jemanden, der jeden Abend durch die Klos ging und sich alle Nummern aufschrieb und dann irgendwie vervielfältigte. Vielleicht sogar …

Marcel stürzte zum Laptop. Der Browser brauchte ewig. Er tippte seine Handynummer ein, zuerst mit Schrägstrich zwischen Vorwahl und Nummer, dann ohne, dann mit einem Leerzeichen, Gott sei Dank, keine Treffer, oh Gott … Wie hätte er das erklären sollen? Aber nein, es war alles okay, nur die Toilette. Es war tatsächlich so einfach.

Das Handy summte wieder. Marcel machte einen Schritt zurück. Aber es war nur eine SMS von René, der wissen wollte, ob es schon zu spät sei für eine Pfeifenrauch-Session am Parkplatz. Er habe äthiopischen Tabak, schrieb er, Durchfall 100 % garantiert. Marcel schrieb ihm zurück:

voll geil aber kann heute abend nicht hab familienstress

Gefolgt von einem Messer aus ASCII-Zeichen. René schickte ihm ein Smiley mit einem X als Augenpaar und einem p für die heraushängende Zunge zurück.

alles hier gerade sehr sehr gay, schrieb Marcel.

Damit endete die Unterhaltung.

Der zweite Anruf kam am frühen Morgen jenes Tages, an dem Marcel ein Referat über die Konstantinische Schenkung halten musste. Er war mittelgut vorbereitet. Außerdem war heute, laut Internet, *World Opabinia Day*. Marcel hatte das Wort nachgeschlagen. Opabinia war der Name eines urzeitlichen Wesens aus dem Kambrium mit fünf Augen, einem Greifrüssel und segmentierter Panzerhaut. Es hatte im Wasser gelebt, hatte sich durchgesetzt, trotz seiner ungeraden Augenzahl, und war trotz allem am Ende ausgestorben.

Ob er denn das verdammte Ding nicht weglegen könne, hatte sein Vater am Frühstückstisch gesagt.

Iris war zappelig und nervös, da ihre Schiwoche bevorstand.

»Das schädigt alles«, sagte sein Vater, »die Nackenwirbel, die Kiefergelenke, den Vagus-Nerv. Es entstehen sogar Hiatushernien vom dauernden Nach-unten-Blicken. Leg's weg.«

»Ja, hab ich ja schon.«

»Nicht neben dich, einfach weg!«

»Okay, okay.«

In diesem Augenblick läutete es. Marcels Vater atmete genervt aus und legte sein Besteck hin.

»'tschuldigung«, sagte Marcel. »Aber das ist der René. Wegen dem Referat.«

Sein Vater hob die Hände.

Marcel ging zum Telefonieren in sein Zimmer.

»Hallo?«

»Ja, hallo. Wie treff ich dich am besten?«

»Ah, tut mir leid. Ich bin ihr Sohn. Sie wird Sie aber zurückrufen. Bitte sagen Sie ihr nicht, dass ich abgehoben habe.«

Eine lange Pause.

»Ähm. Ach so. Kein Problem.«

Der Mann machte das übliche Brummen, das Menschen machen, wenn sie im Begriff sind, aufzulegen. Jetzt musste Marcel schnell etwas sagen.

»Sie hat ihr Telefon hier in meinem Zimmer liegenlassen. Aber ich darf nicht aus dem Zimmer, wenn sie Gäste hat. Sie lässt mich den ganzen Tag drin.«

Der Anrufer gab einige seltsame Geräusche von sich. Wahrscheinlich war sein Telefon bereits einige Zentimeter von seinem Gesicht entfernt gewesen und sein Daumen dabei, das Gespräch zu beenden, aber dann hatte er die Stimme gehört. Er seufzte tief und fragte:

»Wie alt bist du denn?«

»Ich? Zehn.«

»Dreizehn?«

»Zehn.«

»Mein Gott. Also. Das ist schlimm. Und sie lässt dich nicht aus dem Zimmer?«

»Immer, wenn sie Gäste hat. Sie ist da total streng.«

Wieder eine längere Pause. Marcel kämpfte mit dem Lachen. Dann sagte der Anrufer:

»Tut mir leid, das zu hören.«

Wieder schwiegen sie. Marcel strich sich die vom Grinsen überwältigten Mundwinkel nach unten und überlegte, was er als Nächstes sagen sollte. Bisher war alles perfekt gelaufen. Er durfte es jetzt nicht kaputtmachen. Er hätte alles gegeben, um kurz im Film der Wirklichkeit auf Pause oder Standbild schalten zu können, um sich in Ruhe einige Sätze zu überlegen.

»Behandelt sie dich schlecht?«, fragte der Mann.

»Ich weiß nicht. Nicht wirklich. Aber ...«

»Beschreib's mir.«

Wieder eine Pause. Marcel schaute aus dem Fenster. Draußen ging ein Mann mit einem Rudel Hunde spazieren. Er hatte eine dieser Leinen, die sich zu vielen kleinen, dünneren Leinen aufspreizten. Und auch die Hunde waren klein und dünn, wie Ratten.

»Du klingst gar nicht wie dreizehn«, sagte der Mann.

»Ich bin zehn.«

»Hm«, unverständliches Geknister, »... stimmt schwierig, hm?«

»Was?«

Verdammt, seine Stimme war nach unten gerutscht.

»Ich hab gesagt: Ich stell mir das sehr schwierig vor. So mit deiner Mutter und allem.«

»Ja. Ich darf erst am Abend aus dem Zimmer.«

»Du darfst nicht mal aufs Klo?«

»Ich hab hier einen Eimer, in den kann ich ...«

Marcel unterdrückte ein grelles Kichern.

»Einen Eimer?« Der Mann lachte ungläubig. Es war ein irgendwie fettig wirkendes Beavis-and-Butt-Head-Lachen. Marcel sah die Hundewolke oben an der Kreuzung um die Ecke biegen. Er fühlte sich triumphal, so wie wenn man an bestimmten Herbsttagen diesen starken Rückenwind hat und sich selbst kaum anstrengen muss, um auf der Straße zu gehen.

»Bitte sagen Sie ihr nicht, dass ich Ihnen das erzählt habe, bitte!«

»Ich ruf sicher nicht mehr an«, sagte der Mann.

Und legte auf.

Marcel war ekstatisch. Später, beim Referat, war er konzentriert, kohärent, sprach schneller als sonst und konnte sogar auf Gegenfragen des Geschichtslehrers antworten.

Nach dem Abendessen ertappte sich Marcel dabei, wie er an die Anrufer dachte. Er stellte sich ihre Gesichter vor, ihre Körperhaltung. Sie bewegten sich jetzt, in dieser Sekunde, durch die Stadt, oder sie saßen in ihren Zimmern, allein. Er hatte sein Handy in die Hosentasche gesteckt, damit sein Vater nicht meckerte, aber alle drei, vier Minuten spürte er eine deutliche Vibration. Dann schaute er nach, aber da war gar nichts, nicht mal eine SMS.

Es hatte Kartoffelgratin gegeben. Hinterher saß man noch ein wenig im Wohnzimmer beisammen, da Iris' Abfahrt am nächsten Morgen bevorstand. Man diskutierte letzte Detailfragen der Schiausrüstung, Iris hatte wieder große Angst und vorauseilendes Heimweh, aber sie lobte zwischendurch all die Accessoires, die man ihr mitgeben würde, die Anti-UV-Creme, die Schibrille mit verstellbarem Farbfilter und so weiter, machte dabei allerdings kleine, merkwürdige Pausen. Sie blickte oft in Richtung ihres großen Bruders – und er kannte den Blick: Er sollte etwas beitragen, sie vertraute seinem Urteil, er war schon weiter im Leben, aber eben noch nicht erwachsen, wo alles ganz anders war und unverständlich und seltsam.

Nach einer Weile stand Marcel auf und setzte sich zu ihr. Wieder eine Phantomvibration. Er stellte sich einen später, wenn schon alles schlief, bei ihm eingehenden Anruf vor, und das gab ihm dasselbe geborgene Gefühl wie früher vielleicht die Aussicht auf ein abends übertragenes Fußballspiel.

Iris schaute ihn komisch an. Es rührte ihn mehr als sonst.

»Was ich noch sagen wollte«, sagte Marcel, obwohl er bislang geschwiegen hatte. »Wenn du dich schlecht fühlst, rufst du einfach direkt mich an. Also vor allem nachts, da bin ich dann zuständig.«

Die Mutter hatte gehört, was er gesagt hatte, aber tat so, als müsste sie den Koffer noch einmal aus- und wieder einpacken.

»Mhm«, nickte Iris.

Marcel hielt sein Handy in die Höhe. Lol, was wenn in genau diesem Augenblick einer der Perversen anrief?

»Du-u?«, sagte Iris.

»Ja?«

»Du musst aber auch rangehen, du gehst nie ran!«

»Tu ich doch immer. Wenn's dir nachts schlechtgeht, bumm, rufst du an. Ich hab Nachtdienst. Aber es wird dir nicht schlechtgehen, wirst sehen.«

Sie nickte wieder.

»Man stellt sich das ganz anders vor, als es dann ist.«

Die Anrufer wurden nicht müde. Einer rief an und wurde zornig, als er Marcel hörte. Er drohte mit Kellerhaft und Folter. Dann lachte er und begann, eine Melodie zu pfeifen. Ein anderer verlangte, ohnmächtig geprügelt zu werden von einer »echten Dame«. Einer sagte nur: »Oh Gott, die Welt ist so verdammt krank, ich check dann bitte aus, danke.« Und legte auf. Einer wollte nur reden. Einer hatte selbst einen zehnjährigen Sohn und fragte Marcel über fünf Minuten lang alle möglichen harmlosen Fragen. Ein (der Stimme nach zu urteilen) schon recht alter Mann hustete viel und verlangte mehrmals, Suzy zu sprechen, es sei sehr dringend, er sei ein Stammkunde. Ein anderer alter Mann, vielleicht aber auch derselbe mit leicht verstellter Stimme, versicherte ihm, die Wahrheit liege oft zwischen den Zeilen.

Marcel lag auf seinem Bett, im Mund ein paar klebrige Goji-Beeren, die er direkt aus der Verpackung aß.

Ein Mann meldete sich schluchzend, er verlangte nach einem Treffen, begriff auch zuerst gar nicht, dass keine Frau am anderen Ende war, und als er dann endlich verstand, was man ihm sagte, schluckte er (man konnte die bibbernde Unterlippe deutlich heraushören) und entschuldigte sich in aller Form, schwor, das würde nie mehr vorkommen, nie, nie mehr, und legte das Handy weg, ohne den Anruf zu beenden. So drangen noch eine ganze Weile ein seltsames Geraschel und gelegentlich einige ferne Stimmen aus seiner Welt in Marcels Zimmer.

Marcel saß in seiner Klasse, der 6B des Gymnasiums Dreihackengasse, und wenige Meter von seinem Gesicht entfernt geschah Biologieunterricht. Der Lehrer bewegte sich viel dabei, sprach von Wiesenpflanzen und zeichnete einige Dinge auf die Tafel, aber es drang alles nicht bis zu Marcel durch, sah allerdings ganz interessant aus, das musste man zugeben. Der Lehrer trug heute eine blaue Krawatte.
Das Handy vibrierte. Er kontrollierte es. Unbekannte Nummer, sehr gut. Als der Anrufer aufgelegt hatte, schrieb Marcel ihm eine SMS zurück. *Ruf mich heut Abend zurück, Süßer.*
Der Lehrer fragte ihn, was denn so witzig sei. Marcel entschuldigte sich.

Iris war schon drei Tage auf Schikurs, es gab eine Matheschularbeit, und Daniel und Max stritten über Chemtrails. Marcel bemerkte, dass er überhaupt keine Meinung zu Chemtrails mehr hatte. Hatte er je eine gehabt? Es war schwer zu sagen. Viel interessanter war die Frage, wie die Männer wohl aussahen, die ihn anriefen? Ihre Gesichter, die Stellung ihrer Finger.
Zugegeben, die meisten legten einfach auf, wenn sie seine Stimme hörten. Manchmal kam er bis zu *Ich bin ihr Sohn* und verscheuchte sie damit. Einige wenige blieben länger und vergoldeten ihm den Tag. Die meisten davon hatten Mitleid und sorgten sich.
Allerdings musste man höllisch aufpassen. Er schaltete das

Handy nun immer auf lautlos, wenn er es nicht bei sich tragen konnte, was seine Mutter, die ihn oft anrief, wenn er unterwegs war, rasch in ihren Sorgenpalast trieb. Außerdem Iris. Bislang hatte sie ihn nicht angerufen, nur zweimal untertags ihre Mutter, und Marcel hatte kurz mit ihr gesprochen. Alles sei so weit okay, hatte Iris gesagt, nur die Jennifer sei eine dumme Schatulle. Eine was? Eine saudumme Schatulle! Mit ihren hochhackigen Zöpfen. Marcel lachte wie irr über die Ausdrücke seiner Schwester.

»Du bist so super«, sagte er.

»Hahaha«, lachte sie schüchtern. »Danke.« Dann riefen neben ihr Mädchenstimmen etwas, und Iris legte grußlos auf.

Auf dem Pausenhof, an dem einzigen Holztisch, saß ein Schüler aus der ersten Klasse, der versuchte, mit Zahnstochern Mikado zu spielen. Neben ihm lag, warum auch immer, ein Bienen-Kalender. Fast jeder Tag war nun seltsam.

Bei der Deutschschularbeit bekamen sie ein Gedicht zur Interpretation vorgelegt. Es handelte von einer Fliege, die von einem Mann eines Morgens im Bett erdrückt wird. Das Gedicht war kaum zu verstehen, weil die Wortendungen alle falsch waren. *Einen fliegen finden ich in betten.* So ging das, wtf, den ganzen Text hindurch. Außerdem immer nur Tod, Tod, Tod, alles im Deutschunterricht lief auf den Tod hinaus. Selbst wenn jemand etwas Hübsches geschrieben hatte, handelte es sofort irgendwie auch vom Sterben. Es war so albern. Diese Tendenz hatte, wenn man genau sein wollte, sogar schon vor seiner Schulzeit begonnen. Denn Marcels erstes Bild vom Tod war ebenfalls eine Art Gedichtzeile gewesen. Er hatte sich bei einem bekannten Weihnachtslied in der Zeile »still und starr ruht der See« immer verhört und es als »Staruther See« gedeutet. Staruth, ein Vorort von Berlin oder so, keine Ahnung. Jedenfalls ein mythischer Ort, an den die Toten kamen. Winterlich erstorbene Natur, klammbleiche Äste und ein regloses Gewässer, darüber schneeweiß der Himmel. Marcel schrieb in der

Schularbeit, das Gedicht werde vielleicht von einer menschlichen Fliege gesprochen. Dann machte er sich daran, das Reimschema zu bestimmen.

»Hallo.«

»Suzy?«

»Nein. Sie kann grad nicht. Bitte sagen Sie ihr nicht, dass ich abgehoben habe. Sie schlägt mich sonst.«

Der Anrufer zog Rotz in der Nase hoch. Er blieb ruhig.

»Bitte nicht sagen«, wiederholte Marcel.

Noch immer kam keine Reaktion.

Nach einer Ewigkeit räusperte sich der Mann.

»Wow, okay«, sagte er. »Warte kurz.«

Man hörte ein hohes Quietschen.

»Bitte nicht verraten«, flüsterte Marcel.

»Ich hab nur die Tür hier zugemacht. Jetzt können wir reden.«

Marcel wollte antworten, aber etwas in ihm blieb an einem Zahnrad hängen. Diese Art von Stimme war etwas Neues.

»Hallo?«, sagte er schließlich.

»Ja, ich bin da«, sagte der Anrufer. »Wie alt bist du?«

»Zehn.«

»Okay. Und deine Mutter, also, du wohnst bei ihr?«

»Ja.«

»Alles klar. Sie schlägt dich?«

»Wenn sie mich am Telefon erwischt, ja.«

Marcel überlegte, einfach aufzulegen. Aber etwas sagte ihm, dass der Mann dann sofort wieder anrufen würde.

»Wo wohnst du?«, fragte der Anrufer fachmännisch.

»Das darf ich nicht sagen.«

Marcel hörte leise Schabgeräusche. Masturbierte der Anrufer, oder war es das Geräusch eines schreibenden Bleistifts? Beides erschien gleichermaßen beunruhigend. Er legte auf.

Das Handy blieb still. Marcel stand vom Bett auf, um sich etwas zu trinken zu holen. Da läutete es wieder.

Er ging ran.

»Hallo?«

»Sorry, wir sind getrennt worden«, sagte der Mann. »Du wolltest mir gerade sagen, wo du wohnst.«

»Meine Mutter ist gerade nach Hause gekommen«, flüsterte Marcel.

»Oh«, sagte der Anrufer und sprach nun ebenfalls mit leiser, vorsichtiger Stimme. »Alles klar. Leg das Telefon weg. Ruf mich später an. Ich kann dir helfen.«

»Ich muss dann gehen«, flüsterte Marcel.

Es fühlte sich bereits anstrengend und idiotisch an, die Stimme zu verstellen.

»Du bist nicht all-«

Marcel legte auf.

Er stellte das Handy auf Flugmodus, dann ging er hinunter in die Küche. Seine Mutter war noch wach und saß am Tisch. Sie blätterte in einer Zeitschrift. Neben ihr lag das Tablet, darauf ein lautloses Massagevideo. Marcel holte sich einen Rote-Rüben-Saft aus dem Kühlschrank. Er mischte ihn mit etwas Cola.

»Schlaf gut«, sagte seine Mutter.

»Ja.«

Als Marcel mitten in der Nacht aus einem unangenehmen Traum hochschreckte – er war in einem Dorf, und nach Einbruch der Dunkelheit fuhren dort die Mähdrescher auf den Feldern, dicht umwölkt vom Licht ihrer hellen Scheinwerfer –, schaltete er das Handy wieder ein und sah, dass der Anrufer es noch zwölf Mal versucht hatte. Das letzte Mal gegen zwei Uhr dreißig.

Aber morgen kam Iris nach Hause.

Vor dem Frühstück rief eine ungewöhnlich tiefe Stimme an, Till-Lindemann-Register oder so. Der Mann reagierte wütend.

»Wie, du bist ihr Sohn? Na dann richte ihr aus, ich hätte gern mein Geld zurück, verdammt!«

Marcel stellte seine Stimme normal und sagte, es gebe keine Suzy. Die sei leider an Aids gestorben.

Der Mann lachte scheppernd.

»Nein, war alles nur ein Scherz«, sagte Marcel, »gibt überhaupt keine Suzy.«

»Gibt aber mein Geld«, sagte der Anrufer. »Na wart nur, scheiß Hure. Ich nehm dir alles weg, was du besitzt. Verdammte Sau.«

Der Ton der Anrufer schien nun allgemein etwas rauer zu werden. Woran mochte das liegen? Die Männer kannten einander ja nicht, sprachen sich nicht untereinander ab. Und doch war neuerdings eine große Gereiztheit bei ihnen festzustellen. Vielleicht atmosphärische Gründe, Chemtrails, schwer zu sagen. Vielleicht schrieb auch ein düsterer Magier in seiner Wohnung die Wände mit frauenbezogenen Flüchen voll, und von da strahlte es auf die ganze Stadt aus.

Der Anrufer, der ihn unbedingt retten wollte, versuchte es noch öfter. Und ja, ein paar Mal ging Marcel auch ran, spielte fünf, sechs Minuten lang mit, beruhigte den unangenehm fokussierten Mann und sagte, nein, inzwischen sei er längst nicht mehr angebunden und auch der Napf sei nicht mehr da. Er könne sich nun frei in der Wohnung bewegen, alles gut.

Am Ende stellte Marcel seine Stimme normal und sagte, okay, es gibt keine Suzy, war nur ein Spaß, nichts für ungut. Aber der Anrufer glaubte ihm kein Wort, sondern sagte, ja, er verstehe, dass er so zu antworten gezwungen sei, das höre man deutlich heraus, aber keine Angst, mein Junge, die Wahrheit sei bei ihm sicher, er müsse überhaupt nichts sagen, selbst im Schweigen könne er wahrnehmen, wie sehr das alles –

An dieser Stelle beendete Marcel das Telefonat.

Was passierte eigentlich, wenn man sein Handy in den Müll warf?

In den folgenden Tagen klärte Marcel mehr und mehr Anrufer über den Scherz auf, aber die meisten glaubten ihm nicht. Einer lachte herzlich und gratulierte ihm zu dem Prank. Er nannte sich Richard und erzählte munter drauflos: Er sitze hier auf seiner Terrasse mit einem Glas Apfelmost, herrlich sei das, und dann dieser köstliche Stunt hier, wirklich fantastisch. Das viele Lob kam Marcel unwirklich und herablassend vor.

»Jaja«, sagte er. »Ich mach dann mal weiter.«

»Sehr gut, sehr gut«, sagte der Mann namens Richard. »*Ich mach dann mal weiter.* Fantastisch, haha. Wirklich erstklassig.«

»Okay.«

»Ich schmeiß mich weg, ah, wie geil. Wie geil.«

Im Hintergrund hörte man die ganze Zeit ein Baby brüllen.

Marcel legte auf.

Der Befreier meldete sich gegen Abend wieder. Er sagte, es sei jetzt alles bereit. Er brauche nur die Versicherung, dass der angekettete Junge allein zu Hause und Suzy also unterwegs sei. Dann könne er alles in die Wege leiten. Versprochen. Es werde alles gut werden. Sogar das Wetter sei ideal.

Der letzte Satz verblüffte Marcel. Er blickte aus dem Fenster. Es war ein wolkenverhangener Tag, etwas windig. Die Bäume bewegten sich wie träumende Giraffen.

»Gibt keine Suzy«, sagte Marcel. Er machte sich nicht einmal mehr die Mühe, deutlich zu sprechen, sondern sprach mit vollem Mund. Der Bio-Apfel schmeckte nach Fahrradgeschäft.

»Geduld«, sagte der Anrufer.

»Hey, im Ernst«, sagte Marcel kauend. »Können wir das nicht einfach lassen? Tut mir ja leid und alles.«

»Es ist alles bereit«, sagte der Anrufer leise.

»In welcher Stadt sitzen Sie eigentlich?«

»In deiner.«

»Mhm, super«, machte Marcel und legte auf.

Es war eigentlich ganz schön, ohne Handy spazieren zu gehen. Wie Leute in den Achtzigerjahren. Hier gab es hohe Bäume, aus denen es tropfte. Das Schild einer Kanzlei, der Anwalt hieß Dr. Zmaj.

Der Wind und ein niedriger Dackel.

In einer Toreinfahrt hängte jemand Hemden zum Trocknen auf, ein angenehm mittelalterlicher Anblick. Überhaupt sollten viel mehr Menschen weiße Hauben auf dem Kopf tragen.

Wie viele Fahrräder es im Bezirk gab! Als hätten sie sich aus eigener Kraft fortgepflanzt, in den Hecken und Gebüschen, an die man sie dereinst gekettet hatte.

Angeleint, Eimer.

Marcel lief die Stufen zum Schlossberg hinauf. Ein Schild auf den Felsen informierte über den Waldrapp, der vor einigen Jahrhunderten hier gebrütet hatte. Speerförmiger, sonderbarer Ibiskopf.

Der Rucksack eines Touristen beim Uhrturm hatte die Form von Totoro.

»Hallo?«

Marcel hatte den Anruf nur deshalb angenommen, weil er zufällig neben dem Handy saß und es keine unterdrückte Telefonnummer war.

»Suzy?«, fragte eine weibliche Stimme.

Marcels Weltbild tauchte für eine Sekunde unter Wasser. Mit allem hatte er gerechnet, nur nicht mit einer Frau.

»Was?«, fragte er.

»Äh, hallo?«, sagte die Frau. »Wer spricht denn da?«

Marcels Zimmer war sehr dreidimensional. Jeder Gegenstand ragte unnatürlich stark hervor, wie lauter halb aus dem Regal gezogene Bücher. Eine Frau. Wieso rief eine Frau an? War das vielleicht die Polizei?

»Es gibt keine Suzy«, sagte er schnell.

»Wie bitte? Wer ist da?«

»Sorry. Sie haben sich verwählt.«

»Hm, das glaub ich nicht«, sagte die Anruferin, aber sie klang dabei nicht angriffslustig, sondern bloß enttäuscht. »Aber wer ist denn da, bitte?«

Marcel sagte nichts.

Die Dinge im Zimmer. Der Himmel vorm Fenster. Flecken an der Wand.

»Tom Turbo«, sagte er.

Er wartete. Die Frau atmete in den Hörer. Dann schnaufte sie, lachend. Ja, sie lachte ein wenig. Dann hörte er ein Rascheln.

»Hallo, Tom. Ich bin die Annamaria.«

»Okay.«

»Warte. Leg nicht auf. Wie heißt du wirklich?«

»Bernd.«

»Hallo, Bernd.«

»Ich hab mir das alles nur ausgedacht, das mit der Frau«, sagte Marcel. »War nur ein Gag. Sorry.«

Es fühlte sich so an, als hätte er das Wort *Gag* gerade zum ersten Mal in seinem Leben verwendet. Es war ein saudummes Wort, wie aus einem deutschen Spielfilm.

»Ah«, machte die Frau. »Aber du klingst sehr freundlich.«

»Okay.«

»Doch, doch«, sagte die Frau. »Ich finde schon.«

»Okay. Super.«

»Warte eine Sekunde, nicht auflegen, ja?«

Marcel erwiderte nichts.

»Also, nur falls du Lust hast«, sagte die Frau, »ich bin jeden Tag um eins im Volksgarten. Ich bin die mit dem Kind. Erkennst uns sicher sofort. Ich hab eine Gitarre dabei.«

»Aha.«

»Nur falls du magst.«

»Hm.«

»Wir sind leicht erkennbar. Du klingst wirklich nett. Wie ein netter kultivierter jun-«

Marcel legte auf.

Es war erstaunlich, wie schwierig es war, den Park zu meiden. Man kam auf dem Nachhauseweg irgendwie immer daran vorbei. Ständig grünte er einem von irgendeiner Seite entgegen. Aber gut, es war nicht ein Uhr. Ja, solange es nicht ein Uhr war, war die Frau auch nicht dort.

Was würde sie wohl zu ihm sagen?

Marcel stellte sich die Unterhaltung vor. Jeden Tag ging er mehrere Möglichkeiten im Kopf durch.

Die Frau sagte etwa: »Da hast du ja ein interessantes Experiment am Laufen. Wie ist das denn so, wenn ständig Leute anrufen?«

Das heißt, zuerst begrüßte man einander vermutlich. Aber Marcels Vorstellung sprang immer gleich zur interessantesten Stelle. Auf den Satz der Frau antwortete er etwas wie:

»Am Anfang war's schon cool. So als würdest du einen Radiosender von einem anderen Kontinent empfangen. Manche sind mitfühlend. Manche sind creepy. Manche erregt es. Einer hat mir angeboten, mich zu befreien und die Polizei zu holen. Den zu beruhigen war gar nicht so leicht.«

»Ja?«

»Die meisten sind aber wirklich nett. Die haben Mitleid. Die wollen nicht, dass es dem Buben schlechtgeht.«

»Dem Sohn von der Suzy.«

»Ja. Obwohl sie den gar nicht kennen.«

Manchmal ging die Szene auch ganz anders. Es gab sehr viele Möglichkeiten.

Erst nach etwa einem Monat hörten die Anrufe ganz auf. Marcel trug nun wieder überall sein Handy mit sich. Und auch der Park hatte seine radioaktive Aura verloren. Marcel blickte nicht einmal mehr auf die Uhr, wenn er an ihm vorbeikam. Er ging sogar langsamer, denn irgendwann war ihm bewusst geworden, dass die Frau ja gar nicht wissen konnte, dass er es war. Auf den Wegen waren viele Menschen unterwegs, wie in einem Film. Im Park roch es immer leicht nach Medizinbällen.

Nur einmal entdeckte er sie doch, wie er glaubte. Die Frau saß auf einer Bank, neben ihr ein riesiger Rollstuhl. *Ich bin die mit dem Kind.* Gut, wer weiß. Im Rollstuhl lag jedenfalls eine langgestreckte Gestalt, zugedeckt, schwer erkennbar. Gitarre war keine im Spiel. Aber die Frau hielt einen dünnen, weißen Stoffhasen in der Hand und bewegte ihn für den Menschen im Rollstuhl.

Jeder nimmt eigene Bilder in die Zukunft mit. Da geschehen viele grässliche Dinge, ein Unfall, ein Notkaiserschnitt und ein langes, tristes Jahr in Peking, man betrügt Menschen, schuldet ihnen Geld, man scheitert an der Beziehung zur eigenen Tochter, man verliert seinen Job an einen Neunzehnjährigen, wird einberufen, erniedrigt und trägt dann trotz allem eine Tüte Orangen quer durch die Stadt, wo die Mutter noch wohnt, in dieser riesigen, halb leeren Wohnanlage, mein Gott.

Unter diesen Druckverhältnissen hielt sich das Bild des Stoffhasen immerhin bis in Marcels sechsunddreißigstes Lebensjahr. Da hatte er noch durchaus Menschen um sich, denen er davon hätte erzählen können, von den Anrufern, dem Handy, von der Frau, und vermutlich hätte man ihm auch geglaubt.

Aber er tat es nicht. Vielleicht dass ein allgemeines Grundgefühl sich noch etwas länger in ihm hielt, die Gewissheit, dass es all diese Menschen gegeben hatte, die, zusammenaddiert, eine Art Trostschicht ergaben, ein Aufatmen an unvermuteten Stellen. Aber das sagt sich, ich weiß, im Nachhinein leicht. Gehen wir also weiter.

JUGEND

> Rot sind manche Blaue Blätter.
> *Ernst Herbeck*

An einem Tag im Jahr 1994, in jener Woche, in der der in mehrere Trümmer zerbrochene Komet *Shoemaker-Levy 9* von der Menschheit dabei beobachtet wurde, wie er in den Jupiter stürzte, kam mein Vater zu mir ins Zimmer, mitten in einem Anfall. Man sah es ihm sofort an. Der gehetzte Ausdruck um die Augen, die vorgebeugte Körperhaltung. Er nahm wieder überall Strahlung wahr, man war hinter ihm her, man lief nachts über das Dach und fuhr ihm, wenn er schlafen wollte, mit Kabeln unter die Haut. Es hatte schon Tage davor begonnen, nun war das Grauen vollständig da. Er hielt einen Kugelschreiber in der Hand. Der Grund, weshalb er in mein Zimmer gekommen war, war, wie sich herausstellte, jedoch ein etwas anderer, er wollte gar nichts von der Verfolgung, sondern etwas Schönes berichten.

Er sei wieder jung, sagte er.

Ich verstand nicht.

Alle Zellen in seinem Körper, erklärte er, seien verjüngt worden. Er sei etwa zwanzig, höchstens zweiundzwanzig Jahre alt. Ja, sein ganzer Körper sei wie eine Uhr einfach, bumm, zurückgestellt worden. Ein großer Segen, ein ungeheurer, ganz und gar unverdienter Segen. Inmitten all der ewigen Verfolgung nun diese Gnade. Wieder jung zu sein und gesund bis ins Mark! Gelenke: intakt. Herz: kräftig, regelmäßig. Und nicht ein einziges schneeweißes Haar.

Ich sagte, wow, das sei ja fantastisch.

Er war sehr glücklich. Ich weiß nicht, ob ich später, im Mathematikstudium oder danach in meiner Arbeit als Autor, selbst je so glücklich gewesen bin. In diesen Dingen gibt es wenig Gewissheit.

Wie er diesen Trick denn geschafft habe, wollte ich wissen. Er konnte es nicht sagen. Er deutete an, dass er über den genauen Mechanismus keine Auskunft geben dürfe, höhere Weisung. Er ließ aber durchklingen, dass es zumindest teilweise mit der Meldung aus den Zeitungen zu tun habe, mit diesem Kometen, der bei seinem Einschlag auf dem Jupiter Explosionswolken erzeugt hatte, in die unser Planet mehrere Male hineinpasste. Dieses Ereignis habe bei uns hier unten einen permanenten Farbwechsel erzeugt, sagte mein Vater. Man sehe es am deutlichsten an den Wänden, am Sonnenlicht. Alles sei neu eingefärbt.

Damit ging er davon, beschwingt. Später hörte ich ihn neben dem Heizkörper leise verhandeln mit den Instanzen.

Er tat sich übrigens nie etwas an. Nur einmal verbrachte er einige Wochen in einer Psychiatrie. Aber die meiste Zeit in seinem Leben hat er gearbeitet und die Nächte irgendwie durchgestanden.

Vor ein paar Tagen las ich zufällig, dass sich am Nordpol des Planeten Saturn ein riesiges Sechseck befindet. Es gibt Bilder davon im Internet. Es ist eine Wolkenformation, die aus nicht vollständig erforschten Gründen niemals ihre Form ändert. Zuletzt hat die Cassini-Sonde das Sechseck besucht, das war 2006. Damals wechselte es gerade seine Farbe von Blau zu Gold, und die Sonde sah dabei zu.

Draußen wehen jetzt Pollen vom Baum. In der Straße stehen die Garagentore offen. Die Menschen verschwinden in ein langes Wochenende. Überall Farben. Selbst die unberührbare Innenseite meines Schädels besitzt eine eindeutige Farbe. Zwischen zwei Wolken erscheint ein Flugzeug, mit einem bereits nach wenigen durchmessenen Himmelszentimetern zu zarten Kerzendochtformen zerwehenden Kondensstreifen.

Es wäre schön, wenn die Jugend tatsächlich irgendwo in der Zukunft auf uns warten würde. Besonders in Zeiten großer Bedrängnis, nach endlosen, in kniender Haltung neben Heizkörpern verbrachten Nächten, nach Tagen voller Staub aus Tschernobyl, der plötzlich überall auftaucht, auf Armbanduhren und Tassenrändern, im Badezimmer und unter alten Aktenordnern, sogar im Haar des eigenen Sohnes.

Von der Rückkehr meines Vaters zu seinem ursprünglichen Alter, fünfundvierzig, erfuhr ich wenig später von meiner Mutter. Es sei ihm aufgefallen, erzählte sie, dass er mit zweiundzwanzig ja noch gar keine Kinder gehabt habe. Daher sei alles plötzlich schief gewesen, unerträglich. Also habe er zugelassen, dass alle seine Zellen wieder – und sie rollte die Augen, sprach den Satz nicht zu Ende. Sie hatte seine Vorstellungswelten satt.

»Also gibt es mich jetzt wieder offiziell?«, fragte ich.

»Ja«, sagte sie, »aber sag ihm das heute noch nicht. Er ist so verzweifelt.«

Ich versprach es.

Inhalt